Christoph Güsken
Der dunkle Lord von Münster

Bisher vom Autor bei *KBV* erschienen:

Der Tod fährt Rad
Das Wunder von Hiltrup
Das Mordkreuz von Tilbeck
Der Glöckner von St. Lamberti
Kopflos am Aasee

Christoph Güsken wuchs in Mönchengladbach auf, studierte in Bonn und Münster und war Buchhändler in Köln. Er verfasste Texte im Geist der legendären Monty Pythons, u. a. für die »Springmaus«. Seit 1995 lebt er als freier Autor in Münster, schrieb zahlreiche Krimis, einige wenig ernste Romane und Hörspiele. *Der dunkle Lord von Münster* ist der sechste Kriminalroman um den schrägen Ex-Hauptkommissar de Jong, der bei seiner Suche nach dem Sinn des Ganzen ständig über die schlimmsten Verbrechen stolpert. www.christoph-güsken.de

Christoph Güsken

Der dunkle Lord von Münster

KBV

MIX
Papier aus verantwortungsvollen Quellen
FSC® C083411
www.fsc.org

Originalausgabe

www.kbv-verlag.de
E-Mail: info@kbv-verlag.de
Telefon: 0 65 93 - 998 96-0
Fax: 0 65 93 - 998 96-20
Umschlaggestaltung: Ralf Kramp
unter Verwendung © Guido Gerding, Münster
Lektorat: Volker Maria Neumann, Köln
Druck: CPI books, Ebner & Spiegel GmbH, Ulm
Printed in Germany
ISBN 978-3-95441-580-9

»Mord ist der Wollust nah wie Rauch dem Feuer.«
William Shakespeare, *Perikles I.*

»Albernes Zauberstabgefuchtel und
kindische Hexereien wird es hier nicht geben.
Aber dennoch, die wenigen Auserwählten unter
euch, die die entsprechende Veranlagung besitzen,
lehre ich in diesem Kurs, wie man den Kopf verhext
und die Sinne auf eine Reise schickt,
Glanz und Ansehen brodelnd zusammenbraut,
wie man Ruhm auf Flaschen zieht,
und sogar, wie man den Tod verkorkt.«
Severus Snape in: *Harry Potter*

Prolog

»Die ganze Anlage wurde 2005 stillgelegt. Licht aus und das war's.«

Michi Starnberg sah sich um. Der kleine Mann, der ihm gerade mal bis zur Schulter reichte, war bis jetzt keinen Moment von seiner Seite gewichen. Nisch oder Nitsch. Oder so ähnlich. Ein hobbitgroßer Mensch in einem fleckigen, grünen Parka. Er war von irgendeinem Denkmalverein. Stand neben Starnberg und starrte irgendwie erwartungsvoll zu ihm herauf.

»Dat da unten«, erklärte er, beugte sich über das Stahlgeländer und deutete in die Tiefe, »ist ein dreihübiger Teleskopgasbehälter, übrigens nicht ummantelt. Fasst mal locker 30.000 Kubikmeter. Im Fachjargon heißt der Glocke.«

Auf Informationen, um die er nicht gebeten hatte, konnte Michi Starnberg gut verzichten. Überhaupt hatte der Tag schon mehr als genug Ärgerlichkeiten gebracht: Erst war der Flieger viel zu spät gewesen und hatte dann trotzdem mindestens drei Warterunden um den FMO gedreht, dann hatte das Taxi ewig im Stau gestanden, und während all dem war die Sonne, die anfangs noch für eine halbwegs annehmbare Atmosphäre gesorgt hatte, hinter Regenwolken verschwunden. Und nun das hier: ein altersschwaches Gerüst, endlose Treppenstufen, die hinauf ins Nichts führten, dazu der auf der ganzen Welt berüchtigte westfälische Nieselregen.

»Wat glaubense, wie hoch wir jetzt sin: zweiundfuffzig Meter über dem Erdboden!«

»Na und?«, gab sich Starnberg demonstrativ unbeeindruckt, um den Kleinen zu ärgern. »Stellen Sie sich mal vor, bei uns haben wir Berge, die sind viel höher.« Damit sorgte er wenigstens einen Moment für Stille.

Starnberg dachte voller Sehnsucht an sein gemütliches Büro in Schwabing, an seinen kostbaren Schreibtisch aus Tropenholz und die Tasse mit dem überirdischen Latte Macchiato. Alles hätte er jetzt dafür gegeben.

»Und warum kaufense dat dann?«, kam es von Nitsch. »Ich meine, wennse genug hohe Berge haben, dann …«

»Für unseren Dreh brauchen wir genau so ein Ensemble.« Starnbergs fahrige Geste umfasste das gesamte Gasometer. »Eine Industrie-Ruine. Baufällig und verlassen.«

»Für Ihren Film?«

»Schauen Sie, mein Guter, das ist kein Film, sondern ein Clip.« Starnberg hatte sich schon auf den Rückweg gemacht, stand jetzt zwei Treppenstufen tiefer als der Wicht und klang trotzdem von oben herab. »Die MSM-Advertising-Productions sucht hippe Locations, um die Produkte ihrer Kunden in angemessener und moderner Form zu präsentieren.« Er stieg weiter hinunter, Nitsch blieb noch oben stehen.

»MSM«, sagte er, nachdem er anscheinend eine Weile über das Gesagte gegrübelt hatte. »Wat bedeutet dat überhaupt?«

»Mir san mir. Das ist Bayerisch.«

»Gut, aber wennse nur drehen, brauchense dat hier doch nich extra zu kaufen.«

»So denken die meisten. Aber wir sind wir, verstehst du? Was du hast, kriegt dein Konkurrent nicht. Ob du es selbst gebrauchen kannst, interessiert erst mal keinen. So geht die Siegerstraße.«

»Klar«, sagte der Zwerg. Jetzt stapfte er doch wieder hinter ihm her. »Beim Fußball macht ihr dat ja auch so, oder?«

Starnberg ging nicht darauf ein. »Da könnt ihr schon froh sein«, sagte er. »So eine Anlage rostet vor sich hin, und eines Tages kannst du die nicht mal mehr verschenken.«

»Och, sagense dat nich. Sogar der Russe war interessiert.«

»Der Russe?« Starnberg blieb stehen. »Welcher denn?«

»Ich meine die. Die Russen.«

»Die waren interessiert an dem Teil hier?«

Der Wicht senkte seine Stimme. »Ich sage nur: Gazprom. Die wollten dat alles aufkaufen. Aber dann wurde nichts draus. Wennse meine Meinung wissen wollen ...«

Auf die konnte Starnberg aber gut verzichten.

»... in Wirklichkeit hatten die vor, dat hier zu einem Raketensilo umzubauen. Interkontinental, verstehense? Wegen der geostrategischen Lage.«

Geostrategische Lage. Starnberg schüttelte amüsiert den Kopf. Hier war man fast sechshundert Kilometer von der Bayerischen Grenze entfernt, und der Kerl faselte etwas von einer geostrategischen Lage. »Also wir im

Freistaat …«, begann er, beendete den Satz aber nicht, weil er vergessen hatte, was er sagen wollte; aber auch, weil er beim Hinuntersteigen auf einer Stufe ausglitt.

»Sehense«, sagte der Zwerg, der in einem blitzschnellen Reflex Starnbergs Arm gepackt hatte. »Passense am besten immer schön auf, wose hintreten. Dat is hier ganz schön hoch. Und bei Regen eben auch rutschig.«

Der Kerl hatte doch keine Ahnung. Wenn irgendwo in dieser Republik etwas hoch war, dann ja wohl in Bayern. Und wenn einer von steilen Steigungen, die auch schon mal rutschig waren, etwas verstand, dann doch die Bayern. Der kleine Mann nervte.

»Haben Sie nicht längst Feierabend?«, fragte Starnberg.

»Feierabend gibt's nich.« Schulterzucken. »Dat is alles ehrenamtlich.«

Eine Treppe hinunter, zwei Treppen, drei. Dann standen sie auf dem mittleren Umlauf. Der Blick auf die Stadt hätte umwerfend sein können, wäre der Himmel nicht so regenverhangen gewesen. Ein tristes Panorama.

»Dafür spukt's hier«, sagte der Kleine, der ihm gefolgt war, und warf ihm einen wichtigtuerischen Blick zu.

»Ach nein.« In gespieltem Schrecken riss Michi Starnberg die Augen auf. »Das ist jetzt nicht Ihr Ernst!«

Aber der andere war immun gegen die offensichtliche Ironie. »Ich sag nur eins: Woltering.«

Wenn es doch so wäre, bat Starnberg im Stillen, dass diese Quasseltasche wirklich nur *eins* sagen würde!

»Rudi Woltering. Der war hier nämlich für den technischen Ablauf zuständig. In der Zeit, als der Laden noch in Betrieb war. Er machte hier regelmäßig seine Runde. Und eines Tages, ja, da ist er abgestürzt. Ohne Quatsch.«

»Tragisch.«

»Ja. Aber dat Ding is: Seine Runde macht er immer noch. Sagt man jedenfalls. Dann steht er plötzlich da oben.« In Nitschs Tasche klingelte ein Handy, er zog es hervor und warf einen langen Blick auf das Display. »Also, ich muss dann leider weg«, sagte er und steckte sein Mobiltelefon wieder ein.

»Ach was! Dann haben wir jetzt doch Feierabend?«

»Tja, da steckse nicht drin, Chef.« Nitsch drückte sich an ihm vorbei und machte sich an den Abstieg.

Endlich bin ich den Kerl los, freute sich Starnberg und sah dem anderen dabei zu, wie er die Stahlstufen auf gekonnte, geradezu leichtfüßige Weise hinuntertippelte.

»Und passense auf, wennse hier runtersteigen«, riet er, als er sich noch mal umdrehte. »Dat is nämlich ganz schön tief, wie gesagt.«

Ja, was denn jetzt?, wollte Starnberg ihm nachrufen. Ist es hoch oder tief? Aber Nitsch war schon so gut wie unten.

Inzwischen wurde es dunkel. Der Autoverkehr, der direkt unter ihm auf der Umgehungsstraße vorbeiströmte, teilte sich in ein weißes und ein rotes Lichterband. Der Abend kehrte heim. Und dann, wer hätte das gedacht, kam die tief stehende Sonne doch noch einmal zurück. Sie ergatterte eine Wolkenlücke und überflutete den Tag, der schon dabei war, schlafen zu gehen, mit unwirklichem, fast unheimlichem Licht. Starnberg blickte sich um: auf Straßen im Berufsverkehr, über ein langweiliges, künstlich angelegtes Gewerbegebiet und den Dortmund-Ems-Kanal, der sich als dunkles, schimmerndes Band vorbeischlängelte und auf dem zwei Schleppkähne südwärts schipperten. Linker Hand ragte der Fernsehturm in den grauen Himmel, mit seiner langen Spitze sah er aus wie eine Betonskulptur, die einen Zahnstocher im Maßstab 1:10.000 darstellte.

Starnberg nahm einen tiefen Atemzug. Zugegeben, das konnte man schon fast ein abendliches Idyll nennen. Aber natürlich nur ein westfälisches Idyll und nicht annähernd zu vergleichen mit der Abendstimmung an der Isar, von einem Tisch bei Luigi aus genossen, seiner Lieblingstrattoria.

Erneut einsetzender Regen bereitete der romantischen Abendstimmung ein schmuckloses Ende.

Starnberg hatte aber auch genug gesehen und stieg von der zweiten auf die erste Ebene hinab. Abendessen war keine schlechte Idee. Irgendwo in diesem Bauernkaff würde es sicher etwas Italienisches geben, um eine zünftige Brotzeit zu halten. Er nahm eine dieser rutschigen Treppenstufen, dann sogar zwei gleichzeitig. Schließlich blieb er unvermittelt stehen. Blinzelte in den Regen.

Da oben stand jemand. Eine Gestalt. Oder täuschte er sich? Seltsam. Der Wicht konnte es nicht sein – erstens hatte der sich ja längst nach Hause verdrückt, zweitens war der Kerl da drüben viel größer. Dazu noch spindeldürr. Unbeweglich stand er da auf dem kreisrunden Gerüst und schien zu Starnberg herüberzustarren. So richtig konnte man ihn gar nicht erkennen, bei dem schlechten Licht und dem inzwischen strömenden Regen. Wo kam der Kerl nur plötzlich her?

»Hallo!«, rief Starnberg.

Der Mann reagierte nicht. Offenbar nahm er Michi Starnberg überhaupt nicht zur Kenntnis.

Starnberg schätzte es überhaupt nicht, nicht zur Kenntnis genommen zu werden. »Hallo, Sie da!«, rief er etwas lauter. »Herr Woltering?«

Der Mann hob den Arm. Und im selben Moment – nein, den Bruchteil einer Sekunde später – rutschte Starnberg auf der regennassen Stufe aus. Sein unwillkürlicher Griff nach dem Geländer ging ins Leere. Und er fiel …

1. Kapitel

(vier Jahre früher)

Geht es hier in die Bibliothek?«

Sofort wird er misstrauisch. Obwohl sie eigentlich nicht aufdringlich wirkt. Aber das könnte ein Trick sein. Er hat das schon erlebt: Viele sind überaus aufdringlich und schaffen es, das gut zu verbergen, indem sie einem das Gefühl geben, sie wären es kein bisschen. So wie diese Frau. Sie kommt hereinspaziert, ohne aufdringlich zu sein, als wäre sie hier zu Hause. Sie ist hübsch und jung und glaubt, ihn mühelos um den Finger wickeln zu können. Und höchstwahrscheinlich liegt sie damit goldrichtig. Er ist ein alter Knacker und bekommt so gut wie nie Besuch von jungen Frauen, geschweige denn solchen, die so gut riechen wie sie.

Gegen die habe ich keine Chance, denkt er und sagt: »Nein, da geht es ins Badezimmer. Woher wollen Sie überhaupt wissen, dass ich eine Bibliothek habe?«

Sie wendet sich zu ihm um, fixiert ihn mit ihren schönen, unschuldigen Augen. »Sie sind Professor für Ökonomie«, sagt sie, und ein Anflug von Bewunderung schwingt in ihrer Stimme mit. Falsche Bewunderung. »Lehrer am renommierten Hülsbrock-Kolleg. Als solcher hat man eine Bibliothek.«

»Das ist lange her.« Er schüttelt den Kopf. »Ein abgeschlossenes Kapitel. Aus und vorbei.«

»Trotzdem. Sie gelten als Koryphäe.«

Dieses Wort konnte er noch nie leiden. Es klingt nach einem vor Millionen Jahren ausgestorbenen Schalentier. »Und wenn schon. Sagen Sie mir doch endlich, was ich für Sie tun kann.«

»Bieten Sie mir etwas zu trinken an?«

Das irritiert ihn. Normalerweise hätte er das sagen müssen. Natürlich in der Ich-Form. »Also gut. Ich hätte Orangensaft da.«

»Orangensaft klingt perfekt.«

Er geht in die Küche, nimmt die Flasche Saft aus dem Kühlschrank und gießt zwei Gläser halbvoll. »Also gut«, sagt er und kehrt in den Flur zurück. »Da drüben die Tür, da geht's zu den Büchern.«

Vielleicht ist er ja zu misstrauisch. Sie hat etwas von Presse gesagt, das hört er nicht gerne. Die Presse ist damals über ihn hergefallen. Jaulend und geifernd wie eine ausgehungerte, sensationsgeile Wolfsmeute ist sie auf ihn losgegangen. »Mit Journalisten habe ich nicht die besten Erfahrungen gemacht«, gibt er zu bedenken.

Sie zuckt mit den Schultern, als spielte das in diesem Fall keine Rolle. »Bestimmt«, sagt sie. »Aber deswegen bin ich nicht hier.«

»Weshalb dann?«

Sie sitzen in der Bibliothek und nippen am Orangensaft. Es riecht muffig und staubig, nach alten Büchern, die nicht mehr gelesen werden. Und nach noch etwas anderem. Er muss daran denken, demnächst wieder Mausefallen aufzustellen.

»Ich habe Sie aufgesucht«, sagt die junge Frau, »weil Sie weltweit als einer der wenigen Experten für dunkle Künste gelten.«

Ihm entfährt ein schnaufendes Lachen. »Jetzt hören Sie aber auf. Sie sind erwachsen und lesen keine Kinderbücher mehr, oder?«

»Das ist mein voller Ernst.«

»Sicher ist es das.«

Die Frau – er hat ihren Namen vergessen – wirkt kein bisschen entmutigt, nicht einmal verunsichert. Seelenruhig fährt sie fort: »Natürlich müssen Sie das sagen. Dass es so etwas nicht gibt. Damit habe ich gerechnet.«

»Ich muss das sagen?«

»Ja. Nach der Sache damals. Die hat Sie Ihren Ruf gekostet, stimmt's?«

Er schüttelt den Kopf. »Die dunklen Künste haben mich meinen Ruf gekostet? Das ist absurd.«

»Also gut, dann nennen wir es nicht so. Sagen wir, Gegenstand Ihres Unterrichts waren Dinge, die man eigentlich nicht tut. Die aber dennoch viele tun, weil sie damit Erfolg haben. Und weil sie unbedingt Erfolg haben müssen.«

»Präventive Notwehr«, sagt er, obwohl er eigentlich nicht antworten wollte. »Dazu gab es eine interessante Veröffentlichung …« Er erhebt sich, tappt durch den Raum zu einem der hinteren Bücherregale. Streicht mit dem Finger über Buchrücken. »Darunter ist Folgendes zu verstehen: Nehmen wir mal an, Sie sind ein ehrbarer Mensch mit untadeligem Ruf. Wie geschieht es dann, dass sie keine andere Wahl – oder lassen Sie es mich zuspitzen – geradezu die moralische Pflicht haben könnten, Ihren Nächsten zu töten?«

»Ja, wie denn?«, fragt die Frau. Wenigstens ihre Neugier ist echt.

Er hat nicht gefunden, was er sucht, und kehrt zu seinem Sessel zurück. Nimmt einen Schluck Saft. Eigentlich mag er keinen O-Saft. Der hat immer diesen bitteren Nachgeschmack. »Sie lehnen es mit Recht ab«, erklärt er in dozierendem Tonfall, »Landminen herzustellen und zu vertreiben. Aber Sie tun es trotzdem, und warum? Weil es sonst ein anderer tut, nicht wahr?«

»Halten Sie das etwa für eine moralische Rechtfertigung?«

»Keineswegs«, sagt er und gähnt auf eine abfällige Weise. »Wer braucht so etwas, wenn der Erfolg ihm recht gibt? Aber lassen wir das. All das Gerede von dunklen Künsten ist ein trivialer Mythos, nichts weiter. Ein Knochen, der geifernden Pressemeute hingeworfen.«

»Wissen Sie, was mich fasziniert?« Sie beugt sich vor, und sein Blick fällt wie von selbst in ihr Dekolletee. »Mythen. Vor allem ihr wahrer Kern. Den haben sie nämlich fast immer. Sagt Ihnen eventuell der Name Nolte etwas? Oliver Nolte?«

»Aufgeblasener Wichtigtuer. Eine Schmeißfliege.«

»Er ist investigativer Journalist.«

»Sag ich doch.«

»Er hat damals alles ans Licht gezerrt.«

»Ans Licht gezerrt. Die dunklen Künste will er ans Licht gezerrt haben?«

»Genau.«

»Ans Licht gezerrt. Das hört sich so an, junge Dame, als hätte ich etwas zu verbergen gehabt.«

»Hatten Sie denn nicht?«

»Nicht das Geringste. Sehen Sie sich doch um: Alles ist da. Hier in diesem Raum. Keine finsteren Geheimnisse, die unter den Teppich gekehrt wurden, der Öffentlichkeit vorenthalten, wie ihr es gern hättet. Die Ermittlungen wurden eingestellt, aber das war euch egal. Ihr habt einfach weiter irgendwas behauptet.«

»Wie beruhigend.«

Dieser Orangensaft hat einen wirklich bitteren Nachgeschmack. »Es ist spät«, sagt er und gähnt noch einmal, dieses Mal ausgiebig. Na ja, so spät auch wieder nicht.

Es dauert eine ganze Weile, bis er ihre Stimme wieder hört. »Darf ich Ihnen noch etwas zu trinken anbieten?«

Jetzt war es in der Ich-Form, aber es ist immer noch falsch. Er hätte das sagen müssen, nicht sie. »Was? Wieso?« Er schreckt hoch und merkt, dass er eingenickt war. »Wo stecken Sie denn?« Er kann die Frau nicht sehen.

Aber sie ist noch da. »Kein Problem«, kommt ihre Stimme von irgendwo im Raum. »Warum machen Sie nicht ein kleines Nickerchen? Ich sehe mich hier in der Zwischenzeit ein wenig um …«

2. Kapitel

(heute)

Ulf Meckelbeck hatte sich nicht gerade einen guten Tag ausgesucht, um Exhauptkommissar de Jong kennenzulernen. Natürlich konnte er das nicht wissen. Auch nicht, dass sich de Jong momentan geradezu in einer Serie von schlechten Tagen befand, sodass allenfalls eine theoretische Möglichkeit bestand, ihn nicht auf dem falschen Fuß zu erwischen.

Niklas de Jong nannte so eine Serie »Tage des Haderns«. Er war ein erfahrener Haderer und wusste, was er tat. Was nicht bedeutete, dass er grundlos haderte. Sein erster Grund war, dass Giulia, seine immer noch von ihm angebetete Ex, seit fast über einem Monat in dieser Stadt weilte und bis jetzt nicht einmal daran gedacht hatte, sich bei ihm zu melden. Warum das so war, hatte er über die sprichwörtlichen drei Ecken erfahren: Giulia weilte nämlich nicht allein in der Stadt, sondern war liiert mit einem gewissen Alarich, einem Altachtundsiebziger, Politikwissenschaftler, der eine Legislatur für die Grünen im Landtag gesessen hatte und seit Kurzem ein Stadtteilcafé im Südviertel betrieb. Das Sancho Panza. Und deshalb besuchte de Jong derzeit regelmäßig dieses Lokal, weil er hoffte,

Giulia über den Weg zu laufen. Nur geschah das nicht. Und vorgestern hatte sich plötzlich Rudi Heinzberg an seinen Tisch gesetzt, jemand, den er nur kannte, weil er genauso wie de Jong praktisch jeden Morgen in dem Laden verbrachte und die Angewohnheit hatte, sich ungefragt an fremde Tische zu setzen. Erzählte ihm, dass Alarich deshalb schlecht drauf sei, weil seine Angebetete sich von ihm getrennt habe. De Jong witterte also zunächst wieder Morgenluft. Nur saß er jetzt den vierten Morgen in Folge hier und arbeitete sich durch etwa dreißig verschiedene Kaffeesorten, obwohl er kein Kaffeetrinker war. Und damit, Giulia hier zu treffen, rechnete er auch nicht mehr. Es war reine Gewohnheit geworden.

Dabei war es ein schöner Morgen, geradezu verheißungsvoll, zukunftsträchtig, so wie die Frühlingssonne den kleinen Raum durchflutete und das Café zu einem gemütlichen Ort machte. Das Sancho Panza war halbkreisförmig, sein Zentrum bildete ein ebenfalls halbkreisförmiger Tresen, in dessen Glasvitrinen sich bunte Torten zum Verzehr anboten. An der Wand pries eine Schiefertafel in smarter Kreideschrift spezielle Tagesangebote an: Heute waren es Bruschetta und original sizilianische Frühstücks-Ravioli. Das Prunkstück des Lokals jedoch und Alarichs ganzer Stolz wartete im hinteren Teil des Cafés: ein Meerwasser-Aquarium von beeindruckender Größe, in dem es ordentlich gurgelte und sprudelte und unzählige grellbunte Fischlein, von handtellergroß bis zu stecknadelklein, in einer Unterwasser-Zauberwelt aus Korallen in friedlicher Koexistenz mit einem riesigen Hummer ihre Bahnen zogen.

Ganz egal, ob der Exkommissar für so etwas einen Blick hatte.

Exkommissar. Das war auch so eine Sache. Zum ersten Mal seit Jahren ertappte er sich dabei, wie er seinen Entschluss bedauerte, den Dienst bei der Kripo quittiert zu haben. Alles voreilig über Bord geworfen zu haben. Zum ersten Mal seit Jahren, das hatte schon etwas zu bedeuten. Zugegeben, es war nie ein Traumjob gewesen. Aber immerhin, man kam mit Leuten zusammen. Konnte andere Leute vorläufig festnehmen. Konnte hin und wieder von der Waffe Gebrauch machen. Man wurde zu Weihnachtsfeiern eingeladen. Nicht dass de Jong das gebraucht hätte. Aber das Leben war eintöniger geworden, seit Giulia den folgenreichen Entschluss gefasst hatte, sich neu zu erfinden. Und dass er unter die Möchtegern-Schriftsteller gegangen war, hatte die Sache auch nicht besser gemacht.

Womit er bei seinem dritten Hader-Thema angelangt war: Schriftstellerei wurde eindeutig überbewertet. Im Gegensatz zur landläufigen Meinung ging es gar nicht darum, richtige Worte zu finden, künstlerische Worte, um das Rätsel des Daseins mit anderen Augen anzusehen und so dazu beizutragen, es zu enthüllen, sondern einzig darum, »sich einen Namen zu machen«, wie sein Agent immer wieder betonte – einen Namen, obwohl man ja längst einen hatte.

De Jong hob die fast leere Tasse mit Cappuccino an den Mund, setzte sie aber unverrichteter Dinge wieder ab. Er haderte lieber und schob dabei das Buch, das neben der Tasse auf dem Tisch lag, ziellos hin und her. *Bestsellering for idiots* von Stanley di Maggio. Thiemo Ritschek, sein

Agent, schwor auf dieses Buch. »Da steht alles drin, was du brauchst. Was du draufhaben musst. Für angehende Autoren ist das die Bibel, glaub mir oder nicht.«

»Also dann lieber nicht«, sagte de Jong.

»An dem Buch kommst du nicht vorbei. Im Grunde sind es nur ein paar Dinge, auf die du achten musst, damit dein Buch durch die Decke geht. Nur wissen die wenigsten davon.«

Was eindeutig die wenigsten wussten, war, dass di Maggio in Wirklichkeit Holger Kerstmann hieß, einen nur mäßig besuchten Literaturzirkel an der VHS Bockum-Hövel leitete und Ritscheks »bester Kumpel« war.

Der Exkommissar winkte der Kellnerin und orderte noch einen Kaffee. Hör auf mit dem Selbstmitleid, dachte er. Warum eigentlich keinen Bestseller schreiben? Vor seinem inneren Auge erschien ein Bild: Giulias zunächst skeptischer, dann immer mehr bewundernder Blick, wenn sie den Fernseher einschaltete und kaum fassen konnte, was sie sah: Niklas de Jong in einer Talkshow, in der er lässig darüber plauderte, wie es früher bei ihm nie geklappt hatte, wie er zwar immer von seinem Können überzeugt, aber dann doch kurz davor gewesen war aufzugeben, und wie dann über Nacht der Erfolg regelrecht über ihn hinweggeschwappt war. Also schlug de Jong den Schinken auf und las:

Dein Buch muss ca. 600 Seiten umfassen. 700 oder 1000 ist auch gut (übertreib es aber nicht, sonst wird eine Saga daraus), nur bloß nicht unter 600. Die solltest du hinbekommen, möglichst auf spannende und nervenkitzelnde Weise. Manche versuchen es, indem sie Hunderte von Kochrezepten einfließen lassen, das bringt ordentlich Seiten, gehört aber als Trend eher in die Sechzigerjahre. Ausführliche Landschaftsbeschreibungen solltest du dir auch verkneifen. Einige lösen das leidige Seitenproblem, indem sie die Handlung ins Mittelalter oder alte Rom verlegen und etliche Seiten mit dem Prunk der Könige, Ritter und Zauberer füllen, dem Charme verschleierter Burgfräuleins oder dem Kampfgetümmel von Caesars Legionen. Keine schlechte Idee, um den geschichtsverliebten Leser dahinschmelzen zu lassen, aber bedenke: Du bist nicht der Einzige, der das Rad erfunden hat. Eine alte Thrillerweisheit besagt: Wo Mittelalter ist, wohnt auch das Gähnen nicht weit. Deshalb hier die Goldene Regel des Thrillers: Nimm einen Serientäter. Der hat den Vorteil, dass er nicht nur einmal mordet. Bedenke, wie viel das wiederverwendbare Space-Shuttle für die Raumfahrt gebracht hat. Früher, noch in den späten Siebzigern, gab sich der Leser mit einer Leiche pro Krimi zufrieden, und die musste nicht mal zerstückelt sein. Heutzutage ist der Serientäter Standard: Man konstruiert keinen großen Spannungsbogen, sondern ein hübsches und tragfähiges Ensemble aus kleinen Bögen, weil man nicht riskieren will, dass alles zusammenkracht. Immer ist der Leser kurz davor einzunicken, da passiert es: schon wieder ein Mord. Und immer so weiter …

Also dann doch lieber Selbstmitleid. Da wusste man wenigstens, woran man war. Man war gewissermaßen sein eigener Herr und musste nicht vor irgendeinem Gott der seichten Unterhaltung knicksen.

Aber mal im Ernst, sagte sich de Jong, Gott der was auch immer – darum geht's doch gar nicht. Nein, es war nicht er, der das sagte, sondern irgendeine Stimme tief in ihm drin. Ich weiß, worum es geht: um die eigentümliche Düsternis, die dich umgibt wie ein dunkelgrau gefärbter, dickschwadiger Nebel. Der dich einhüllt und einlullt. Diese Düsternis ist schuld daran, dass du deine Tage nicht mehr genießen kannst. Dass du dich nicht aufraffst und sagst: Jetzt reicht's mir aber. Die schleichende Düsternis laugt dich aus, sie setzt sich in deinen unzähligen Gehirnwindungen fest und sorgt dafür, dass du nicht nur dir selbst, sondern auch deinen Mitmenschen den Spaß am Dasein verdirbst. Die Sache mit Giulia, die Kripo-Vergangenheit, der du nachtrauerst, das unwürdige Geschäft des Thriller-Schreibens – kein Wunder, dass alles zusammenkommt. Ob du's willst oder nicht, es bringt dich zur Strecke, du wirst sehen.

Hör auf, halt den Mund, verlangte de Jong. Lass mich hier einfach sitzen und nachdenken. Und vor mich hin starren.

Aber dann klopfte jemand auf seinen Tisch, so wie man an eine Tür klopft. Der Exkommissar fuhr herum.

Da stand Ulf Meckelbeck und grinste.

3. Kapitel

Klopf, klopf!«, sagte der Mann, als hielte er es für nötig, die akustische Geste mit einem verbalen Untertitel zu versehen. Aber ganz offensichtlich fand er das cool. Er reichte de Jong die Hand. »Meckelbeck«, stellte er sich vor. »Ulf Meckelbeck. Und Sie sind Herr de Jong.«

»Ich weiß«, sagte de Jong.

Meckelbeck verstand das als Aufforderung, am Tisch Platz zu nehmen. Er war schätzungsweise Anfang dreißig und hatte volles, dunkelbraunes Haar. Ihn insgesamt als sportlichen Typ zu bezeichnen, wäre eine Untertreibung gewesen; sein offensiv zur Schau getragenes perfektes Aussehen ließ vermuten, dass er den größten Teil seiner Kindheit in einem Hochglanzprospekt für Outdoor-Moden verbracht hatte.

Er schenkte de Jong ein gewinnendes Lächeln. »Sie fragen sich sicher, warum ich Sie hier so überfalle.«

»Allerdings«, gab de Jong zu.

»Ganz einfach: Sie haben einen neuen Klienten.«

»Ich bin aber kein Therapeut oder so was.«

»Ich meine schnüfflermäßig. Als Detektiv.«

De Jong sah sich im Café um. »Es tut mir sehr leid, aber ich sehe hier nirgendwo einen Detektiv.«

Sein Gegenüber verschränkte die Arme vor der Brust. Ein selbstgefälliges Kichern durchlief seinen Oberkörper. »Genau das hat sie mir gesagt.«

»Sie?« Jetzt wurde de Jong hellhörig.

»Dass Sie von so was nichts hören wollen.«

Die Kellnerin brachte zwei Cappuccino. De Jong ignorierte seinen, während Herr Meckelbeck nach der Tasse griff und hineinpustete. »Sie haben ja recht, mein Guter. Da sind Dinge, die ich von Ihnen weiß, aber Sie sind vollkommen ahnungslos, was mich angeht. Und das als Schnüffler.«

»Wer ist *sie*?«

Meckelbeck atmete ein und wieder aus, als wollte er noch mal von vorn beginnen. »Also, erst mal zu mir: Ich bin beim Fernsehen. *Hombre-TV*, vielleicht sagt Ihnen das was.«

»Absolut nichts.«

»Ein Kanal speziell für das starke Geschlecht, läuft auf YouTube. Na ja, ich bin so was wie der Chef und für das Wetter zuständig. Azorenhochs und Islandtiefs – Sie wissen schon. Vor langer Zeit hab ich übrigens zwei Semester zusammen mit Ihrem Kollegen Achim Bühlow Steuerrecht studiert.«

»Ich habe keine Kollegen«, sagte de Jong.

Der Mann, der sich Ulf Meckelbeck nannte, nahm einen Schluck Kaffee und räkelte sich auf seinem Stuhl. De Jong meinte sie mit den Händen greifen zu können, diese unangenehme Ausstrahlung jener gut aussehenden Menschen, die sich ihres Gutaussehendseins in jeder Sekunde ihrer gut aussehenden Existenz bewusst sind, eine ungute Mischung aus Eitelkeit, Selbstverliebtheit und Hochnäsigkeit.

»Tja, und Alarich kenne ich auch schon lange«, sagte der Mann. »Über ihn habe ich Giulia kennengelernt. Sie hat mir gesagt, dass sie mal mit einem Bullen zusammen war.« Das Lächeln verwandelte sich in ein unverschämtes Grinsen. »Natürlich hat sie mir dringend abgeraten, Sie zu konsultieren, de Jong. Aber das hat mich in meinem Beschluss natürlich nur bestärkt.« In einer abwehrenden Geste hob Meckelbeck plötzlich beide Hände. »Nicht, dass Sie denken, ich hätte etwas mit ihr gehabt. War nur ein oder zweimal draußen bei den beiden zum Abendessen eingeladen.«

»Wo draußen?«

»Auf dem Bauernhof, den Alarich gekauft hat. Ein Biohof mit echten Hühnern und allen Schikanen. Irgendwo auf dem Land, in der Nähe von Amelsbüren. Aber da ist sie, wie gesagt, inzwischen wieder ausgezogen. Wohin, das dürfen Sie mich nicht fragen.«

»Na gut«, sagte de Jong und zog erneut sein Portemonnaie hervor. »Jedenfalls danke für die Information.«

Er wollte aufstehen, aber Meckelbeck ergriff seinen Arm und hielt ihn zurück. In seiner Geste lag plötzlich eine Ernsthaftigkeit, die auffiel, weil sie überhaupt nicht zum Sunnyboy-Gehabe passte. »Wollen Sie denn nicht wissen, weshalb ich Ihre Hilfe brauche?«

De Jong nahm wieder Platz, nicht zuletzt wegen dieser Ernsthaftigkeit. Aber jetzt war es an ihm, sich zurückzulehnen. »Was an Giulias Erklärung, dass ich von so was nichts wissen will, war Ihnen denn unklar?«

Etwas blitzte in Meckelbecks Augen auf. Etwas Unguntes, das in etwa sagen wollte: Na schön, du hast es nicht anders gewollt. »Giulia hat mir noch etwas erzählt«, sagte Meckelbeck. »Nämlich, dass Sie sich einer brotlosen Kunst verschrieben haben.«

»Davon versteht sie nichts«, sagte de Jong.

»Sie sagte, dass sie sich fragen würde, wie Sie überhaupt über die Runden kämen, de Jong. Und dann ich: Wenn's weiter nichts ist, ich hätte schon eine Idee, wie wir dem guten Mann unter die Arme greifen könnten.«

Die Vorstellung, dass Meckelbeck ihm unter die Arme griff, war de Jong alles andere als angenehm. Er verschränkte sie demonstrativ vor der Brust und sah zu, wie sein Gegenüber einen Schnaps orderte. Ich mag den Kerl nicht, sagte er sich. Und was ich am wenigsten an ihm mag, ist, dass er im Hinblick auf die Brotlosigkeit sogar recht hat. Sein Blick streifte das Buch auf dem Tisch: *Bestsellering for Idiots*.

»Also gut«, sagte er widerwillig. »Dann erzählen Sie mal. Nur für den sehr unwahrscheinlichen Fall, dass ich interessiert wäre.«

4. Kapitel

Ist Ihnen das Hülsbrock-Kolleg ein Begriff?«

Sie saßen immer noch in dem Café. Meckelbeck hatte irgendwelches Knabberzeug bestellt, das de Jong nicht anrühren wollte. Und jetzt, da es auf dem Tisch stand, griff er dennoch zu.

»Na ja, egal«, sagte der Mann vom *Hombre-TV*. »Es liegt da draußen, irgendwo zwischen Münster und Havixbeck. Ein Eliteinternat für zukünftige Führungskräfte. Das einzige hier in der Region.« Er grinste. »Na ja, ist wahrscheinlich nicht so Ihr Ding, was?«

De Jong verzog keine Miene.

»Da gab es zwei Selbstmorde. Angebliche Selbstmorde. Der erste heute vor drei Wochen und der zweite exakt zehn Tage später. Ein überaus seltsamer Zufall.« Meckelbeck musterte sein Gegenüber mit einem bedeutungsvollen Blick.

De Jong dachte aber nicht daran, darauf einzugehen. »Und weiter?«, erkundigte er sich und warf sich eine Handvoll Erdnüsse in den Mund.

»Die Kripo hat sich die Sache denkbar leicht gemacht. Ganz besonders Ihr Kollege Bühlow.«

»Ich hab keine Kollegen«, wiederholte de Jong.

»Und wissen Sie auch warum? Nichts gegen Hauptkommissar Bühlow, aber er hatte Urlaub gebucht. Und deshalb wollte er die Sache vom Tisch haben, so sieht's aus.«

»Aber Sie wollen mir doch nicht erzählen, die Kripo hätte einfach den Hammer fallen lassen und …«

»Nicht fallen gelassen. Sie hat ihn ordentlich zur Seite gelegt. Die Spuren gesichert, ihr Standardprogramm abgezogen, und dann ist sie genau zu dem Schluss gekommen, zu dem sie kommen sollte.«

»Nämlich?«

»Selbstmord. Verursacht durch einen tödlichen Medikamentencocktail.«

»Aber das war gar nicht so?«

»Doch, genau so.«

»Sie wollen sagen, die Kripo hat es sich denkbar leicht gemacht, weil es denkbar leicht *war*?«

»Zwei Menschen nehmen sich angeblich das Leben, beide werden in der Badewanne aufgefunden. Urban Kleist und Götz Schnelling. Beide sind ehemalige Schüler des Kollegs. Genau wie ich.«

»Verstehe«, sagte de Jong. »Das klingt jetzt so, als befürchteten Sie, dass auch Sie Selbstmord begehen könnten.«

Meckelbeck fand das nicht komisch. »Es sind keine Selbstmorde. Die beiden wurden umgebracht. Dass es wie Selbstmord aussieht, ist doch klar: Der Mörder wollte, dass alle *dachten*, sie hätten sich selbst das Leben genommen.« Er griff neben sich, beförderte ein Aktenköfferchen auf den Tisch und ließ die Verschlüsse aufklicken. Obenauf lag eine Art Brief, den Meckelbeck entfaltete und zu de Jong hinüberschob. »Sieht das etwa nach Selbstmord aus?«

Ich, ..., ... , (Nachname, Vorname) erkläre hiermit, in voller Absicht aus dem Leben zu scheiden. Warum? Nun, da gibt es eine Menge Gründe. Und seien wir ehrlich, wir alle leben doch nur deshalb in den Tag hinein, weil wir diese Gründe nicht wahrhaben wollen. Wir lügen uns in die Taschen, aber ich sage: nicht mit mir. Mir reicht's. Ich nehme jetzt ein Bad.

....

(Datum, Unterschrift)

Bitte dieses Dokument ausfüllen und gut sichtbar am Tatort hinterlassen.

»Ein Abschiedsbrief«, sagte de Jong und nickte. »Nur für den Fall, dass Sie die Absicht haben sollten, Selbstmord zu begehen.«

»Der ist nicht von mir. Ich habe ihn bekommen.«

»Mit der Post?«

»Unfrankiert. Er wurde eingeworfen.«

»Was sagt die Kripo dazu?«

Achselzucken. »Sie hält es für einen schlechten Scherz.«

»Verstehe«, sagte de Jong. »Kein Scherz, über den Sie lachen können.«

»Der gute Joachim macht sich die Sache ein bisschen leicht.«

»Der gute Joachim?«, fragte de Jong.

»Bühlow. Mein ehemaliger Kommilitone.« Meckelbeck zuckte mit den Schultern. »Na ja, wir sind beide nicht beim Steuerrecht geblieben, was?«

Eine Weile knurpsten beide schweigend, bis de Jong erneut nickte. »Und ich soll rausfinden, wer Ihnen diesen skurrilen Brief zugesteckt hat?«

»Genau.« Ulf Meckelbeck wandte sich wieder dem Aktenkoffer zu und zog einen bunten Flyer heraus. Er legte ihn vor de Jong auf der Tischplatte ab. »Passen Sie auf: Das Hülsbrock-Kolleg feiert in diesem Jahr sein vierzigjähriges Bestehen und bietet in diesem Zusammenhang eine Vielzahl besonderer Veranstaltungen an – Fortbildungen, Vorträge und Wochenendseminare. Ich wurde auch eingeladen, eine zu übernehmen, habe aber abgelehnt. Aus den geschilderten Gründen. Also, ich dachte mir Folgendes: Sie könnten an meiner Stelle an einem Fortbildungswochenende teilnehmen. Hier«, er deutete auf die Titelzeile des Flyers, *Gewinnerstrategien*. »Ich habe schon für Sie gebucht.«

»Wie aufmerksam«, sagte de Jong.

»Es ist ein Seminar für Führungskräfte, also würden Sie sich als Führungskraft präsentieren.«

Träum weiter, dachte de Jong. Wenn du glaubst, ich werde für die paar Kröten den Tanzaffen geben …

»In welchem Unternehmen, ganz egal, Ihnen fällt schon was ein. Und dann finden Sie heraus, ob die beiden Toten auch so einen Brief erhalten haben, wovon ich ausgehe. Sie hören sich um, ermitteln schnell und effektiv. Ich muss wissen, wer hinter diesen sogenannten Selbstmorden steckt.«

De Jong zögerte. Der schöne Mann schenkte ihm ein gewinnendes Lächeln, dieses war aber einige Grade kühler als das erste gewinnende Lächeln. »Es wird sich für Sie sicher lohnen.« Meckelbecks Hand schob den Flyer noch etwas weiter in de Jongs Richtung. »*Hombre-TV* ist eine Goldgrube. Jede Woche haben wir ein paar tausend Klicks mehr. Und mittlerweile sind wir ein Team von sechs Mitarbeitern.«

»Sehr beeindruckend«, lobte de Jong.

»Also was ist: Haben wir einen Deal? Ich verspreche Ihnen, das Honorar wird satt ausfallen, jedenfalls für Ihre Verhältnisse.«

Das mit den Verhältnissen nahm de Jong ihm übel. Er griff nach dem Flyer und faltete ihn auf. Drei Scheine fielen heraus. Große Scheine, wie de Jong zur Kenntnis nahm. Scheine dieser Größe bekam er selten zu Gesicht.

Der Schönling wartete. »Na, was ist? Machen Sie was aus sich, de Jong. Vergolden Sie Ihr Talent. Kommen Sie zu uns auf die Siegerstraße.«

* * *

Eigentlich war de Jong fest entschlossen gewesen, seinen potenziellen Klienten darauf hinzuweisen, dass er, wenn er überhaupt privatdetektivisch tätig wurde, ausschließlich für sympathische Menschen arbeite – und da er nicht die Absicht habe, von diesem Prinzip abzuweichen, habe er leider keine andere Wahl, als das Angebot abzulehnen. Aber dann hatte er doch zugesagt. Die drei großen Scheine, die Meckelbeck beiläufig als einen »ersten Vorschuss« bezeichnet hatte, ließen ihm keine andere Wahl; de Jong mochte weltfremd sein, aber Angebote, die man nicht ablehnen konnte, erkannte er, wenn er sie vor sich hatte. Die Scheine würden hilfreich sein, den momentanen Engpass zu überbrücken. Und vielleicht auch, um eines Tages doch noch Giulia zu beeindrucken und all diejenigen auszustechen, die um sie herumscharwenzelten.

»Also gut«, hatte er schließlich gesagt. »Wir haben einen Deal.«

»Eine sehr vernünftige Entscheidung«, lobte Meckelbeck, sah auf seine Uhr und erhob sich im selben Moment. »Ich muss jetzt dringend zu einem Redaktionsmeeting. Alles Weitere steht in dem Flyer. Dann sag ich schon mal: Waidmannsheil! Ich höre von Ihnen.« Im nächsten Moment stand er am Tresen und beglich die Rechnung, ein Vorbild an Effektivität.

Aber er kam doch noch mal zurück zu de Jong. »Ein letzter Tipp«, raunte er. »Es könnte nicht schaden, wenn Sie etwas mehr aus sich machen würden – was das Outfit angeht.«

Das war das Zweite, das de Jong ihm übelnahm. Schon jetzt ärgerte er sich darüber, auf den Deal eingegangen zu sein, wenn ihm natürlich auch klar war, dass er es sich nicht leisten konnte, ihn platzen zu lassen. Ein Dilemma, das jede Menge Raum für weiteres ausgiebiges Ärgerlichsein bot. *Vergolden Sie Ihr Talent, kommen Sie zu uns auf die Siegerstraße.* De Jong hasste diese Straße, ohne sie jemals befahren zu haben; in seiner Vorstellung gab es weder Radwege noch Zebrastreifen, von einer Geschwindigkeitsbegrenzung ganz zu schweigen. Nur eine breite Überholspur und geschwindigkeitsgeile, unentwegt lichthupende Raser. Was diesen Meckelmann anging, so hatte der jedenfalls die Chance, de Jong als Partner auf Augenhöhe zu behandeln, ausgeschlagen. Ob ihm das zum Vorteil gereichte, würde sich erst noch zeigen.

Zurück auf dem Alten Mädchen, fuhr er seinen Laptop hoch, der seinen Beitrag zu de Jongs zäher, grüblerischer Stimmung leistete, indem er mit einem heiteren Klingeln den Eingang einer E-Mail meldete:

Wie geht's, Nikki? Lange nichts von dir gehört. Lebst du noch? Wenn ja, sollten wir uns mal wieder zusammensetzen, was meinst du? JW.

Janwillem, sein Halbbruder. Ausgerechnet heute. Und dass sie lange nichts voneinander gehört hatten, hatte ja wohl seinen Grund.

Der Exkommissar schaltete den Rechner aus und begab sich nach oben an Deck. Es war ein vielversprechender Frühlingsabend, eine frische Brise bürstete die sonst fast spiegelglatte Oberfläche des Dortmund-Ems-Kanals und ließ ihn wie einen Fluss aussehen. Die Ufer zu beiden Seiten waren fest in der Hand der Freizeitsportler, auf dem Wasser paddelte eine Entenfamilie. De Jong lehnte mit dem Hintern gegen die Reling und entfaltete den Flyer, den Meckelbeck ihm überreicht hatte.

Gewinnerstrategien – Fortbildungsveranstaltung im Rahmen des 50-jährigen Jubiläums des Hülsbrock-Kollegs für Führungskräfte.
Freitag: Anreise bis 16.00.
Eröffnungsveranstaltung 16:30 mit Dr. Otto Schrödinger. Anschließend Begrüßungsrunde.

18:00 Abendessen.
Samstag: Frühstück bis 10:00.
10:30 – 12:30: Wettbewerb und Fairness – Vortrag mit anschließender Diskussion mit Prof. Melanie Schutt.
12:30 Mittagessen, anschließend Pause bis 15:00.
15:30: Empathie für Führungskräfte – ein Coaching mit Entspannungsübung.
18:00: Abendessen und Ausklang.
Sonntag: Resumee, Abschlussrunde und Abreise.

Freitag, das war ja schon morgen. De Jong steckte den Prospekt in die Tasche zurück und fühlte dabei die Scheine. Den ersten Vorschuss. Was sprach eigentlich dagegen, ein wenig auf der Siegerstraße zu rasen und die Lichthupe zu betätigen? Er ging hinunter und fluchte, als er über einen Rolluntersetzer stolperte und beim Haltsuchen beinahe ein Bücherregal zum Einsturz gebracht hätte. Die Untersetzer hatte er im Baumarkt besorgt, sie waren im Angebot gewesen, und de Jong plante, seine schweren Blumentöpfe daraufzustellen, sodass man sie leichter bewegen konnte. Keine schlechte Idee, aber bis jetzt war er einfach nicht dazu gekommen, sodass die rollenden Brettchen untätig und störend auf dem Boden herumstanden.

Der Exkommissar holte einen Koffer hervor. Während er ein paar Sachen einpackte, ging ihm Janwillems Mail durch den Kopf. Vergolden Sie Ihr Talent, hatte Meckelbeck geblubbert, als wäre er ein in Menschenform gegossener Werbespot. Wenn einer ein Talent zum Vergolden hatte, dann Janwillem, der Hochbegabte. Schon als Sechsjähriger war er mit seinen Klavierspielkünsten zur

Nummer eins der örtlichen Musikschule aufgestiegen. Die Schülerzeitung hatte ihn damals als »kleinen Amadeus« gefeiert. Und seine Eltern waren so stolz auf ihn gewesen. Wie viel doch in ihm steckte! Sie hatten es immer gewusst. Janwillem, neun Jahre nach ihm geboren, war der unumstrittene Star der Familie, hatte Niklas in die zweite Reihe versetzt, abgestellt als Aufpasser und Elternersatz für Zeiten, in denen seine Mutter und ihr neuer Lebenspartner in ihrer jungen Liebe ungestört sein wollten.

Mein Bruder, dachte de Jong, ja, der wäre der Richtige für Meckelbeck. Für den Job. Denn Janwillem kannte die Siegerstraße wie seine Westentasche. Er war dort aufgewachsen.

* * *

Das Hülsbrock-Kolleg befand sich draußen auf dem Land, auf halber Strecke nach Havixbeck, abseits der Straße und gut versteckt hinter einem Waldstück, sodass de Jong schon x-mal vorbeigeradelt sein musste, ohne es zu bemerken. Nur ein unscheinbares, pfeilförmiges Straßenschild mit der Aufschrift *Zum Kolleg* deutete auf einen asphaltierten Weg, der rechts von der Straße abging, den ein weiteres Schild kurz darauf zur *Privatstraße* erklärte. Diese führte durch das Waldstück hindurch, hinter dem sich der Blick auf ein beeindruckendes Gebäudeensemble im Stil des Barock öffnete, erbaut im 17. Jahrhundert als Residenz für den Fürstbischof von Münster, heute zum Eliteinternat und Fortbildungsinstitut umgerüstet. Bestehend aus einem Haupthaus, einer Kapelle, Gesindehäusern und Stallungen. Darum herum erstreckte sich ein weitläufiger Park im englischen Stil, mit geometrisch exakt angelegten Beeten, die aus der Luft betrachtet Kleeblätter ergaben, penibel frisierten Hecken und ovalen Teichen, auf denen exotische Schwimmvögel herumpaddelten.

Freitagnachmittag, kurz nach fünfzehn Uhr. Eine träge Nachmittagssonne hing an einem blauen Himmel, der ein wenig blass wirkte, da er mit hauchdünnen Wolkenschleiern verhangen war. De Jong näherte sich auf dem Asphaltweg radelnd dem Haupteingang, mitten durch die künstliche Landschaft aus beschnittenen Buchsbaumhecken, malerischen Teichen und sternförmigen Rasenflächen hindurch. Von irgendwoher drang das Geräusch eines Rasenmähers. Schließlich bog er nach links auf den Gästeparkplatz ab, auf dem drei fettleibige SUVs in der Sonne blitzten. Aber es gab auch einen Fahrradständer, und gleich dahinter führten vier Treppenstufen hinauf zu einer Doppeltür, auf der *Anmeldung* stand.

De Jong betrat ein Foyer. Linker Hand befanden sich Sitzmöbel und Tische. Drei Jugendliche – zwei Jungs, ein Mädchen – hingen dort ab und widmeten sich ihren Smartphones, mit Ausnahme eines der Jungen, der ein Buch las. Schüler des Kollegs, vermutete de Jong und wandte sich nach rechts. Seine Schritte hallten auf dem Steinboden. Er trat an einen Tresen. Vor ihm lagen ein ganzer Stapel Flyer sowie eine Handvoll Kugelschreiber mit dem Logo des Kollegs, der Website-Adresse und dem Slogan *Optimis Optimum semper!* – den Besten immer das Beste. Er ließ einen kleinen Drehständer mit

Ansichtskarten kreisen, die das Hülsbrock-Internat in den verschiedensten Perspektiven zeigten, als auf der anderen Seite des Tresens der Kopf einer Frau erschien. »Kann ich Ihnen helfen?«

Sie war schätzungsweise um die fünfzig, hatte kurzes, schwarzes Haar und trug eine dickrandige Brille, an deren Bügeln ein goldenes Kettchen befestigt war, das um ihren Hals herumführte.

»Guten Tag«, sagte er. »De Jong. Ich bin angemeldet für den Wochenendkurs.«

Das Gesicht der Empfangsdame verfinsterte sich leicht, als hielte sie das für wenig glaubhaft. Sie gab etwas in den Computer ein, wartete einen Moment und starrte auf den Bildschirm. Dann nickte sie. »De Jong, Niklas.« Sie wandte sich ihm zu, und ein ultrakurzes Lächeln durchzuckte wie Wetterleuchten ihr Gesicht. »Willkommen. Sie sind in Zimmer 19 untergebracht.« Damit schob sie ihm einen Schlüssel zu.

»Und Ihr Name war …?«, sagte de Jong.

»Das ist drüben im Gästehaus.« Sie zeigte in die Richtung, aus der er gekommen war. »Auf der anderen Seite, hinter dem kleinen Teich. Abendessen um achtzehn Uhr.«

»Also gut«, sagte de Jong. »Und wo …«

»Die Begrüßung findet sechzehn Uhr dreißig im Seminarraum 2 statt. Der ist im Gebäude direkt nebenan.«

Zimmer 19 befand sich im ersten Stock, auf einem langen, mit dunkelgrünem Teppichboden ausgelegten Flur zwischen Zimmer 17 und 21 und war mit Doppelbett, einem Schreibtisch und einem geräumigen Badezimmer ausgestattet. Das breite Fenster blickte auf den Park hinaus, aber die Aussicht wurde zum größten Teil von einer knorrigen Eiche direkt vor dem Fenster verdeckt. Auf dem Schreibtisch, neben der Willkommensmappe mit allen Informationen und Telefonnummern, entdeckte de Jong einen weiteren Flyer: *Dark Energy – das Potenzial der Zukunft. Einführungsveranstaltung mit Arminius Waldemar. Dark Energying, jeden Freitagabend 20:00 in Seminarraum 13. Bitte an Decke und Wollstrümpfe denken.*

Der Exkommissar nahm eine Dusche, verzichtete aber anschließend darauf, Outfit-mäßig etwas aus sich zu machen, und brach aus reinem Trotz in Jeans und T-Shirt in Richtung Begrüßungsraum auf. Ein reichlich kindisches Verhalten, schließlich konnte er ja wohl kaum darauf hoffen, dass der schlechte Eindruck, den er eventuell hinterlassen würde, auf seinen eingebildeten Klienten zurückfiel. Obendrein verirrte er sich zuerst in das falsche Gebäude und landete in einer Turnhalle, wo er in ein Basketball-Training platzte, und traf schließlich deutlich verspätet im Seminarraum 2 ein. Schätzungsweise zwanzig teilnehmende Führungskräfte, einige in Anzug und Krawatte, einige legerer gekleidet, musterten ihn neugierig, als er sich durch die hintere Stuhlreihe zu einem der freien Plätze schob. Sobald er Platz genommen hatte, erhob sich jemand in der ersten Reihe, trat mit ineinander verschränkten Händen vor die Anwesenden und räusperte sich vernehmlich.

»Ich darf Sie herzlich in unserem Kolleg begrüßen und hoffe, dass Sie eine stressfreie Anreise hatten.« Der Mann warf sich in eine Pose und zwang seine Stimme in eine tiefere, theatralische Lage. »Mein Name ist Otto. Das ist italienisch und heißt acht.« Dann ein listiges Grinsen. »Na, sicher haben Sie das Zitat erkannt?«

Verhaltenes, höfliches Lachen, das darauf schließen ließ, dass dies nicht der Fall war.

»Nun, wie auch immer.« Der Mann räusperte sich erneut. »Mein Nachname ist Schrödinger, und um Fragen zuvorzukommen: Ich besitze keine Katze.«

Weiteres verhaltenes Lachen. Dem Dozenten war es offenkundig nicht gegeben, die passende Pointe zur rechten Zeit zu setzen.

»Nun, ich unterrichte an diesem Institut, unterweise unsere vielversprechenden, jungen Talente in der Kunst der Unzufriedenheit.«

De Jong schätzte Schrödinger auf Mitte dreißig, seine Augen blitzten fröhlich in einem rechteckigen Gesicht. Seine ganze Statur war rechteckig. Die kräftige Figur, der Hals, der fast den gleichen Umfang hatte wie der Kopf – der Mann, der die Gäste begrüßte, wirkte nicht wie ein Intellektueller, sondern eher wie ein Boxer oder Quarterback einer amerikanischen Football-Mannschaft. Nach der üblichen Begrüßung wollte er als einleitenden Gedanken ein paar Worte über Spiritualität loswerden. Dass Spiritualität immer schon eine Sinnperspektive für das eigene Dasein eröffne, dass wir aber als Unternehmer und Unternehmerinnen auch im Wettbewerb stünden und uns immer fragen müssten: Wo generiert mir Spiritualität Vorteile, die die Spiritualität meines Konkurrenten oder meiner Konkurrentin nicht generiert? Mit welcher Sinnperspektive können wir die Sinnperspektiven unserer Mitbewerber auf die Plätze verweisen? Und wie können wir unsere Sinnperspektive optimieren, sodass sie auch im internationalen Wettbewerb besteht? Fragen, die sich alle mal durch den Kopf gehen lassen sollten, vielleicht später während des Abendessens, das um achtzehn Uhr im großen Speisesaal bereitstehe. Aber jetzt genug der einleitenden Worte. Die Hände entschränkten sich und klatschten dann ineinander. Jetzt wäre es doch schön, wenn man sich ein wenig kennenlerne. Weshalb er vorschlage, dass jeder ein bisschen von sich erzähle. Wo er oder sie stehe und was er oder sie sich von diesem Wochenende erwarte.

De Jong mochte keine Vorstellungsrunden – auf Fortbildungen, die er während seiner Zeit bei der Kripo absolviert hatte, hatte er so einige über sich ergehen lassen. Er blickte sich um, zählte noch einmal durch und schätzte, dass er es in zwanzig Minuten locker überstanden haben würde. Aber er täuschte sich. Zwar beließen es die meisten Teilnehmer dabei, kurz und knapp zusammenzufassen, wer sie waren, was sie beruflich machten und wieso sie hier saßen; andere dagegen starteten zunächst verheißungsvoll, verirrten sich aber dann hoffnungslos in der eigenen Biografie, verloren sich in Dingen, die eigentlich keiner wissen wollte, tragischen Familienereignissen, die alles verändert, und Weltreisen, die ihnen die Augen geöffnet hätten. Die Umsitzenden hingen gebannt an ihren Lippen, was den Vortragenden dazu anstachelte, noch weiter auszuholen – fälschlicherweise, denn was er für Interesse hielt, war in Wirklichkeit die schiere Angst, dass der Monolog niemals ein Ende nehmen würde.

Mehrheitlich entstammten die Führungskräfte dem Versicherungsbereich, zwei waren aus der Chefetage des Uniklinikums angereist. Eine ältere Dame in einem Hosenanzug saß im Personal- und Organisationsamt der Stadt Münster. Den Stuhl neben de Jong besetzte eine blonde Frau, die in Violett gekleidet war und mit ihrem süßen Parfum die komplette dritte Stuhlreihe mühelos überduftete. Sie habe, wie sie ausführte, erst kürzlich einen Escort-Service gegründet, der sich ausschließlich auf den geistlichen Bereich konzentriere, und sei gespannt auf neue Impulse, die sie von diesem Wochenende mitzunehmen gedenke. De Jong, der nach ihr drankam, faselte vage etwas von einem Start-up, das auch er gegründet habe, aber er ging nicht darauf ein, welches, weil er vergessen hatte, sich vorher etwas zu überlegen. Und da die Escort-Frau so gut wie alle Aufmerksamkeit auf sich zog, hörte ihm eh kaum einer zu.

Endlich klatschten Schrödingers Hände erneut zusammen, und er bedankte sich bei den Teilnehmern. »Dann bleibt mir nur noch, jetzt allen einen gesegneten Appetit zu wünschen.«

5. Kapitel

Das Abendessen war gehobene Großküche. Auf dem Teller thronte ein sanfter Hügel aus gelbem Kartoffelpüree über einem dunkelbraunen Soßensee, in dem ein Stück Fleisch schwamm. Statt eines Ufers auf der anderen Seite verlor sich das dunkle Gewässer in einem morastigen Gebüsch aus grünem Salat, der auch Möhrenstreifen enthielt und mit einem recht süßen Dressing zubereitet war. Die Nachspeise, eine hautfarbene Creme oder ein Pudding, war nicht de Jongs Fall, weshalb er sie seiner Tischnachbarin anbot. Sie lächelte dankbar, aber lehnte ab. Das hatte er schon kommen sehen, da sie das vegetarische Gericht bestellt hatte. Welcher Vegetarier fand Gefallen an einem hautfarbenen Pudding? Neben ihrem Teller stand auch einer, aber der leuchtete in einem fröhlichen Erdbeer-Rot.

»Niklas de Jong«, sagte de Jong und nahm seine Nachspeise wieder zurück.

Die Frau war Ende zwanzig, trug ihr widerspenstiges, rötliches Haar zu einem Pferdeschanz zusammengebunden und hatte ein freundliches, irgendwie auch widerspenstiges Lächeln. »Holm«, stellte sie sich vor, während sie kaute. »Rabea Holm.«

»Und was führt Sie hierher?«, fragte de Jong, um Konversation zu machen. »Das gute Essen wird es ja wohl nicht sein.«

Sie lächelte wieder. »Mein Bruder sollte eigentlich hier sitzen. Aber er ist verhindert. Also bin ich eingesprungen.«

»Er ist also die Führungskraft?«

Rabea nickte. »Ein kleines, aber feines Unternehmen in der IT-Branche. Das Wochenende war schon gebucht, und da« – sie wedelte mit der Gabel – »dachte ich mir, solche Gewinnerstrategien draufzuhaben kann nicht schaden. Man weiß nie, wofür man sie noch braucht.«

»Sehe ich genauso«, sagte de Jong.

Eine Weile schwiegen beide. Rabea schien zu überlegen, ob sie ihren Nachtisch auch stehen lassen sollte, aber dann griff sie doch nach dem kleinen Löffel und stocherte vorsichtig in der roten Masse herum. De Jong fand, dass er noch etwas sagen sollte, er wollte schließlich nicht dasitzen und ihr beim Essen zusehen. Aber ihm fiel nichts Gescheites ein, und dann beendete auch schon Schrödinger, der Tagungsleiter, die peinliche Pause, indem er mit einem Glas klingelte. Er würde sich freuen, alle Tagungsgäste nachher, gegen zwanzig Uhr, drüben im Café zu begrüßen, wo man bei einem Glas Wein zusammensitzen und ein wenig plaudern könne.

Das Café war im Hauptgebäude untergebracht und nannte sich Ausklang. Es gab viele kleine Tische, an denen die Teilnehmer des Wochenendes Platz nehmen und sich zwanglos kennenlernen konnten, bei einem Glas Wein, Wasser oder Schorle, das sie am Tresen erwarben. Dr. Schrödinger, der Mann ohne Katze, eröffnete den lockeren Teil des Abends, ergriff vorab aber noch einmal das Wort, indem er zunächst über den Namen des Cafés sinnierte, dass ein Ausklang wichtig sei, um mit sich selbst im Einklang zu sein. Und nach einem erneuten vergeblichen Versuch, die Stimmung mithilfe eines flott eingeworfenen Filmzitats anzukurbeln, erinnerte er noch einmal an seine einführenden Gedanken zum Thema Spiritualität, als kleiner Themenvorschlag für die Einzelgespräche, ermutigte zudem ausdrücklich zu ausgedehnten Spaziergängen im Park und in der weiteren Umgebung, die sehr sehenswert sei, in der man allerdings auf der Hut sein müsse vor herumstreifenden Wildschweinen.

De Jong wollte sich die einführenden Gedanken möglichst ersparen und hatte mit seinem Bier an einem Tisch Platz genommen, der sich am Rande des Geschehens befand, mit einem Blick hinaus aus der Terrassentür, wo er den Abend dabei beobachten konnte, wie er sich allmählich – für das hektische menschliche Auge viel zu langsam – der Landschaft draußen bemächtigte.

»Na, Kollege, Sie haben uns vorhin nicht verraten, womit Sie das große Geld machen.«

Während de Jongs Blick sich dem weiten Himmel widmete, hatte jemand an seinem Tisch Platz genommen, ein Glas Rotwein in der Hand, das er auf dem Tisch abstellte. »Gestatten, Waldemar. Arminius Waldemar.«

De Jong war der Mann beim Abendessen schon aufgefallen, obwohl er weit von ihm entfernt gesessen hatte. Wobei der Mann eigentlich durchschnittlich aussah, ungewöhnlich war nur sein Gesicht. Ein extrem längliches Gesicht, das an einen Comic erinnerte, der Auffälligkeiten übertrieb, wofür vor allem die Stirn verantwortlich war. Als ob Waldemar seine Stirn verdoppelt hätte, so wie man auf ein zweistöckiges Haus noch eine dritte Etage setzte und damit die Proportionen entscheidend veränderte. Auf diese Weise war ein Kopf entstanden, der für den eher schmächtigen Körper eindeutig zu groß war. Dass er obendrein kahl war, betonten die buschigen, dunklen Augenbrauen, die wie haarige Tierchen das Antlitz bevölkerten, in besonderem Maß.

»De Jong«, sagte de Jong, und beinahe wäre ihm noch »Exkommissar« rausgerutscht. »Im Grunde ist es eine ganz simple Geschäftsidee: Wir schleimen uns bei der Mafia ein, dann schicken wir den Bossen leichte Mädchen und erpressen sie mit Sexfotos. Eine todsichere Methode, Geld zu verdienen.«

Waldemar grinste säuerlich und erhob sein Glas. »Na schön. Sie wollen Ihr Geheimnis bewahren. Das nenne ich vernünftig.«

»Sie waren ja auch nicht gerade gesprächig«, sagte de Jong.

»Eben. Und das war mit Absicht, verstehen Sie?« Der Mann beugte sich vor. »Wenn Sie den Leuten am Anfang Dinge erzählen, von denen sie keine Ahnung haben, dann grinsen sie. Machen sich lustig. Über das, was man nicht kennt, macht man sich gern lustig. Später sieht das alles schon anders aus.«

»Stimmt«, sagte de Jong, aber eigentlich hatte er nicht zugehört. Er beobachtete weiter, wie draußen, jenseits der Terrassentür, der Abend um sich griff.

»Und ob es stimmt«, bekräftigte sein Gegenüber nach einer Weile. »Dunkle Energie«, sagte er und trank einen Schluck Wein, kaute ihn genüsslich und schluckte ihn hinunter. »Schon mal davon gehört?«

»Bestimmt«, sagte de Jong.

»Nein, ich meine, sagt Ihnen das was? Haben Sie sich schon mal damit befasst?«

»Das nicht gerade. Allerdings hab ich als Jugendlicher einmal eine Nacht im Wald verbracht und da …«

Der Mann mit dem langen Gesicht wischte diese Bemerkung vom Tisch. »Ich sag mal so: Dunkle Energie ist das am meisten missachtete und unterschätzte Potenzial in diesem Universum. Um ein Vielfaches mächtiger …«

»Mächtiger als was?«, fragte de Jong.

»Als helle. Als das, was wir nutzen, um unsere Welt zu betreiben. Unsere alltäglichen Dinge, unsere Kraftwerke, unsere Autos. Und unsere Waffen.«

»Die sind nicht alltäglich«, widersprach de Jong.

»Und die Tatsache, dass sie von den meisten geleugnet und missachtet wird, macht sie für denjenigen, der sie zu nutzen versteht, umso ergiebiger.«

De Jong wandte sich jetzt doch seinem Gegenüber zu, weil die Methode, den Mann durch demonstratives Betrachten des Sonnenuntergangs zum Schweigen zu bringen, offenbar gescheitert war. »Und das wären dann Sie, vermute ich.«

»Damit liegen Sie richtig.« Der längliche Kopf nickte lange.

De Jong fiel der Flyer ein, den er in seinem Zimmer vorgefunden hatte. Der über *Dark Energying*. »Und Sie geben Kurse in dieser … Kunst?«

»Nun ja, Kurse …« Waldemar schien mit dieser Bezeichnung unzufrieden zu sein. »Ich würde es eher so nennen, dass ich ein Aggregat herstelle.«

»Ein Aggregat?«

»Ein Netzwerk, wenn Sie so wollen. Darum geht es: nicht um einzelne Energiequellen, sondern um viele. Und die vielen schaltet man zusammen. So entsteht ein Kraftwerk. Verstehen Sie?«

De Jong verstand nicht. »Reden wir jetzt von Stromerzeugung mithilfe alternativer Energie?«

Arminius Waldemars Grinsen fiel schmal aus, ein kurzes Aufflackern von Heiterkeit wie von einer defekten Neonröhre. Er erhob einen fleischigen Zeigefinger in einer »Jetzt-passen-Sie-mal-auf«-Geste. »Sehe ich etwa aus wie einer dieser langweiligen Heinis von den Stadtwerken? Nein, keine Chance, um Ihre Heizung müssen Sie sich schon selbst kümmern. Ich hingegen spreche von Kraft. Von Seelen-Kraft. Von Macht.«

»Seelen-Kraft«, wiederholte de Jong amüsiert. »Sie meinen eine dunkle Macht, mit der Sie die Seelen der Menschen manipulieren können, so etwas in der Art?« Wenn er jedoch erwartet hatte, dass sein Gegenüber sich die Ironie verbat oder wenigstens ein bisschen eingeschnappt war, dann hatte er sich getäuscht.

»Gar nicht so falsch«, bestätigte der Mann mit der Riesenstirn, leerte sein Weinglas und lehnte sich auf seinem Stuhl zurück. Verschränkte die Arme hinter seinem beachtlichen Haupt. »Dass man – wie Sie – in einer gewissen Skepsis verharrt, ist ganz normal. Aber ich gebe Ihnen ein Beispiel.«

»Nur zu«, sagte de Jong.

»Sicher haben Sie schon mal jemandem die Pest an den Hals gewünscht.«

»Nicht dass ich wüsste.« De Jong glaubte sich aber selbst nicht so recht. Vielleicht etwas anderes, dachte er, Masern oder Mundgeruch. Aber sicher nicht die Pest.

Und Waldemar nahm ihm das schon gar nicht ab. »Und? Was ist dann passiert?«

»Was dann passiert ist?«

»Ja genau. Ist der oder die Betreffende erkrankt oder nicht?«

»Natürlich nicht. Wer will denn das auch ernsthaft?«

Waldemar hob die Hand. »Ich sage Ihnen, warum es nicht geklappt hat: Der einzeln Wünschende setzt nur minimale Energie frei.«

»Der einzeln Wünschende?«

»Sie in dem Fall. Wenn Sie aber eine Menge Wünschende haben und dazu jemanden, der die Energie der vielen zu bündeln und zu fokussieren in der Lage ist ...«

»Jemanden wie Sie?«

Nicken. »... dann, sage ich Ihnen, Herr de Jong, verfügen Sie über etwas, wovor man sich mit Recht fürchten sollte.«

Eine Weile sahen beide in die beginnende Nacht hinaus. Am Himmel, der in einem feinen, ins Purpurne übergehenden Rotton hinter den Wipfeln der Bäume leuchtete, zogen schreiend ein paar Krähen vorüber. *Etwas, wovor man sich mit Recht fürchten sollte.* De Jong fand, dass sein Gesprächspartner es mit dem Pathos übertrieb. Und er überlegte, ob er sich ein Mineralwasser holen sollte. Flaschen gab es im Kühlschrank hinter dem Tresen. Daneben stand eine Tasse, in die man einen Euro warf. »Und das wäre dann ein Beispiel wofür?«, fragte er.

»Na dafür, wozu dunkle Energie imstande ist.«

»Menschen krank zu machen? Sie umzubringen?«

Anerkennendes Nicken. Der fleischige Zeigefinger deutete auf de Jong. »Dann gebe ich Ihnen gern noch ein Beispiel. Urban Kleist und Götz Schnelling. »

Jetzt horchte de Jong auf. »Die beiden Selbstmorde?«

»Selbstmorde. Okay, nennen wir sie erst mal so.« Für de Jong hörte es sich an wie: Wer an Weihnachten den Kindern die Geschenke bringt: der Weihnachtsmann? Okay, nennen wir ihn erst mal so.

»Sie glauben demnach nicht, dass es Selbstmorde waren?«

»Wenn ich glauben wollte, würde ich in die Kirche gehen, mein Lieber. Hier geht es um Wissen.«

»Ich bin ganz Ohr«, sagte de Jong.

»Es waren ohne Zweifel Morde. Das kann ich Ihnen verbindlich zusichern, weil ich weiß, wer Sie begangen hat.«

»Und das war wer?«

Der Finger machte kehrt und deutete kokett in die Gegenrichtung. »Er sitzt vor Ihnen.«

De Jong wollte auflachen – na ja, wollte er sagen, guter Witz, obwohl er nicht fand, dass es ein guter Witz war. Aber das Lachen blieb stecken. »Sie haben diese Leute umgebracht?«, wiederholte er reichlich dümmlich in Frageform, was sein Gegenüber gerade gesagt hatte.

»Genau.« Waldemar schien de Jongs Verblüffung zu genießen. »Natürlich habe ich ihnen nicht den Schädel eingeschlagen. Es geschah mit Hilfe von dunkler Energie.« Die Augen unterhalb des Stirngebirges funkelten zufrieden. Na, jetzt sind Sie platt, was?, schienen sie de Jong herauszufordern.

Der Exkommissar stand auf und begab sich zum Tresen. Er holte sich eine Flasche Mineralwasser, stülpte ihr ein Glas wie einen Hut über und ließ eine Münze in die Tasse fallen. Dann kehrte er an den Tisch zurück. Wartete darauf, dass Waldemar seinen Scherz mit irgendeiner Pointe zum Abschluss brachte. Aber das geschah nicht.

»Sie sitzen hier locker bei einem Glas Wein und wollen mir erzählen, dass Sie einen Mord begangen haben?«, brach er das Schweigen schließlich, weil er doch neugierig war. Dann öffnete er seine Flasche und goss sich Wasser ein.

Sein Gegenüber streckte ihm nur zwei Finger entgegen.

»Also gut, zwei. Und was kommt jetzt? Raunen Sie mir jetzt zu, dass Sie mich nicht gehen lassen können, weil ich zu viel weiß?«

Waldemar überhörte den Spott. »Oh nein! Sie haben mich missverstanden. Bitte, erzählen Sie das weiter. Es können gar nicht genug davon erfahren.«

»Dann nehme ich an, die Kripo ist auch schon eingeweiht.«

Nicken.

»Aber sie ist der Sache nicht nachgegangen. Weil sie Ihnen nicht geglaubt hat, richtig?«

Endlich legte sich ein ärgerlicher Schatten über die weinselig entspannte Plaudermine. »So würde ich das nicht ausdrücken, Herr de Jong. Es ist vielmehr ein trauriger Umstand, dass die Strafverfolgungsbehörde lieber einen Mord ungestraft sein lässt, als zuzugeben, dass es dunkle Energie gibt. Was sie ja täte, wenn sie mich zur Verantwortung ziehen würde. Aber es passt nicht in ihr

Weltbild, verstehen Sie? So sind die Menschen nun einmal: Bevor sie ihr beschränktes Weltbild aufgeben, nehmen sie lieber alles andere in Kauf.« Ein überhebliches Grinsen zog Waldemars langes Gesicht ein wenig in die Breite. »Sie wissen doch: Die herrschenden Gedanken einer Zeit sind immer die Gedanken der Herrschenden.«

De Jong nervte Waldemars Prometheus-Pose. »Also gut«, sagte er dann. »Ich glaube, ich verstehe Ihr Problem, Waldemar.«

»Mein Problem? Hatte ich denn etwas von einem Problem erwähnt?«

»Sie haben zwei Menschen umgebracht. Mit dunkler Energie.«

Erneutes Nicken. »Endlich ist es angekommen.«

»Und jetzt glaubt Ihnen kein Mensch, dass Sie das waren. Niemand nimmt Sie ernst. Also war alles vergebens.«

Sein Gegenüber schüttelte entschieden den Kopf. »Das wäre es vielleicht.« Jetzt senkte er seine Stimme doch zu einem geheimnisvollen Raunen. »Wenn die Sache damit ein Ende hätte.«

»Ein Ende? Sie meinen, Sie werden wieder zuschlagen?«

Waldemar erhob sich vom Stuhl und griff nach seinem leeren Weinglas. »Erst neulich hat man herausgefunden, dass über siebzig Prozent der Energie dieses riesigen Universums aus dunkler Energie besteht.« Er hob den Zeigefinger. »Denken Sie an das Schießpulver. Den Düsenantrieb. Die Kernspaltung. Es musste immer Opfer geben, verstehen Sie? Es tat immer weh. Aber am Ende hat sich die Wahrheit durchgesetzt.«

»Und die wäre in diesem Fall?«

»Ein Quantensprung, für die, die sie ertragen können. Aber für jene, die nicht sehen wollen, wird sie Heulen und Zähneknirschen sein.« Der große Kopf neigte sich zu de Jong herab. »Schönen Abend noch.«

6. Kapitel

Pünktlich gegen zweiundzwanzig Uhr dreißig war der gemütliche Ausklang zu Ende; die Führungskräfte zogen sich für die Nacht zurück. Auf seinem Zimmer angekommen, löschte de Jong das Licht und starrte eine Weile aus dem Fenster. Blickte in den Park hinaus. Unter ihm, in silbernes Mondlicht getaucht, lag das künstlich gehegte Ensemble im nächtlichen Frieden. Es wirkte nicht wie eine Landschaft, eher wie ein großes, vorwiegend in Grüntönen gehaltenes Wohnzimmer, in dem kürzlich noch jemand mit dem Staubsauger zugange gewesen war. Geharkte Kieswege, wie mit dem Lineal gezogen. Zwei tropfenförmige Teiche, so angeordnet, dass sie sich wie Yin und Yang aneinanderschmiegten und insgesamt einen perfekten Kreis ergaben, beschnittene Hecken und Büsche, die im Mondlicht tierförmige Schatten warfen – de Jong erkannte einen Elefanten und einen langbeinigen Vogel mit Schnabel, vielleicht einen Storch.

Aus irgendeinem Grund musste er an seine Schulzeit zurückdenken. *Heulen und Zähneknirschen*. Wie lange hatte er das nicht mehr gehört? In seinen Erinnerungen tauchte ein Gesicht auf: das von Herrn Rodes, der in der Grundschule sein Religionslehrer gewesen war. Herr

Rodes hatte es überhaupt nicht leiden können, Herodes genannt zu werden, und reagierte auf diese vermeintliche Verhohnepiepelung mit empfindlichen Strafen, sodass ihn praktisch kein Schüler mit Namen anzureden wagte. Sein Lieblingstext aus der Heiligen Schrift war das Gleichnis von den Talenten. Die Geschichte von einem Mann, der für längere Zeit verreist und drei Knechten sein Geld anvertraut. Fünf Talente für den ersten, drei für den zweiten, und der dritte bekam nur eins. Der erste Knecht, ein geborener Investmentbänker, schaffte es, seine fünf Talente zu verdoppeln, auch der zweite verstand etwas von Geldgeschäften und erzielte einen beachtlichen Gewinn. Der dritte, in Finanzdingen eher Laie, entschied sich, da er die stark auf Gewinn ausgerichtete Haltung seines Herrn kannte, für die sichere Lösung und vergrub sein einziges Talent, um es nicht auch noch einzubüßen. Dann kam der Herr zurück, sprach den ersten beiden ein überschwängliches Lob aus und beschenkte sie. Schließlich sei allgemein bekannt, dass er zu ernten pflege, wo er nicht gesät habe. Als ein Schüler hier zwischenfragte, ob dies überhaupt legal und nicht vielmehr eine Art Diebstahl sei, handelte er sich damit eine Stunde Arrest ein. Der dritte Knecht kam nicht so glimpflich davon: Als er das eine Talent vorzeigte, an dem noch Erde klebte, wurde er achtkantig hinausgeworfen, in die Finsternis. Und dort, in der Finsternis, ward Heulen und Zähneknirschen.

Herr Rodes hatte eine Vorliebe für solche biblischen Wendungen. Die Axt sei schon an die Wurzel der Bäume gelegt, sagte er beispielsweise gern, wenn er der Klasse zu verstehen geben wollte, dass sie nicht genug spurte.

De Jong hatte sich Gott damals nicht als bärtigen, alten Mann vorgestellt, sondern als Anzugträger, wie sie gelegentlich in amerikanischen TV-Serien auftraten. Als glatt rasierten Jüngling mit schicker Krawatte, der eine Eliteschule besucht hatte und sich mit Gewinnerstrategien auskannte. Ein Personalchef, der an seinem Schreibtisch saß und ungeduldig an seinem Kugelschreiber kaute. Der erntete, wo er nicht gesät hatte.

Abgesehen davon ahnte de Jong natürlich auch, wer mit dem ersten oder mindestens dem zweiten Knecht gemeint war: Janwillem, der Senkrechtstarter. Und dass er, Niklas, derjenige war, der aus Angst vor dem Zorn des Chefs sein Geld in der Erde verbuddelte, bezweifelte er keine Sekunde. Wegen des Heulens und Zähneknirschens.

De Jong hatte damals nachts mit den Zähnen geknirscht und sich eingebildet zu wissen, was Heulen und Zähneknirschen bedeutete. Die Kieferorthopädin fand allerdings, die Knirscherei sei nicht so schlimm, jedenfalls kein Grund zum Heulen. Gegen Zähneknirschen gab es ein Mittel: eine Knirschschiene. Wogegen sie nicht half, war die Enttäuschung im Gesicht seines Vaters, der realisierte, dass sein Stiefsohn dem dritten Sohn im Gleichnis glich. Kein Vergleich zu dem echten Sohn, Janwillem dem Hochbegabten, der auf allen Klavierwettbewerben regelmäßig den ersten Platz belegte. Und der dann mit achtzehn plötzlich die Popmusik für sich entdeckte. Von einem Tag auf den anderen stand das Piano verwaist da. Janwillem übte auf der E-Gitarre und beherrschte sie innerhalb beneidenswert kurzer Zeit auf perfekte Weise. Er gründete eine Band. Seine

Eltern waren konsterniert. Sie hatten ihn schon als Dirigenten gesehen, der mit den Berliner Philharmonikern Beethovens sechste Sinfonie inszenierte. Durch diese Pläne machte Janwillem, aus einer momentanen Laune heraus, einen dicken Strich. Immer noch bewunderten sie alles an ihm, aber jetzt schüttelten sie zum ersten Mal den Kopf – allerdings nur, wenn er nicht hinsah. Und als er den Wunsch äußerte, mit seiner Band ins Heimatland der Popmusik zu reisen, kauften sie ihm sogar die Tickets für die Überfahrt ins Vereinigte Königreich.

Auch Janwillem erntete, wo er nicht gesät hatte.

7. Kapitel

Die Nacht war schlafarm und traumlos. Was daran lag, dass das Bett für de Jongs Verhältnisse zu kurz war. Er konnte die Beine nur ausstrecken, wenn er in Kauf nahm, dass seine Füße unter der Decke hervorragten und der nächtlichen Kühle ausgesetzt waren. Kein schönes Gefühl. Die Matratze war puddingweich, sodass er sich allein vom Liegen den Nacken verbog. Aber vor allem waren es Gedanken, die ihn vom Schlafen abhielten. Gedankenfetzen, die binnen eines Sekundenbruchteils durch sein Hirn wehten, die aber zurückkehrten, sobald er in einen leichten Dämmerschlaf glitt. Sich festsetzten, auf eine stabile Umlaufbahn einschwenkten. Und dann unaufhörlich kreisten. Giulia und ihr Wulfila – nein, so hieß er gar nicht. Aber wie dann? Es war nicht Wulfila, aber so etwas Ähnliches gewesen. Der Name wollte ihm nicht einfallen, und er grübelte stundenlang zwanghaft über ihn nach, obwohl es wohl kaum etwas auf diesem Planeten gab, das ihn weniger interessierte. Immerhin, dachte er, bin ich Meckelbeck schneller wieder los als gedacht. Was wird er sagen, wenn ich ihm morgen früh schon den Mörder dieser Selbstmorde präsentiere? Und dass ich die schreckliche Wahrheit quasi nebenbei, bei einem Glas Wein, erfahren habe? Würde er sich überhaupt mit einem Spinner als Täter zufriedengeben? Unwahrscheinlich, aber was blieb ihm übrig …

So gegen Morgen – draußen waren die Vögel längst lautstark erwacht – dämmerte de Jong dann doch ein. Und ein Traum schien sich auch noch einzustellen – er handelte von einer Frau, die unter der Dusche stand und Reinhard Meys *Über den Wolken* plärrte, wobei ihre durchdringende Stimme haltlos und im freien Fall durch sämtliche Tonarten taumelte. De Jong blinzelte und wachte lieber auf, um seine Ohren zu schonen. Die Stimme verstummte aber nicht. Nebenan rauschte eine Dusche. Und die Zimmernachbarin trällerte, schraubte ihre Stimme aufwärts, als hoffte sie, einen dieser Töne da oben zu fassen zu kriegen und sich daran festzuhalten, um gleich wieder ins Trudeln zu geraten … Also doch kein Traum, sondern bittere Wirklichkeit.

Zum Frühstück kam er zu spät. Er hatte wohl nicht bedacht, dass die meisten Führungskräfte Workaholics waren und damit mindestens Frühaufsteher. Was de Jong betraf, so fühlte er sich eindeutig noch nicht fit genug, um bei einer Tasse Kaffee locker über Gewinnerstrategien zu parlieren oder den smarten Unternehmer zu schauspielern. Er hatte ja auch immer noch keine Idee, was für ein Unternehmer er sein wollte. Also war es ihm ganz recht, fast allein im großen Speisesaal zu sitzen und das wirklich bemerkenswerte Frühstück mit allen Schikanen in Ruhe zu genießen. Während er sein Tablett mit Rührei, Schinken und Kirschsahnejoghurt, einem Cappuccino und einem Glas frisch gepressten

Orangensaft belud, winkte er dem Personal zu, das schon dabei war, die Tische abzuräumen und sie für das Mittagessen aufzuhübschen. An einem Tisch ganz am anderen Ende des Saales bemerkte er doch noch jemanden: Waldemar und Schrödinger, die in ein intensives Gespräch vertieft schienen. Waldemar nickte ihm zu, und de Jong hob seine Gabel zum Gruß. Diesen Mann, dachte er, schickt mir der Himmel. Meckelbeck, der arrogante Schnösel, schickt mich auf dieses Gewinnerseminar, und schon am ersten Abend habe ich den Mörder, den er sucht. Schön wär's. Das Problem dabei war ja gar nicht, dass sein Kandidat auf eine intellektuelle Weise nicht alle beisammen hatte – de Jong konnte sich vorstellen, dass der Mann von Hombre TV durchaus eine Schwäche für hochgestochenen Unsinn hatte. Aber mit seinem Gefasel über dunkle Energie und den Gedanken der Herrschenden übertrieb dieser Kerl einfach maßlos.

De Jong biss von seinem Toast ab und zuckte zurück, weil die Rhabarbermarmelade einen seltsamen säuerlichen Beigeschmack hatte. Er griff nach dem Glas und nahm den Brotaufstrich in Augenschein: Sauerkrautcreme aus eigener Herstellung. Das meinen die doch nicht ernst, dachte er und legte die Scheibe Toast beiseite.

Aber da war noch ein anderer Beigeschmack: etwas, das ihn zögern ließ, die Sache auf diese simple Art und Weise abzuschließen. Vielleicht konnte man es Berufsehre nennen, hätte de Jong unmissverständlich klargemacht, dass er mit der privaten Schnüffelei nichts im Sinn hatte. Die altbekannte Tatsache, dass echte Mörder alles taten, um nicht als solche entlarvt zu werden, und dass es sich einfach nicht gehörte, wenn irgendein langschädeliger Kerl daherkam und Morde in wichtigtuerischer Weise für sich vereinnahmte. De Jong war fest entschlossen, als Ermittler nur Täter zu akzeptieren, die gewisse Mindestanforderungen erfüllten.

»Herr de Jong, richtig?« Schrödinger ohne Katze stand neben seinem Tisch und schenkte ihm ein joviales Lächeln. »Einen schönen guten Morgen. Ich hoffe, Sie genießen Ihr Frühstück.«

»Ich auch«, sagte de Jong, der noch dabei war, mit frischgepresstem Orangensaft den Sauerkrautgeschmack zu bekämpfen.

»Nicht dass ich Sie drängen wollte«, Schrödingers Hand legte sich kurz auf de Jongs Arm, »aber wir beginnen in vier Minuten. Seminarraum 2, so wie gestern.«

* * *

Die Arbeitseinheit am Samstag lautete: Wettbewerb und Fairness. Moderiert wurde sie von Melanie Trudeau, die gleich zu Anfang eine Frage in die Runde warf. Und es war wirklich eine Runde. Die Führungskräfte hatten dieses Mal einen Stuhlkreis gebildet. Da de Jong wieder spät dran war, blieb ihm das minutenlange, von Räuspern und Magenglucksen konzertierte Warten auf den Beginn erspart. Wenigstens kam Frau Trudeau schnell zur Sache, ohne auf einer Begrüßungs- oder einer weiteren Vorstellungsrunde zu bestehen. Sie war schlank, trug ihr blondes Haar recht kurz und schien sich in legeren Klamotten, in diesem Fall einer engen

Jeans und einer cremefarbenen Bluse, wohlzufühlen. Die Dozentin für Wettbewerb strahlte eine hektische Entschlossenheit aus, was vor allem ihrer durchsetzungsfähigen Stimme geschuldet war. Und die Frage, die sie in die Runde warf, lautete, was man überhaupt unter Fairness verstehen solle. Dazu wolle sie ein Bild heraufbeschwören. Ein Stadion. Läufer, die durchs Ziel gehen. Die Tabelle einer Bundesliga. Oben und unten. Kein Sport ohne Fairness, nicht wahr? Aber zurück zu den Athleten im Stadion: Angenommen, wir erführen, dass einer mit nur einem Bein startet, ein anderer mit Bleigewichten in den Schuhen losmuss und ein dritter gratis hundert Meter Vorsprung erhält, würden wir den Wettbewerb dann immer noch fair finden? Und wäre dieses unwürdige Theater letztlich nicht viel näher an der Realität als die Hochglanz-Werbeclips auf den Sportkanälen? Das waren gleich mehrere Fragen, und deshalb verhängte Frau Trudeau eine kurze Kaffee- und Kekspause, in deren Anschluss sie vorschlug, Kleingruppen zu bilden, die sich jeweils einem Teilaspekt der aufgeworfenen Fragen widmen sollten. Sodass man dann, so gegen zwölf, kurz vor dem Mittagessen, die Ergebnisse in der großen Runde zusammentragen würde.

De Jong war nicht erpicht auf Kleingruppen. Er nutzte das Gedrängel in der Kekspause, um sich vom Acker zu machen. Draußen im Park setzte er sich auf eine Bank, atmete den Duft frisch gemähten Grases ein und lauschte Tonleitern, die von einem Klavier aus irgendeinem Fenster der Schule herüberklangen. Dann zog er sein Handy hervor und rief Hauptkommissar Achim Bühlow an.

»Ja? Wer ist denn da?« Bühlows Stimme wurde von einem Rauschen überdeckt, das de Jong zunächst für Meeresrauschen hielt. Aber es war nur eine schlechte Verbindung.

»Ich bin's, Niklas«, sagte de Jong.

Rauschen. Und dann kam plötzlich die Stimme viel klarer rüber. »Niklas, dass du mich hier anrufst, das ist ja eine …«

Als ob er das Wort Überraschung irgendwie vermeiden wollte.

»Du bist unterwegs?«, vermutete de Jong.

Jetzt rauschte es wieder. Oder war es ein Sturm? »… hier oben auf dem Berg. Die Tour. Hab ich dir doch erzählt.«

Richtig. De Jong fiel es wieder ein: Bühlow und Kristin wollten ihre Hochzeitsreise nachholen. Dazu wollten sie auf irgendeinen Berg in Griechenland.

»Glückwunsch zur Hochzeit nachträglich«, sagte de Jong. »Du bist auf dem Berg?«

»Ja. Eine geführte Tour. Wir besteigen den Psiloritis.«

»Ach.«

»Das ist der höchste Berg auf Kreta.« Das Rauschen war jetzt ganz weg, dafür meinte de Jong, im Hintergrund rufende Stimmen zu hören. »Alles klar! Bin schon unterwegs«, rief Bühlow zurück. Und dann sprach er wieder ins Telefon. »Aber hör mal, ich kann jetzt nicht so gut, weil die anderen gehen schon weiter, genau …«

»Okay«, sagte de Jong. »Ich halte dich auch nicht auf. Es geht nur um diese beiden Selbstmorde am Hülsbrock-Kolleg. Kleist und Schnelling. Die hattest du doch bearbeitet.«

»Ja, aber die Sache ist abgeschlossen. Keine Fremdeinwirkung. Keine Serie, wie manche behauptet haben.«

»Eine Serie?«

»Es gab am Kolleg schon mal einen Selbstmord, aber das ist niemals eine Serie. Und einen Mord, der nie aufgeklärt wurde: Prof. Kitting, eine emeritierte Lehrkraft, wurde vergiftet. Vor drei Jahren. Also, Niklas, wenn das alles ist, dann ...«

»Ulf Meckelbeck, kennst du den? Er sagt, ihr hättet zusammen studiert.«

»Ja. Nein. Davon kann eigentlich keine Rede sein. Der Kerl ist ein Streber. Kein sozialer Typ, mein ich. Hält sich für einen Womanizer.«

»Einen Womanizer?«

»Ja, dass jede Frau mit ihm ins Bett will, ohne dass er mit der Wimper zucken muss. Ziemlich eingebildet, der Kerl.« Bühlow wandte sich wieder an Kristin, die wohl inzwischen ziemlich weit entfernt war: »Jaaha, ich komme sofort nach! Lass mich doch mal *eine* Sekunde telefonieren. *Eine Sekunde,* okay?«

»Und was ist mit einem Kerl namens Waldemar? Der behauptet, er habe diese Leute getötet. Ein Spinner.«

»Ja. Vermutlich. Aber ...«

»Vermutlich?«

»Da gab es noch ein paar Ungereimtheiten. Und deshalb habe ich ja vorgeschlagen, den Kerl nicht sofort zum Spinner abzustempeln.«

»Ungereimtheiten? Heißt das, du hast ihm diesen Energie-Schwachsinn abgenommen?«

»Ja. Nein, natürlich nicht, aber ... können wir später darüber reden?«

»Wie sollte er das gemacht haben?«

»Kristin findet das auch bescheuert. Aber ich denke, bloß weil etwas nicht sichtbar ist, muss es nicht unbedingt Spinnerei sein.«

De Jong wunderte sich. »Also das aus deinem Mund …«

»Wo sind die denn hin?«

»Wer?«, fragte de Jong.

»Scheiße, die können mich doch nicht einfach hier so …« Bühlow brüllte plötzlich los. »Kristin!« Der Widerhall aus den Bergen kam sogar über das Handy an. »Kristin! Wo seid ihr, verdammt? Das gibt's doch nicht …«

»Achim? Noch mal zu den beiden Opfern …«

»Weißt du was? Die Hattkämper hat bei beiden die Autopsie durchgeführt und zweimal einen lupenreinen Selbstmord diagnostiziert. Frag sie doch einfach, ja?«

»Hast du denn zufällig ihre Nummer? Ich meine die von …«

Es knackte. Bühlow hatte die Verbindung unterbrochen.

* * *

Ferien, dachte de Jong. Hochzeitsreise nach Kreta. Der Junge war wirklich zu beneiden. Aber woher bekam er jetzt die Nummer der Gerichtsmedizinerin? Also behielt er das Smartphone in der Hand und berührte mit dem Daumen unter *Kontakte* den Namen *Eugen Küppers*. Hauptkommissar Küppers war Bühlows Onkel und ein langjähriger Kollege de Jongs, mit dem er hin und wieder ein Bier oder mehrere trank. Dazu trafen sie sich, einer uralten Tradition folgend, in einer Everswinkeler Gaststätte namens Knipperdolling. Eugen Küppers hatte auch lange und gern mit dem Gedanken gespielt, die Kripo zu verlassen und sich stattdessen als Fußballtrainer zu verdingen, aber er hatte nie den Absprung geschafft. Jetzt zählte er die Jahre, die ihm noch blieben, und bearbeitete meistens sogenannte *Cold Cases* – alte Fälle, die nie aufgeklärt wurden und an die sich keiner gern heranwagte, weil alle Spuren im Sand verlaufen waren.

»Niklas, wie steht's? Was macht das freie Künstlerleben?«

Mit Künstlerleben meinte Küppers in den Tag hineinzuleben. Er sah de Jongs literarische Ambitionen eher skeptisch, besaß aber die Begabung, praktisch alle Menschen darum zu beneiden, wie gut sie es hatten. Völlig unabhängig davon, was sie jeweils taten.

»Tja, weißt du, momentan bin ich auf einer Fortbildung. Für Führungskräfte.«

»Führungskräfte?«

»Als freischaffender Autor bist du das ja auch. In gewisser Weise.«

»Na, wie du meinst.« Küppers schien beeindruckt, aber wollte sich das nicht anmerken lassen und wechselte schnell das Thema. »Ich bin hier gerade an einem ziemlich heißen Fall, weißt du?«

Küppers war immer an einem ziemlich heißen Fall. Obwohl er lauter kalte Akten auf seinem Schreibtisch liegen hatte. Und er verfügte über die seltene Fertigkeit, voneinander komplett unabhängige Mordfälle auf geheimnisvolle Weise miteinander zu verknüpfen und aus ihnen eine Serie zu konstruieren. Dieses Mal bastelte er an einem Täter, den er den »Heimwerkerartikel-Killer« nannte.

»Heimwerkerartikel?«, fragte de Jong, höflich Interesse heuchelnd.

»Eine Rohrzange, eine Stichsäge, Kabelbinder, Holzhammer und Nietenpistole. Da kämen fünf Morde zusammen.«

»Es kämen? Falls was passiert?«

»Na ja, Nietenpistole und Stichsäge sehen auf den ersten Blick eindeutig wie Werkstatt-Unfälle aus. Aber du weißt ja, wie das mit dem ersten Blick so ist.«

»Ja, klar«, sagte de Jong.

Küppers hätte seine Theorie gern in aller Ausführlichkeit erläutert, aber de Jong bremste ihn dezent und vertröstete ihn auf Donnerstagabend, wie üblich im Knipperdolling. Frau Hattkämpers Telefonnummer bekam er nicht, erfuhr aber, dass sie in Hohenholte wohnte, einem idyllischen, kleinen Ort, der sich ganz in der Nähe befand. Und er kam zu dem Entschluss, dass ein Überraschungsbesuch eindeutig die bessere Idee war, als in den Seminarraum zur Kleingruppenarbeit zurückzukehren.

Dabei war ihm bewusst, dass ein Überraschungsbesuch nicht ohne Risiko war. Dr. Hattkämper galt als unberechenbar, manchen sogar als gefährlich – angeblich hatte sie in der Pathologie gelegentlich auf Sauerbruch'sche Art und Weise mit dem Skalpell um sich geworfen. Dass sie extrem launisch war, konnte de Jong aus eigener Erfahrung bestätigen. Allerdings hegte er seit Langem die Vermutung, dass sich hinter Frau

Hattkämpers reizbarem, ja streitsüchtigem Äußeren ein Herz aus Gold verbarg. Um auf Hinweise zu stoßen, die diese Vermutung bestätigten, brauchte man allerdings viel Glück und durfte auf keinen Fall einen unpassenden Zeitpunkt erwischen.

De Jong konnte nicht wissen, dass es sich heute genau um einen solchen handelte.

Nach einer entspannenden Radtour von etwa fünfundzwanzig Minuten unter einem sonnigen und fast wolkenlosen Frühlingshimmel erreichte er den Ortsrand von Hohenholte und stellte sein Rad neben einem weitläufigen, recht verwilderten Vorgarten ab. Zwischen einer von Klee und Löwenzahn durchwachsenen Wiese und einem doppelten Carport, in dem nur ein Auto parkte, führte ein Weg aus abgetretenen Steinplatten zum Hauseingang. Er betätigte die Klingel, kurz darauf öffnete sich die Tür. Aber nur einen Spaltbreit. Dr. Hattkämpers Gesicht lugte heraus. Ein Gesicht, das übernächtigt aussah, verkatert und so stockfinster, dass gewöhnliche schlechte Laune geradezu aufhellend gewirkt hätte. Sie starrte ihn an und schaffte es, die Mundwinkel noch weiter herunterzuziehen. »Kommissar«, knurrte sie.

»Exkommissar«, sagte de Jong.

»Haben Sie das Schild nicht gelesen: kein Zutritt für die Kripo am Wochenende?«

»Ich bin nicht von der Kripo.«

»Egal. Schieben Sie ab.«

De Jong ärgerte sich jetzt darüber, dass er nicht daran gedacht hatte, irgendetwas Süßes zu besorgen, Pralinen oder Schokokugeln. So wie man Leckerchen dabeihatte, um einen scharfen Hund zu besänftigen. »Ich hätte nur eine Frage.«

Hattkämper schüttelte den Kopf. »Sorry, aber ich bin nicht in Stimmung für Fragen.«

»Es geht um die beiden Selbstmorde am Hülsbrock-Kolleg. Das ist ganz in der Nähe.«

»Na und?« Aber die Tür ging weiter auf, wahrscheinlich unabsichtlich – sie hatte ihr Gewicht verlagert und für einen Moment die Balance verloren. De Jong nutzte diese einzige Chance und drängte sich an ihr vorbei ins Haus. Hattkämper schüttelte den Kopf, aber leistete keinen Widerstand. »Na, dann kommen Sie mal rein.«

Die Rechtsmedizinerin ging voraus durch einen im Schachbrettmuster gefliesten Flur, auf dem knäuelweise Hundehaare umherwehten. Rechts ab ging es in die Küche. De Jong erhaschte einen Blick auf das Spülbecken, in dem sich gebrauchtes Geschirr stapelte. »Der Kollege Bühlow sagt, Sie hätten eindeutig zwei Suizide festgestellt«, kam er zur Sache.

Die Rechtsmedizinerin schüttelte den Kopf und gab ein schnaufendes Geräusch von sich, drehte sich aber nicht um. De Jong trat hinter ihr in ein geräumiges Wohnzimmer, das mit den üblichen Komponenten ausgestattet war: monströses Sofa über Eck, ein Couchtisch mit Schieferplatte, zwei Sessel im gleichen grauen Farbton. Ein Wohnzimmer, in dem sonst sicher immer alles an seinem Platz war, sodass es nur wenige Dinge brauchte, die nicht am Platz waren, um ein Chaos ausbrechen zu lassen. Eine Jacke, die über den Fernseher gehängt war. Eine leere Weinflasche auf dem Boden, gegen einen der Sessel gelehnt.

»Bin noch nicht zum Aufräumen gekommen«, sagte Hattkämper und unterdrückte einen Rülpser. »So sagt man das doch üblicherweise, oder?«

De Jong nickte. Sie wies auf einen der Sessel, er nahm Platz. Dann goss sie sich ein Glas Whisky ein und ließ sich auf die Couch plumpsen.

Nach rechts öffnete sich hinter einem bogenförmigen Durchgang ein weiterer Raum, der nach Arbeitszimmer aussah. An der Wand hing ein Foto in einem Glasrahmen, der Schlagseite hatte. Soviel de Jong vom Sessel aus sehen konnte, zeigte es ein Paar, das in die Kamera lächelte. Das Glas im Rahmen war zersplittert, der Boden war mit Scherben übersät, nicht nur mit Glasscherben, da waren auch Porzellan und die Überreste eines Blumentopfs samt Inhalt. Als hätte jemand das Foto als Zielscheibe benutzt.

Sie bemerkte seinen Blick und nahm einen Schluck Whisky. »Tja, hab ein paar Wurfübungen gemacht. Danach hab ich mich besser gefühlt.«

»Manchmal ist das nötig«, meinte de Jong.

»Da ist dieser Kerl, mit dem du zwanzig Jahre zusammengelebt hast. Zwan! Zig! Jahre! – Und dann treibt er es plötzlich mit einer jungen und langbeinigen Zicke, die noch davon träumt, Filmstar zu werden. Aber anstatt sich nach ein paar Ficks an den Kopf zu fassen und zur Vernunft zu kommen, packt er seine Koffer und zieht bei diesem Teenager ein.«

»Ja, das ist schlimm«, sagte de Jong. »Ich kenne so was Ähnliches auch …«

Sie hob die linke Hand, die kein Glas hielt, und er verstummte. »Der Hammer kommt doch erst noch: Vor drei Tagen ruft Hildur an und will allen Ernstes, dass ich Taufpate werde. Von seinem ›Stammhalter‹.« Sie schüttelte den Kopf. »Dabei hat er eine Tochter, die dreiundzwanzig ist, und denken Sie, er hätte sie seitdem ein einziges Mal angerufen?« Sie schüttete noch einen Schluck in sich hinein.

»Hildur«, sagte de Jong. »So heißt er?«

»Ganz genau.«

»Na ja, wenigstens nicht Gimli, der Zwerg.«

Hattkämper entfuhr ein Prusten. »Genau das ist er, wenn man's recht bedenkt.« Ein Grinsen, das immer breiter wurde. »Gimli, der Zwerg.« Sie hielt die Whiskyflasche hoch. »Sie auch einen?«

Obwohl de Jong sich nichts aus Whisky machte, sagte er nicht Nein. »Meiner heißt Alarich.«

Das Grinsen dauerte an. »Auch nicht schlecht. Woher haben Sie den?«

»Giulia«, erklärte de Jong. »Meine Ex. Sie ist bei ihm eingezogen. Wohnt hier in dieser Stadt und meldet sich nicht mal.« Er bekam sein Glas Whisky.

Eine Weile saßen die beiden einander gegenüber und starrten vor sich hin, hingen ihren jeweiligen Dramen nach.

Schließlich hob Dr. Hattkämper ihr Glas. Sie stießen an. »Falls Ihnen irgendeiner Ihrer Kollegen …«

»Exkollegen, wenn überhaupt«, berichtigte de Jong.

»Egal. Falls einer behauptet, ich könnte entscheiden, ob jemand Selbstmord begangen hat oder nicht, dann irrt er. Streng genommen.«

»Er irrt streng genommen?«

»Ich bin Medizinerin. Sehe mir Leichen an. Stelle die Todesursache fest. Nicht mehr und nicht weniger.«

»Das ist doch schon eine ganze Menge«, sagte de Jong.

»Auf den ersten Blick ist alles da, was wir für einen Selbstmord brauchen«, sagte Hattkämper. »Sowohl Schnelling als auch Kleist verstarben an einer Mixtur aus diversen Sedativa – Cyclobarbital, Diphenhydramin, Perazin und Valium. Ein Cocktail übrigens, den Sie lange Zeit im Internet nachlesen konnten. Da hatte die Deutsche Gesellschaft für Humanes Sterben eine Anleitung zum Freitod eingestellt. Beide Opfer wiesen zudem einen hohen Promillegehalt Alkohol im Blut auf.«

»Welche Zweifel an einem Selbstmord bleiben da überhaupt noch übrig?«, meinte de Jong.

»Nun ja«, die Rechtsmedizinerin kratzte sich am Kopf, »vielleicht hauptsächlich die Tatsache, dass beide kurz hintereinander auf fast identische Art und Weise dahingeschieden sind.«

»Sie meinen, ein Selbstmord für sich ist glaubwürdig; zwei deuten auf Mord hin?«

Sie schüttelte den Kopf. »Juristisch gesehen gibt es eigentlich keine Zweifel. Aber aus einer anderen, sagen wir mal ganzheitlichen Perspektive betrachtet, kann ich allenfalls Vermutungen anstellen. Dann ist die physische Todesursache nur eine von vielen Komponenten.«

»Von wie vielen?«

»Stellen Sie sich vor, da ist einer mit grottenschlechtem Selbstwertgefühl und obendrein von depressiver Wesensart. Und jemand sagt ihm mit voller Absicht ins Gesicht, dass er hässlich wie die Nacht sei. Und dass er niemanden kenne, der peinlicher sei als er. Daraufhin stürzt sich unser armer Tropf von der Brücke.«

»Trotzdem«, sagte de Jong. »Für die Kripo klarer Selbstmord.«

»Aber ein Selbstmord, der auf eine gewisse Weise fremdverschuldet ist, nicht wahr?«

Der Exkommissar nippte nachdenklich an seinem Whisky. Es war eine weiche, allgemeine Nachdenklichkeit. Vom scharfen Nachdenken hielt ihn das Getränk ab.

»Also nehmen mal wir an, da hätte jemand eine psychologische Technik entwickelt, Menschen, die ohnehin kaum Spaß am Leben haben, den Rest an Spaß auch noch zu nehmen. Dann hätten wir sozusagen einen Mörder, der Selbstmorde anstößt.«

»Und gegen den das Gesetz machtlos wäre.«

Sie zuckte mit den Schultern. »Dem Verblichenen bliebe nur noch, aus seinem Grab zu steigen und den Seelenfrieden des anderen zu stören.«

»Für einen derart geplanten Suizid«, meinte de Jong, »würde sprechen, dass es eine dritte Person gibt, der man einen Abschiedsbrief zugeschickt hat. Als Drohbrief sozusagen.«

»Als Rechtsmedizinerin«, sagte Hattkämper, »kann ich Ihnen nur raten: Warten Sie ab. Wenn diese dritte Person auch auf meinem Tisch landet, kann ich Ihnen vielleicht mehr sagen.«

De Jong stieß ein letztes Mal mit ihr an, dann stellte er sein Glas auf dem Tisch ab. »Ich danke Ihnen für den kompetenten Rat, Doktor.«

»War mir dann doch ein Vergnügen«, sagte sie und begleitete ihn zur Haustür. »Gimli, der Zwerg. Wieso bin ich nicht selbst draufgekommen?«

8. Kapitel

Pünktlich zum Mittagessen war er zurück im Hülsbrock-Kolleg. An einem Tisch ergatterte er einen freien Platz gegenüber einem jungen, gut aussehenden Kerl mit einem dezenten Bart, der an die perfekt gepflegten Hecken draußen im Park erinnerte und sich an sein Kinn schmiegte. Er trug eine giftgrüne Krawatte unter einem silbrig schimmernden Jackett und stellte sich als Herr Sundermann vor. Führungskraft auf dem Weg nach oben, bereits auf der mittleren Führungsetage eines Dax-Unternehmens angekommen, dessen Namen er vorerst aber noch nicht nennen wolle. Hinsichtlich anderer Dinge war Herr Sundermann weniger wortkarg. Ohne dass de Jong darum gebeten hatte, informierte er ihn ausführlich über die Arbeit in seiner Kleingruppe, während der Exkommissar Pasta mit Pfifferlingsoße, die wirklich traumhaft war, verzehrte und sich bemühte, nicht zuzuhören, weil er sonst ja auch ebenso gut an der ungeliebten Kleingruppenarbeit hätte teilnehmen können. Aber Sundermann, der Redselige, drang unbarmherzig zu ihm durch und berichtete, dass es in seiner Gruppe »ganz schön geknistert« habe – was immer er damit meinte –, dass man sich aber schließlich darauf habe einigen können, wie wichtig Wettbewerb für die Gesellschaft sei, weil sich ohne ihn Leistung ja nicht lohne und ohne Leistung gar nichts gehe. Wie man exemplarisch am sogenannten bedingungslosen Grundeinkommen aufzeigen könne, das im Grunde nur dem Neid der Besitzlosen entspringe.

»Sie meinen in diesem Fall den Neid der Besitzenden, nicht wahr?«, warf de Jong mit vollem Mund ein.

Was Sundermann wenigstens ein bisschen aus dem Konzept und damit für eine Weile zum Schweigen brachte. Von jetzt an mühte er sich damit ab, seine Tagliatelle mit der Gabel aufzurollen, was ihm aber nicht sehr gut gelang. Erst beim Dessert – diesmal war der Pudding nicht hautfarben, sondern weiß mit roten Sprenkeln – drohte eine Fortsetzung seines Monologs, indem er sich plötzlich laut fragte, wo er stehen geblieben sei. De Jong winkte ab, überließ ihm seine Portion Pudding und verdrückte sich.

Es folgte eine einstündige Mittagspause, in dessen Anschluss sich die Teilnehmer im Seminarraum 2 zu einem Büffet mit Kaffee und Kuchen einfanden, um sich danach auf die verschiedenen Nachmittagsveranstaltungen zu verteilen. Herr Sundermann hatte sich für das Thema »Mitarbeitergespräche erfolgreich führen« eingetragen. De Jong fand sich im kleinen Meditationsraum ein zum Workshop »Empathie für Führungskräfte«. Dort traf er Frau Holm wieder, die er gestern beim Abendessen kennengelernt hatte. Eine Weile standen sie in dem mit flauschigem Teppichboden ausgelegten Raum herum und lauschten der blechernen, indisch anmutenden Beschallung, die aus einem an der Decke angebrachten Lautsprecher drang.

»Die kommen schon noch«, meinte Frau Holm mit einem unsicheren Grinsen und betrachtete die gerahmten Fotos an den Wänden, auf denen Tempel und Buddhafiguren abgebildet waren. Aber der Einzige, der noch kam, war ein junger Kerl mit einem blonden Ziegenbärtchen namens Daponte – »nicht verwandt mit dem berühmten Librettisten« –, den sie Luigi nennen sollten. Luigi schien anfangs bemüht, sich seine Enttäuschung darüber, dass Empathie bei Führungskräften offenbar lange nicht so beliebt war wie beispielsweise das erfolgreiche Führen von Mitarbeitergesprächen, nicht anmerken zu lassen. Er forderte seine beiden Kursteilnehmer auf, eine bequeme Haltung einzunehmen und ein- und auszuatmen. Dann folgten Achtsamkeitsübungen, Dehnübungen und diverse Körperübungen, schließlich eine Ruhephase, in deren Verlauf de Jong allmählich wegdämmerte. Er nahm noch wahr, wie Luigi damit anfing, Töne zu summen, und er war unsicher, ob erwartet wurde, dass die beiden Kursteilnehmer in das Summen einstimmten. Dann war es sein Handy, das mit einstimmte, was einen vorwurfsvollen Blick des Trainers zur Folge hatte. De Jong winkte entschuldigend, dass er die Summerei nicht stören wolle, verließ den Raum und nahm das Gespräch an.

»De Jong, wie steht's, haben Sie schon was für mich?« Ulf Meckelbeck. Er klang gestresst und telefonierte aus einem fahrenden Auto.

»Ich bin gerade mitten in einer Achtsamkeitsübung«, sagte de Jong.

Sein Auftraggeber schnaufte unwillig, als stünde ihm der Sinn nicht nach Scherzen. »Sie wissen, weshalb ich Sie ins Hülsbrock geschickt habe? Weil sich da jemand herumtreibt, der zwei Menschen umgebracht und es geschafft hat, dass alle an Selbstmord glauben.«

»Zählen Sie mich ruhig auch dazu. Allerdings habe ich inzwischen mit dem Mann gesprochen, der diese Menschen ermordet haben will.«

»Er will sie ermordet haben?«

»Das bedeutet, dass er behauptet, es getan zu haben. Arminius Waldemar, sagt Ihnen der Name etwas?«

»Wie sollte er? Nie gehört. Und was glauben Sie: Ist er es gewesen?«

»Ich würde nicht darauf tippen.«

»Tippen«, wiederholte der Mann am Telefon, hörbar unerfreut über diesen Ausdruck. »Hören Sie, de Jong, ich bin Mitinhaber eines Unternehmens. Und Ihnen ist hoffentlich klar, dass sich der Wert einer Dienstleistung heutzutage vor allem aus der Zeit ergibt, in der sie erledigt wird.«

De Jong ärgerte vor allem das »heutzutage«, als stammte er aus einer Zeit, wo die Uhr noch nicht erfunden war und man erst recht keine Ahnung hatte, was eine Dienstleistung war. »Wollen Sie mir damit irgendetwas sagen und, falls ja, was?«, erkundigte er sich eisig.

»Bedenken Sie einfach, dass ich Ihnen dieses Wochenende bezahlt habe. Sie sind dort, um einen Fall aufzuklären. Zum Urlaubmachen oder Wellness besteht keinerlei Anlass.«

»Sonst noch irgendwelche Tipps, wie ich meinen Job zu erledigen habe?«, fragte de Jong.

»Wenn Sie ihn nicht wollen, bitte sehr. Ausgezeichnet. Es gibt genug, die jederzeit für Sie einspringen, de Jong. Und bevor …«

»Sie glauben gar nicht, wie sehr es mich freut, das zu hören. Für Sie und für mich. Und besonders für die- oder denjenigen, der springen will. Gut, dass wir das klären konnten, Herr Meckelbeck. Mir ist jetzt nach ein bisschen Wellness.«

»Was? Hey, Moment mal. De Jong …«

Der Exkommissar legte auf und genoss ein wohliges Gefühl der Zufriedenheit.

Er schaltete sein Mobiltelefon auf stumm und kehrte in den Raum mit dem flauschigen Teppichboden zurück. Herr Daponte hatte seine Lektion gerade beendet. Zum Abschied äußerte er die Hoffnung, dass die beiden etwas aus diesem Schnupperkurs mitnehmen könnten, und de Jong sah sich um, aber da war nichts außer vier Wänden und Teppichboden. Luigi nickte ihnen zu und machte sich davon, bevor de Jong Gelegenheit bekam, sich zu erkundigen, ob der Empathie-Experte schon einmal etwas von *Dark Energying* gehört habe.

Die anderen Kurse liefen noch. De Jong zehrte immer noch von dem guten Gefühl, hingeworfen zu haben und dieses unwürdige Führungskraft-Theater nicht weiterspielen zu müssen. Aber als Frau Holm ihn einlud, mit ihr im *Café Ausklang* ein Mineralwasser zu nehmen, fand er, dass eine Stunde mehr oder weniger auch nichts mehr ausmache.

Also saßen sie kurz darauf, jeder eine Flasche Wasser vor sich, an einem Tisch in dem ansonsten leeren Erfrischungsraum. Sie erzählte ihm, dass sie lange Zeit

Journalistin gewesen sei. Mit dem Schwerpunkt Parapsychologie und Übersinnliches. »Das ist auch immer noch mein Hobby«, erklärte sie und sog an ihrem Plastikstrohhalm, der in ihrer Flasche steckte. »Und welche Firma leiten Sie?«, erkundigte sie sich.

»Oh«, sagte de Jong. Ausgerechnet jetzt, da es keinen Grund mehr für die Maskerade gab, begann sie ihm zu gefallen. »E-Walking«, raunte er mit geheimnistuerischem Gehabe.

Sie sah ihn irritiert an.

»Eine mit Akku verstärkte Form des Wanderns, seit Jahren im Trend. Sie laufen mit E-Shoes. Das wird ein Renner, nicht nur weil Sie drei europäische Fernwanderwege an einem Wochenende schaffen.«

»Im Ernst?«

»Und Sie erreichen nicht nur die älteren Kunden, die mit Filzhut und Wanderstock unterwegs sind. Auch die Jungen. Die kaufen nämlich alles, das mit dem magischen E anfängt: E-Scooter, E-Zigaretten, E-Mails, E-Meals.«

»E-Meals?« Rabeas Lächeln färbte sich unverhohlen skeptisch.

»Elektronisches Essen«, schwadronierte de Jong weiter drauflos. »Garantiert bio, vegan und laktosefrei. Und das Beste: Es ist hundertprozent digital. Wird ganz sicher ein Renner.«

»Okay.« Das unsichere Lächeln wurde zu einem breiten Grinsen. »Sie nehmen mich die ganze Zeit auf den Arm.«

»Aber nun zu etwas Übersinnlichem«, wechselte er das Thema. »Was halten Sie, als Expertin sozusagen, von dunkler Energie?«

»Sie meinen Herrn Waldemar?«

»Also kennen Sie den schon?«

Wieder lächelte sie, und de Jong begann das Lächeln zu mögen.

»Er ist nicht gerade der Typ, der sich versteckt«, sagte sie. »Ich weiß nicht, ob Sie von den tragischen Suiziden gehört haben …«

»Er behauptet dahinterzustecken.«

»Das tut er allerdings.«

»Und, was denken Sie? Warum macht er das wohl?«

Rabea zuckte mit den Schultern. »Wussten Sie, dass die Presse Herrn Waldemar auch schon Lord Voldemort genannt hat?«

Der Exkommissar grinste.

»Ich habe vor Jahren etwas gelesen über dunkle Energie«, sagte Rabea. »In den USA gab es mal ein Experiment. Leider hielt es keinerlei wissenschaftlichen Kriterien stand. Das bedeutet aber nicht, dass alles Humbug ist.«

»Nur das Meiste«, vermutete de Jong.

»Es existieren Dinge, die sieht man nicht, aber die gibt es trotzdem. Strom zum Beispiel.«

»Energie«, fügte de Jong hinzu. »Dunkle und helle.«

»Das mag banal sein, aber wissen Sie, ich habe mich viel mit Übersinnlichem beschäftigt. Das eigentliche Problem ist unsere Voreingenommenheit. Unser Blickwinkel und unsere bekannte Fähigkeit, nur das zu sehen, was wir sehen wollen, und alles andere auszublenden.«

»Oder all das einzublenden, was wir unbedingt sehen wollen.«

Ihr bunter Strohhalm, den es laut Gesetz eigentlich gar nicht mehr geben durfte, röchelte jetzt, als sie an ihm saugte, weil die Flasche so gut wie leer war.

»Dann bereitet es Ihnen also keine Kopfschmerzen, mit einem Mann in einem Wochenendworkshop zu sitzen, dem Sie zutrauen, ein zweifacher Mörder zu sein?«

»Dafür halte ich ihn nicht.« Frau Holm schüttelte den Kopf. »Aber irgendwas ist an ihm. Nur bin ich nicht Miss Marple, um das herauszufinden.«

Stimmt, dachte de Jong. Das bin ja eher ich. Beziehungsweise *war* ich. Im Grunde geht mich das Ganze nichts mehr an. Er hob seine Flasche und trank aus. »Wie steht's, nehmen wir noch einen?«

9. Kapitel

Dienstagabend, neunzehn Uhr dreißig. Es ist soweit. Das geheime Seminar findet statt. Und ich bin dabei. Es war ein langer Weg, aber jetzt sitze ich hier am Tisch.

»Diese Veranstaltung findet offiziell nicht statt«, erklärt der alte Herr mit dem weißen Schnäuzer im Gesicht. »Was hier besprochen wird, verlässt diesen Raum nicht. Weil wir Dinge besprechen, über die man nicht spricht. Techniken und Strategien einüben, die sich nicht gehören. Die niemanden etwas angehen und ohne die trotzdem niemand heutzutage mehr auskommt.« Er hebt das dünne Stimmchen, um zu rezitieren: »Denn man sieht nur die im Lichte, die im Dunkeln sieht man nicht.«

Ich vermute, das hat er schon x-mal rezitiert, jedes Mal, um diese mysteriöse Veranstaltung zu eröffnen. Schon x-mal hat er dagestanden, den dürren Finger hoch erhoben. Ein Lehrer uralter Schule, der sich hier mit *Sire* anreden lässt. Schließlich sind wir in Camelot, und das ist die berühmte Tafelrunde. Und am Tisch sitzen ausschließlich Ritter und Ritterinnen. Statt einem Humpen, der mit köstlichem Met gefüllt ist, haben sie Plastikflaschen mit Mineralwasser vor sich stehen

– still, medium und klassik. Sie tragen weder Kettenhemden noch Rüstungen, sondern trendy Klamotten, nur nichts Billiges, nichts, das sich jeder leisten kann. Sie haben auch keine Schwerter, Dolche oder Morgensterne, nur Kladden, Schreibblocks und Kugelschreiber. Die üblichen Mitschreib-Utensilien. Aber ihre wirklichen Namen haben sie draußen gelassen; hier in diesem Raum mit dem prasselnden Kamin, der trotz der Hitze nach Feuchtigkeit riecht, reden sie sich mit Ritternamen an: Gawain, Lanzelot, Galahad und wie sie alle heißen. Jemand, der unangemeldet vorbeischneite, würde sich ein Grinsen nicht verkneifen können. Und mir geht es fast genauso. Aber ich kann es. Ich kann es mir verkneifen, und warum? Ganz genau: Weil ich jetzt einer von ihnen bin. Mit den anderen auf Augenhöhe am Tisch sitze. Ich bin angekommen.

Einer von ihnen, auch wenn sie noch so schräg drauf sind. Auf Augenhöhe. Natürlich bin ich nicht blöd. Mir ist klar, was die über mich denken. Hochmütige Ärsche, die sich für edle Ritter halten. Aufgeblasene, verwöhnte Oberschicht-Bürschlein und Schicki-Tussis.

Ritter der Tafelrunde. Ein lächerliches Bild, aber keiner lacht. Erstens natürlich, weil es ja sonst niemand zu sehen bekommt, und zweitens, weil hier drinnen keiner den Arsch hat, das zu tun. Keiner will hier irgendwas ins Lächerliche ziehen und sich so seine Bestnote verscherzen. Und darum geht's hier: um die Karriere. Die heilige Karriere. Da bin ich keine Ausnahme. Ich will auch nach oben, auch wenn mir klar ist, dass die anderen im Auf-andere-Hinunterschauen einen uneinholbaren Vorsprung haben. Sollen sie doch. Ich werde ihnen schon zeigen, was ich draufhabe. Und beweisen, dass sie mich brauchen, wenn das hier irgendetwas werden soll.

Aber halt! Ich will nicht zu sehr in Persönliches abschweifen. Das hier ist schließlich eine Seminararbeit, auch wenn der *Sire* mich ausdrücklich ermutigt hat, mit Emotionen und Wertungen nicht zu sparen. »Alles gehört dazu, mein Guter«, hat er mir versichert. »Ich ermuntere Sie ausdrücklich: Lassen Sie nichts unerwähnt. Bringen Sie alles zur Sprache. Nur verlieren Sie nicht das Maß der Dinge, einverstanden?«

Mir ist schleierhaft, was er mit dem Maß der Dinge meint. Aber ich glaube, dass ich bei ihm insgesamt gut angekommen bin. Aus irgendeinem Grund hält er etwas von mir. Ich nehme an, weil es für mich mehr als nur ein sanftes Fingerschnippen war, um einen Platz an diesem Tisch zu bekommen.

»Zeigen Sie mir, dass Sie Schneid haben«, sagte er, als ich ihn in seiner Sprechstunde aufsuchte. »Lassen Sie sich nicht unterbuttern. Und wenn es sein muss, treten Sie auch mal von hinten zu. Darum geht es schließlich in meinem Seminar. Seien Sie Parzival.«

»Ich werde Sie nicht enttäuschen, *Sire*.«

Er hob den dürren Finger. »Glauben Sie denen nicht, die die Ritterzeit verklären. Blitzende Rüstungen, bildschöne Burgfräuleins. Die Ritterzeit war hinterhältig, schlammig und gnadenlos. Stumpfe Klingen und Wunden, die niemals verheilten. Abgetrennte Gliedmaßen. Und Exkremente, wohin man sah. Kein fließendes Wasser, nur weil man alles kurz und klein geschlagen hatte und zu blöd war, um von den zivilisierten Römern zu lernen.«

Aber ich will ehrlich sein: Allein hätte ich es nicht geschafft. Man muss eben Glück haben, und ich hatte Glück. Ich habe Lanzelot kennengelernt. Den Einzigen in dieser Runde scheinheiliger Pharisäer, der etwas auf dem Kasten hat.

10. Kapitel

Das Alte Mädchen hieß eigentlich *Het oude Meisje* und war ein Hausboot, das de Jong vor etlichen Jahren von einem in Amsterdam ansässigen Ruheständler gekauft hatte, der dem Wasser den Rücken kehren wollte und deshalb im Hochsauerland in der Nähe von Usseln ein Haus erworben hatte. Inzwischen lag das Alte Mädchen auf dem Dortmund-Ems-Kanal in Höhe der Anlegestelle Warendorfer Straße vor Anker. Es war keines dieser schwimmenden Einfamilienhäuser mit allen Schikanen, wie sie jetzt immer mehr in Mode kamen, sondern ein echtes Boot, das leicht heruntergekommen aussehen mochte, aber über einen Motor und ein Steuerruder verfügte, wenn der Exkommissar in all den Jahren auch nie ausprobiert hatte, ob sie funktionierten. Es gab ein Achterdeck, auf dem man Sommerabende verbringen und Sonnenuntergänge bewundern konnte, unter Deck warteten zwei Schlafzimmer, eine Küche mit winzigem Bad und eine stickige Kammer für all den Kram, für den auf einem Boot kein Platz war und den man trotzdem nie loswurde.

Der Samstagabend, an dem der Exkommissar sich aus Richtung Havixbeck kommend seinem Zuhause näherte, war eigentlich einer dieser typischen Sonnenuntergangsabende. Und de Jong war auch vom Hülsbrock-Kolleg gestartet in dem beschwingten Gefühl, nicht nur die nervtötende Arbeit in Kleingruppen, sondern auch seinen arroganten Klienten los zu sein und wieder reichlich Zeit für sinnvolle Dinge zu haben. Er war fest entschlossen, dieses beschwingte Gefühl unbeschädigt nach Münster zu transportieren.

Unterwegs aber hatten ihn nicht nur zahlreiche E-Biker in stylischen Fahrradklamotten, sondern auch die Realität eingeholt. Sinnvolle Dinge, schön und gut, aber die wollten auch finanziert sein. Außerdem war da noch Giulia beziehungsweise ihre demonstrative Abwesenheit, die auf seine Stimmung drückte. Und die Gewissheit, dass die Ärgerlichkeit darüber ihn auf dem Boot erwartete. Die insgesamt ungute Stimmung, die sich seiner bemächtigt hatte – fast rechnete er damit, dass sie wie eine dunkle Wolke unbeweglich über dem Dortmund-Ems-Kanal hing. Und dann wartete zu allem Überfluss auch noch ein Besucher auf ihn.

Der Mann stand neben dem Anlegesteg herum und rauchte eine Zigarette. Er war etwas kleiner als der Exkommissar und schlanker – was die Körperhaltung anging, ähnelte er ihm jedoch in auffälliger Weise. Sein Haar trug er länger als de Jong, außerdem hatten seine Klamotten eindeutig mehr Stil. Darauf hatte er immer sehr geachtet.

»Janwillem«, sagte de Jong.

»Hey, großer Bruder. Lange nicht gesehen.« Der andere machte Anstalten, ihm die Hand zu geben, beließ es aber bei einem halbherzigen Winken.

»Was führt dich her? Du willst mich doch nicht etwa besuchen?«

Janwillem machte schon einen Rückzieher. »Doch, nein … wenn es dir nicht passt, natürlich nicht …«

»Du hast mir eine SMS geschrieben. Da war ich irgendwie schon drauf gefasst.«

»Als keine Antwort kam, dachte ich, ich schau einfach mal vorbei. Wie gesagt, wenn du beschäftigt bist …«

»Na gut, dann komm schon rein.«

Janwillem folgte de Jong auf das Boot. Auf den zweiten Blick, den de Jong riskierte, als sie einander kurz darauf auf dem Achterdeck bei einer Flasche Bier gegenübersaßen, sah sein Halbbruder gar nicht so fit aus. Jedenfalls nicht so, wie er ihn in Erinnerung hatte. De Jong hatte ihn immer besonders fit in Erinnerung gehabt. Fit und strahlend. Jemand, der es zu etwas bringen würde. Und in seiner Erinnerung war Janwillem immer damit beschäftigt gewesen, es zu etwas zu bringen.

»Was macht die Musik?«, erkundigte sich der Exkommissar.

Janwillem machte eine wegwerfende Geste. »Ach die«, sagte er, als sei gar nichts damit. »Schnee von vorgestern.«

»Ach die?« De Jong wurde neugierig. Als er seinen Bruder das letzte Mal gesehen hatte, hatten ihn viele, darunter auch Janwillem selbst, als den neuen Keith Jarrett gesehen.

Der Überraschungsgast lehnte sich auf dem knarzenden Stuhl zurück und breitete in ungeschickter Theatralik die Arme aus. »Eines Tages wird dir klar, du musst mal was anderes machen. Früher, ja, da hab ich davon geträumt, groß rauszukommen. Und dann war da auch die Zeit mit Miranda, die war schon sensationell. Aber du wirst älter, und irgendwann ist auch das vorbei …«

Von dieser Miranda hörte de Jong das erste Mal.

»Aber jetzt bin ich solide geworden.« Womit Janwillem umschreiben wollte, dass er mittlerweile in einem schmucken Eigenheim in Wolbeck wohnte, zusammen mit Wanda, seiner Angetrauten. Dass er heute hier aufgeschlagen war – reiner Zufall. Neulich hatte er Giulia auf der Promenade getroffen. Sie hatten darüber gesprochen, wie viel Zeit doch inzwischen vergangen und wie schnell sie doch vergangen sei. Und sie hatte ihm von de Jongs Hausboot erzählt.

»Eigentlich ist es kein Hausboot«, sagte de Jong. »Jedenfalls kein gewöhnliches.«

Sie schwiegen eine Weile und sahen aufs Wasser hinaus. De Jong stand schließlich auf, ging hinunter in die Küche und holte zwei weitere Bierflaschen. Öffnete sie und stellte sie auf den Tisch, dann setzte er sich wieder. Das Schweigen dauerte an, bis die Flaschen fast leer waren.

»Dann ist deine ruhmvolle Karriere also Geschichte?«, erkundigte sich de Jong schließlich.

»Ruhmvoll.« Janwillem zuckte mit den Schultern. »Und wenn.«

Das wieder war typisch für ihn. Erfolg, Karriere, Beifall – all das schien ihm nichts zu bedeuten, weil er es jederzeit haben konnte. Jederzeit, soviel er davon wollte. Und sicher hatte er die Band deswegen aufgegeben. Wenn ihm danach war, gründete er eben eine neue. Oder er brillierte in irgendetwas anderem.

»Ist jetzt ungefähr ein Jahr her, dass wir zuletzt aufgetreten sind«, erzählte Janwillem. »Aus die Maus.«

»Wir?«

»The Laurel & Hardy Company.«

»Ist das eine Band?«

»Wohl eher nicht. Wir waren das Komikerduo vom Tanztempel. Das ist drüben am Hafen, so eine Art Café Keese, was für ältere Herrschaften, die sich kennenlernen und das Tanzbein schwingen wollen. Und wir haben zwischendurch Quatsch gemacht, nichts Weltbewegendes. Ein paar harmlose Witze abgesondert, um das Eis zu brechen.«

»Das muss schließlich auch jemand machen«, meinte de Jong, irgendwie um Wertschätzung bemüht.

»Na ja, der Laden hätte natürlich besser laufen sollen, aber eines Tages, von heute auf morgen, kommt Terschelling an, der Inhaber, und erklärt das Café ab sofort zur Eventbühne. Einfach so. Von jetzt an nur noch Improtheater und TV-Kabarettisten. – ›Was sollen denn die alten Säcke mit Impro-Theater anfangen?‹, hab ich gesagt. ›Das ist doch nicht dein Ernst.‹ War es aber. Die alten Säcke waren ihm nämlich egal, er wollte junges, hippes Publikum. Tja, und wir wurden auch nicht mehr gebraucht.«

»Aber du willst mir doch nicht erzählen, dass das alles ist, was du künstlerisch angestrebt hast? Witze, um das Eis zu brechen?« Sein Bruder, Janwillem das Genie, hatte als Komiker angeheuert! De Jong war fassungslos, als hätte sein Gegenüber ihm seinen Entschluss mitgeteilt, ab morgen in ein Kloster einzutreten.

»Na ja.« Janwillem schien keine Lust zu haben, das zu kommentieren. »Sören hat ja noch eine Bootsvermietung am Halterner See. Da bin ich dann erst mal mit eingestiegen.«

»Sören?«

»Sören Blauberg, der andere in der Combo. Ich Stan, er Olli. Dazu Musik vom Band.«

De Jong war in der Tat irritiert. Komiker in einem Tanzcafé. Und dann Bootsvermietung. War das wirklich Janwillem, der Überflieger? Das Ausnahmetalent, für den selbst die Elbphilharmonie nur ein Sprungbrett für Höheres sein konnte?

»Aber das wollte ich ja gar nicht erzählen.«

»Na ja, hast du ja streng genommen auch nicht.«

»Vor Kurzem kommt Terschelling, mein ehemaliger Chef, mit einer jungen Tussi an den See.«

»Den mit der Bootsvermietung?«

»Genau. Er erkennt mich nicht mal wieder. Und Sören auch nicht. Ich hab gesagt, das gibt's doch nicht. Der Mann mietet einen Kahn und tut so, als hätte er uns noch nie gesehen. Vielleicht weil er Angst hatte, was seine Tussi von ihm denkt, wenn sie mitkriegt, dass er jemanden in einer Bootsvermietung kennt? Sören hat damals gesagt, dass wir uns das nicht bieten lassen sollten. Und ich fand, er hat recht. Aber ich wollte trotzdem nicht mitmachen.«

»Mitmachen? Wobei?«

»Sören geht immer Mittwochabends in eine Männergruppe. Der Coach hat ihnen gesagt, dass sie etwas Verrücktes machen sollen. Grenzen austesten. Sie überschreiten. Außergewöhnlich sein. Das sei die männliche Individualität. Und deswegen hatte Sören diese bescheuerte Idee.«

»Eine Idee?« So zögerlich, wie Janwillem sich vorantastete, hatte de Jong allmählich den Eindruck, dass er mit irgendwas nicht herausrücken wollte. Also wartete er.

Janwillem nahm einen Schluck aus der Flasche. »Ihn zu entführen«, sagte er dann, nach einem unterdrückten Rülpser. »Terschelling, meine ich. Natürlich nicht in krimineller Absicht. Also keine richtige Entführung sozusagen. Dass er uns nicht mal erkennt, wenn wir ihm Face to Face gegenüberstehen, muss man doch ausnutzen, meinte er.«

»Interessant. Ein Kidnapping ohne kriminelle Absicht?«

»Weil wir nur das verlangen würden, was uns zusteht. Den Gewinn, den er durch die Company eingestrichen und einfach behalten hat. Und die Gewinne, die uns entgangen sind, weil er uns einfach den Stuhl vor die Tür gestellt hat.«

»Verstehe«, sagte de Jong. »Das hat mit Kriminalität natürlich gar nichts zu tun.«

»Sören meinte, das sei zwar Kidnapping, aber keins, an dem man sich bereichern will.«

»Okay.«

»Juristisch ist das eine Straftat, aber moralisch einwandfrei.«

»Sagt Sören alias Oliver Hardy, spezialisiert auf Strafrecht.«

»Er hat sogar Beispiele dafür angeführt, dass man sich in Ausnahmefällen gegen das Gesetz stellen muss: Michael Kohlhaas, Dirty Harry.«

»Und er hat dich überzeugt?«

»Eben nicht. Oder vielleicht schon. Aber mir war die Sache zu heiß. Stimmt, ich war wütend. Aber ich sagte mir: besser, etwas in sich hineinzufressen, als ein Gewaltverbrechen zu begehen.«

De Jong hob seine Flasche und kickte damit gegen Janwillems. »Bravo. Gute Einstellung.«

Wieder breitete sich Schweigen aus. Auf dem Kanalseitenweg schwebte eine ganze Karawane Ausflügler auf knallgelben Mieträdern in Richtung City. De Jong wartete immer noch. Dabei war die Geschichte doch zu Ende: Ein kriminell veranlagter Comedian hatte seinen Bruder in Versuchung geführt – und der hatte widerstanden. Ende gut. Nur, so wie Janwillem dasaß und seine Bierflasche auf dem Tisch hin und her drehte, hatte de Jong das Gefühl, als käme da noch etwas.

»Tja, und jetzt ist die Sache die: Sören ist nicht zu erreichen. Keine Chance. Und er ist wie vom Erdboden verschluckt.«

»Wer er? Sören?«

»Ja. Na gut, er hat schon vorher nicht mehr mit mir reden wollen, weil er sauer ist, dass ich abgesprungen bin. Aber die Sache ist die, dass Terschelling auch abgetaucht zu sein scheint. Unser ehemaliger Chef.«

De Jong brauchte eine Weile, um zu begreifen. »Du meinst, du glaubst, dein Sören hat diesen Terschelling …«

»Nein, natürlich nicht«, sagte Janwillem zaghaft. Er trank noch einen Schluck Bier. »Ich meine, das alles war ja nicht ernst gemeint. Nur mal hypothetisch, verstehst du?«

»Nein.«

»Aber auf der anderen Seite … Da könnte eben doch was dran sein. Sören ist manchmal ziemlich schräg drauf. Unser Duo hat ihm eben viel bedeutet, was ich ja verstehen kann. Aber er hat sich so was von in die Sache verrannt …«

Plötzlich ahnte de Jong, worauf das Ganze hier hinauslief. Warum sie überhaupt hier saßen. Und dass von Überraschungsbesuch eigentlich keine Rede sein konnte. »Kann es eventuell sein, dass Giulia dir gesagt hat, du sollst dich an mich wenden?«

Janwillem zögerte, machte eine Bewegung, die in Richtung Kopfschütteln ging. Aber dann antwortete er: »Sie hat gesagt, du wärst wahrscheinlich nicht begeistert. Aber ich sollte es ruhig versuchen.«

»Damit lag sie richtig«, schnappte der Exkommissar. »Und das hast du ja jetzt.«

Sein Gast warf einen Blick in die Bierflasche. Sie war leer. »Und?«

»Und was?«

»Hilfst du mir?«

»Helfen wobei?«

»Na ja, Sören zu finden. Rauszukriegen, ob er Scheiße gebaut hat. Was er bestimmt nicht hat. Er mag ein drittklassiger Komiker sein, ist aber kein Gangster. Und ich bin irgendwie auf seiner schwarzen Liste gelandet, seit ich Bedenken in dieser Sache hatte.«

»Und was ist mit diesem Terschelling? Wenn der von der Bildfläche verschwunden ist, müsste ihn doch jemand vermissen.«

»Seine Frau glaubt wahrscheinlich, dass er beruflich unterwegs ist. Auf einer Fortbildung oder so.«

»Eine Fortbildung für Betreiber von Tanzlokalen? Hast du das überprüft?«

»Nein. Falls da was dran sein sollte, also an dem Kidnapping, will ich meinen Kumpel nicht reinreiten.«

De Jong sagte nichts dazu. Er schüttelte nur in Fassungslosigkeit den Kopf. Dazu lachte er tonlos, aber schnaufend, als könne er nicht glauben, was er da hörte.

»Ich dachte, weil wir ja eine Familie sind«, sagte sein Halbbruder kleinlaut, aber damit schlug er genau den falschen Ton an.

Der Exkommissar erhob sich abrupt, dass seine Bierflasche hochsprang. Die leere, die vor Janwillem stand, fiel um und rollte ein paar Meter auf dem Boden. »Eine Familie, die zusammenhält, was? Auch wenn es darum geht, ein Kapitalverbrechen zu vertuschen.«

»Na ja, Kapitalverbrechen …«

De Jong ging der rollenden Flasche nach, hob sie auf und knallte sie auf den Tisch. »Klar, das ist natürlich moralisch völlig einwandfrei. Jedenfalls wenn man die Mafia fragt.« Auf dem Weg unter Deck drehte er sich noch einmal um. »Und wenn Giulia mir etwas mitzuteilen hat, kann sie das gern tun. Ich bin telefonisch zu erreichen, das kannst du ihr ausrichten.«

11. Kapitel

Das tat sie tatsächlich. Am Sonntag, während de Jong sein Frühstück auf dem Achterdeck einnahm. Aufmerksam auf das Telefon wurde er zunächst, als ein Anruf einging und das Display den Namen *Meckelbeck* anzeigte. De Jong drückte ihn weg. Und der nächste Anruf kam gleich darauf von Giulia.

»Ich hätte nicht gedacht, dass du so nachtragend bist.« Statt einer Begrüßung ein Vorwurf.

»Giulia, schön von dir zu hören«, heuchelte er schiere Überraschung. »Wo bist du? Hier in der Stadt? Sollen wir uns treffen, was denkst du?«

»Hör auf, Niklas.«

»Aufhören? Womit?«

»Ich kenne dich. Hast du vergessen, wie gut? Du weißt genau, dass ich schon längere Zeit hier bin.«

»Und dich nicht einmal gemeldet hast.«

»Die Dinge sind eben nicht so einfach.«

Wie sie das sagte. Als wäre de Jong zehn Jahre alt und sie müsste ihm erklären, warum Papa und Mama sich trennten. »Erzähl mir nichts von Dingen, die nicht so einfach sind«, schnappte er beleidigt. »Mit so was habe ich dreißig Jahre lang zu tun gehabt.«

»Na gut, einverstanden, dann sparen wir uns das eben. Aber wie du gestern deinen Bruder behandelt hast …«

»Halbbruder.«

»Ist das alles noch wegen damals?«

Wegen damals. Natürlich war es wegen damals. Weil es heute wieder ganz genauso ablief: Eines Tages – das war noch lange, bevor er den Rockstar in sich entdeckt hatte – war er in de Jongs Zimmer gekommen, völlig aufgelöst, schwitzend und mit einem ordentlichen Kater. Weil er in der vergangenen Nacht in besoffenem Zustand Papas Wagen zu Schrott gefahren hatte. Na ja, es war kein Totalschaden, aber die rechte Seite sah ziemlich übel aus. Und immerhin handelte es sich um den historischen Porsche, der Papas absolutes Lieblingsstück war. Und den deshalb niemand anderer fahren durfte, mit Ausnahme von Janwillem, weil der auch Papas Lieblingsstück war.

»Die bringen mich um«, bibberte Janwillem. »Ich weiß nicht, was soll ich tun? Kannst du nicht irgendwas machen …«

Das war typisch. De Jongs kleiner Bruder hatte, verhätschelt wie er war, niemals gelernt, Verantwortung zu übernehmen oder zu etwas zu stehen. Immer richtete er irgendetwas an, und dann musste de Jong es ausbügeln. Zufällig kannte er einen Schrauber, der es schaffte, dass der Sportwagen fast über Nacht wieder wie neu aussah, und das für kleines Geld. Problem gelöst. Aber bei der nächsten TÜV-Untersuchung flog der Schwindel auf. Und Papas gesamter Ärger entlud sich auf de Jong, der in betrügerischer Absicht versucht habe, den Unfall zu vertuschen. Dass Janwillem ihn verursacht hatte, wollte niemand mehr wissen.

»Also erst mal: Giulia, was denkst du dir dabei, selbst auf Tauchstation zu gehen, mir aber ständig irgendwelche Klienten zu schicken, obwohl du genau weißt, dass ich keine will?«

»Klienten«, sagte sie. »In diesem Fall nahm ich vielleicht an, dass Blut dicker ist als Wasser.«

»Und in dem anderen Fall? Ulf Meckelbeck, dem Großartigen?«

»Ich habe Ulf gesagt, dass er sich darauf gefasst machen soll, dass du ihn abblitzen lässt. Andererseits zahlt er aber auch ein Superhonorar. Ich dachte, so was ist interessant für dich.«

»Schönen Dank auch. Und wieso nennst du ihn Ulf?«

»Weil er so heißt.«

»Also kennst du ihn näher?«

Giulia seufzte ausgiebig, bevor sie antwortete. Es war nicht einmal ein genervtes Seufzen, eher ein mildes, in dem aber auch Erschöpfung mitklang. Als ob sie von etwas genug hatte, aber gleichzeitig wusste, dass sie damit würde leben müssen. »Hast du dir schon mal überlegt, dass genau deine Eifersucht der Grund ist, warum wir nicht zusammen sind?«

»Eifersucht?« De Jong sprach dieses Wort vorsichtig aus, Silbe für Silbe, als entstammte es einem uralten finnischen Dialekt, den auf der Welt nur noch zwei oder drei Menschen beherrschten, zu denen er nicht zählte.

»Du bist der Mann, der mir mehr bedeutet als jeder andere«, sagte sie leise. »Früher hast du mal behauptet, dass dich das glücklich macht. Aber der Punkt ist, du glaubst mir nicht. Und dir selbst auch nicht. Und genau deshalb bist du es auch nicht.«

»Also, was jetzt? Und was nicht?«, sagte de Jong verunsichert, weil er überhaupt nicht wusste, was er sagen sollte.

Er bekam aber keine Antwort. Und De Jong sagte nichts, weil ihm keine passende Entgegnung einfiel, etwas, das sie sich wünschte von ihm zu hören. Dass sie es sich wünschte, darüber war er sich sicher, tappte aber völlig im Dunkeln, *was* es war. Und hier drohte akute Gefahr, dass er etwas sagte und nur einen Millimeter neben dem lag, was sie hören wollte. Dann war vielleicht alles verloren. Deshalb hielt er lieber den Mund.

Und dann war der magische Moment vorüber.

»Janwillem ist kein übler Kerl«, kam Giulia wieder auf den Vortag zurück. »Er hatte es im Leben eben immer leicht. Aber dafür kann er schließlich nichts.«

»Er kann nichts wofür?«

»Wenn du in einem Haus aufwächst, wo dich von Kindesbeinen an eine Kammerzofe anzieht und ein Butler dir dein Frühstück serviert – nur als Beispiel –, dann kennst du es ja nicht anders. Aber du bist nicht derjenige, der den Butler eingestellt hat.«

»Die Kammerzofe auch nicht«, sagte de Jong. »Was ist denn mit Meckelbeck?«

»Was soll mit ihm sein?«

»Ist er vielleicht auch so ein Kerl, der in einer goldenen Wiege zur Welt kam und nichts dafürkann?«

»Keine Ahnung. – Du hast es getan, stimmt's? Ich wusste es.«

»Was getan?«

»Ihn als Klienten genommen. Obwohl du immer sagst, du willst keine.«

»Und du ihm abgeraten hast.«

»Hab ich. Aber ich kenne dich besser, Niklas.«

»Das sagtest du schon. Nur habe ich keine Klienten. Und er ist es die längste Zeit gewesen.«

»Wie du meinst«, sagte Giulia. Und dann fügte sie hinzu: »Ich war ja diejenige, die ihn zu dir geschickt hat. Und deswegen hättest du es ja tun können. Wenigstens mir zuliebe.«

* * *

Über das »wenigstens mir zuliebe« grübelte de Jong lange nach, während er die Frühstücksutensilien nach unten in die Küche räumte. War es das, was sie sich von ihm gewünscht hatte? Dass er etwas tat, was er sonst nie tat, aber ihr zuliebe dann eben doch? Ein Gedanke, der sich in ihm festsetzte. Er blieb unter Deck, ließ sich auf der durchgesessenen Couch nieder und grübelte, während er auf seiner Gitarre herumklimperte. Das Instrument besaß er schon, seit er denken konnte, und obwohl er es nie zu hoher Kunst gebracht hatte, kannte er es in- und auswendig, und es schien durchaus so, dass die Gitarre ihrerseits de Jong in- und auswendig kannte. Es war eine klassische Langzeitbeziehung. Und es gab Tage, an denen er auf dem Ding herumklimpern konnte, soviel er wollte, und doch nichts auch nur halbwegs Klingendes zustande brachte. Tage, an denen das launische Saiteninstrument ihm nicht gewogen war. So wie heute.

Als Ulf Meckelbeck es etwa eine halbe Stunde später noch einmal mit einem Anruf versuchte, legte er die Gitarre zur Seite und drückte den Anrufer – wenigstens ihr zuliebe – nicht weg.

»De Jong«, meldete er sich, allerdings mit frostiger Stimme.

»Sie haben das alles in den falschen Hals bekommen«, sagte Meckelbeck. Seine Stimme klang irgendwie hitzig; möglicherweise hatte er sich einen genehmigt. Und das schon vormittags.

»Das halte ich für unwahrscheinlich«, sagte de Jong. »Ich habe nämlich nur einen.«

»Ich meine das mit dem Urlaubmachen und der Wellness. Sie haben recht, da war ich vorschnell. Das hätte ich nicht sagen sollen.«

De Jong wartete, dann sagte er: »Stimmt.«

»Also, was ist? Sind Sie wieder dabei?«

»Wobei?«

»Sie wissen schon. Das Hülsbrock-Kolleg …«

»Wissen Sie was, Meckelbeck: Bestimmt finden Sie jemanden, der für Sie arbeitet *und* Sie sympathisch findet. Mag sein, dass es nicht viele von der Sorte gibt, aber werfen Sie einen Blick in die Gelben Seiten. Kleiner Tipp: Nehmen Sie einen, der auf der Siegerstraße wohnt.«

»Ich finde aber niemanden!« Meckelbecks Stimme hatte jetzt einen flehentlichen Tonfall. Er klang geradezu weinerlich. »Warum sind Sie so hart zu mir, de Jong, was habe ich Ihnen getan? Ich gebe zu, mein Ton ist manchmal unpassend, das habe ich schon oft gehört. Aber ich arbeite daran, das müssen Sie mir glauben. Sie wissen doch wohl selbst, wie schwierig es ist, sich zu ändern. Ein völlig anderer Mensch zu werden.«

»Ich weiß das selbst? Wie kommen Sie denn darauf?« Trotzdem regte sich in de Jong ein schlechtes Gewissen. Es war leicht, Meckelbeck, dem arroganten Sack, die kalte Schulter zu zeigen. Bei dem Jammerlappen, den er gerade am Telefon hatte, war das schon schwieriger.

»Im Moment kommt bei mir einfach alles zusammen«, quengelte der Mann am anderen Ende ohne Pause weiter. »Nicht nur diese Selbstmorde. Privater Beziehungsstress. Und im Job brennt es auch lichterloh. Da ist jetzt dieser Neue, der denkt, Männerfernsehen bedeutet, immerzu frauenfeindliche Witze zu reißen, und der dafür auch noch Applaus bekommt – nicht nur von männlicher Seite übrigens. Ich weiß, der Kerl will meinen Stuhl, und ich mache deswegen nachts kein Auge mehr zu. Habe die schlimmsten Albträume.«

»Albträume bei offenen Augen?«, fragte de Jong unbeeindruckt.

»Ein bisschen schlafe ich schon noch. Bis heute.« Ein abgrundtiefer Seufzer folgte. »Seit wieder so ein Brief auf meinem Tisch liegt.«

»Ein Brief?«

»Noch ein Abschiedsbrief. Nur dass dieses Mal da steht: *Wer immer euch einreden will, es wäre Mord gewesen, glaubt ihm nicht. Ich weiß es besser.*«

»Nichts über ein Bad?«

»Verzeihung?«

»In dem anderen Brief stand, dass Sie ein Bad nehmen würden«, sagte de Jong.

»Ach ja. Das steht hier auch wieder.«

»Und wie haben Sie den Brief bekommen?«

»Vom Hülsbrock-Kolleg. Man hat einen Briefumschlag, an mich adressiert, auf einem Tisch gefunden und an mich weitergeleitet.«

»Also gut, Herr Meckelbeck. Ich werde sehen, was sich machen lässt.«

De Jong konnte hören, wie Meckelbeck den Atem anhielt. »Ihr Ernst?«, sagte er dann.

Der Exkommissar hatte dabei nur an eines gedacht: *Du hättest es ja mir zuliebe tun können.* »Aber keine angeblichen Wochenendseminare mehr. Und wenn Sie mir noch einmal meinen Job erklären, dann haben Sie ihn. Verstanden?«

»Glasklar, de Jong. Sie sind mein Held. Wie geht es jetzt weiter?«

»Ich denke, anstatt mit Führungskräften in einem Stuhlkreis herumzusitzen, werde ich mal mit Angehörigen der Verblichenen sprechen.«

»Brillante Idee, de Jong. Eines Maigret würdig, wenn ich das sagen darf.« De Jong war sich nicht sicher, ob Meckelbeck ihn verarschen wollte. »Marianna Brühl, das ist Urban Kleists Lebensgefährtin. Soviel ich weiß, wohnt sie im Kreuzviertel. Ich kann Ihnen die Adresse zuschicken, wenn Sie wollen.«

»Sie kennen die Frau?«

»Nein, eigentlich nicht. Sie war mal mit meinem Bruder zusammen. Und die beiden haben immer noch Kontakt. Tja, Sie sehen, die Familie hat halt manchmal ihre Vorteile ...«

* * *

Ja, hat sie, dachte de Jong. Manchmal. Manchmal aber auch Nachteile.

Es musste so fünfundzwanzig Jahre her sein. Ein sattes Vierteljahrhundert. Janwillem war mitten in der Popmusik angekommen, auf dem Weg nach oben und gleichzeitig immer noch auf einem spätpubertären Verweigerungskurs. Die Band war sein eigentliches Zuhause, und Exzesse waren an der Tagesordnung. Regelmäßig am Wochenende lud er zu Besäufnissen ein, die er »Sessions« nannte. Es gab laute Musik, literweise Alkohol und jede Menge scharfes Zeug, Drogen waren auch im Spiel. De Jong kannte die berüchtigten Sessions erst nur vom Hörensagen, bis auf einen Abend, da war er dann auch eingeladen. Er zusammen mit Giulia. Sie hatten sich gerade erst gefunden. Was Janwillem bewusst war. Er brannte darauf, de Jongs »neue scharfe Braut« kennenzulernen. Er zeigte sich auch durchaus fasziniert von ihr, und als der Abend vorangeschritten und der Alkoholpegel längst über den berühmten kritischen Punkt hinaus angestiegen war, baggerte er sie unverhohlen an und verlangte von ihr, dass sie mit ihm ins Bett ging, hier und jetzt. Die Abfuhr, die er bekam, konnte er – wie die meisten Männer von der Siegerstraße – schlecht verkraften. »Verstehe schon«, lärmte er. Wenn Janwillem besoffen war, wurde er immer laut, und seine Stimme trug weit. »Ich hab gehört, hinter einer schönen Frau steht leider zu oft ein hoffnungslos verklemmter Spießer, der alles eng und kleinkariert sieht.«

Ein paar von den coolen Rockern hatten applaudiert, was de Jong ärgerte.

Er wollte wissen, was Janwillem damit genau meine. Und wen.

»Na ja, frag dich, was dir in einem Leben wichtig ist: Erlebnis, Authentizität, Seelenschmerz. Spontaneitat. Oder ist es eher Sicherheit, regelmäßiger Feierabend und ein gottverdammtes dreizehntes Monatsgehalt? Sex natürlich immer nur am Wochenende. Da verläuft eine Linie, mein Freund.«

Die coolen Rocker hatten wieder applaudiert, de Jong sagte ihnen, sie sollten damit aufhören, worauf sie sich erst recht amüsierten. Ein Wort ergab das andere, schließlich wurde geschubst und getreten. Janwillem stand dabei, mit vor der Brust verschränkten Armen, und grinste. Auch als sich drei von den Kerlen de Jong packten und aus dem Haus schleiften. Das Letzte, was de Jong gesehen hatte, bevor die Tür vor seiner Nase zugeknallt wurde, war Janwillems unverschämtes und spöttisches Grinsen.

Natürlich hatte sein Bruder nicht recht. Er war schließlich stockbesoffen und laberte baren Unsinn. Giulia war das sofort klar gewesen; bei de Jong dagegen hatte Janwillem eine missklingende Saite angeschlagen. Der Exkommissar – damals noch Kommissar in spe – glaubte, aus dem großspurigem Gehabe etwas herausgehört zu haben, das immer schon in Janwillem gebrodelt hatte, tief in seinem Inneren, eingekerkert in einem Verlies der guten Manieren. Und das seit jeher auf eine Gelegenheit wie diese Volltrunkenheit gewartet hatte, um sich endlich Gehör zu verschaffen.

Natürlich konnte er sich das auch nur eingebildet haben – schon am Tag danach, im Sonnenlicht des neuen

Morgens, war ihm dieser Gedanke gekommen. Trotzdem läutete diese Nacht der Ausschweifung eine Eiszeit in ihrer Beziehung ein. Die bis heute andauerte.

12. Kapitel

Am Montagmorgen machte sich der Exkommissar an die Schnüfflerarbeit. Besonders motiviert dazu hatte ihn ein Traum. Darin war es ihm nämlich gelungen, beide sogenannten Selbstmorde aufzuklären, was ziemlich einfach gewesen war: Er hatte sich den angeblichen Abschiedsbrief genauer angesehen, und ihm war aufgefallen, dass die Rückseite mit einem Absender versehen war. Name und Anschrift des Mörders. Giulia war beeindruckt gewesen und ihm sehr zugetan, vor allem, als er betonte, dass er es nur ihr zuliebe getan habe. Und er hatte sogar noch einen weiteren Mord begangen, was er ihr aber bis jetzt verheimlichte, weil es eine Überraschung werden sollte …

Kleist, Urban und Schnelling, Götz. Um sich möglichst umfassend zu informieren, rief er noch einmal Hauptkommissar Bühlow an, aber der meldete sich nicht. Und de Jong beschlich ein mulmiges Gefühl angesichts der Vorstellung, dass Bühlow seit ihrem letzten Telefonat einsam durch ein kretisches Gebirge irrte, ohne Wasser und ohne Schatten, auf der Suche nach seiner Reisegruppe. Also nervte er stattdessen noch einmal seinen Exkollegen. Eugen Küppers schien sogar froh über seinen Anruf zu sein. Wahrscheinlich, weil er gerade in seinem Serienmordfall feststeckte. Wie auch immer, nach einer Viertelstunde meldete de Jongs Computer zwei eingehende E-Mails: eine kam von Küppers, die andere von Ulf Meckelbeck. Marianna Brühls Adresse.

Beide, Kleist wie auch Schnelling, waren nicht nur ehemalige Schüler des Hülsbrock-Kollegs gewesen, wie Meckelbeck erwähnt hatte, sondern auch bis zu ihrem tragischen Ableben dort tätig gewesen. Wenngleich in sehr unterschiedlichen Funktionen – Schnelling als Gastronom, Inhaber des Hülsbrock & Friends, eines Restaurants, das sich innerhalb der Mauern des Hülsbrock-Kollegs befand, und Kleist als Dozent für Grenzbereiche ökonomischen Denkens. Beide hatten einen Medikamentencocktail getrunken. Kleist war in seinem Lieblingsohrensessel aufgefunden worden, das leere Glas vor ihm auf dem Tisch – auffällig war seine Bekleidung gewesen: eine lilafarbene Fliege über einem weißen Hemd, Unterwäsche, alles unter einem seidenen Bademantel. Schnelling hatte auf seinem Bett gelegen, vollständig angezogen, das Trinkglas in Reichweite, neben dem Bett auf dem Boden.

Marianna Brühl, Kleists Lebensgefährtin, war eine rundgesichtige Frau mit auffallend roten Pausbacken, die ihr dunkles, leicht rötlich gefärbtes Haar in einem altmodischen Afro-Look frisiert hatte. Sie steckte in einem sackartigen, mit bunten Peace-Zeichen bedruckten Kleid. Es wirkte ziemlich aus der Zeit gefallen, sodass es de Jong nicht überrascht hätte, wenn irgendwo daran ein *JFK for President*-Button gebaumelt hätte. Frau Brühls smaragdgrüne Augen wurden zudem durch eine runde John-Lennon-Brille leicht vergrößert, was sie nicht jünger, nur ein wenig aufgeschreckt aussehen ließ. So könnte man sich eine Frau vorstellen, dachte de Jong, die sich vor einem halben Jahrhundert in Schale geworfen hatte, um mit dem Bus nach Woodstock zu fahren. Aber der Bus hatte etliche Jahrzehnte Verspätung – und jetzt wartete sie immer noch.

»Herr de Jong, kommen Sie doch rein.«

Als er sie angerufen hatte, hatte sie sich mit »Zentrum für Yoga und transzendentale Therapie« gemeldet. Das *Zentrum* befand sich mitten im Kreuzviertel, einen Steinwurf von der Kreuzkirche entfernt, und entpuppte sich als Wohnung im dritten Stock mit langem Flur und meterhohen Decken. Der gesamte Boden war mit langhaariger, leicht verfilzter Teppichware ausgelegt, die einen ähnlichen Rot-Ton hatte wie Frau Brühls Haar. Die mit Rauputz gestrichenen Wände waren mit zahlreichen Postern beklebt, auf denen die Köpfe Prominenter wie Mahatma Gandhi, Konfuzius und Bhagwan abgebildet waren, darunter jeweils ein weiser Ausspruch, den man ihnen zuschrieb. Über allem schwebte ein Geruchsmix von Schuhen und Räucherkerzen.

»Du, Bille, wir sind mal für eine Viertelstunde im Ruheraum!«, rief Frau Brühl mit einer leicht schrillen Stimme, worauf von irgendwo jenseits des langen Flures eine Stimme etwas Einsilbiges antwortete.

De Jong folgte Marianna, passierte mehrere Türen, die mit gemalten Papierschildern versehen waren, auf denen *Yoga*, *Rebirthing* und *Schreitherapie* stand. Der Ruheraum war mit Kissen ausgelegt.

»Dabei – ich hätte mir denken können, dass es so kommen würde«, sagte Frau Brühl, obwohl de Jong noch nichts gesagt hatte, auf das sich ein »dabei« beziehen konnte. Sie ließ sich auf einem der Kissen nieder und bedeutete de Jong mit einer Geste, es ihr gleichzutun. »Also sind Sie von der Polizei?«

»Nein, das war ich mal«, antwortete de Jong wahrheitsgemäß. »Die Kripo hat die beiden Fälle so gut wie abgeschlossen. Mir geht es nur noch um ein paar Fragen, die sich ergeben haben.«

»Okay.« Die Frau mit der John-Lennon-Brille hätte hier stutzen können und sich erkundigen, wieso er dann Fragen stellte, wenn er nicht bei der Kripo war. Aber sie tat es nicht.

»Sie hätten sich also denken können, dass Herr Kleist sich das Leben nehmen würde? Wirkte er niedergeschlagen? Lebensmüde?«

»Nein, das eben nicht. Überhaupt nicht. Urban war anders als sonst. Aufgedreht. Männlich, verstehen Sie? Unternehmungslustig. Und genau deshalb hab ich mir gedacht, dass irgendwas nicht stimmt.«

»Weil er das normalerweise nicht war? Männlich oder unternehmungslustig?«

»Normalerweise war er eher lebensmüde.« Frau Brühl zuckte mit den Schultern. »Fand an allem etwas auszusetzen. Und dass früher alles besser war. Er war nicht so der lebensfrohe Typ, verstehen Sie? Eher der kritische Mensch.«

»Und das tat er jetzt nicht mehr? An allem etwas aussetzen?«

»Ich denke, dieser Streit hat ihm ziemlich zugesetzt. Obwohl er es nicht gezeigt hat.«

»Ein Streit?«

Marianna Brühl nickte. »Das habe ich gemerkt, weil ich ja nicht nur Urban gut kenne. Auch Armin.«

»Armin Waldemar? Mit ihm hat er gestritten? Worin ging es in dem Streit?«

»Ich fürchte, ich war der Anlass.« Sie richtete sich auf und saß ein wenig aufrechter, als wäre die Tatsache, dass die beiden um sie gestritten hatten, trotz der tragischen Ereignisse, die auf den Streit folgten, irgendwie schmeichelhaft für sie. »Sie müssen wissen, vor Jahren – bevor Armin in die Staaten ging – war ich nämlich mit ihm zusammen. Er ist nicht unkompliziert, ganz sicher nicht, hat aber auch seine guten Seiten. Welcher geniale Mensch ist schon leicht zu nehmen, nicht wahr? Und seine Kindheit war ja auch nicht gerade einfach. Jedenfalls habe ich über ihn dann Urbi kennengelernt, der war damals sein Spezi. Urbi hat ihn bewundert, vor allem seine bahnbrechenden psychologischen Ideen über Energie und Persönlichkeitsentwicklung.« Frau Brühl nahm sich einen Augenblick, um in dieser bahnbrechenden Zeit zu verweilen.

»Und was hat die beiden später auseinandergebracht?«

Sie räusperte sich kurz. »Während Armin in den USA war, habe ich Urban näher kennengelernt.«

»Verstehe«, sagte de Jong.

»Nein, bitte, Herr …«

»De Jong.«

»Sie müssen bedenken, dass solche Dinge immer vorgezeichnet sind. Es hat keinen Sinn, sich ihnen zu verweigern, jedenfalls nicht auf lange Sicht. Vielleicht bilden Sie sich ein, dass Sie Ihr eigenes Schicksal lenken. Aber das ist eine Illusion.«

»Wie auch immer. Jedenfalls kam Waldemar aus Amerika zurück und fand Sie in den Armen seines besten Freundes. Er war abserviert. Und verständlicherweise sauer.«

Frau Brühl schüttelte den Kopf. »Sie kennen Waldemar nicht. Er ist nie sauer.«

»Immerhin behauptet er, Urban Kleist umgebracht zu haben.«

»Ich weiß.«

»Sie glauben also nicht daran, dass es Selbstmorde waren?«

»Beides. Es war Selbstmord. Aber er hat ihn veranlasst. Er hat die beiden Männer dazu gezwungen. Und dann haben sie getan, was sie tun mussten.«

»Wie soll er das denn angestellt haben?«

Die Sechzigerjahre-Frau machte ein ratloses Gesicht. »Das kann ich Ihnen nicht sagen. Er hat so eine Gabe, wissen Sie. Nicht, dass er damit auf mysteriöse Weise Dinge bewegen kann, so wie in Horrorfilmen, verstehen Sie, aber er schafft es irgendwie, dass man dran glaubt. Dass man glaubt, dass er das kann. Und dann – wenn man dran glaubt, hat er leichtes Spiel. Können Sie mir folgen?«

»Eigentlich nicht.« Im Flur schrillte eine Klingel. Die Stimme von eben rief etwas, dann hörte man Schritte auf dem Flur, und die Wohnungstür wurde geöffnet.

»Armin hat mal gesagt: Für die meisten mag das alles spiritueller Unsinn sein, aber das ist mir schnuppe. Vielleicht ist es sogar gut so. Es kommt nur darauf an, dass einer mir glaubt.«

»Wer?«

Sie beugte sich vor. »Na, der, den er sich jeweils vornimmt.«

Die Tür öffnete sich. Eine Frau huschte herein – Bille vermutlich – eine spindeldürre Person mit langem, weißem Haar und verhärmtem Gesicht. »Du, die Mädels vom Orgasmuskurs sind jetzt da«, raunte sie. »Sie warten. Ich hab ihnen gesagt, du kommst gleich.«

* * *

Früher einmal war Wolbeck ein dunkler Ort gewesen. Im Mittelalter eine Hochburg der Hexenprozesse, später hatte kein Geringerer als Franz von Waldeck, der Fürstbischof von Münster, auf der Burg residiert, während seine Truppen vergeblich versuchten, die Stadt der Täufer einzunehmen. Hunderte von Jahren später waren es französische Streitkräfte gewesen, die die Burg einnahmen und ihr einen Totalschaden verpassten, sodass die Trümmer nur noch als Baumaterial für das neue Stadtschloss in Münster taugten. Ungeklärt war bis heute die mystische, ja atavistische Verehrung, die der Ziegenbock in Wolbeck genoss. Das Tier mit den Hörnern hatte seinen eigenen Feiertag, der den Ort nicht nur für Fans des 1. FC Köln zu einem attraktiven Reiseziel machte. Einige Altertumsforscher vermuteten einen Zusammenhang mit dem mittelalterlichen Baphomet-Kult, in dessen Zentrum ein Dämon in Ziegengestalt stand und dem später auch prominente Satanisten wie Alistair Crowley anhingen.

Heutzutage hatte der Stadtteil alles Dunkle abgelegt. Er war ein adrettes Schlafstädtchen wie viele andere, dessen Bewohner ihre Reihenhäuser und Doppelhaushälften liebten, ihre Garageneinfahrten mit Hochdruckreinigern pflegten und an den Wochenenden mit Sitzrasenmähern gern Runden auf ihren tipptopp gepflegten Grünflächen drehten. Von montags bis freitags bestiegen sie morgens E-Bikes und radelten in die Büros in der City. Ziegenverehrung fand nur noch an Karneval statt.

Einer der Bewohner war Janwillem, der Hochbegabte. Seine Doppelhaushälfte lag in einer recht betuchten Gegend, an einer engen Straße, in der Parkplätze knapp waren, weil es von Garagenauffahrten, die unbedingt »freizuhalten« waren, nur so wimmelte. Das Haus war rostrot geklinkert und hatte einen Balkon, dessen hölzerne Geländer weiß gestrichen waren. Es gab einen Carport und am Rand des mit Buchsbaum eingeheckten Rasens ein Gartenhaus, vor dem zwei Gartenzwerge herumlungerten, die so groß waren, dass man sie eigentlich nicht als Zwerge bezeichnen konnte.

Um kurz nach eins, eine gute halbe Stunde nachdem er sich von der Blumenkinder-Frau verabschiedet hatte, stellte de Jong sein Fahrrad vor der rot geklinkerten Doppelhaushälfte ab. Es roch nach frisch geschnittenem Gras, und – richtig – irgendwo in der Nähe kurvte ein Sitzrasenmäher. Über einen Weg aus Trittsteinen im mediterranen Stil gelangte de Jong zur Tür und betätigte eine Klingel, die sich drinnen mit einem melodiösen Ding-Dong meldete.

Janwillem öffnete und starrte ihn an. Kein »Hallo« oder »das ist aber eine Überraschung«.

»Also gut«, sagte de Jong und sparte sich damit auch die Begrüßung. »Ich mache es. Aber unter einer Bedingung.«

»Was? Was machst du?«

»Jetzt spiel nicht den Ahnungslosen. Es war schließlich immer so, dass du ankommst, wenn irgendwo die Scheiße dampft.«

»Also gut.« Janwillem verzog sein Gesicht in gequälter Zerknirschung, so wie er es schon als Zehnjähriger beherrscht hatte. Dann öffnete er die Tür ganz und trat beiseite. »Komm rein.«

Er ging vor. Der Flur war mit matt schimmernden, hellgrünen Fliesen ausgelegt. Drei Türen führten in diverse Zimmer, eine davon in die Toilette, wie ein auf der Tür angebrachtes Piktogramm vermuten ließ, das einen Jungen zeigte, der in einen Topf pinkelte. Gleich daneben nahm die Treppe aus Holz eine Kurve in den ersten Stock. Im Flur müffelte es – im Wesentlichen stritten zwei Gerüche um die Lufthoheit: ein längst vergangenes Mittagessen und das Katzenklo in der Ecke.

»Wanda ist leider noch nicht da«, erklärte Janwillem, während er ins Wohnzimmer vorausging. »Sie kommt erst in zwei Stunden.«

»Was macht sie denn?«, erkundigte sich de Jong, ohne besonders neugierig zu sein.

»Sie ist städtische Angestellte. KfZ-Zulassungsstelle. Das ist wenigstens was Festes.«

In de Jongs Fantasie tauchte eine konventionell gekleidete, adrette Dame auf, mit Dutt und hochgeschlossener Bluse. Wenigstens was Festes, dachte er. Irgendjemand muss ihn umgepolt haben, und ich hab natürlich nichts davon mitbekommen.

Das Wohnzimmer jedenfalls machte einen konventionellen Eindruck: links das Sofa mit den Sitzkissen, der Couchtisch, rechts der Flachbildfernseher und eine monströse Schrankwand, die wie ein Überbleibsel aus den Siebzigern aussah. Geradeaus gelangte man durch eine Glastür in den Garten. Auf dem Rasen draußen warteten bereits zwei weitere Gartenzwerge, die viel zu groß für Zwerge waren.

Hinter der Schrankwand, von der Tür fast verdeckt, standen ein Piano und eine E-Gitarre auf einem Ständer. De Jong klappte den Klavierdeckel auf und tippte auf den Tasten herum. Sie blieben stumm.

»Das muss man erst einschalten«, erklärte Janwillem mit einem schiefen Grinsen. »Ein E-Piano. Eigentlich gehört es Ella.«

»Ella?«

»Unsere Tochter. Wir haben sie Ella genannt. Du weißt doch, ich war immer ein großer Fan von Ella Fitzgerald.«

»Stimmt«, erinnerte sich de Jong. »Und hat sie auch ihre Stimme?«

»Leider nicht. Mit Musik hat sie nicht viel am Hut. Sie studiert Architektur in Leipzig. Willst du was trinken?«

De Jong wollte abwinken, aber Janwillem stand schon da mit zwei Gläsern Mineralwasser, also nahm er eins.

»Da bin ich wirklich erleichtert, dass du dich um die Sache kümmerst, Bruderherz.«

»Ich kann dir gar nichts versprechen.«

»Wie gesagt, höchstwahrscheinlich steckt gar nichts dahinter. Alles entpuppt sich als riesengroßes Missverständnis.«

Kenn ich schon, dachte de Jong. So wie damals mit Vaters Porsche. Ein riesengroßes Missverständnis.

Sein Bruder räusperte sich. »Und was wäre deine Bedingung?«

»Du hast ein Auge auf Giulia.«

Janwillem starrte ihn konsterniert an. »Ich soll … was?« Als hätte de Jong von ihm verlangt, dass er sich an Giulia heranmachte und sie in einen dunklen Hauseingang zerrte.

»Du behältst sie im Auge. Ich muss wissen, ob sie sich mit jemand anderem trifft. Du hast doch ein Smartphone, oder?«

»Ich soll Detektiv spielen? Das ist doch dein Job, also …«

»Blödsinn. Detektiv und Bulle, das sind zwei grundverschiedene Paar Schuhe. Du solltest nicht so viel fernsehen.«

»Aber du bist doch kein Bulle mehr.«

»Eben. Außerdem kennt sie mich, das ist der Punkt.«

»Mich aber doch auch.«

»Ja, aber nicht so. Also, was ist: Soll ich den Kidnapper finden oder nicht?«

Janwillem sah unentschlossen aus. Nicht so, als würde er einschlagen. Wieder zog er eine Schnute, und de Jong dachte: Er hat sich nicht verändert. Das ist der alte Janwillem, der es nicht gewohnt ist, für etwas, das er bekommt, eine Gegenleistung zu erbringen. Aber so wie früher läuft es heute nicht mehr. »Mach es oder lass es«, blaffte er.

»Also gut, dann das zweite.« Janwillem grinste auf eine schiefe Art. »Komm schon, das war ein Scherz. Wenn du drauf bestehst, mach ich's natürlich.«

Was wohl auch sonst, dachte de Jong, obwohl er ein bisschen staunte, wie leicht sich Janwillem darauf einließ, den Schnüffler zu geben. »Na schön, also dann …« Er wandte sich zur Tür. »Dann werde ich mal wieder losziehen. Ich brauche noch ein Foto und die Adresse von deinem Sören. Und deinem Chef.«

»Meinem ehemaligen Chef.«

Für einen Moment hatte de Jong geglaubt, sich selbst reden zu hören.

Janwillem kam ihm nach. »Du willst schon los?«

»Klar«, sagte de Jong. »Ich hab da auch noch eine andere Sache. Du hörst von mir und ich von dir.«

»Ehrlich gesagt«, meinte sein Bruder, »hatte ich mir unter unserem Wiedersehen was anderes vorgestellt.«

De Jong blieb stehen, die Hand auf der Klinke. »Was anderes?«

»Ja. Eben nicht so, dass ich jetzt deinen Job mache.«

»Und was hattest du so gedacht?«

»Dass du vielleicht mal zum Abendessen herkommst. Und dann könnten wir Boccia spielen. Wir drei. Dann könntest du auch Wanda kennenlernen.«

»Wanda?«

»Ich hab dir doch eben von ihr erzählt.«

De Jong sah sich um, und ihm lag eine seit vielen Jahren fällige Retourkutsche auf der Zunge. Wer ist hier eigentlich der Spießer?, wollte er fragen. Schickes Eigenheim, hellgrün gefliester Flur. Und Boccia – wer spielte denn so etwas überhaupt noch? Schon damals, als es in Mode kam, war es der Inbegriff von Langeweile gewesen. Aber der Exkommissar hielt den Mund und sparte sich die hämische Bemerkung. Nicht nur, weil ihm die Lust daran vergangen war, alte Kämpfe wieder aufflammen zu lassen; wohl auch, weil er, obwohl er es nie zugegeben hätte, von seinem Bruder beeindruckt war, weil der sich vom arroganten, erfolgsverwöhnten Überflieger zum filzpantoffelbewehrten Spießer gewandelt hatte. Das gab ihm immerhin so sehr zu denken, dass er sich auf dem Rückweg zum Alten Mädchen fragte, ob der wahre Grund für seinen Groll auf Janwillem wirklich das gewesen sei, was er damals im Zustand der Volltrunkenheit abgesondert hatte, und sein Grinsen, als seine Bandkollegen handgreiflich wurden – oder ob es vielmehr die Tatsache war, dass er damals den Nagel auf den Kopf getroffen hatte? Und dass de Jong befürchtete, dass Giulia genau das bemerken könnte? Er habe es im Leben immer leicht gehabt, hatte sie gesagt. Janwillem. – Und wenn schon, dachte de Jong, so leicht kommt er mir nicht davon.

13. Kapitel

Wie es dazu kam, dass ausgerechnet ich es war, der die zündende Idee hatte? Eigentlich ist die Antwort recht simpel, sie lautet: weil die anderen am runden Tisch von Camelot allesamt Dumpfhirne und Hohlköpfe waren, die nicht weiter als bis zu ihrer reichlich hoch getragenen Nasenspitze zu denken imstande waren. Und weil das, was sie als »Denken« bezeichnen – bis zur Nasenspitze und wieder zurück –, nichts weiter ist als ein müder Gehirnlappenreflex, ein Denken von der Art, wie eine Fliege immer um dieselbe Birne kreist, über nur zwei Fragen, nämlich wie reiße ich eine Braut auf und bei wem schleime ich mich für die besten Noten ein?

Mit Ausnahme von Lanzelot, wie gesagt. Der hatte Grips, und deshalb wurde er zu Recht der Protagonist unseres Seminarprojekts.

»Wer die dunkle Kunst erlernen will, muss unbedingt ihren paradoxen Charakter verstehen«, sagt der Professor. »Ihre Dialektik.«

Unsere edlen Ritter haben leider keinen Schimmer, was diese Worte bedeuten, sie werden nicht mal stutzig und fragen sich, was sie bedeuten könnten. Wie denn auch? Um eine Wissenslücke zu bemerken, braucht man wenigstens den Hauch einer Ahnung davon, dass die Welt um einen herum aus mehr besteht, als einem sein eigener beschränkter Horizont vorgaukelt. Lerne, deinen Vorteil in der Schwäche deines Gegners zu sehen. Schwäche, die ein Vorteil ist. Das ist paradox. Regel eins. Gewinnorientiert denken heißt, den Verlust des Gegners als Gewinn einzuplanen. Das ist Dialektik.

»Na schön!«, schlägt Sir Galahad vor, »dann schnappen wir uns einen aus dem Kurs unter uns, geben ihm ordentlich eins auf die Rübe und lassen ihn einen Wisch unterschreiben, auf dem er bestätigt, dass er und seine Jungs uns ein monatliches Schutzgeld – nennen wir es meinetwegen auch Aufwandsentschädigung – zukommen lassen.«

Nur als Beispiel. Auf diesem unterirdischen Niveau befanden sich die meisten Vorschläge, die anfangs in unserer Tafelrunde auf den Tisch kamen.

»Die Siege, die Sie, meine Ladys und Lords, erringen, verdanken Sie Taten, die Sie nicht begangen haben. Und doch haben Sie sie begangen. Schließlich befinden Sie sich nicht auf einem Schlachtfeld, sondern in der Führungsetage eines Unternehmens, das am Markt bestehen will. Das expandieren will. Bestehen heißt expandieren. Und Sie dienen ihm nicht mit der Waffe. Im Gegenteil, Sie sind strikt dagegen, Waffen zu ziehen. Sie wollen Teamgeist, flache Hierarchien und Kommunikation auf Augenhöhe. Trotzdem haben Sie Kenntnis von den Waffen. Es ist wichtig, von ihnen zu wissen und im Notfall auf sie zugreifen zu können. Als Notfall bezeichnen wir den Fall, dass jemand eine Waffe gegen Sie zieht. Wenn Sie in ein Haifischbecken steigen, sollten Sie wie ein Hai zuschnappen können, sonst halten Sie nicht lange durch. Aber Sie zeigen niemals die Zähne.«

Die meisten Ritter hier waren damit überfordert. Aber genau das war das Thema unseres Seminars.

Das ist der Grund, weshalb sie jemanden wie mich brauchten. Weshalb es nicht genügte, mich nur widerwillig zu dulden. Wenn wir alle mit Auszeichnung bestehen wollten, war es erforderlich, dass ich die Regie übernahm. So kam es, dass ich es war, der die zündende Idee hatte. Unser Seminar-Projekt erhielt den Namen *Zahnfee*.

14. Kapitel

Bühlows Anruf erreichte de Jong am Montagvormittag, als er gerade mit dem Fahrrad unterwegs war. Der Exkommissar schwenkte vom Radweg auf den Bürgersteig, klingelte sich den Weg frei und stieg ab.

»Wollte mich nur mal erkundigen, wie es weitergegangen ist«, sagte Bühlow. »Genau.«

»Freut mich, von dir zu hören«, sagte de Jong erleichtert. »Also hast du es doch noch geschafft.«

»Was geschafft?«

»Den Berg. Und den Aufstieg. Und die Reisegruppe zu finden.«

»Morgen geht's schon wieder zurück. Momentan sind wir hier im Hotel. Was hast du eigentlich mit den Selbstmorden im Hülsbrock-Kolleg zu schaffen?«

»Hab ich dir doch erzählt. Meckelbeck, dein alter Kumpel …«

»Der ist nicht mein Kumpel.«

»Jedenfalls glaubt der, dass es Morde waren. Weil er eine Art Drohbrief erhalten hat.«

»So einen hat man bei Schnelling auch gefunden. Lag in seinem Brieffach im Kolleg.«

»Na also. Und welchen Reim habt ihr euch darauf gemacht?«

»Das ist eine Schule. Wahrscheinlich ein geschmackloser Pennälerstreich. Aber noch mal zu Waldemar.«

»Der Mann, der die Selbstmorde angeblich angestoßen hat.«

»Genau. Das Ding ist, dass er in beiden Fällen ein Motiv hatte. Mit Kleist und Schnelling hatte er eine Rechnung offen.«

»Ich weiß«, sagte de Jong. »Kleist hat ihm die Freundin ausgespannt.«

»Und mit Schnelling hat er sich erst vor Kurzem übelst gezofft. Sagte die Frau, mit der er zusammen war. Diese Frau Trudeau ...«

»Moment: Frau Trudeau war auch mit Waldemar liiert?«

»Nicht mit Waldemar. Mit Schnelling. Genau.«

»Ich hab Waldemar auf einem Workshop kennengelernt«, sagte de Jong. »Der Mann ist ein Spinner.«

»Aber er ist nicht nur Seminargast, sondern hält im Kolleg regelmäßig Veranstaltungen ab. Er hat sogar ein Zimmer dort.«

»Das ist interessant. Dank dir schon mal für die Infos. Gute Heimreise.«

»Dann machst du jetzt den Privatermittler?«

»Na ja«, sagte de Jong vage.

»Denk dran, dass du miserabel bist.«

»Was bin ich?«

»Als Privatschnüffler miserabel.«

»Wer sagt das?«

»Du selbst hast das gesagt. Genau. Also sei vorsichtig.«

»Jaja«, sagte de Jong.

* * *

Der Wochenendworkshop war Gott sei Dank vorbei, deshalb hatte de Jong schon mit dem Hülsbrock-Kolleg abgeschlossen. Voreilig, wie sich jetzt herausstellte. Denn am Montagabend radelte er wieder hinaus Richtung Havixbeck. Zwei Selbstmorde, begangen von Mitarbeitern des Kollegs, ein ehemaliger Schüler, der den Wetterfrosch im Männerfernsehen gab und befürchtete, der nächste Selbstmörder zu sein. Kein halbwegs guter und schon gar kein miserabler Privatschnüffler konnte es sich leisten, mit Dingen »abzuschließen«, die noch nicht abgeschlossen waren. Er hatte sich an den Ort zu begeben, an den seine Spur ihn führte.

Das Wetter schien diesen Entschluss allerdings nicht zu begrüßen. Lange Zeit hatten weiße Schäfchenwolken in einem satten, blauen Himmel geträumt, der sich zum Abend hin gelblich einfärbte; sobald de Jong auf seinem Fahrrad saß, begannen sich die verträumten Dinger zu fetten Wolkenballen zusammenzurotten, drängelten sich vor die auf einmal deplatziert wirkende Abendsonne und vereitelten den stimmungsvollen Sonnenuntergang. Am Himmel wurde es grau und düster, und die von zahlreichen Dichtern so gern besungene Münsterländische Parklandschaft bekam einen mürrischen, unansehnlichen Zug. Sie mühte sich nach Kräften, sibirienhaft auszusehen oder wenigstens wie der Schwarzwald bei Regen. Und als de Jong, der am Schild *Zum Kolleg* nach rechts abbog, ein paar erste Regentropfen abbekam, schwante ihm, dass das noch lange nicht alles war.

Trotzdem war der Zeitpunkt gut gewählt, denn heute Abend fand wie jeden Montag um zwanzig Uhr eine Veranstaltung in der Reihe *Think global* statt. Geladene Gastredner, aber auch Dozenten aus dem Kolleg hielten Vorträge mit anschließender Diskussion. Der Eintritt war frei. De Jong kam gerade recht, um Melanie Trudeaus Beitrag zum Thema *Grünes Wachstum* anzuhören.

»Die Vorstellung, dass wir den Planeten, auf dem wir leben, aufessen, ist nicht schön«, verkündete sie vom Rednerpult aus, »aber es gilt das Naturgesetz allen Wettbewerbs: Wenn wir es nicht tun, dann tun es andere. Und dann gehen wir leer aus. Wollen wir das? Also sollten wir wenigstens alles dafür tun, dass der große Apfel, den wir aufessen, Bioqualität hat.«

Die anschließende Diskussion fiel knapp aus und war nach zehn Minuten überstanden. De Jong erwischte die Dozentin im Hülsbrock & Friends an einem einsamen Tisch, vor sich einen gemischten Salat. Sie erkannte ihn wieder und fixierte ihn auf ihre investigative Art. »Herr de Jong. Arbeit in Kleingruppen ist wohl nicht Ihr Ding. Haben Sie jetzt doch Blut geleckt?«

»Offen gestanden war das alles Maskerade«, gestand der Exkommissar. »Ich bin keine Führungskraft, sondern so eine Art Kripomann. Der Anlass für meine Anwesenheit hier sind zwei mysteriöse Selbstmorde. Und ein Geständnis.«

»So eine Art Kripomann?«

»Na gut. Ehemaliger Kripomann.« De Jong zog sich einen Stuhl heran und nahm ihr gegenüber Platz. »Sie waren mit Götz Schnelling näher bekannt, habe ich gehört.«

Ein überraschtes, gleich darauf anerkennendes Lächeln huschte über ihr Gesicht. »Wenn wir darüber reden wollen, brauche ich erst ein Glas Wein. Wie steht's mit Ihnen, Herr Exkommissar?«

Das Hülsbrock & Friends war unspektakulär eingerichtet, eher konservativ, mit Ledermobiliar und einem Tresen von anno dazumal. Riesige, großblättrige Topfpflanzen, die teilweise bis an die Decke reichten, dienten als Raumteiler, die die Tische voneinander abtrennten. An den mit dunkler Tapete beklebten Wänden hingen in Gold gerahmte Fotos, auf denen Schulklassen abgelichtet waren, Siegerklassen, die etwas überreicht bekamen, Pokale, Orden, riesengroße Schecks. Über dem Eingang prangte in großen Lettern das Hausmotto: *Optimis Optimum semper!* Es herrschte kaum Betrieb, und Frau Trudeau und de Jong suchten sich mit einem Glas Wein in der Hand und dem gemischten Salat eine lauschige Ecke aus.

»Der Kerl ist ein Schwätzer«, sagte die Dozentin und hob ihr Glas in seine Richtung. »Einer dieser selbstverliebten Typen, die glauben, so überzeugend zu sein, dass sie einem haarsträubenden Unsinn auftischen können, ohne dass man es merkt.«

»Sie sprechen von Herrn Schnelling?«

Energisches Kopfschütteln. »Ich meine den, der gestanden hat. Unseren selbsternannten Haus-Voldemort. Er hat neulich randaliert, hier in diesem Restaurant.«

»In Herrn Schnellings Restaurant?«

Sie nickte. »Er hat darauf bestanden, den Tisch drüben am Fenster zu bekommen.«

»Waldemar hat hier im Institut sogar ein eigenes Zimmer, oder nicht?«

»Ja, das ist drüben im Gästehaus. Nur für den Fall, dass er eins seiner abstrusen Blockseminare abhält. Jedenfalls bildet er sich ein, in Götz' Lokal einen angestammten Platz zu haben. Und er verlangte, dass andere Gäste, die bereits am Fenster saßen, ihren Platz räumten.«

»Worauf sich Götz aber nicht eingelassen hat«, riet de Jong.

»Er hat ihm so ruhig wie möglich erklärt, dass es in diesem Restaurant keine angestammten Plätze gibt. Nicht für den Heiligen Vater, aber auch nicht für Doktor Mabuse …«

»Mabuse?«

»Damit meinte er Waldemar. Und Waldemar wusste, dass er gemeint war, weil Götz ihn schon einmal so genannt hat. Zuerst sah es so aus, als würde er klein beigeben und trollte sich an einen anderen Tisch. Aber dann fing er schon wieder an, beschwerte sich laut, die Bruschetta seien verkohlt, ungenießbar, und die Tagliatelle übelkeitserregend.« Frau Trudeau hatte ihren Salat beendet. Ein Kellner brachte eine neue Flasche Wein und schenkte beiden nach. »Als er dann einen theaterreifen Kotzanfall bekam, war für Götz das Maß voll. Er warf Waldemar aus dem Lokal.«

»Und der räumte kampflos das Feld?«

»Er drohte Götz lautstark mit Handgreiflichkeiten. Aber natürlich hat er die Hand nicht erhoben. Er ist einen Kopf kleiner als Götz.«

»Und bei Waldemars Kopf ist das eine ganze Menge«, meinte de Jong.

»Jedenfalls hat er sich schließlich gefügt und das Hülsbrocks verlassen, zum Applaus der Anwesenden. Und dann hat er Götz gedroht.«

»Womit gedroht?«

Frau Trudeau nahm einen großen Schluck Wein und setzte ihr Glas ab. Ihre Miene verfinsterte sich. »Wissen Sie, unser Voldemort ist ein seltsamer Kerl. Kein Mann der Fäuste. Aber das bedeutet nicht, dass man seine Verwünschungen nicht ernst nehmen müsste.«

»Reden wir jetzt über seine berühmte dunkle Energie?«

Die Dozentin machte eine Geste, als wollte sie eine Fliege verscheuchen. »So eine Szene mit anschließendem Hinauswurf ist für niemanden angenehm«, sagte sie. »Schon gar nicht, wenn die anderen Gäste noch klatschen. Aber für jemanden wie Waldemar ist sie eine Schmach, die unbedingt Genugtuung fordert.«

De Jong sah zu, wie Trudeau den Rest aus der Flasche in ihr Glas füllte, nachdem er dankend abgelehnt hatte. »Sie glauben also, dass er hinter Herrn Schnellings Selbstmord steht?«

»Das würde er gern. Und wissen Sie was: Das ist gerade das Niederträchtige.« De Jong hatte den Eindruck, dass ihre Stimme allmählich schwer wurde. »Dass er sich nicht schämt, Götz' Tod als seinen«, mit den Fingern schrieb sie Anführungszeichen in die Luft, »Verdienst zu vereinnahmen.« Sie schüttelte intensiv den Kopf, als versuchte sie, diese Schamlosigkeit wegzuschütteln.

»Haben Sie irgendeine Vermutung, was Götz zu der Tat getrieben hat? Gab es irgendwelche Anzeichen, die darauf hindeuteten?«

Melanie Trudeau blickte ihn an. Der Blick verrutschte leicht, schien etwas an der Wand hinter ihm zu fixieren, vielleicht eine dieser Siegerklassen auf einem Foto. In ihren Augen lag Traurigkeit, die sich allmählich in Alkohol auflöste. »Wissen Sie was, Herr Kommissar …«

»Exkommissar.«

»Meinetwegen. Anzeichen gab es keine. Aber ich kannte Götz. Er hatte schon seit Langem mit vielem abgeschlossen.«

»Er hatte abgeschlossen?«

Sie nahm einen weiteren ausgiebigen Schluck. »Sie sind nicht gerade ein Insider, Herr Kommissar.«

»Exkommissar«, sagte de Jong.

»Sie sehen diese zwei Selbstmorde und denken: Zwei – das kann doch kein Zufall sein. Aber wissen Sie, was das hier ist? Eine Eliteschmiede. Da geht es um Karriere, darum, dass nur der erste Platz zählt, *the winner takes it all*. Das hinterlässt seine Spuren. Man hat herausgefunden, dass die Selbstmordrate an Schulen wie dieser hier fast viermal höher liegt als der gesellschaftliche Durchschnitt.« Ihr entfuhr ein kleiner Rülpser. »Wenn ich das alles bedenke, wundere ich mich ehrlich gesagt, wie ich so lange durchgehalten habe.«

»Aber womit genau hatte er abgeschlossen?«, beharrte de Jong.

»In dem Sinn, dass es ihn nicht mehr interessierte. Nicht mehr so wie früher. Das Restaurant hier, das Kolleg … und selbst was mich angeht …«

»Sie?«

»Allerdings.« Frau Trudeau bedankte sich mit einem fahrigen Winken bei dem Kellner, der eine frische Flasche Wein vor ihr abstellte. Sie goss sich gleich nach. »Ganz kurz, bevor es passierte, hatte ich das Gefühl, dass er jemanden kennengelernt hatte.«

»Eine andere Frau?«

Erneutes Wedeln mit der Hand, dieses Mal in de Jongs Richtung. »Vielleicht täusche ich mich auch. Tue ihm Unrecht. Ja, bestimmt sogar. Es war nur ein vages Gefühl. Und dann ist es ja auch schon passiert …«

»Aber das ergibt doch keinen Sinn. Warum sollte er sich umbringen, wenn er eine andere Frau kennengelernt hat?«

Frau Trudeau konnte nicht sofort antworten, sie musste erst schlucken; aber sie schüttelte schon mal den Kopf. »Streichen Sie das, Herr Kommissar«, sagte sie dann. »Ehrlich, ich habe keine Ahnung, warum er das getan hat. Und ich dachte, ihn zu kennen. Andererseits …«

Sie machte eine Pause, als ein anderer Dozent das Lokal betrat: Schrödinger. Sie nickten einander zu. Schrödinger fand einen Tisch und ließ sich die Karte bringen.

»Andererseits?«, fragte de Jong.

Der Dozentin entfuhr ein dezenter Rülpser – über einen nur leichten Schwips war sie wohl schon hinaus. »Vielleicht hatten Sie ja am Wochenende die Gelegenheit, sich hier ein wenig umzusehen. Ein bisschen reinzuschnuppern in diese edle Karriereschmiede. Diese guten Mädels und Jungs, die alle nur das eine wollen …«

»Das eine?«

»Reiche Mamas und Papas, die ihre gut situierten Zöglinge auf diese Schule schicken, damit sie lernen, ihre angestammten Privilegien auf optimale Weise für sich zu nutzen und damit ganz weit nach oben zu kommen. Als wenn es auf der Welt nichts anderes gäbe.«

»Ihre Talente zu vergolden«, steuerte de Jong bei.

»Talente?« Trudeau prustete. »Die haben sie ja eben nicht. Sonst müssten sie hier nicht die Schulbank drücken.«

»Immerhin«, versuchte de Jong das Gespräch in eine positive Richtung zu lenken, »haben Sie heute Abend wichtige Aspekte angesprochen. Die Fragwürdigkeit ungebremsten Konsums, die Notwendigkeit eines grünen Wachstums …«

»Ach, hören Sie doch auf.« Frau Trudeau beugte sich vor und legte ihre Hand auf de Jongs Arm, wobei sie fast ihr Weinglas umgestoßen hätte. »Ich werfe Ihnen das ganz sicher nicht vor. Sie sind nur ein Kommissar, also was verstehen Sie schon von der Materie? Aber noch mal: Hier geht's letztlich immer nur darum, der Erste in der Schlange zu sein. So sind wir Menschen halt gestrickt. Wer kriegt das Meiste, wer hat den Größten … Grünes Wachstum? – Das ist eine nette Idee, aber Bullshit.«

»Bullshit?«

»Genau das.« Melanie Trudeau starrte in ihr leeres Glas, als könnte sie nicht fassen, dass es eben noch voll gewesen war, stellte es auf den Tisch und erhob sich. »Aber jetzt müssen Sie mich leider entschuldigen. Ich habe mir wohl etwas zu viel zugemutet. Passiert mir sonst nicht. Schönen Abend noch.« Leicht schwankend steuerte sie in Richtung Eingang, dann blieb sie noch einmal stehen und drehte sich um. »Und denken Sie an meine Worte, Herr Kommissar: Bullshit!«

»Exkommissar«, sagte de Jong und sah ihr nach, wie sie sich zwischen den leeren Tischen hindurch einen Weg hinaus suchte.

Draußen war es längst dunkel. Gegenüber im Gästehaus waren drei Fenster im ersten Stock erleuchtet. Frau Trudeau stoppte erneut und öffnete ihre Handflächen himmelwärts. Drehte um und kam wieder herein – offenbar hatte es begonnen zu regnen. Sie kramte ein Smartphone aus ihrer Handtasche und hielt es sich ans Ohr. »Was? Heute?«, schnappte de Jong auf. Und: »… nicht Ihr Ernst.« Sie schüttelte den Kopf, steckte das Gerät zurück ins Täschchen und verließ endgültig das Hülsbrock & Friends.

De Jong sah sie über den Innenhof hasten und vor dem Regen ins Gästehaus flüchten.

»Wo ist die globale Erwärmung, wenn man sie braucht?«, sagte eine Stimme hinter ihm. Da stand Schrödinger mit einem Glas Bier in der Hand, den Blick auf den Regen draußen gerichtet. Offenbar entschlossen, de Jong Gesellschaft zu leisten.

»Herr Professor«, sagte de Jong. »Schön, dass wir uns über den Weg laufen.« Und bevor er ein weiteres Lob dafür einheimste, dass er sich nach dem Besuch eines Wochenendworkshops noch für weitere Jubiläumsveranstaltungen interessierte, klärte er den kleinen Schwindel lieber gleich auf.

Schrödinger setzte eine zerknirschte Miene auf. »Zwei Suizide, auch noch kurz hintereinander. So tragisch diese Sache ist, menschlich gesehen, so sehr schadet sie auch dem Ruf dieser Lehranstalt, die auf einen absolut makellosen Leumund dringend angewiesen ist.«

»Na ja«, meinte de Jong, »da hilft es auch nicht besonders, einen Mann an Bord zu haben, der sich mit finsterer Energie befasst und diese tragischen Selbstmorde zu Morden erklärt, von ihm selbst höchstpersönlich begangen.«

Schrödinger zuckte mit seiner mächtigen Schulter und presste dabei die Lippen zusammen, als würde das Schulterzucken ihm eine Menge abverlangen. Er sah so schuldbewusst aus wie der Quaterback einer amerikanischen Footballmannschaft, der Mist gebaut hat. »Nun, der Kollege Waldemar. Ein schräger Vogel, durchaus. Ein Mann, der seine Eigenheiten hat, die nicht jedem gefallen mögen. Und dennoch …«

»Dennoch was?«

Der Dozent schüttelte den Kopf. »Sie werden das vielleicht nicht verstehen.«

»Ich bin schließlich nur Kommissar und habe keine Ahnung von der Materie.«

»Dennoch denke ich, dass der Kollege ein Gewinn für dieses Institut darstellt.«

De Jong wunderte sich. »Sie nennen ihn einen Kollegen?«

»Vor Jahren hat er sich hier am Kolleg beworben, auf eine Stelle, die durch das unglückliche Ableben eines anderen Kollegen frei geworden war.«

»Sie meinen den, der vergiftet wurde?«

»Dr. Kitting.« Schrödinger nickte. »Eine hässliche Sache, die nie restlos aufgeklärt werden konnte. Waldemar jedenfalls hielt sich für den geeigneten Nachfolger. Aber da irrte er.«

»Er irrte?«

»Der Kollege Kitting war ein glühender Verfechter des Neoliberalismus. Für den globalen Wettbewerb prägte er den Begriff der präventiven Notwehr und entwickelte diverse Strategien, die einige auch ›dunkle Künste‹ nannten.«

De Jong bemerkte ein Glas Bier, das vor ihm auf dem Tisch stand. Dabei hatte er gar keins bestellt. Sein Kopf hatte noch reichlich mit dem Wein zu tun, den er mit Melanie Trudeau getrunken hatte.

»Herr Waldemar hielt das für die Gelegenheit, seine Inhalte auf den Lehrplan zu setzen. Dunkle Energie – das ist weniger der ökonomische als der astronomische Ansatz. Antimaterie und Wurmlöcher. So was in der Art.«

»Also bekam er den Job nicht?«

»Stattdessen versuchte er sein Glück in den Vereinigten Staaten. Und seit seiner Rückkehr hält er hier seine ständigen Workshops ab.«

»Dann hat er es ja doch irgendwie noch geschafft«, meinte de Jong und nippte an dem Bier.

Schrödinger nickte, wieder mit zusammengepressten Lippen. »*As good as it gets*, nicht wahr?«

»Das ist jetzt wieder ein Filmzitat?«, vermutete der Exkommissar. »Tut mir leid, das ist nicht gerade mein Spezialgebiet …«

»Na schön. Ich gebe Ihnen ein Leichteres. Wie wäre es damit«, der Dozent räusperte sich, und seine Stimme schien irgendwo in den Hinterkopf abzurutschen, sodass die Worte, die seinen Mund verließen, nur noch ein heiseres, stimmloses Rasseln waren: »›Du kommst in mein Haus, am Hochzeitstag meiner Tochter, und bittest mich, einen Mord zu begehen?‹ – Na, wer ist das?«

»Was? Wer ist was?«

»Der das sagt.«

De Jong sah sich irritiert um, ob vielleicht noch jemand am Gespräch beteiligt war, den er bis jetzt noch nicht bemerkt hatte, dann kehrte sein Blick zu seinem Gegenüber zurück. »Sie?«

Diesmal war das Offensichtliche die falsche Antwort.

»Marlon Brando. Als Don Vito Corleone.«

»Ach«, sagte de Jong.

15. Kapitel

Im Nachhinein wünschte sich de Jong, dass er die Nacht besser nicht im Kolleg verbracht hätte. Als hätte das irgendetwas geändert und als wären die Dinge, die in dieser Nacht geschahen, dann nicht geschehen. De Jong war klar, dass in ihm ein Ärger wohnte, dem es egal war, ob es einen Anlass für ihn gab oder nicht. Er war wie ein permanent summender Basston, so omnipräsent, dass man ihm kein Gehör mehr schenkte. Und der jegliche Anflüge von beschwingter Heiterkeit im Ansatz vereitelte.

Etwa eine Stunde nachdem er Melanie Trudeau über den Hof ins Gästehaus hatte hasten sehen und während er mit Schrödinger beim dritten Bier saß, entfaltete draußen der Regen sein volles Potenzial. Er verzichtete darauf, aus Eimern herabzustürzen – zweifellos ein ansehnliches Spektakel, das aber vielleicht schon wenige Minuten, allerhöchstens eine Viertelstunde später ein jähes Ende gefunden hätte. Stattdessen setzte er auf die unspektakuläre Bindfadenform eines Dauerregens, der selbst dem nässegewohnten Radfahrer die Laune vermiesen konnte. De Jong hatte nicht mal Regenzeug dabei, und als selbst zu später Stunde kein Ende der Bindfäden absehbar war, entschloss er sich, Schrödingers Rat zu befolgen und sich im Zimmer 107 im Gästehaus einzuquartieren.

Vielleicht, dachte de Jong, wäre mir die Sache weniger mysteriös vorgekommen. Aber geschehen wäre sie trotzdem.

Als es an die Tür klopfte, war es irgendwas zwischen sieben und halb acht. De Jong war gerade aufgewacht und fragte sich, wo zum Teufel er sei. Er drehte sich noch einmal um, da klopfte es noch einmal, drängender. Er stieg aus dem Bett und öffnete in Unterhose.

Draußen auf dem Flur stand Schrödinger, auch er war noch nicht angezogen. »Herr de Jong«, seine gedämpfte Stimme hallte im leeren Korridor, »die Kripo ist schon unterwegs. Aber Sie waren doch bei der Kripo, da dachte ich, ich sage Ihnen Bescheid …«

De Jong murmelte etwas und schlüpfte in seine Jeans. Dann schlurfte er hinter dem Dozenten den Gang entlang und die Treppe hinunter. Im Erdgeschoss befanden sich die komfortableren Zimmer für Gastdozenten und Langzeitgäste.

»Einer unserer Angestellten ist es aufgefallen«, erklärte Schrödinger, während er vorausging, immer noch mit gedämpfter Stimme, als vertraute er de Jong eine peinliche Sache an. »Im Bad ist der Wasserzulauf defekt. Die Armatur schließt nicht richtig, und deshalb läuft das Wasser immer weiter …«

Tatsächlich wateten sie jetzt durch Wasserlachen, und der Exkommissar fragte sich, ob er sich eventuell missverständlich erklärt hatte und der Dozent jetzt davon ausging, er, de Jong, sei ein Experte auf dem Gebiet der

Installationstechnik. Gleichzeitig beschlich ihn aber jenes ungute, bedrückende Gefühl, das ihm aus seiner aktiven Zeit vertraut war. Das Gefühl, das ihn immer beschlichen hatte, wenn er sich einem Tatort genähert hatte.

Sie betraten das kleine Appartement, und de Jongs bloße Füße, die in leichten Sandalen steckten, wurden endgültig nass. Sie standen in einem engen Korridor, zur Rechten befand sich eine Küchenecke, geradeaus der Wohnraum mit einem Schreibtisch unter dem Fenster. Die Tür zum Bad stand offen. Schrödinger, der bis jetzt vorausgegangen war, trat beiseite, damit der Exkommissar einen Blick hineinwerfen konnte.

In der bis zum Rand gefüllten Badewanne lag Melanie Trudeau. Kein schrecklicher Anblick. Ihr nackter Körper wirkte entspannt, die Augen waren wie im Schlaf geschlossen. Frau Trudeau sah nicht aus wie eine Tote, sondern so, als könnte sie jeden Moment die Augen aufschlagen und de Jong irritiert fragen: »Können Sie denn nicht anklopfen?«

Trotz – oder vielleicht gerade wegen – dieses friedlichen Anblicks traf es de Jong wie ein Schlag. Kaum zehn Stunden war es her, da hatte er mit dieser Frau im Hülsbrock & Friends geplaudert. Vor gerade mal zwölf Stunden hatte sie im Rahmen der Vortragsreihe ihr Referat über grünes Wachstum gehalten.

Bullshit, dachte er, *merken Sie sich meine Worte, Herr Kommissar.*

»Unfassbar«, murmelte Schrödinger. »Gestern war sie noch so … Sie muss ein Medikament genommen haben und dann …«

»Bullshit«, murmelte de Jong.

Der Dozent für Unzufriedenheit sah ihn schockiert an.

»Nie und nimmer«, fügte de Jong hinzu. »Wie immer das hier auch aussieht: Das ist kein Selbstmord.«

»Aber finden Sie denn nicht, dass alles darauf hindeutet …?«

»Ich mag vielleicht dämlich sein, aber so dämlich auch wieder nicht.«

»Beneidenswert, dat Sie dat so auf einen Blick sehen können«, trötete eine schnarrende Stimme hinter ihm. »Aber jetzt lassense mal am besten die Profis ran, einverstanden?« Unverkennbar Hauptkommissar Merzenichs Plauderton, heute gewürzt mit einer Prise Genervtheit.

De Jong drehte sich zu ihm um. »Hat denn nicht der Kollege Bühlow diese Fälle bearbeitet?«

»Tja, der sitzt aber noch in Iraklion fest. Flug ausgefallen. In der Zwischenzeit müssense sich mit mir begnügen.«

Merzenich war um die fünfzig und stammte aus Köln-Sülz. Er hatte eine Figur wie eine Kegelrobbe und nur noch wenige Haare auf dem Kopf; bei den Kollegen war er beliebt – auch bei de Jong, als er noch ein Kollege gewesen war. Allerdings sagte man ihm nach, dass er bei Mordermittlungen gern die einfachere Lösung favorisiere, besonders wenn Ereignisse wie Familienfeste oder Karneval anstanden.

»Ich bin höchstwahrscheinlich der Letzte, der Frau Trudeau lebend gesehen hat«, sagte de Jong, machte aber widerstrebend den Weg frei für die Kripobeamten. »Mit Ausnahme ihres Mörders.«

»Also hat sie in die Richtung wat angedeutet? Fühlte sie sich bedroht?«

»Das nicht. Aber sie machte in keiner Weise den Eindruck, dass sie vorhatte, aus dem Leben zu scheiden.«

»So etwas vermag man als Außenstehender oft nicht zu beurteilen«, warf Schrödinger, immer noch mit seiner gedämpften Stimme, ein.

»Unsinn«, blaffte der Exkommissar, ärgerlich über diese für ihn wenig hilfreiche Einmischung. »Man mag zwar außenstehend sein, aber doch nicht beschränkt. Ich habe mit Frau Trudeau sogar über die beiden anderen Selbstmorde gesprochen. Die sogenannten, muss ich jetzt leider sagen. Und sie fand es auch seltsam, dass …«

»Entschuldigense«, unterbrach ihn der Rheinländer. »Nichts für ungut, aber Sie sagen, dat dieser Dame nichts ferner lag als der Gedanke an Selbstmord.«

»Ganz genau«, bestätigte de Jong nachdrücklich.

»Und gleich darauf erklären Sie mir, dat Sie beide über nichts anderes gesprochen haben.«

»Nein, so kann man das nicht sagen.«

»Sondern wie?«

»Also, das ist ja wohl …« De Jong konnte gerade noch verhindern, dass ihm etwas Unschönes herausrutschte. Merzenich mochte kein schlechter Bulle sein, aber seine rheinisch bedingte Spitzfindigkeit, eine Art zur Kunstform stilisierte Bauernschläue, führte momentan dazu, dass de Jong keinerlei Lust verspürte, mit der Wenigkeit des Hauptkommissars vorliebzunehmen.

»Na also, wat hätten wir denn hier?« Merzenich zog einen Einmal-Handschuh an, zückte einen Beweismittel-Beutel und ging in die Hocke. Auf dem Boden neben der Wanne stand ein leeres Trinkglas. »Wollen wir wetten, Kollege, was da drin war?«

»Hier auf dem Tisch liegt ein handgeschriebener Zettel«, meldete sich eine junge Spusi-Beamtin aus dem Arbeitszimmer.

»Ein Abschiedsbrief?«, fragte Merzenich.

»Es ist etwas in Englisch.« Sie las vor:

»*Oh just and faithful knight of god!*
Ride on! The prize is near.
So pass I hostel, hell and grange,
by bridge and fort, by park and …«

»Ein Gedicht«, sagte de Jong. »Stellen Sie fest, von wem es stammt.«

Damit schien er jetzt zu weit gegangen zu sein. »Also, bei allem Respekt, Herr Exkollege«, meckerte Merzenich, jetzt nur noch genervt, »wennse uns jetzt gefälligst unsere Arbeit machen lassen würden und sich verkneifen könnten, uns ständig dazwischenzufunken.«

De Jong, dem klar war, dass er überzogen hatte, trat den Rückzug an. Er schenkte der Toten in der Badewanne, die jetzt aus verschiedenen Perspektiven fotografiert wurde, einen letzten Blick, dann begab er sich auf sein Zimmer. Dort duschte er und zog sich vollständig an. Anschließend stand er Merzenich für weitere Fragen zur Verfügung und erzählte, »jetz' noch mal zum Mitschreiben«, die gestrigen Ereignisse von Trudeaus Vortrag bis zum Zeitpunkt, als sie sich für die Nacht zurückgezogen hatte. Die Art der Fragen, die der Hauptkommissar stellte, bestätigten de Jongs Eindruck, dass sie sich beide heute auf dem falschen Fuß erwischt hatten. Ungeachtet aller Missstimmung schien Merzenich sich schon jetzt auf Selbstmord festzulegen – vermutlich nur deswegen, weil de Jong sich eben strikt weigerte, das zu tun. Der Exkommissar nahm sich vor, Merzenich demnächst eine Absage zu erteilen, wenn er wieder einmal darum bitten sollte, an einem Abend, an dem sich de Jong mit Eugen Küppers zum Bier im Knipperdolling traf, »dazustoßen« zu dürfen. Eine reichlich schwache Genugtuung, aber besser als keine.

Als er gegen halb zehn das Gästehaus des Hülsbrock-Kollegs in Richtung Ausgang verließ und in Gedanken noch andere Möglichkeiten der Rache durchging, sprang ihm ein Namensschild ins Auge, das in der Türfüllung der ersten Gästesuite auf der linken Seite des Flurs angebracht war: *A. Waldemar*.

Aus einem spontanen Impuls heraus klopfte de Jong an der Tür, verharrte einen Augenblick lauschend und hörte kein »Herein!«. Ein weiterer – weniger kriminalistisch als kriminell zu nennender – Impuls veranlasste ihn, die Klinke hinunterzudrücken. Die Tür war nicht verschlossen. Er öffnete, schlüpfte hinein und schloss sie leise hinter sich.

Ich sollte das nicht tun, dachte er, aber eine diffuse Neugier trieb ihn weiter. Wenig Spektakuläres erwartete ihn: rechts die Kochzeile mit Mikrowelle und Minikühlschrank, geradeaus durch das Zimmer mit Bett und Schreibtisch – der gleiche wie in Melanie Trudeaus Zimmer. Im Bad eine leere Badewanne.

Er trat an den Schreibtisch. Darauf herrschte eine peinliche, wenn auch eigenwillige Ordnung. Auf der rechten Seite stapelten sich Kleidungsstücke – ein weißes Hemd, gebügelt und sorgfältig zusammengelegt, eine dunkelblaue Krawatte. Daneben, exakt parallel ausgerichtet, ein Kamm. In der Tischmitte lag ein Stapel handgeschriebener Blätter, zuoberst eine Art Titelblatt: *Die energetische Revolution – wie* Dark Energy *die Welt verändern wird,* von A. Waldemar. Auf dem zweiten Blatt stand *zum Autor* über einer halben Seite Text, das dritte enthielt ein Vorwort.

De Jong unterbrach seine Herumschnüffelei, als er Schritte auf dem Korridor vernahm, die sich jedoch bald wieder entfernten. Ich sollte gehen, dachte er noch einmal, hatte währenddessen aber schon eine Schublade aufgezogen. Darin lagen Kopien von Zeitungsartikeln. Einer stammte aus einem wissenschaftlichen Magazin und beschäftigte sich mit schwarzen Löchern. Ein zweiter war in Englisch, ein weiterer in Französisch, soweit de Jong verstand, ging es um schwarze Magie. Und dann hielt er die Kopie eines Artikels aus den Westfälischen Nachrichten in der Hand. Ein Foto zeigte das runde Stahlgerüst des Münster'schen Gasometers. Darunter die Schlagzeile: *Rätselhafter Todesfall am Gasometer!* Kurz wurde berichtet, dass ein gewisser M. Starnberg, Mitarbeiter einer Münchner Produktionsgesellschaft für Werbefilme, tot aufgefunden worden sei. Über die Todesursache herrsche noch Unklarheit, ein Freitod werde aber als wahrscheinlich angesehen. Der Artikel war etwas mehr als zwei Monate alt, de Jong interessierte vor allem die handschriftliche Notiz, die Waldemar – der Exkommissar ging davon aus, dass es Waldemar gewesen war – mit einem schwarzen Kugelschreiber quer über die Fotografie gekritzelt hatte: *The eagle has landed!*

Eine Anspielung auf die erfolgreiche Apollo-11-Mission, als der Eagle auf dem Mond gelandet war? Etwa auch mit Hilfe von dunkler Energie?

Stimmen auf dem Flur ließen de Jong erneut innehalten. Er legte das Blatt zurück in die Schublade, schob sie zu und verließ das Zimmer. Draußen stieß er fast mit Hauptkommissar Merzenich zusammen, der sich aber überhaupt nicht fragte, was de Jong in Waldemars Zimmer verloren hatte.

»Nehmense mir nicht krumm, dat wir Sie da eben verscheuchen mussten«, schlug der Kölner jetzt einen versöhnlichen Tonfall an, »aber ich sag Ihnen gleich, dat dat hier geradezu nach Selbstmord *riecht*. Ich weiß, et ist schwer zu akzeptieren, wenn einem die Verstorbene nahegestanden hat.«

»Nahegestanden?« De Jongs Ärger wallte sofort wieder auf. »Sie hat mir doch nicht nahegestanden. Ich habe sie an diesem Abend praktisch erst kennengelernt und …«

»Egal.« Der Hauptkommissar berührte beschwichtigend seinen Arm. »Jedenfalls sind Sie emotional mitgenommen, wie man merkt.« De Jong wollte Einspruch erheben, da kam die zweite Hand auf seinen anderen Arm. »Ich weiß, wovon ich spreche, glaubense mir. Meine Nichte heiratet am Wochenende, und ich weiß nicht, wo mir der Kopf steht, ungelogen.«

Die Legende stimmte also: Ein Familienfest stand an, da wollte der Kommissar den Fall schnell aus den Füßen haben. De Jong gab auf. Kopfschüttelnd sah er Merzenich nach, wie er sich in Richtung Hauseingang entfernte, sein Handy aus der Tasche zog und irgendeinen Anruf tätigte.

Auch de Jong verließ das Gästehaus, stand eine Weile draußen herum und schnupperte die feuchte Luft. Der Regen hatte sich über Nacht verausgabt und überließ jetzt der Sonne das Feld, die sich vorsichtig und noch recht blass hinter den abziehenden Wolken hervorwagte und Hecken und Wiesen zum Dampfen brachte.

De Jong, der dieses Wiesendampfen in der Morgensonne sonst fasziniert betrachtete, fand heute keinen Blick dafür. *Aber jetzt lassense mal die Profis ran.* Für wen hielt sich Merzenich? Und wo steckte Bühlow, wenn man ihn brauchte? Die Wahrheit war, dass man dem Rheinländer zugutehalten musste, dass er nicht wusste, wo ihm der Kopf stand. Schließlich heiratete seine Nichte. Und Bühlow saß in Iraklion fest. Und Frau Trudeau hatte Selbstmord begangen, ohne ihm am Abend vorher auch nur ein Sterbenswörtchen davon zu sagen.

Sterbenswörtchen. De Jong hätte gern gegrinst, wenn das Wort in diesem Zusammenhang auch nur annähernd komisch gewesen wäre. Die Wahrheit war auch, dass er sich nicht nur von dem schwatzhaften Hauptkommissar, sondern ebenso von Frau Trudeau hinters Licht geführt fühlte. Warum musste sie sich ausgerechnet an dem Abend, an dem sie aus dem Leben zu scheiden beabsichtigte, de Jong anvertrauen? Denn wenn er ehrlich war, musste er zugeben, dass da wirklich kaum etwas war, das nicht auf Selbstmord hindeutete. Die Badewanne, das Glas, das den Giftcocktail enthalten hatte, der Abschiedsbrief auf dem Tisch – na ja, es war ein Gedicht gewesen, in Englisch abgefasst. Also gut, es war eine Dreierserie, aber was besagte das schon? Hatte Melanie Trudeau nicht mehrmals das Wort *Bullshit* benutzt in einer Weise, dass man es auf ihr gesamtes berufliches Schaffen beziehen konnte? Auf ihr Leben als solches?

Jetzt lassense mal am besten die Profis ran. Bitte sehr, nichts lieber als das, dachte der Exkommissar, als er sich zu seinem Fahrrad begab. Er nahm den gesamten Frust der letzten zwei Tage zusammen und kickte einen Stein aus dem Weg. Und der Schmerz, der sich mit einer Sekunde Verzögerung, aber dann mit rasender Geschwindigkeit vom Zeh aus über seinen Fuß und dann sein Bein quasi explosiv ausbreitete, weil das, was er für einen lockeren Stein gehalten hatte, in Wirklichkeit ein fest im Boden verankerter Betonblock war, überwältigte ihn schier. Es war ein übel stechender Schmerz, als hätte jemand seinen Zeh mit einer Rosenschere abgeknipst. Und es war im gleichen Maße peinlich wie demütigend, dass der Exhauptkommissar in einen jammernden und winselnden Singsang verfiel und auf dem anderen Fuß herumhüpfte, während er mit beiden Händen den mit Sicherheit gebrochenen Zeh umfasst hielt, was die neugierigen Blicke aller Umstehenden auf ihn lenkte.

»Alles in Ordnung?«, hörte er hinter sich. Aber er drehte sich nicht um, sondern hüpfte weiter, hinaus aus dem Mittelpunkt der Aufmerksamkeit. Er wollte kein Mitleid. Sollten sie sich ruhig an seinem Leid ergötzen. An seinem Missgeschick, dabei war es gar kein Missgeschick. Es war vielmehr ein weiterer Schlag in dieser stetigen Serie von Rückschlägen, die ihn, einer nach dem anderen, abwärtstrieben, dort hinunter, wo es dunkel war. Und wo Heulen und Zähneknirschen herrschten.

Auf dem Rückweg nach Münster – das Pochen in seinem Zeh klang ein wenig ab – wurde de Jong wieder halbwegs der alte. Während des Radelns hellte sich seine Stimmung allmählich auf, nicht viel, aber immerhin so sehr, dass er trotz allem, was geschehen war und noch geschehen würde, niemandem etwas übelnahm. Merzenich nicht, Giulia nicht und all denen nicht, die sich an seinem Leid ergötzt hatten. Er nahm niemandem etwas krumm. Jedenfalls war er gerade fest entschlossen, niemandem etwas krummzunehmen, als er auf der Roxeler Straße erneut in ein dichtes Rudel E-Bike radelnder Senioren geriet – es waren so viele, dass es de Jong schwante, später würde diese Zeit in den Geschichtsbüchern nicht als das digitale Zeitalter, sondern als das Zeitalter der E-Bike-Senioren gelten. Und von Schwarmintelligenz konnte schon gar keine Rede sein, da die Radler auf der falschen Seite fuhren und de Jong mit der verheerenden Gewalt der Masse erst an die Seite und dann von der Piste drängten. »Hey, fahrt gefälligst auf der anderen Seite!«, beschwerte sich de Jong und erntete nur höhnisches Gelächter. Wie sehr wünschte er sich, für einen Moment einer dieser amerikanischen Cops zu sein, die in einer Situation wie dieser einfach die Waffe ziehen und das Feuer eröffnen. So begnügte er sich damit, auf einem Fuß neben seinem Fahrrad zu stehen und das spöttische Winken der radelnden Herrschaften über sich ergehen zu lassen.

Vermutlich gab es ebensolche Tage, an denen alles schiefging, und zwar so gründlich, dass man sich im Nachhinein noch tagelang fragte, wie man nur so dämlich hatte sein können. Kyros, der Perserkönig, hatte seine Flotte genau zur falschen Zeit hinaus auf den Bosporus geschickt, mit dem Effekt, dass sie mit Mann und Maus untergegangen war. Zur Strafe hatte der Großkönig das Meer auspeitschen lassen. Der römische Feldherr Publius Quintilius Varus hatte sich ins Schwert gestürzt, nachdem seine drei Legionen im Teutoburger Wald niedergemetzelt worden waren. Das war auch einer dieser Tage gewesen, auf die man nicht stolz war. De Jong hatte das Gefühl, an diesem Morgen im Hülsbrock ebenfalls untergegangen zu sein, so wie die Legionen. Glücklicherweise lastete auf ihm kein welthistorisches Gewicht, sodass er sich noch nicht so recht entscheiden konnte, womit er besser fuhr: auspeitschen oder ins Schwert stürzen. Vielleicht von beidem etwas.

16. Kapitel

Das ganze Gewese um die Tafelrunde ging mir schon sehr bald gehörig auf den Zeiger. Und nicht nur mir. All diese kindischen Ritternamen – ausschließlich männliche, weil es in Camelot angeblich keine weiblichen Ritter gegeben hatte. Deshalb ließen sich auch die Frauen im Kurs mit Sir anreden. Man durfte nicht mal Lady Galahad sagen. Und unser Dozent schien in seiner Rolle als König Artus aufzugehen. Das war peinlich! Fast jeden Dienstagnachmittag kam er mit einer neuen Geschichte. Eines Tages hielt er uns einen Vortrag über die Magie des Drachentötens. Und über die Welt da draußen. Das Töten von Drachen sei für den Ritter eine Ehrensache gewesen. Der ehrliche Kampf Mann gegen Bestie. Ein Kampf, der nach strengen Regeln verlaufen sei. Auf der Basis gegenseitigen Respekts. Ein würdiger Schlagabtausch, der sich durch die gesamte Weltliteratur ziehe von Siegfried dem Drachentöter bis zu Käpt'n Ahab und dem weißen Wal.

Dass wir aber nun mal kein Literaturkurs seien, sondern ein quasi geheimer Zirkel zur Erlernung sogenannter dunkler Künste, also einer, der sich für die Regeln hinter den Regeln interessiere. Das Chaos, in das hinein der Kosmos gebettet sei. Für jene Mechanismen, die niemals offen zutage traten, aber umso effektiver und nachhaltiger auf unsere Welt einwirkten. Weil die Welt da draußen eine Geschäftswelt sei, in der es gesittet und kultiviert zuzugehen scheine. In Wirklichkeit aber brutal und gnadenlos.

Die Regeln hinter den Regeln. Du willst gewinnen. Nicht, weil du Spaß am Gewinnen hast, sondern weil dir keine Wahl bleibt. Du musst, denn wenn du verlierst, gehst du unter, und das war's dann mit dir. Dessen ist sich jeder von uns inzwischen bewusst. So lautet das eherne Gesetz der Konkurrenz: Wenn du nicht gefressen werden willst, friss! Fairness mag eine feine Sache sein, und sie steht dir gut zu Gesicht, aber wenn du nur das auf der Hand hast, dann bist du verloren.

»Nehmen wir Siegfried, den Drachentöter. Ein Held, noch dazu unbesiegbar. Dafür hielt er sich jedenfalls. Schließlich hatte er im Blut des von ihm getöteten Monsters gebadet. Und was passierte? Ein Lindenblatt, das von einem Baum herabsegelte, wurde ihm zum Verhängnis.«

»Das Blatt hat ihn getötet?«, fragte Sir Galahad.

»Nicht das Blatt. Es landete auf einer Stelle zwischen seinen Schulterblättern, und genau da blieb er verwundbar. Und weil er so arglos war, dies auch noch weiterzuerzählen, war es nur eine Frage der Zeit, bis die Konkurrenz diese Info zu ihrem Vorteil nutzte.«

»Also geht es darum, nicht den offenen Kampf zu suchen, sondern sich lieber von hinten anzuschleichen und in die Schwachstelle zu stoßen?«

An dieser Stelle wurde mir klar, dass Sir Galahad nicht so blasiert ist, wie sie mir anfangs vorkam. Sie ist clever und sieht fantastisch aus. Stellt die richtigen Fragen. Leider weiß sie genau, dass sie clever ist und gut aussieht. Dieses Wissen macht sie überheblich und arrogant. Während wir uns an der runden Tafel gegenübersitzen und mitschreiben, was unser Artus vorträgt, beobachte ich sie. Weide mich an ihrem perfekten Profil. Stelle mir Dinge vor, die wir miteinander anstellen. Dinge, die niemals passieren werden. Weil sie zwar clever ist, aber kein Herz hat.

»Sehen wir uns die schillernde Welt der überflüssigen Dienstleistungen an«, dozierte unser *Sire.* »Ein brandneues Eldorado für Internet-Glücksritter. *Das* Eldorado der Zukunft. Wir bringen dir was zu essen, wir parken dein Auto, wir waschen dir die Haare, wir verbringen deinen Feierabend, gehen mit deinen Freunden aus, vergeben dir deine Sünden. In nur wenigen Jahren wird sich für alle Belange des alltäglichen Lebens irgendein Liefer- oder Bringservice finden. Kein Markt boomt so stark.«

Dann erzählte er von einem Fall, über den er gelesen habe: der von einem Pizzataxi, das wegen eines Online-Lieferdienstleisters vor dem Ruin stand. Der Dienstleister beschäftigte Hungerlöhner, die um ihr Leben radelten, um Gerichte à la carte aus den Restaurants an die Haustür zu schaffen, damit die Kundschaft essen gehen konnte, ohne das Haus verlassen zu müssen. Keine Chance für den Pizzamann. Also ließ er seine Leute bei selbigem Lieferdienst anheuern und mit diversen »Zugaben« dafür sorgen, dass das Essen ungenießbar war, was so lange für schaurige Bewertungen sorgen sollte, bis der Lieferladen vor die Wand fuhr. Ob er damit erfolgreich war, sei nicht entscheidend, meinte Artus. Der Pizzabäcker habe, wenngleich zu spät, begriffen, dass ihm Fairness nichts einbrachte. Und dass er, wenn er überleben wolle, die Regeln hinter den Regeln beachten müsse.

Als ich Galahad gefragt habe, ob wir uns mal verabreden sollten, hat sie gesagt, dass sie in den Kurs gegangen sei, um was zu lernen, nicht um rumzumachen. Ehrgeizige Zicke. Kalt und berechnend, hält sich eben für etwas Besseres. Dabei hatte sie keine Probleme, mit Gawain, der Hohlbirne, was anzufangen. Und deshalb kam sie auch nicht auf die entscheidende Idee, sondern ich.

Da war nämlich noch ein Punkt, den unser Dozent uns mitgab: »Im Allgemeinen wird angenommen, dass man nur dann effektiv ist, wenn man gelassen bleibt und emotionslos handelt. Wenn nichts Persönliches im Spiel ist. Aber in Wirklichkeit ist das Gegenteil der Fall: Wir können unseren Feind nur dann besiegen, wenn er für uns auch ein Feind ist. Nur dann verfügen wir über die nötige Leidenschaft, um zu siegen. Was ist für uns wichtiger: zu gewinnen oder unseren Konkurrenten verlieren zu sehen? Denken Sie mal darüber nach.«

Und so kam Lanzelot ins Spiel. Seine Geschichte wurde unser Projekt. Er war unser Held. Ganz ohne Frage unser bestes Pferd im Stall. So ein Kerl, dem alles gelingt, was er anfasst. Der sich nicht unterbuttern lässt. Hielt sich für unbesiegbar, genau wie der Mann mit dem Lindenblatt. Nur, da hatte er sich verrechnet. Lesley, seine Angebetete, gab ihm den Laufpass, und als wäre das noch nicht genug, warf sie sich einem Schnösel an den Hals, der Lanzelot nicht annähernd das Wasser reichen konnte. In jeder Hinsicht. Für Lanzelot ein Schlag ins

Kontor. Man konnte förmlich mitansehen, wie seine Strahlkraft verblasste. Er war nur noch physisch anwesend, starrte vor sich hin und kaute an seinen Fingernägeln. Ein Ritter der Tafelrunde, aber besiegt und gebrochen. Wir alle konnten es nicht fassen, was Lesley, die Schlampe, an dem Schnösel fand, aber trotzdem war sie mit ihm zusammen. Mit diesem Kerl, der sich für einen genialen Unternehmer hielt.

Ein Unternehmer. Na, was denn für ein Unternehmer? Ein Möchtegern-Entrepreneur, Gründer eines Start-ups für überflüssige Dienstleistungen. Und als solcher kam er wie gerufen: Endlich hatten wir einen Feind. Wir hatten die Leidenschaft. Genauso wie in der Lektion, die wir gelernt hatten: Wichtig war nicht zu gewinnen. Sondern dass der Schnösel verlor. Weil er das verdient hatte. Allein das zählte.

17. Kapitel

Am Mittwoch gegen halb zehn begab sich de Jong ins Sancho Panza, wo er Frühstücksravioli bestellte und ein wenig im *Bestsellering for Idiots* schmökerte. Eigentlich wartete er auf seinen Klienten, mit dem er gegen zehn verabredet war. Dann sah er ihn auch schon, wie er in einem schwarzen SUV in eine Parklücke kurvte, die er direkt vor der Tür ergattert hatte. Statt auszusteigen, blieb er hinter dem Steuer sitzen, hielt sein Handy ans Ohr und begann zu telefonieren. So wie er dasaß und gestikulierte, wirkte er nicht wie der zerknirschte Meckelbeck, der Albträume hatte, obwohl er kein Auge zutun konnte, sondern war eher wieder der alte, der de Jong nicht dafür bezahlte, dass er Urlaub machte. Er beendete das Telefonat und bekam gleich einen neuen Anruf. Tja, dachte de Jong hämisch, das ist der Fluch ständiger Erreichbarkeit, als auch sein Handy klingelte. Es war Achim Bühlow.

»Na, wie ist das Wetter in Iraklion?«, erkundigte sich de Jong.

»Der Flug wurde gestrichen. Aber jetzt bin ich wieder zurück.« Bühlow klang gar nicht erholt, eher urlaubsgestresst, als hätte man ihm zugemutet, den Rückweg zu Fuß zurückzulegen. »Du hattest doch versprochen, vorsichtig zu sein. Als Privatschnüffler, meine ich.«

»Ja. Und? War ich etwa nicht vorsichtig?«

»Der Kollege Merzenich findet, du hättest ihm ›dazwischenjefunkt‹. Dein Beitrag zu einer laufenden Ermittlung sei nicht gerade hilfreich gewesen.«

»Ach, nein, das findet er also? Und hat er dir auch erzählt, dass seine Nichte heiratet? Und dass das der eigentliche Grund ist, weshalb er an der Selbstmordtheorie festhält? Weil er sich bei allen Hochzeitsvorbereitungen nicht auch noch mit einem Mordfall herumschlagen kann?«

»Also wirklich, ob es ein Mordfall ist, kann man zu diesem Zeitpunkt nicht zuverlässig sagen.«

»Ach, das kann man nicht? Drei Menschen, alle am Hülsbrock-Kolleg tätig, scheiden kurz hintereinander aus dem Leben, noch dazu auf die gleiche Art und Weise. Zwei von ihnen haben auch noch den gleichen Abschiedsbrief hinterlassen. Zufälle gibt's, was?«

Vom anderen Ende der Leitung kam nichts.

»Sag mal, du bist nicht zufällig auf der Hochzeit bei Merzenichs eingeladen?«

»Ich sage doch nur: Wir können zurzeit überhaupt nichts ausschließen. Natürlich auch keinen Mord. Aber wir haben bisher nicht annähernd eine Spur. Und was diese dauernden Geständnisse Waldemars angeht ...«

»Ja, was ist denn damit?«

»Das ist eine merkwürdige Sache.«

»Merkwürdig allerdings. Aber das ist doch keine Spur. Die Tatsache, dass die Selbstmord-Theorie nichts taugt, führt doch nicht dazu, dass man Waldemars esoterisches Geschwafel plötzlich ernst nehmen soll.«

Bühlow sagte nichts.

»Oder etwa doch?«

»Wir sollten uns da nicht voreilig festlegen.«

Schon wieder. *Man sollte den Kerl nicht sofort zum Spinner abstempeln*, so Bühlow erst neulich. Man konnte beinahe denken, der Hauptkommissar hätte Angst vor Waldemar. »Hast du dich mal irgendwie mit ihm angelegt? Mit Waldemar, meine ich.«

»Nein, wie kommst du darauf? Ich kenne ihn doch nicht mal. Aber bisher ist er der Einzige, der ein Motiv hat. Und der behauptet, von den sogenannten Selbstmorden zu profitieren. Also sollten wir ihn nicht vom Haken lassen, auch wenn er uns den einen oder anderen Schwachsinn auftischt. Findest du nicht auch?«

De Jong sagte nichts und wartete.

»Kenneth, ein Freund von mir. Von der Sportgruppe. Wir spielen hin und wieder zusammen Tischtennis. Er ist in einer von Waldemars Gruppen.«

»Gruppen?«

»Da schließen sie ihre Energie zusammen.«

»Verstehe«, sagte de Jong. »*Dark Energying*. Waldemars ›Aggregat‹.«

»Und Kenneth schwört drauf, dass man was spürt. Sie sind achtzehn Leute in der Gruppe und wünschen sich schlechte Dinge.«

»Schlechte Dinge? Wer wünscht sich nur so was?«

»Für jemand anderen. Nicht für sich selbst. Aber niemand Bestimmten. Ich denke, das ist so eine Art Hobby. Sie wünschen ihm Unglück. Um negative Energie herzustellen. Waldemar sammelt diese Energie und fokussiert sie auf ein Ziel.«

»Verstehe. So begeht er seine angeblichen Morde.«

Bühlow räusperte sich. »Der Fall Kitting«, sagte er. »Kitting und Waldemar waren so etwas wie Erzfeinde. Dann hat Kitting Waldemar den Job weggeschnappt.«

»Worauf es Kitting erwischt hat«, sagte de Jong.

»Er wurde vergiftet. Man hatte Waldemar im Verdacht, weil der ein Motiv hatte. Und sich dahingehend geäußert hatte.«

»Dahingehend geäußert?«

»Als Kitting den Job bekam, hat Waldemar ihm öffentlich gratuliert. Gratuliert in Anführungszeichen. Und dabei wie nebenbei gedroht, dass Kitting schon noch sehen werde, was er davon habe. Dass es dann aber zu spät sei.«

»Was ist das eigentlich für ein Kerl, dieser Kenneth?«, fragte de Jong. »Irgendeine Vermutung, wann ihm ins Gehirn geschissen wurde?«

»Klar, es gibt schönere Freizeitbeschäftigungen«, räumte Bühlow ein, »aber es ist schließlich nicht verboten.«

»Genauso wenig wie es verboten ist, ein Arschloch zu sein«, sagte de Jong und warf einen Blick nach draußen. Meckelbeck telefonierte immer noch.

»Du hältst es für ausgeschlossen, dass sich Frau Trudeau das Leben genommen hat?«, erkundigte sich Bühlow.

»Die Dame war kein bisschen lebensmüde«, behauptete de Jong. »Sie hatte nur einige über den Durst getrunken.«

»Sie würde auch in die Serie passen.«

»In die Selbstmordserie? Hatte Waldemar mit ihr eine Rechnung offen?«

»Davon ist mir nichts bekannt. Aber sie war auch eine ehemalige Schülerin des Kollegs. Genau.«

»Sag mal, ist dir irgendwas bekannt über einen Todesfall im Gasometer? Ungefähr vor zwei Monaten oder so.«

»Ich, eh …«

Jemand klopfte auf den Tisch. Meckelbeck, der zu Ende telefoniert hatte.

»Also gut. Ich melde mich wieder bei dir.« De Jong beendete das Gespräch.

»So!«, trötete Ulf Meckelbeck, wieder anstelle einer Begrüßung, zog einen Stuhl heran und pflanzte sich an den Tisch, de Jong gegenüber. »Ich bin neugierig. Was haben Sie für mich, de Jong?« Ungeduldig klatschten seine Handflächen auf das Holz.

Der Exkommissar konnte es förmlich riechen. Und an der gönnerhaft jovialen Art ablesen, mit der sein Klient sich einen Latte Macchiato bestellte: Meckelbeck war wieder der alte, der Gewinnertyp mit dem Erstwohnsitz auf der Siegerstraße. Der, den de Jong nicht mochte. »Schießen Sie los«, drängte er. »Ich bin nämlich gleich wieder weg, muss zur Redaktionssitzung. Hab leider keine Zeit zum gemütlichen Abhängen.«

»Haben Sie irgendetwas eingenommen?«, erkundigte sich de Jong giftig.

Meckelbeck schenkte ihm ein gnädiges Lächeln. »Was verstehen Sie unter eingenommen?«

»Ich meine kein Geld, sondern Medikamente. Irgendwelche persönlichkeitsverändernden Drogen?«

Ulf Meckelbeck legte den Kopf schief, und seine Augen musterten de Jong fragend – eigentlich war es eher zweifelnd als fragend. Als zweifle er an de Jongs Verstand.

»Erst zwei Tage ist es her, da haben Sie mich angerufen«, erinnerte ihn der Exkommissar. »Für mich war der Fall eigentlich erledigt. Aber Sie waren so zerknirscht, hatten auf einmal Manieren. Eines Maigret würdig – wissen Sie noch? Ihre Worte. Sie waren sich nicht zu schade, sich bei mir einzuschleimen. Und deshalb dachte ich, na ja, irgendwer muss dem armen Kerl doch aus der Patsche helfen.«

»Jeder hat mal einen schlechten Tag«, räumte der Wetterfrosch ein – wen immer er damit auch meinte.

Die Kellnerin brachte den Latte Macchiato und räumte de Jongs leere Kaffeetasse ab. Er beantwortete ihren fragenden Blick, ob es noch etwas sein dürfe, mit einem stummen »Nein, danke«.

»Sehen Sie, de Jong«, sagte Meckelbeck, »Sie haben sich ein Bild von mir gemacht. Ein voreiliges und einseitiges Bild. Dabei besteht die Kunst eigentlich darin, alles mit einem möglichst unvoreingenommenen Blick zu betrachten. Das brauche ich Ihnen als Ermittler doch nicht zu sagen.«

»Völlig d'accord«, sagte de Jong.

Meckelbeck hob die Tasse an die Lippen und schlurfte geschäumte Milch. Dann setzte er die Tasse wieder ab und beugte sich vor. »Ich tue es aber trotzdem. Weil Sie offenbar immer noch keine Spur für mich haben.«

»So eine Ermittlung braucht seine Zeit«, schaltete de Jong in einen unverbindlichen Profi-Modus. »Im Fernsehen mag das vielleicht ruckzuck gehen, aber …«

»Und wenn ich inzwischen die Arbeit für Sie gemacht hätte? Wenn ich sehr wohl eine heiße Spur hätte? Was würden Sie dann sagen?«

»Sie?«

»Nun, bestimmt können Sie sich denken, dass jemand wie ich über Connections verfügt. Sogar zur Kripo. Joachim Bühlow, der alte Knabe, ist ein langjähriger Spezi von mir. Ein Anruf hat genügt. Und schon haben wir eine heiße Spur. Sagt Ihnen der Name Waldemar etwas?«

Jetzt war es an de Jong, die Augen zu verdrehen.

»Dieser Mann bestätigt nicht nur, dass die Selbstmorde keine waren, sondern Morde. Er gesteht auch noch, derjenige zu sein, der sie begangen hat. Da haben wir doch zwei Fliegen zum Preis von einer.«

»Dass jemand einen Mord gesteht, heißt aber noch lange nicht, dass …«

»Mal anders gefragt: Warum sollte er sie gestehen, wenn er sie nicht begangen hat? Wäre das nicht ganz schön dumm von ihm?«

»Waldemar ist ein spezieller Fall«, räumte de Jong ein, immer noch in der Defensive. »Ich würde ihn nicht dumm nennen. Aber allein aus dieser Tatsache zu schließen, dass er clever ist, halte ich für voreilig.«

»Sehen Sie? Schon wieder.« Meckelbeck lehnte sich zurück und verschränkte die Arme hinter dem Kopf. »Das scheint Ihr Problem zu sein. Dass Menschen nicht so simpel gestrickt sind, wie Sie es gern hätten. Und die Welt eben auch nicht. Sehen Sie sich um. Man nennt das Transzendenz. Oder Metaphysik, wie Sie wollen.«

»Wenn man will, kann man es auch anders nennen«, gab de Jong zurück. »Vorsätzliche Dämlichkeit zum Beispiel.«

»Achim sieht das allerdings anders.«

»Der alte Knabe«, sagte de Jong achselzuckend. »Der ist leider auch ein spezieller Fall.«

Der Mann vom Männer-TV hatte den Kaffee auf. Mit dem Teelöffel kratzte er die letzten Schaumreste aus seiner Tasse. »Deshalb nehmen Sie diesen Waldemar nicht ernst. Weil Sie nur glauben, was Sie sehen. Und deshalb kommen Sie in diesem Fall nicht weiter.«

»Unsinn«, sagte de Jong. »Ich sehe, was ich sehe. Deshalb muss ich es eben nicht glauben.«

Ulf Meckelbeck verharrte, den Löffel zwischen Daumen und Zeigefinger, eine Geste plötzlicher Nachdenklichkeit. »Wir sollten den Mund nicht so voll nehmen«, sagte er in einem plötzlich geradezu bedrückend beschaulichen Tonfall. So als wäre er ein Pfarrer und hätte vor, diesen Satz in einer Predigt zu verwenden.

»Warum nicht?«, fragte de Jong.

»Wissen und Glauben, das ist heutzutage alles relativ. Wissen, das ist *Google* und *Wikipedia*. Aber woher soll ich wissen, ob das stimmt, was da steht? Wo kann ich das googeln? Also muss ich es doch glauben.«

De Jong mochte Meckelbeck nicht, deshalb sah er auch keinerlei Veranlassung, ihm beizupflichten. Was er sonst eventuell in gewissen Punkten getan hätte, vor allem, wenn er an diesen Kenneth und sein skurriles Hobby dachte. Erst neulich hatte er irgendwo gelesen, dass man in den USA seit Neuestem seine Gehirnkapazität per Internet vermieten könne. Das wäre dann nämlich eine Erklärung dafür, dass Leute an solche hanebüchenen Geistergeschichten à la Waldemar glaubten. Genauso wie sie weltweite Verschwörungen für möglich hielten, auf Demos entsprechende Plakate hochhielten und sich Alufolie um den Kopf wickelten. Angenommen, die Leute mit der Alufolie hätten achtzig Prozent ihres Hirns vermietet und sich damit bereit erklärt, selbst vorerst nur noch zwanzig Prozent zu nutzen, dann wäre es kein Wunder, wieso sich Hirnrissigkeit und vorsätzliche Naivität weltweit wie eine Seuche verbreiteten. Weil immer mehr Gehirn-User von dieser lukrativen Form der Hirnvermietung Gebrauch machten. Wie auch immer, dachte de Jong gleich darauf, wer sagt mir denn, dass das nicht auch wieder eine Verschwörungstheorie ist?

»Na schön«, sagte er, lehnte sich nun seinerseits zurück und verschränkte die Arme hinter dem Kopf. »Wenn Sie ab jetzt der Schnüffler sind, Meckelbeck, dann sagen Sie mal, wie wir jetzt weiter vorgehen.«

Daraus wurde aber nichts. Meckelbeck war nicht mehr zu erreichen, er starrte wie gebannt auf das Display seines Smartphones. »Shit!«, sagte er, schnappte sich das Gerät und stand vom Tisch auf. »Die haben schon längst ohne mich angefangen. Wir sprechen später, ja?«

Sekunden darauf startete der schwarze SUV mit quietschenden Reifen.

* * *

Waldemar. Immer wieder Waldemar. Man wurde ihn nicht los. Keiner sollte ihn voreilig als Spinner einstufen. Erst recht kein Brutalmaterialist wie de Jong, der nur glaubte, was er sehen und anfassen konnte. *In den USA gab es mal ein Experiment, aber das bedeutet nicht, dass alles Humbug ist. – Nicht, dass er damit irgendwelche Dinge bewegen kann so wie in Horrorfilmen, aber er schafft es ir-*

gendwie, dass man dran glaubt … De Jong war es leid. Es war Mittwochabend, als er beschloss, den Stier sozusagen bei den Hörnern zu packen. Wenn er nicht wollte, dass der Mann mit dem extrem langen Kopf sich fortan als grinsender Dauergast in seinen Träumen einnistete, durfte er die offene Konfrontation nicht scheuen. Und der Mittwochabend bot die ideale Gelegenheit: *Dark Energying*.

Im Hülsbrock-Kolleg war er längst kein Unbekannter mehr. Nicht nur weil er sich hier ziemlich oft sehen ließ, sondern wohl auch, weil er der Kerl auf dem Video war, das irgendwer ins Netz gestellt hatte: De Jong, im Innenhof des Kollegs, mit schmerzverzerrtem Gesicht, tanzend auf dem linken Fuß, während er den rechten mit beiden Händen umklammert hielt.

Inzwischen wurde er von Frau Wallenhorst, der Dame mit der dickrandigen Brille, die den Empfang bewachte, mit »Ah, der Herr Kriminalkommissar!« begrüßt. Sie hatte ihm auch einen Kugelschreiber mit der Inschrift *Optimis Optimum Semper!* geschenkt.

Es war ein milder Frühlingsabend, als die Reifen von de Jongs Fahrrad auf einem der Kieswege knirschten, die durch den barocken Garten zum Haupthaus führten. Die Sonne ließ sich nicht blicken, es war, als hätte sie es nicht nötig, sich zu zeigen; heute war sie einfach schon etwas früher schlafen gegangen. Schließlich duftete es allenthalben nach Kräutern und Gewächsen, und die Luft war angefüllt von einer abendlichen Verheißung von Sommer.

De Jong, davon abgelenkt, dass er einen tiefen Atemzug nahm, hätte beinahe Rabea Holm überfahren, die ihm auf dem Kiesweg entgegenkam. »Sieh mal an«, sagte sie. »Sie auch wieder mal hier?«

De Jong hätte nicht gedacht, dass Frau Holm zu Waldemars *Dark-Energy*-Klientel gehörte, und gab sich entsprechend verwundert. Aber sie gehörte auch nicht dazu. Zeitgleich mit der abstrusen Veranstaltung fand auch der Kurs »Empathie für Führungskräfte« statt, für den es inzwischen mehr Interessenten gab.

Um Viertel vor acht betrat er den Seminarraum 13. Um acht sollte das *Energying* beginnen, aber bisher hatte sich noch kein Teilnehmer eingefunden. De Jong drückte sich an vier leeren Stuhlreihen vorbei und gelangte zu einer Art Podium. Darauf stand ein schlichter Tisch aus furniertem Holz, auf dem sich ein seltsames Gerät befand. Mattschwarz, schuhkartongroß und kastenförmig, wie das monströs geratene Netzteil eines Computers, nur dass es über zwei Blinkleuchten verfügte, eins rot und eins grün. Dazwischen eine von innen beleuchtete Skala wie die eines Strommessgeräts, auf der ein nadelgroßer Zeiger Werte zwischen 0 und 1000 anzeigen konnte. Möglicherweise ein Requisit aus einem frühen Frankenstein-Film. Ein dickes, stoffumwickeltes, schwarzes Kabel führte von der nächsten Steckdose in das Ding hinein, ein anderes verließ es auf der anderen Seite und verschwand im Nebenraum, den man durch eine Schiebetür betrat. Ein ziemlich enger Raum, in dem sich nur eine Couch und ein Sessel befanden. Im Sessel saß Armin Waldemar, die Augen geschlossen, Ellbogen auf die Knie gestützt und alle zehn Finger gegen die Schläfen gepresst. In einer Geste absoluter Konzentration, wie man sie aus Verfilmungen kannte, die von Weltgenies wie Beethoven, Goethe oder Chaplin handelten.

Der Meister bemerkte de Jong und ließ die Hände ein Stück sinken. »Sie sind zu früh«, tadelte er und öffnete die Augen. »Ach, wer sagt's denn, unser Nachwuchsunternehmer von der Kripo! Habe ich Sie am Ende doch neugierig gemacht?«

»Das jetzt nicht gerade«, gab der Exkommissar zurück. Das Geräusch von rückenden Stühlen verriet ihm, dass der Raum nebenan sich allmählich füllte. »Aber ich dachte: Ich bin zufällig in der Nähe, also warum sich dieses bizarre Schauspiel nicht ansehen?«

»Lassen Sie's sein, Herr Kommissar.« Waldemar winkte ärgerlich ab. »Für Störer und Gaffer haben wir hier keine Zeit. Ob Sie's glauben oder nicht, wir arbeiten hart. *Energying* ist keine Entspannungsübung. Sie verlangt allen Beteiligten eine Menge ab. Wenn es Ihnen also nichts ausmacht ...« Erneut ließen die Finger von Waldemars Schläfen ab und wedelten de Jong in Richtung Ausgang.

Nebenan rückten keine Stühle mehr. Hier und da erklang ein Räuspern oder Hüsteln. Die Gemeinde war wohl inzwischen versammelt. De Jong, schon auf dem Weg hinaus, drehte sich noch einmal um. »Der Fall Kitting«, sagte er. »Lange her, ich weiß, aber kann es sein, dass sein Tod auch auf Ihr Konto geht?«

Waldemar wiederholte seine wegwedelnde Handbewegung. Störe mich nicht in meiner Konzentrationsphase, bedeutete sie. Als wäre de Jong eine lästige Fliege.

»Er hat Ihnen damals die Stelle weggeschnappt. Eine böse Schlappe für Sie, was? Und für Ihr ganzes düsteres Brimborium hier.«

Ein harmloser Ausdruck, aber er sorgte dafür, dass de Jong endlich die volle Aufmerksamkeit des Meisters bekam. Waldemars Lippen zitterten leicht vor unterdrückter Wut. Und durch das Auditorium ging ein empörtes Raunen, woraus de Jong schließen konnte, dass man nebenan die kleine Auseinandersetzung genau verfolgte.

»Kitting war ein Schwätzer«, zischte der Guru. »Ein Intellektueller. Hatte aber keine Ahnung, wovon er sprach. Und so ein Kerl wird Dozent an diesem hochheiligen Institut.«

»War das die einzige Qualifikation, mit der er sie ausgestochen hat? Dass er keine Ahnung hatte, wovon er sprach?«

Kein echtes, sondern ein Sehr-witzig-Grinsen verzerrte das riesige Gesicht. »Ich sagte ja schon, der Mann war ein Intellektueller. Alles ging über den Kopf, verstehen Sie? Nichts über den Verstand. Langweilige Hauptseminare über dunkle Machenschaften, endlose Debatten über Unfairness als Wissenschaft – alles Theorie. Leeres Geschwätz. Aber die meisten hier stehen halt auf leeres Geschwätz. Und deshalb können sie nicht verstehen, dass Energie eine schlichte physikalische Tatsache ist.«

»Eine Tatsache, mit der Sie Menschen in den Selbstmord treiben? Kitting starb nicht durch eigene Hand. Er wurde vergiftet.«

Waldemar gab ein missbilligendes Schnaufen von sich. »Hören Sie, guter Mann, ich habe weder Zeit noch Lust, mit Ihnen über Dinge zu diskutieren, die Ihren Horizont so weit übersteigen, dass es nicht mal einen Sinn hätte, Ihnen eine Leiter zu holen.«

De Jong ließ nicht locker. »Immerhin hatten Sie ja ein Motiv, was Kitting anging. Ganz im Gegensatz zu Frau Trudeau, stimmt's?«

Zum Zeichen, dass er es für unter seiner Würde hielt zu antworten, schüttelte Waldemar den Kopf. Dann griff er hinter sich, um einen Schalter zu bedienen. Das Licht wurde schwächer, der Raum lag jetzt im Dämmerlicht. De Jong verließ Waldemars Kammer und trat in den Seminarraum. Nur die Hälfte der Stühle war besetzt, schätzungsweise fünfzehn Gesichter starrten ihn neugierig an, manche unverhohlen argwöhnisch. Auf den ersten Blick sah de Jong ganz normale Menschen, die meisten ältere Jahrgänge, weder schrille noch durchgeknallte Typen. Gläubige Menschen. Er drehte sich noch einmal um, als er hinter sich ein »nicht so schnell, guter Mann!« hörte.

Auf der Schwelle, an die Schiebetür gelehnt, stand Armin Waldemar. Er hatte sein Jackett abgelegt, trug eine schwarze Hose und darüber ein grellweißes Hemd, das in dem Halbdunkel bläulich aufleuchtete. Zum Zeichen, dass er überhaupt nicht angespannt war, verschränkte er die Arme vor der Brust und kreuzte ein Bein locker über das andere. »So viele peinliche Fragen, mit denen Sie mir den Nerv geraubt haben. Aber was ist eigentlich mit Ihnen?«

Der Exkommissar zuckte mit den Schultern. »Mit mir?«

»Erzählen Sie uns etwas von sich. Das ist doch nur recht und billig. *Quid pro quo*, nicht wahr?«

De Jong schüttelte den Kopf, unsicher, ob ihn Waldemars Gebaren nervte oder amüsierte.

»Oh doch, das sind Sie mir schuldig, de Jong. Und nicht nur mir. Wie wär's, wenn Sie uns von Ihrem Bruder erzählen?«

De Jong erstarrte. Dann schluckte er. Irgendjemand hustete, aber sonst war es im Raum mucksmäuschenstill.

»Na, trauen Sie sich was«, drängte Waldemar. »Raus mit der Sprache. Wir sind hier unter uns.«

»Was geht Sie das an?«, flüsterte der Exkommissar, trotzdem war es für alle hörbar. »Und was wissen Sie von meinem Bruder?«

»Ich habe Augen im Kopf, mein Guter. Sie mögen das vielleicht für Brimborium halten, aber es sind besondere Augen, mit denen ich in Sie hineinsehen kann.«

De Jong hatte nicht die geringste Lust auf diese billige Show. »Sie können mich mal«, sagte er.

Er wollte sich zum Gehen wenden, zögerte aber. Waldemar befand sich hier in seinem Element, und de Jong war ihm auf den Leim gegangen. Ein dummer Fehler! Und obwohl ihm das vollkommen klar war, rührte er sich nicht von der Stelle.

»Zwei Brüder, die einander hasslieben«, fuhr Waldemar im Singsang-Ton eines Predigers fort, während er jetzt mit großen, gemessenen Schritten de Jong umkurvte, wie ein Anwalt bei einem Kreuzverhör. »Blass und durchschnittlich der eine, schillernd und hochbegabt der andere, hab ich recht? Von allen bewundert, während Sie, de Jong, für ihn auch noch das Kindermädchen spielen mussten. So war es doch. Aber Sie wollten nicht Ihres Bruders Hüter sein, stimmt's?«

»Hören Sie auf, das geht Sie einen Scheiß an«, verlangte de Jong, und er hörte selbst, wie sich ein flehender

Unterton in seine Stimme schlich. Er hatte zu schwitzen begonnen und spürte die Augen aller Anwesenden, die unablässig auf ihn gerichtet waren. »Denken Sie, ich falle auf Ihre billigen Jahrmarkttricks herein?« Damit schaffte er es endlich, wenn auch mühsam, Schritt für Schritt an Waldemars Publikum vorbei zur Tür. Aber bevor sich die hinter ihm schloss, erreichte ihn noch Waldemars jetzt leisere, aber immer noch klar verständliche Stimme: »Ich kann Sie zerquetschen, de Jong, denken Sie daran. Denken Sie daran, dass ich an Sie denke. Dass wir hier an Sie denken.«

18. Kapitel

De Jong stand neben sich. Es war vielleicht nur wenige Minuten später, möglicherweise auch eine halbe Stunde oder mehr. Er hatte keine Ahnung, erinnerte sich auch nicht, wie er aus dem Seminarraum gekommen war und welchen Weg er genommen hatte. Bisher hatte er das immer für eine Redensart gehalten, dass jemand neben sich stand. Aber genau das geschah wirklich. Er stand direkt neben dem Exhauptkommissar im Park des Hülsbrock-Kollegs auf einem der adretten Kieswege und sah ihn auf die Uferböschung eines Teiches starren, als hätte er dort im Gras zufällig den Stein der Weisen liegen sehen. Hey, kann man dir irgendwie helfen?, wollte er ihn schon fragen, aber dann kam ihm jemand zuvor.

»Na, läuft das Geschäft mit den E-Meals gut an?«, erkundigte sich Frau Holm, die jetzt auch neben ihm stand, nur auf der anderen Seite.

De Jong zuckte zusammen, weil er sie überhaupt nicht kommen gehört hatte, und richtete seinen starren Blick jetzt auf sie, als wäre sie ein Wesen von einem anderen Planeten.

Rabea schien diesen Blick zunächst auf ihr Outfit zurückzuführen, einen hellgrünen Jogginganzug, der ihre sportliche Figur vorteilhaft präsentierte. Dann trat sie einen Schritt zurück. »Was ist denn mit Ihnen?«, erkundigte sie sich besorgt. »Sie sehen aus, als hätten Sie ein Gespenst gesehen.«

»Entschuldigen Sie«, sagte de Jong und zwang sich zu einem Lächeln, das gründlich verrutschte. »Ich war mit den Gedanken woanders.«

»Nun, ich wollte Sie auch nicht stören.« Rabea winkte ihm zu und wandte sich zum Gehen.

»Nein, nein, das tun Sie auch nicht. Überhaupt nicht. Ich war nur …« De Jong riss sich zusammen. »Wie wäre es, wenn ich Sie zum Frühstück einlade?«

»Frühstück?« Ein amüsiertes Schmunzeln umspielte ihre Lippen. »Es ist halb zehn Uhr abends. Um diese Zeit bekommen wir kein Frühstück mehr.«

De Jong sah sich um. Sie hatte recht: Der Park lag im Dunkeln. Die kunstvolle Illumination tauchte die Büsche in unwirkliches Licht. Gleich gegenüber warf ein Wacholderbusch einen Schatten, der an eine Entenfamilie erinnerte. Oder war es ein Elefant?

»Trotzdem danke für Ihr nettes Angebot«, flötete Frau Holm und winkte ihm zu.

»Gern«, sagte de Jong. Er mochte Rabea, hatte jetzt aber keine Zeit, mit ihr zu reden. Sein Kopf war angefüllt mit Waldemars schräger Inszenierung. Mit seiner, de Jongs, Blamage. Und sein Verstand war ein einziges mahlendes Grübeln über die Frage, woher der Kerl diese privaten, ja intimen Informationen hatte. So viel stand aber außer Frage: Es gab eine rationale Erklärung. Es *musste* eine geben.

Das scheint Ihr Problem zu sein. Dass Menschen nicht so

simpel gestrickt sind, wie Sie es gern hätten. Und die Welt eben auch nicht.

»Also gut«, sagte er. »Was halten Sie dann von einem kleinen Absacker zu später Stunde?« Aber Frau Holm war längst gegangen. De Jong nahm einen tiefen Atemzug, massierte sich das Gesicht mit beiden Handflächen und hüpfte ein bisschen auf der Stelle. Allmählich fand er wieder zurück in die Wirklichkeit. Es war Mittwochabend. Hier stand er, im malerischen barocken Park des Hülsbrock-Kollegs, nachdem Armin Waldemar ihn nach allen Regeln der Kunst vorgeführt hatte. Nachdem de Jong so dämlich naiv gewesen war, sich vorführen zu lassen. Wie hatte der Kerl das bloß angestellt?

Nicht, dass er damit auf mysteriöse Weise Dinge bewegen kann, so wie in Horrorfilmen, aber er schafft es irgendwie, dass man dran glaubt. Dass man glaubt, dass er das kann.

Genug, dachte de Jong. Schluss mit dem übersinnlichen Unsinn, es reicht. Dunkle Energie – der Scharlatan tischte ihm diese Unglaublichkeiten auf, weil er nicht wusste, mit wem er es zu tun bekam. Er hatte keine Ahnung, dass de Jong ein unbestechlicher Rationalist erster Güte war, nicht nur als Kriminalist, wenn es um die Aufklärung einer Straftat ging, sondern auch als Zeitgenosse, der die Welt als solche betrachtete. Aufklärung eines Verbrechens war Aufgabe der Polizei, aber als Ausgang aus selbstverschuldeter Unmündigkeit war Aufklärung die Sache eines jeden. Und genau das stand für heute auf dem Programm: hinausgehen aus der Unmündigkeit. Diesem unguten Ort den Rücken kehren und auf dem Alten Mädchen wieder zu Vernunft und klaren Gedanken kommen. Es war noch gar nicht spät, und die Nacht duftete, so wie nur Frühlingsnächte duften können. Wie geschaffen für eine erquickliche Heimfahrt, um Körper und Geist wieder ins Lot zu bringen.

Aber daraus wurde dann auch nichts. Als de Jong sein Rad losgeschlossen hatte und aufsteigen wollte, bemerkte er, dass das Hinterrad platt war. War das Absicht? Wollte irgendjemand nicht, dass er sich davonmachte ...? – Aber das Ventil war nicht abgeschraubt. Und weil das hier kein Agentenfilm war, in dem gemeine Kerle einem Luft aus den Reifen ließen oder Bremsleitungen durchsägten, lautete die nüchterne Wahrheit wohl, dass er sich irgendwo eine Glasscherbe eingefangen haben musste. Inzwischen war es halb elf. Der Mond zog sich gerade diskret hinter eine Wolke zurück.

Seufzend über die Widrigkeiten, die sich ihm in den Weg stellten, als hätten sie sich gegen ihn verschworen, machte de Jong kehrt, stapfte über den Kiesweg zurück in Richtung Rezeption und ließ sich dort von Frau Wallenhorst sein übliches Zimmer geben. So viel zum Thema Ausgang. Aber er übte sich in Selbstbeherrschung und achtete darauf, nichts von seinem Ärger nach außen dringen zu lassen. Bewusst verzichtete er darauf, vor sich hin zu fluchen oder Gegenstände aus dem Weg zu kicken – wenn er seine Wut herausließ, würde das die Widrigkeiten womöglich dazu ermutigen, noch nachzulegen.

Bevor er Zimmer Nr. 107 erreicht hatte, bemerkte er, dass er Post hatte. Was eigentlich ja nicht sein konnte. Einige Blätter Papier lagen auf dem Boden vor der Tür, eins davon steckte in dem Schlitz darunter, so als hätte jemand versucht, die Blätter unter der Tür hindurchzuschieben. Wieso bekomme ich Post, dachte de Jong, wenn ich bis vor zehn Minuten gar nicht vorhatte, hier zu übernachten? Der Exkommissar bückte sich, klaubte das Papier zusammen und warf einen Blick darauf, während er die Tür öffnete.

Er hielt die Kopie eines Zeitungsartikels in der Hand. *Dunkle Energie vs. heiße Luft – eine kritische Bestandsaufnahme*. Zwei eng bedruckte Seiten, das dritte war der WN-Artikel über den mysteriösen Todesfall im Gasometer, den de Jong bereits kannte. Nur dass die handschriftliche Notiz über den gelandeten Adler auf dieser Kopie fehlte. Wie auch immer, von dunkler Energie hatte de Jong für heute mehr als genug, deshalb überflog er die *Bestandsaufnahme* nur flüchtig. Sie entpuppte sich als schonungslose Abrechnung: Von schwarzen Argumentationslöchern war die Rede, niveaulosem Schwindel und pseudowissenschaftlichem Mummenschanz, dem man mit der lachhaften Bezeichnung *Institut für Parakosmologie* Seriösität einhauchen wolle. Heiße Luft sei im Vergleich dazu wenigstens ein seriöses Nichts, immerhin ein solider physikalischer Aggregatzustand. Und dann fiel de Jongs Blick auf den Namen der Autorin, der am Ende des Artikels abgedruckt war: Melanie Trudeau.

Der Exkommissar ließ die Tür hinter sich zufallen und warf die Blätter auf den Tisch. Waldemars Botschaft an ihn war klar: Wenn du ein Motiv suchst, weshalb ich diese Frau getötet habe, hier ist es. Wegen dieser Verunglimpfung.

Aber warum zum Teufel, dachte de Jong, ist es dir so wichtig, dass ich dich für einen Mörder halte?

19. Kapitel

Der Kerl hieß Rudow. Der mit dem Start-up. Der sich die Frau genommen hat, die Lanzelot gehörte. Michael Rudow. Mikey. Der schöne Mikey. Und seine Firma nannte sich *Bettfertig.de*.

Im Nachhinein hieß es dann immer, dass Galahad die entscheidende Idee gehabt hätte, und sie ließ sich dafür ja gern feiern, aber das kann ich schnell erklären. Vielleicht erst das mit Lanzelot. Warum ich mich sozusagen verpflichtet fühlte, ihm beizustehen. Er war der Einzige in dieser elitären Bande, die sich die Tafelrunde nannte, mit dem man ein paar vernünftige Worte reden konnte. Nicht nur über Fußball und Ficken, sondern auch über Zeitfragen. Zweimal haben sich alle abends noch auf ein Bier getroffen, aber keiner kam auf die Idee, mich einzuladen. Ich durfte mit an der Tafel sitzen, dagegen konnten sie nichts machen, aber das war's auch schon. Niemand konnte sie verpflichten, mich zu mögen oder als einen der ihren anzusehen. Lanzelot war da anders. Vielleicht hatte er auch keine Lust, abends in der Kneipe herumzuhängen und sich die Zeit damit zu vertreiben, sinnfreies Gefasel abzusondern. Er kam eines Tages an und sagte: »Also heute Abend wollte ich meinen Geburtstag feiern, vielleicht hast du ja Lust. Keine große Party, nur ein paar Leute.« Das war schon was, dass er vor den anderen mich gefragt hat. Ich bin dann mit Galahad hingegangen, habe mir ausgerechnet, dass ich eine Chance bei ihr bekäme. Aber das war leider falsch gedacht.

Und dann passierte die Sache mit Lesley. Für Lanzelot ganz schön blöd, aber für uns kam sie wie gerufen. Mikey und sein Bettbring-Service. Es funktionierte ganz simpel: Der Kunde richtet ein Benutzerkonto ein und bucht einen gemütlichen Abend. Mikey Rudows unterbezahlte Niedriglohn-Sklaven stehen kurz darauf auf der Matte, räumen das Abendessen weg und das benutzte Geschirr in die Spülmaschine, beziehen das Bett, putzen sogar, wenn gewünscht, der Kundschaft die Zähne. Außerdem gab es diverse Extras: Nägel schneiden, an- und auskleiden. Der Laden war anfangs auf Skepsis gestoßen, dann aber immer besser angenommen worden. Und jetzt war er drauf und dran, durch die Decke zu gehen. Behaupteten jedenfalls die Macher. Mikey, der geborene Winner, und seine Lesley, die von Lanzelots Bett einfach in Mikeys gewechselt war. *Vae victis*!

Galahad hat mich ganz schön über den Tisch gezogen, das muss ich zugeben. Ich hatte es verdient, war naiv und gutgläubig. Also zahlte ich Lehrgeld. Galahad war clever und durchsetzungsfähig. Ihr Problem war, dass sie nicht wirklich verstanden hatte, worum es hier ging. Im Gegensatz zu mir. Als wir unsere Strategie diskutierten, übernahm sie wie immer die Wortführerschaft. Legte sich ordentlich ins Zeug, damit der *Sire* von ihr beeindruckt war. »Die Sache scheint mir ziemlich klar zu sein«, verkündete sie. »Vorschlag: Wir machen einen eigenen Laden auf. Nennen ihn meinetwegen *Zahnfee.de*. Und was kriegst du, wenn du uns buchst: Tisch abräumen, Geschirr spülen, Bett aufschütteln, Zähne putzen. Das ganze Programm.«

»Aber das ist das Gleiche wie *Bettfertig.de*«, wandte Tristan ein. Er ist ein tumber Langweiler, unfähig, eigene Ideen zu entwickeln. Sein Name passt ihm wie angegossen.

»Sehr scharf beobachtet«, erwiderte Galahad mit einem Seitenblick zu King Arthur. »So was nennt man Konkurrenz. Bei uns kriegt man all diese Dinge – nur deutlich billiger. Mal sehen, wie lange Mikey durchhält.«

»Und wenn er auch mit dem Preis runtergeht?«

»Dann gehen wir noch weiter runter. Immer weiter. Bis er nicht mehr kann. Wir haben ja nur ein Modellprojekt. Er muss mit seinem Start-up schwarze Zahlen schreiben. Seine Mitarbeiter bezahlen.« Wieder dieser Bewunderung heischende Blick in Richtung des Dozenten.

Das hörte sich doch alles sehr ordentlich an. Einen zünftigen Preiskampf, bis der Konkurrent k. o. geht. Was Geldmittel anging, mussten wir uns keine Sorgen machen. Die außergewöhnlich begüterten Eltern der Tafelrundenmitglieder – meine ausgenommen – hatten einen großzügigen Fonds für das Projekt zur Verfügung gestellt. Also konnten wir unsere Arbeitskräfte übertariflich bezahlen und trotzdem die Preise ins Bodenlose senken. Notfalls würden wir die Dienstleistung umsonst anbieten und uns mit den personenbezogenen Daten der Kundschaft begnügen.

Beifall kam von den Meisten.

»So was gibt's doch schon«, sagte ich.

Und sie: »Seit wann ist das ein Argument?«

Das war's. Fürs Erste. Ihr Vorschlag wurde angenommen.

Galahad entging aber nicht, dass sie unseren Dozenten nicht übermäßig begeistert hatte. Das irritierte sie. Also wurde sie weitschweifig, verlor ein wenig den Faden und führte Beispiele für Unternehmen an, die durch einen Preiskampf in die Knie gezwungen worden waren. King Arthur unterbrach sie nicht. Er nickte nur. Aber er war offenkundig nicht beeindruckt.

Da wusste ich, dass meine Stunde noch kommen würde.

20. Kapitel

Die Nachricht kam von Janwillem und bestand aus zehn Fotos. Auf allen zehn lächelte Giulia ihr ansteckendes und von ihm so bewundertes Lächeln in die Kamera. Und auf allen befand sie sich in männlicher Begleitung, was de Jong natürlich nicht gefiel und ihm die Bewunderung für das giuliahafte Lächeln ordentlich verdarb. Trotzdem wäre bis hierhin alles im Rahmen geblieben. De Jong hätte sich die Fotos angesehen und dann irgendwo hingelegt, wo sie ihm nicht mehr unter die Augen kamen. Der Skandal bestand darin, dass die männliche Begleitung kein unbekanntes Gesicht hatte. Dass es niemand anderem als Ulf Meckelbeck gehörte, dem Mann von der Siegerstraße. De Jongs »Klient«.

Das war ein harter Schlag.

Dabei waren die Fotos überhaupt nicht das, was man im Allgemeinen als kompromittierend bezeichnete. Janwillem hatte die beiden in einem Café auf dem Domplatz und bei einem Spaziergang in der Nähe der Aaseekugeln abgelichtet. Sie taten weder intime Dinge noch verhielten sie sich wie Verliebte. Sie sahen aus wie zwei Menschen, die miteinander gute Laune hatten. Aber genau diese gute Laune gönnte de Jong ihnen nicht. Er gönnte Meckelbeck nicht, Giulia so zum Lächeln zu bringen. Vielleicht war es schlussendlich nur dieses Lächeln, das sie so entspannt und ein winziges bisschen entrückt aussehen ließ, selbstvergessen und unglaublich verführerisch. Niemand hatte auf dieses Lächeln ein Recht, außer de Jong.

Irgendwie hatte er das Gefühl, dass ihm das jetzt zu allem Überfluss noch gefehlt hatte.

Es war Donnerstagmorgen, kurz vor acht. De Jong warf das Smartphone zurück auf das Nachttischchen, quälte sich aus dem Bett, stapfte ins Bad und unter die Dusche. Draußen machte sich ein schöner Tag auf den Weg, jedenfalls so lange, bis die Wasserdampfwolke ihm die Sicht durch das Fenster versperrte. Zehn Minuten später begab er sich hinunter in den Speisesaal, um sein Frühstück einzunehmen. Dass seine Stimmung nicht die beste war, daran hatte er sich inzwischen gewöhnt. Aber jetzt kamen noch diese Fotos dazu. Das war keine Lappalie. Gestern sein unrühmlicher Auftritt, als er vor den Augen von Waldemars Jüngerschaft mit heruntergelassenen Hosen dagestanden hatte, und jetzt diese Bilder. Giulia und Meckelbeck. Als wenn es nicht schon dick genug gekommen wäre.

Natürlich hatte sie das Recht, mit wem auch immer befreundet zu sein. Das war gar keine Frage. De Jong würde sich lieber die Zunge abbeißen, als ihr das Recht dazu abzusprechen. Aber dieses Lächeln! Es erschien de Jong fast schlimmer, als hätte sein Halbbruder ihm Fotos geschickt, auf denen sie und der Siegertyp beim wilden Sex unter der Dusche zu sehen waren.

Was das Frühstück anging, so vermochte es nichts zur Verbesserung seiner Stimmung beizutragen. Der Kaffee war lauwarm und hatte einen säuerlichen Nachgeschmack, der Toast zu trocken, die Butter ranzig und die Marmelade zu süß. Typisch für so einen Tag. Das Rührei war praktisch nicht genießbar. De Jong brach das Frühstück schließlich ab, ging hinaus auf den Parkplatz und machte sich an die Reparatur seines Fahrrads. Frau Wallenhorst lieh ihm eine Luftpumpe und erkundigte sich, ob es sein könne, dass ihm eine Laus über die Leber gelaufen sei. Er ließ die Frage unbeantwortet. Ebenso die, ob er heute seinen schlechten Tag habe, die sie kurz darauf stellte, als sie ihm ein neues Ventil schenkte, das sie zufällig in ihrem Fundus hatte und mit dem er den Schaden ganz leicht beheben konnte.

De Jong war vollkommen davon in Anspruch genommen, sich in der Gewalt zu haben. Nicht zu reagieren. Das hatte er sich eisern vorgenommen. Giulia war erwachsen, sie konnte tun und lassen, was sie wollte. Sich mit jedem treffen, den sie nett fand. Ihm jedes erdenkliche Lächeln schenken. Das war ihr gutes Recht. Er würde sich nicht zum Trottel erniedrigen und ihr eine Eifersuchtsszene machen.

Der Reifen war wieder aufgepumpt. Das neue Ventil funktionierte. Die Luft hielt.

Geschafft, dachte de Jong, sah hinauf in den Himmel, dessen morgendliches Blau von feinen Wolkenbändern durchsetzt war, und atmete durch.

Sie war ein freier Mensch. Absolut. Genau das war der Punkt.

Und dann, im nächsten Augenblick, ohne dass er irgendeinen Einfluss darauf zu haben schien, hielt er plötzlich das Handy in der Hand und wählte eine Nummer. Nach dem zweiten Klingeln ging sie ran.

»Ich bin's«, sagte er.

»Ja, das höre ich. Wie geht's dir, Niklas? Alles klar mit dir?«

»Gut, danke, aber deshalb rufe ich nicht an.«

»Sondern warum?«

»Wegen der Fotos.«

»Welche Fotos?«

»Janwillem hat sie mir geschickt.«

»Schön für dich, dass ihr wieder Kontakt habt. Aber wie komme ich da ins Spiel?«

»Du bist auf den Fotos drauf. Du und Meckelbeck.«

Giulia war offenbar auf dem Fahrrad unterwegs. Jetzt stoppte sie und stieg ab. Meldete sich wieder. »Ulf?«

»Sag ich doch. Meckelbeck.«

»Und auf den Fotos tun wir was?«

Eine kurze Pause entstand. Dann zischte ihre Stimme vor unterdrückter Wut: »Du schnüffelst also neuerdings hinter mir her?«

De Jong ignorierte die Frage. »Auf den Fotos scheint ihr euch gut zu verstehen. Mehr als gut.«

Giulia atmete tief durch. »Wieso denkst du eigentlich, dass dich das irgendetwas angeht?«

»Natürlich nichts. Aber ich wüsste einfach gern, ob du etwas mit ihm hast. Eine Affäre oder so. Nur so aus Interesse.«

»Nein«, sagte sie. »Wir haben uns nur nett unterhalten.«

»Unterhalten.«

»Über harmlose Dinge.«

»Sehr nett.«

»Ja, allerdings. Sonst noch etwas?«

»Nein, das ist eigentlich schon alles.« De Jong räusperte sich. »Du hast also nichts weiter mit ihm?«

Giulia schien eisern entschlossen, nicht laut zu werden, nur um ihm ihre Überlegenheit zu demonstrieren. »Ulf ist keiner von denen, die immer nur in eine Richtung denken«, erklärte sie kühl. »Er interessiert sich für Nichtalltägliches.«

»Ach was. Aber das ist mir längst bekannt. Schließlich arbeite ich für den Kerl.«

»Für die Dinge hinter den Dingen.«

De Jongs Ärger, der dieses süße Geplänkel schon längst satt war, wollte nicht länger warten. »Was meinst du denn damit: Gespenster oder so was? Was für Dinge hinter welchen Dingen?«

»Nun, das Wesen hinter der bloßen Erscheinung. Nicht nur das Langweilige, immer Gleiche. Davon verstehst du mehr.«

»Na, vielen Dank auch.«

»Nicht dafür, Niklas.« Auf einmal entglitt ihr die Pose überlegener Vernunft, und ihre Stimme wurde messerscharf: »Wie fühlt es sich eigentlich an, ungefragt in der Privatsphäre anderer Leute herumzuschnüffeln? Macht dich das an?«

»Nichts liegt mir ferner, als herumzuschnüffeln«, leugnete er dreist das Offensichtliche. Jetzt, wo er einmal diese Nummer gewählt hatte, war ihm natürlich klar, dass er mit diesem Anruf alles nur noch schlimmer machte. »Aber wo wir schon davon reden – was für Dinge wären das denn?«

»Tut mir leid, Niklas, ich muss jetzt weiter.« Er hörte, wie sie aufstieg und losradelte. »Aber auch wenn ich Zeit hätte, dann wäre sie mir für so was ehrlich gesagt zu schade.«

* * *

Noch eines dieser Dinge, dachte er, nachdem Giulia einfach so aufgelegt hatte. Dieser Anruf passte perfekt in die Sammlung von peinlichen Momenten und ausgewachsenen Heimsuchungen.

De Jong kam ein Gedanke, der ihn im Geiste regelrecht in die Bremsen steigen ließ. Eigentlich war es kein richtiger Gedanke, sondern eine blitzartige Idee, die schlaglichtartig etwas zum Vorschein brachte, das ihm schon seit einiger Zeit schwante. Ein abstruser Verdacht, den zu erwägen er sich bisher schlicht geweigert hatte, eben weil er so abstrus war. Einmal angenommen, all das hier, diese Serie von Dingen, die ihm den Tag vermiesten und seine Stimmung drückten und dafür sorgten, dass er sich selbst von Tag zu Tag immer unsympathischer wurde – nur einmal angenommen, dass diese Reihung kein Zufall war. Dass es sich hier nicht um irgendeinen dieser klassischen Tage handelte, die man später am liebsten aus seinem Gedächtnis strich. Oder aus einer tragischen Reihung dieser klassischen Tage. Sondern dass es einen Plan dahinter gab. Eine Strategie. Einen Kopf.

Denken Sie daran, dass ich an Sie denke. Dass wir hier an Sie denken.

Und wenn es so anfing? Ein depressives Gefühl, das sich langsam angeschlichen hatte und ihn nun umfing wie eine dunkle Wolke, aus der er sich nicht mehr befreien konnte? War so etwas auch mit Melanie Trudeau geschehen, mit Urban Kleist? Mit Götz Schnelling? Hatte die Wirklichkeit für sie Tag für Tag finsterer ausgehen, war ihnen das Leben als mühsamer, schlammiger Weg in eine Zukunft erschienen, in der einen nur Heulen und Zähneknirschen erwarteten? Sodass sie eines Tages keinen anderen Ausweg mehr sahen als …

Die Antwort lautete: Nein. Sie *musste* Nein lauten. De Jong war Bulle – na schön: ehemaliger Bulle –, und es war eine der Grundtugenden seines Berufstandes, sich niemals auf nebelhafte Mutmaßungen einzulassen, schon gar nicht auf depressive Stimmungen. Wenn nicht *die* Grundtugend überhaupt. Rationales Denken, Vernunft und gesunder Menschenverstand – das kam immer zuerst und danach erst die berühmte kriminalistische Intuition. Dies stand außerhalb jeder Debatte.

Und dennoch: Woher kam denn all das Ärgerliche? Hatte es damit angefangen, dass er versucht hatte, einen im Boden verankerten Betonklotz wegzukicken, den er für einen Stein gehalten hatte? – Und wenn, dachte er in einem Anflug von Trotz. Selbst wenn es so wäre, was unbestritten ein absolut dämlicher Gedanke ist. Dann sollen sie von mir aus auf ihren Stühlen hocken und mir allesamt Böses wünschen. Auch wenn wir in einer Zeit leben, in der Hirnverbranntes Hochkonjunktur hat, lässt sich der Verstand nicht ausschalten wie eine Lampe, indem man den Stecker zieht.

Na ja, vorstellbar war aber doch, dass man es schaffte, die Birne zum Flackern zu bringen. Auf irgendeine kranke, hinterhältige Art und Weise. De Jong begab sich auf sein Zimmer. Eine Weile stand er einfach da, starrte aus dem Fenster und bewunderte die Parklandschaft. Bewunderte die kühle Vernunft, die diese Landschaft ausgedacht und geplant hatte. Bewunderte die wirkliche Welt, die man sehen, riechen und anfassen konnte. Im Gegensatz zu Waldemars sogenannten wissenschaftlichen Erkenntnissen, die gegen sie wirkten wie billiger Voodoo-Zauber.

Aber bevor er das Zimmer verließ, schloss er das Badezimmer ab und verbuddelte den Schlüssel ganz unten in der Schublade des Nachttischchens, unter diversen Bettbezügen und Handtüchern. Nur vorsichtshalber. Man konnte ja nie wissen.

* * *

Eine Weile erging er sich im Park und grübelte über alles nach. Über die Fotos, die Janwillem geschickt hatte. Und dass er, de Jong, noch nicht einen Finger gerührt hatte, um Licht in die sogenannte Kidnapping-Sache zu bringen, die höchstwahrscheinlich doch keine war.

Es war kurz nach Mittag. Irgendwo, weit weg, läutete eine Kirchenglocke. Der bedeckte Himmel umgab die Landschaft mit einem unscheinbaren, hellgrauen Nichts, wie auf einem Gemälde, bei dem der Maler vergessen hat, einen Hintergrund einzufügen. De Jong verließ den Park, schlug eine beliebige Richtung ein und verfiel in einen Laufschritt. Vom Wochenendworkshop erinnerte er sich an den Tipp, die Pausen zu nutzen, um die Umgebung zu erkunden. Dass man sich allerdings in Acht nehmen müsse vor herumstreifenden Wildschweinen. De Jong joggte los, folgte dem Weg in ein Waldstück hinein. Er war nicht der geborene Jogger, aber hin und wieder raffte er sich auf und lief eine Runde, wenn er den Kopf freibekommen oder wenigstens ein wenig Ordnung ins Chaos bringen wollte. Zu klaren Erkenntnissen kommen. Der Weg verließ den Wald wieder, verlief an einem Maisfeld und einer grünen Wiese entlang und machte dann eine weite Kurve. Am Rande des Himmels, knapp über dem Horizont, machte sich inzwischen ein breiter Streifen Blau bemerkbar. Jeden Moment würde sich die Sonne zeigen und sofort alles in einem anderen, vielversprechenden Licht erscheinen lassen. De Jong tauchte erneut in einen Laubwald ein. Rechts und links des Weges ragten hier und da verwitterte Holzgerüste aus dem Gestrüpp – ein Reck, ein Barren, dann ein Hindernisparcours aus aufgeschichteten Baumstämmen. Der Weg, auf dem er lief, musste mal ein Fitness-Pfad gewesen sein. De Jong atmete regelmäßig ein und aus, lauschte auf das Zwitschern der Vögel und bewunderte das Sonnenlicht, das sich jetzt klar durchsetzte und Muster auf den Waldboden malte.

Jetzt, dachte er, wäre die Gelegenheit, dass mir alles wie Schuppen von den Augen fällt. Oder wenigstens ein Teil, eine wichtige Sache. Wie oft in der Geschichte hatte man davon gehört, dass Menschen während ausgedehnter Spaziergänge in Wald und Flur entscheidende Erkenntnisse gekommen waren. Die Lösung für ein vertracktes mathematisches Problem, ein Ausweg aus einer völlig verfahrenen politischen Krise.

Aber sein Kopf blieb leer, wenn der Exkommissar auch das Gefühl hatte, mit jedem Schritt, den er vorankam, klarer zu sehen. Eindeutige Fakten von nebulösen Vermutungen trennen zu können, was ihm schon ein bisschen weiterhalf. Letztlich blieb aber die Frage, ob seine rationale Art, die Welt zu betrachten, nur eine Weigerung war, sich mit dem zu befassen, was jenseits des unmittelbar Einsehbaren lag. De Jong kam sich vor wie jemand, der all seinen Ehrgeiz in die neueste wissenschaftliche Forschung gesteckt hat, nur um am Ende herauszufinden, dass die Alten recht behielten: Die Erde war doch keine Kugel, sondern eine Scheibe.

Der Weg stieg jetzt an, er wurde schmaler, und de Jong tauchte bis zu den Knöcheln in Brennnesseln und Gestrüpp ein. Von mir aus, dachte er. Gurus wie Waldemar redeten gern vom Wesen hinter der bloßen Erscheinung. Dem Wichtigen und Wesentlichen hinter all dem Alltäglichen, Langweiligen, immer Gleichen. *Davon verstehst du mehr*. – Danke, Giulia.

Aber was immer du auch denken magst, ich bin kein Bulle mehr. Und daraus folgt unmittelbar, dass ich mit diesen sogenannten Selbstmorden nichts zu schaffen habe. Sollten sich kriminalistische Genies à la Merzenich darum kümmern. Klienten, die nicht davor zurückschreckten, die Ex-Freundin ihres Privatdetektivs anzubaggern, verdienten nicht, dass man Fälle für sie löste, mochten sie auch noch so viele Scheine aus der Hosentasche ziehen. Auch nicht, wenn sie … De Jong blieb abrupt stehen und sah sich um.

Hinter sich hatte er ein Geräusch wahrgenommen. Irgendwo da im dichten Gestrüpp. Ein schnaufendes, schleifendes Geräusch. Aber er konnte nichts entdecken. Also wartete er ein paar Sekunden ab, dann trabte er wieder los. – Und stoppte wieder, schon nach wenigen Schritten. Hinter ihm schleifte und schnaufte es. Ein Wildschwein, natürlich! Genau davor hatte Schrödinger doch gewarnt. Mit Wildschweinen war nicht zu spaßen. Das Schnaufen wurde lauter. De Jong gab seinem Fluchtinstinkt nach, verließ den Pfad und rannte los, querfeldein. Seitlich um einen Hügel herum und dann auf der anderen Seite wieder hinauf. Das Gestrüpp bremste sein Tempo, er pflügte durch trockenes Geäst und kniehohe Brennnesseln. Hinter ihm schnaufte es immer noch. Lauter, immer näher. Der Exkommissar floh jetzt in heller Panik, stolperte über einen liegenden Baumstamm, kam aber wieder hoch. Es schnaufte. Er schlug einen Haken, machte dann unvermittelt kehrt. Etwas Hartes, Eisernes knallte gegen seinen Kopf, und er ging zu Boden.

21. Kapitel

Hey, wohin denn so schnell?«

De Jong blinzelte und öffnete die Augen. Er starrte auf eine Jogginghose. Zwei Beine in einer Jogginghose, türkis mit weißem Streifen. Die Person, der die Beine gehörten, stand direkt vor ihm. Ein riesiger, stiernackiger Kerl. Schrödinger. Er war das Wildschwein gewesen.

»Ich eh ...« De Jong entdeckte eine Stange für Klimmzüge direkt über sich. Die hatte ihn ausgeknockt. Er richtete sich auf und befühlte vorsichtig die Beule an seiner Stirn.

»Also wenn Sie sich umbringen wollen.« Schrödinger grinste und deutete über ihn hinweg. »Noch ein paar Meter, da geht's dann steil runter. Ist ein ehemaliger Steinbruch.«

Sich umbringen. De Jong konnte nicht mitgrinsen. Plötzlich sah er sich selbst am Boden liegen, über ihm stand Hauptkommissar Merzenich, der sich zu ihm herunterbeugte, dass de Jong seinen zwiebeligen Atem riechen konnte, die Fäuste in die Hüften gestemmt. »Also wennse mich fragen, dat is lupenreiner Selbstmord. Der Mann war doch fertich, völlig von der Rolle.« Und wie

Bühlow danebenstand und dann, zögernd zwar, aber entschlossen dazu nickte. Dann: Waldemar, der die Tat stolz für sich reklamierte und herumprahlte. Er sei der Täter. Was ihm natürlich keiner glaubte. De Jong versuchte verzweifelt, sich bemerkbar zu machen, der Kripo Zeichen zu geben: »Ja, er war es wirklich! Es klingt zwar absurd, aber er war es. Das ist ja seine Masche.« Aber er war schließlich tot, und so kam Waldemar damit durch. Der perfekte Mord …

»Alles klar, Herr Kommissar?« Der Dozent hatte seinen Arm ausgestreckt, um ihm hoch zu helfen.

De Jong bürstete sich Blätter, Moosfetzen und Geäst von der Jacke. Dann ergriff er die Hand. »Wo ist denn dieser Steinbruch?«, fragte er.

* * *

Schrödinger erwies sich als anständiger Kerl. Besorgt um de Jongs Wohlbefinden, riet er dem Exkommissar, sich ein paar Minuten zu nehmen, um wieder zu sich zu kommen. Er führte ihn zu einer Bank, die auf der Kante des Abhangs saß. Ebenjenes Abhangs, den de Jong auf der Flucht vor dem vermeintlichen Wildschwein angesteuert hatte. Es ging tatsächlich steil hinunter, de Jong schätzte so an die zehn bis zwölf Meter. Von hier oben aus hatte man einen weiten Blick über den Rest der Landschaft. Drüben, jenseits des kleinen Waldstücks, glänzte das Dach des Hülsbrock-Kollegs in der Sonne.

»Hier stehe ich oft mit meinen Schülern«, erklärte Schrödinger. »Und wissen Sie, was ich sie dann frage: Wollt ihr den Harz? Wollt ihr die Alpen? Die weißen

Klippen von Dover? Oder gebt ihr euch mit den Baumbergen zufrieden?«

»Die Kunst der Unzufriedenheit.« De Jong nickte verstehend. »Sie erwähnten, dass Sie das unterrichten, nicht wahr?«

Schrödinger pflückte einen Grashalm, steckte ihn sich in den Mund und kaute darauf herum. »Unzufriedenheit im ökonomischen Sinn«, erklärte er. »Als Motor für Wachstum. Glück als Zustand mag eine schöne Sache sein, aber es macht Sie weich. Wie sagte schon Goethe in seinem *Faust*: ›Wer immer strebend sich bemüht, den können wir erlösen.‹ Ich würde meine Schüler gern erlösen, aber dazu müssen sie sich nun mal strebend bemühen. Das ihnen abzuverlangen, ist mein Job.«

»Und wie steht's mit Ihnen?«, erkundigte sich de Jong. »Sind Sie unzufrieden genug?«

»Und ob.« Der Dozent verzog den Mund zu einem schiefen Grinsen. »Dieses noble Kolleg versorgt Sie reichlich mit Unzufriedenheit.«

»Wie praktisch«, sagte de Jong.

»Die Schüler hier sind reiche, verwöhnte Zöglinge, für die das Leben nur eins ist: Fun. Sie sitzen vor den Fleischtöpfen Ägyptens. Und die werden immer nachgefüllt, ohne dass sie auch nur einen Finger rühren müssen.«

»Verstehe.« De Jong hatte schon mal von diesen Töpfen gehört. Es war aber sehr lange her. In der dritten oder vierten Klasse der Grundschule. Im Religionsunterricht. »Da fällt es nicht leicht, unzufrieden zu sein.«

»Versuchen Sie mal, denen beizubringen, dass das Leben nicht nur aus Spaß besteht. Dass man kämpfen muss, um Dinge zu erreichen. Sie müssen ja nicht kämpfen. Um gar nichts.«

»Das klingt ein bisschen so, als würden Sie Ihre Schüler nicht mögen«, fand de Jong.

Tief aus Schrödingers Innerem ließ sich ein Seufzer vernehmen, geformt aus dem jahrzehntealten Frust des Pädagogen. »Ich bin ihr Lehrer, also nicht dazu da, sie zu verhätscheln. Das tun schon die Eltern hinreichend.«

»Na ja, aber diese Jungs und Mädels können doch nichts dafür, dass sie es im Leben eben leicht haben«, sagte de Jong. Wo hatte er das aufgeschnappt?

Schrödinger zuckte mit seinen mächtigen Schultern. »Jedenfalls darf man sich dann nicht wundern, wenn so etwas passiert.«

»So etwas?«

»Diese angeblichen Selbstmorde. Morde, die die Kripo als Selbstmorde abhakt. Perfekte Verbrechen.«

»Sie glauben demnach auch nicht daran, dass Ihre Kollegen freiwillig aus dem Leben geschieden sind?«

Schrödinger schnaufte wildschweinhaft. »Ebenso wenig wie Sie, Herr Kommissar.«

»Exkommissar. Aber Sie denken, dass einer der Schüler an diesem Internat ...«

»Ist Ihnen der Film *Cocktail für eine Leiche* ein Begriff?« Schrödinger zog den Halm aus dem Mund. Seine Mimik veränderte sich. Der jahrzehntelange Frust war ihm nicht mehr anzusehen, plötzlich schien er in seinem Element zu sein. »Ein Klassiker von Alfred Hitchcock. Er handelt von einem Mord, den zwei reiche Zöglinge begehen. An einem Mitschüler. Und warum? Weil das

Leben für sie nichts als Spaß ist. Spaß, der sie langweilt. Deshalb suchen sie nach einem Projekt, das sie als Intellektuelle und Künstler fordert. Und Mord ist für sie eine Kunst. Jemanden umzubringen und damit durchzukommen.«

»Handelt der Film auch von Fleischtöpfen?«, erkundigte sich der Exkommissar, aber Schrödinger ließ sich nicht ablenken.

»Überlegen Sie doch: drei Todesfälle, die wie Selbstmorde aussehen und in Wirklichkeit keine sind. Ein perfektes Verbrechen, oder nicht?«

»Und was ist mit dem von Ihnen so geschätzten Kollegen Waldemar? Welche Rolle spielt er dabei?«

»Rupert Cadell, der Lehrer der beiden Schüler in dem Film – gespielt vom überragenden James Stewart –, hat die beiden zu der Tat inspiriert. Mit seinen Theorien vom Übermenschen und vom Mord als Kunstform.«

»Aber Waldemar will nicht nur Ideengeber sein. Er behauptet, die Taten begangen zu haben.«

Sie schwiegen eine Weile und ließen das Panorama auf sich wirken. Inspiration, dachte de Jong. Rupert Cadell. Das war ja nur ein Film. In der Realität war es ein Möchtegern-Guru, der Menschen in die Verzweiflung trieb, indem er ihnen böse Gedanken schickte.

»Sie sind der Kriminalist«, sagte Schrödinger, der sich mit einem neuen Grashalm versorgt hatte. »Ich bin nur ein Pauker, der sich so seine Gedanken macht.« Er verlagerte sein Gewicht auf die linke Seite, kramte in seiner rechten Hosentasche und förderte ein zerknittertes Blatt Papier hervor. Reichte es de Jong, der es entfaltete. »Weil man ungern der Nächste sein will, den es trifft.«

De Jong erkannte das Blatt wieder. Es war das Formular für einen Abschiedsbrief. Auch Meckelbeck hatte so eins erhalten. Und Melanie Trudeau.

»Morgen Nachmittag findet in der Aula eine Trauerfeier statt«, sagte der Dozent. »Schon die dritte in Folge. Was denken Sie: Ob der Täter auch anwesend sein wird? Wie auch immer.« Mit den Handflächen schlug er sich auf die Schenkel. Er nahm de Jong den Zettel aus der Hand, faltete ihn und steckte ihn in die Hosentasche zurück. Dann erhob er sich. »Ich hör ihn kommen«, erklärte er in einem pathetischen, theatralischen Tonfall. »Ziehen wir uns zurück.«

»Wen kommen?« De Jong war irritiert. Dann begriff er. »Wieder eins Ihrer Filmzitate, was?«

»Filmzitate.« Schrödinger verzog das Gesicht. »Das ist Hamlet, Sie Banause.«

Während sie durch den Wald zurück zum Kolleg stapften, erreichte de Jong eine SMS. Sie kam von Meckelbeck:

Ich frage mich, wo Sie stecken. Ob Sie mir endlich was berichten können. Immerhin wird mein Leben bedroht. Und da sich ja schon ein Mörder gemeldet hat, kann es für einen Profi doch nicht so schwer sein, ihm das Handwerk zu legen. Herzlichst Ulf M.

22. Kapitel

Das Projekt *Zahnfee.de* kam in Gang. Die Konkurrenz würde es schwer haben, gegen uns zu bestehen. Unsere Tarife waren günstiger. Unsere Angebotspalette breiter. Wir machten nicht nur das Bett und putzten bei Bedarf die Zähne. Wir boten auch Schlafanzüge in allen erdenklichen Farben und Mustern an. Baumwolle und Seide. Wir lasen Gutenachtgeschichten vor – das Genre war frei wählbar. Vom Sandmännchen bis zu Erotik und Horror war alles dabei. Obendrein planten wir als besonderes Extra eine Sänfte, in der sich Kunden bei entsprechender Buchung von der Kneipe um die Ecke abholen und in aller Bequemlichkeit bis ans Bett tragen lassen konnten.

Aber all das half nichts. *Bettfertig.de* blieb die Nummer eins. Egal, wie sehr wir uns bemühten, wir waren für den Kunden offenbar nur die Kopie des Originals.

Der König war nicht beeindruckt. Die Ritter, allen voran Galahad, waren ratlos. Nur ich wusste jetzt, dass meine Stunde ganz sicher bevorstand.

»Wir bemühen uns ja redlich um den Sieg«, sagte König Arthur. »Und jetzt die Frage an euch: Was fehlt? Wieso bleibt er uns verwehrt?«

»Die Leidenschaft«, sagte ich. »Ritter kämpfen mit Leidenschaft.«

Endlich ein Nicken und dieses Mal kein indifferentes. Sondern ein wohlwollendes, anerkennendes. Ein Zeigefinger, der auf mich deutete. »Also, wo ist hier die Leidenschaft? Vielleicht denkt ihr bis zum nächsten Mal darüber nach.«

An diesem Abend kam Galahad von sich aus und schlug vor, noch einen Zug um die Häuser zu machen. Ich war ziemlich verwirrt. Aber ich dachte auch: Na endlich, und: Warum nicht? Höchste Zeit, dass du zur Kenntnis nimmst, dass ich auch etwas auf dem Kasten habe. »Schön, dass du auch deiner verrufenen Seite mal eine Chance gibst«, flachste ich, aber sie fand das nicht witzig. Ehrlich gesagt, glaube ich, dass ist eines ihrer Probleme: dass es so gut wie nichts gibt, das sie witzig findet. Nach endlosem, nichtssagendem Smalltalk und etlichen Gläsern Wein landeten wir schließlich im Bett. Es war nicht gerade ein romantisches Date, aber trotzdem ein schöner Abend. Bis dahin.

Wie nebenbei kam sie anschließend auf die Sache mit der Leidenschaft zu sprechen. Was sich unser seltsamer König denn darunter wohl vorstelle?

Ich lag neben ihr, die Arme hinter dem Kopf verschränkt, und sah mir ein paar Spinnweben an der Zimmerdecke an. »Ziemlich klar«, sagte ich und gähnte. »Konkurrenz ist schön und gut. Aber die kann jeder. Was glaubst du denn, warum wir dieses alberne Rittertheater spielen: weil es hier nicht darum geht, besser zu sein als der Konkurrent.«

»Ist mir klar«, sagte sie, zog einen Schmollmund, der mir deutlich machte, dass ihr gar nichts klar war. »Aber worum denn dann?«

»Das ist kein Wettbewerb, verstehst du? Es mag vielleicht so aussehen, aber letztlich geht es nicht darum, den guten Mikey auf den zweiten Platz zu verdrängen. Oder ihn zum Aufgeben zu zwingen. Es geht darum, ihn zu zerstören.«

Sie hörte mir aufmerksam zu. Ich hätte gern noch einmal Sex mit ihr gehabt, aber sie meinte, es sei ein langer Tag gewesen. Und am nächsten Morgen brachte sie genau diesen Gedanken in die Runde ein, ohne auch nur mit der Wimper zu zucken, während ich noch nach einer angemessenen Formulierung suchte. Der Sire applaudierte und bedachte sie mit einem ausdrücklichen Lob.

Ich gebe Galahad nicht die Schuld, sondern mir. Niemandem sonst. Naiv war ich, ein hoffnungsloser Theoretiker. Sie nicht. Von der Tafelrunde hatte sie vielleicht wenig begriffen, aber im Bett hatte sie mich auf klassische Weise ausgetrickst.

Wie auch immer, jedenfalls kam die Sache jetzt endlich voran. Geschickt platzierten wir Bewertungen und Kommentare, die andeuteten, dass die Dienstleistungen von *Bettfertig.de* einen erotischen Beigeschmack hätten, dass zum Beispiel seine MitarbeiterInnen nackt den Kunden die Zähne putzten, dass sie den gebuchten Schlafanzug eigenhändig über-, auf Wunsch auch abstreiften und darüber hinaus aufgeschlossenen KundInnen auf viele andere Weisen zu Diensten seien, wenn Bedarf bestehe. Wir lieferten zweideutige Fotos, die genau das und noch mehr zu beweisen schienen.

So traten wir eine Entrüstungslawine los. Genauer gesagt traten wir sie gar nicht los. Es war wie Zauberei, dank Gawain und Tristan, die dieses merkwürdige Ding namens Internet wie ein Musikinstrument beherrschten. Sie wussten genau, welche Dosis Spott und Häme man hineingoss – nicht zu wenig, aber auch nur nicht zu viel – und dann abwartete, bis das Getane seine Wirkung entfaltete. Es waren die Kommentare, die auf unsere Fotos und Anmerkungen erfolgten. Zunächst waren sie kritisch, manche besorgt. Einige sogar empört. Aber ohne unser Zutun und wie durch Zauberhand verschärfte sich der Ton täglich. Kommentare wurden zu Pöbeleien, zu Schimpftiraden. Michael Rudow bekam den Ruf als geldgeiler Zuhälter, und sein Dienstleistungs-Geschäft wurde als Flatrate-Puff verunglimpft. Am Ende des Tages riefen viele dazu auf, ihm sein Grinsen aus dem Gesicht zu prügeln, seine Freundin zu vergewaltigen und ihm den Schädel einzuschlagen.

Rudow war noch nicht lange genug im Geschäft und schien das Internet für einen Segen zu halten, das nur zu dem Zweck existierte, den Kontakt mit seinen Kunden zu optimieren und ihm neue Möglichkeiten der Vermarktung zu eröffnen. Deshalb beging er den entscheidenden – von uns allerdings wohlkalkulierten – Fehler: Er wehrte sich gegen die Vorwürfe. Nannte sie haltlos und frei erfunden. Postete eine Gegendarstellung, dann noch eine.

»Das geht in die Hose«, warnte ich. »Wir können nicht irgendwelche Lügen verbreiten. Er stellt das umgehend richtig, und dann sind wir die, die als Lügner dastehen.«

Aber Galahad grinste nur. »Wart's einfach ab«, sagte sie. »Sieh ihm zu, wie er sich selbst zerlegt. So ist das

Internet: Wenn du einmal drin zappelst, gibt es kein Entkommen.«

Und sie behielt recht: Je mehr sich Rudow gegen solche Andeutungen verwahrte, desto tiefer versank er in seinem eigenen Sumpf. Seine sorgfältig formulierten Gegendarstellungen und Richtigstellungen ließen ihn schuldig erscheinen – man sagte sich eben, warum sollte jemand sich so darum bemühen, einen Brand zu löschen, wenn es ihn nach seiner eigenen Darstellung gar nicht gibt? Das soziale Netzwerk kannte nur ein Gesetz: Ein Dementi ist ein Schuldeingeständnis. Und der Unterschied zwischen einem Beweis und einer bloßen Behauptung ist, dass Letztere immer schillernder und interessanter ist.

23. Kapitel

Als sie ins Kolleg zurückkehrten, war es bereits nach fünfzehn Uhr. Schrödinger bestand darauf, de Jong noch im Ausklang zu einem Kaffee einzuladen, und de Jong, der es hasste, von seinem großkotzigen Klienten angetrieben zu werden, sagte nicht Nein. Während der Dozent die Toilette aufsuchte, versuchte er, Bühlow zu erreichen. So erfuhr er, dass der Hauptkommissar nach einem Fahrradunfall mit dem Verdacht auf Beinbruch im Krankenhaus lag. »Ist aber halb so schlimm, wie es sich anhört.«

»Ich komm dich natürlich besuchen«, sagte de Jong.

»Nein, musst du nicht. Vielleicht bin ich dann schon entlassen.«

De Jong ließ es darauf ankommen. Er bedankte sich bei Schrödinger für den Kaffee und machte sich dann mit dem Rad auf den Heimweg. Da er recht zügig vorankam, war es noch nicht einmal Abend, als er in die City hineinfuhr. Feierabendstimmung griff aber schon um sich. Menschen flanierten gruppenweise durch die vom späten Sonnenlicht in helles Orange getauchte Innenstadt – hektisch, mit einem Coffee to go in der Hand, die Workaholics, lässig, die offene Bierflasche in der Hand, die Alkoholics.

De Jong dachte über Schrödingers kleine Vorlesung nach. *Glück als Zustand mag eine schöne Sache sein, aber es macht Sie weich.* Weichheit war natürlich kein akzeptabler Zustand. Wieder schlich sich eine Erinnerung aus grauer Schulzeit in seine Gedanken, dieses Mal ging es um Herrn Schulterhoff, seinen Geschichtslehrer, dessen Blick auf die Welt noch von seiner Zeit in der Wehrmacht geprägt worden war. Von ihm wusste de Jong, dass in der berühmten Schlacht bei den Thermopylen die kampferprobten griechischen Recken den Persischen Großkönig mitsamt seinem riesigen Heer und seinen duckmäuserischen Vasallen in die Flucht geschlagen hatten. Nicht nur, weil sie allesamt Helden waren, sondern auch, weil so ziemlich alle Soldaten in dem riesigen, großköniglichen Heer verweichlicht waren. Hoffnungslos verweichlicht. Jahrhunderte später war Hannibal über die Alpen gezogen und hatte die römischen Truppen das Fürchten gelehrt, aber kurz darauf waren auch seine Männer verweichlicht, und es war aus mit ihnen gewesen. – Und die Römer? Selbst sie verweichlichten eines Tages. De Jong hatte damals versucht, sich ein Bild zu machen: Menschen, die verweichlichten wie Käse, der zu lange in der Sonne lag. Der fast zerfloss, sodass er erst teigig, dann klebrig und am Ende glibbrig wurde und man ihn nicht anfassen wollte. Schlimm genug, wenn es einen erwischte. Aber Herr Schulterhoff, der Geschichtslehrer, war sich sicher, dass Tausende, ja Abertausende an Verweichlichung gelitten hatten. Demnach musste sich den kampfeslustigen Germanen, als sie während ihrer langen Völkerwanderung schließlich in Italien eingefallen waren, um brandzuschatzen und zu vergewaltigen, ein grausiges Bild geboten haben: Da gab es nicht nur Warmwasserleitungen und Fußbodenheizung. Nicht nur Bauwerke von einer Pracht, die die barbarische Fantasie hoffnungslos überforderte. Sondern auch Menschen, die so verweichlicht waren, dass sie wie Pudding oder Quarkspeisen aussahen. Dieser Anblick war sicher nichts für schwache Nerven gewesen.

Auch Bühlows Krankenzimmer wurde von der orangefarbenen Nachmittagssonne durchflutet. An der Wand über dem Bett hing ein Bild, das eine typische münsterländische Landschaft darstellte und von dem de Jong nicht sagen konnte, ob es ein Gemälde oder ein Foto war. Der Hauptkommissar saß auf der Bettkante und bedankte sich artig für die Süßigkeiten, die de Jong unterwegs besorgt hatte. Die Schokolade war in goldenes Papier verpackt, auf dem grüne Weihnachtsbäume abgebildet waren, aber das fiel ihm erst jetzt auf.

»Das mit dem Beinbruch war falscher Alarm«, meinte Bühlow. »Ich bin so gut wie draußen. Vielleicht schon morgen, spätestens übermorgen.«

»Das ist eine gute Nachricht«, sagte de Jong aufmunternd. »Ich freue mich schon auf eine gemeinsame Ermittlung.«

Bühlow sah leicht irritiert drein, als hätte sein Besucher die Verabredung zu einem Segeltörn erwähnt, von der er zum ersten Mal hörte.

»Weißt du, was ich mir überlegt habe?«, kam de Jong aber schon zur Sache. »Es könnte doch sein, dass die sogenannten Selbstmordkandidaten kurz vor der Tat Besuch hatten. Dafür würde sprechen, dass sie nicht nur diese

Medikamente, sondern auch Alkohol im Blut hatten, und nicht wenig davon.« Er angelte sich eine Weihnachtskugel aus Schokolade aus der Tüte. »Ich habe gesehen, dass Frau Trudeau einen Anruf bekam, kurz bevor sie auf ihr Zimmer ging. Möglicherweise vom Täter.«

Der Hauptkommissar nahm sich auch von der Schokolade. »Sie bekam Besuch, hat sich dann ausgezogen und ist in die Badewanne gestiegen?«

»Was ist mit dem Giftmord an Kitting vor vier Jahren? Kitting wurde auch in der Badewanne aufgefunden.«

»Ja, schon. Aber wie schon gesagt, die Kollegen halten es für ausgeschlossen, dass der Fall Kitting in diese Serie gehört.«

»Und da ist noch ein Punkt: Woher hatten Kleist, Trudeau und Schnelling überhaupt die Medikamente? Sind sie in die nächste Apotheke gegangen und haben die Liste vorgezeigt?«

»Auf dem PC gibt es jedenfalls keine Hinweise darauf, dass sie im Internet bestellt haben. Nur dass alle irgendwann mal auf Waldemars Website waren.«

De Jong trat ans Fenster und sah aus dem vierten Stock in einen Innenhof hinunter. Auf das Dach eines Lieferwagens, der im Schritttempo auf eine Rampe zufuhr.

»Und wenn Besuch da war«, sagte Bühlow, »wir haben keine verwertbaren DNA-Spuren an den jeweiligen Tatorten.«

»Was ist mit dem Zettel, der in Trudeaus Appartement gefunden wurde?«

»Ein altes Gedicht aus dem neunzehnten Jahrhundert. Titel: *Sir Galahad*. Der Autor war ein Brite namens Alfred Lord Tennyson.«

»Das bringt uns also auch nicht weiter. Jedenfalls vorerst nicht.«

Neben dem Lieferwagen standen zwei Männer, die miteinander sprachen und gestikulierten. Dann zuckte einer mit den Schultern, begab sich ans Steuer des Lastwagens und legte den Rückwärtsgang ein.

»Und wenn Waldemar doch dahintersteckt?«, dachte Bühlow laut nach.

De Jong wandte sich vom Fenster ab. »Nicht schon wieder«, sagte er.

»Er ist verrückt. Extrem egoman. Er könnte die Opfer irgendwie gezwungen haben, den Giftcocktail zu trinken.«

»Und warum sollten die Opfer ihn hereinlassen? Schließlich lag er mit allen wegen irgendwas im Clinch.«

»Immerhin hat er kein Alibi für die Tatzeiten.«

»Habt ihr sein Alibi überprüft?«

»Wie gesagt, er hat keins, das hat er von Anfang an gesagt. Geht ja auch nicht anders, wenn er die Morde begangen haben will.«

»Eben deshalb müsst ihr das überprüfen. Vielleicht erzählt er uns irgendwas, ohne sich darüber Gedanken zu machen, ob er zur betreffenden Zeit ...« De Jong verstummte, weil Bühlows genervter Blick sowohl bestätigte, dass er das längst getan hatte, als auch fragte, ob de Jong wirklich alle Kripoleute außer ihm selbst für so dämlich hielt.

»Er hat ein Motiv, die Gelegenheit und die Fähigkeit«, beharrte der Hauptkommissar.

»Die Fähigkeit? Du meinst doch wohl nicht seine ominöse Energie?«

Diese Frage blieb länger als beabsichtigt im Raum stehen. Sie klang lange nicht so ungläubig wie de Jong gedacht hatte, was daran lag, dass er, während er sie stellte, an sein blamables letztes Zusammentreffen mit dem Guru gedacht hatte. *Denken Sie daran, dass wir an Sie denken*. Und Bühlow zögerte mit der Antwort, weil er genau diese Energie meinte.

»Was mich ein bisschen wundert«, sagte de Jong. »Hast du nicht neulich noch darauf bestanden, Waldemar mit Samthandschuhen anzufassen? Weil dein Fitnessstudiofreund dich gewarnt hat?«

»Er hat mich nicht gewarnt. Im Gegenteil. Außerdem« – Bühlow hob den Finger – »auch der Kollege Merzenich ist inzwischen der Meinung, dass er als Täter infrage kommt. Diese lautstarken Geständnisse könnten ja auch eine schräge Methode sein, von sich abzulenken.«

»Wenn Kollege Merzenich dieser Meinung ist«, äzte de Jong, »dann muss man das natürlich ernst nehmen.«

»Waldemar hat mich angerufen. Als ich den Unfall hatte.«

»Er hat dich angerufen?«

»Er hat mir Glück gewünscht. Und gesagt, dass er an mich denkt. Wie kommt er dazu? Warum wünscht er mir Glück und wofür? Und warum denkt er an mich? Und genauso ist es passiert.«

»Was passiert?«

»Der Unfall. Du telefonierst im falschen Moment, dann kommt dir auch noch einer entgegen, du musst ausweichen – und das war's.«

»Also, Moment mal«, sortierte de Jong seine Gedanken. »Du meinst, auch dein Fahrradunfall war nicht wirklich ein Unfall? Sondern ein Anschlag auf dich, von ihm begangen?«

»Nein, kein Anschlag.« Wieder hatte de Jong den Eindruck, dass Achim Bühlow diesen Gedanken etwas zu weit von sich wies. »Natürlich nicht! Aber die Sache ist verrückt … Irgendwie bleibt ein seltsames Gefühl. Nenne es von mir aus Aberglauben.«

»Also gut«, sagte de Jong.

»Ich habe ihm damals irgendwas gesagt, dass ich einen langen Tag gehabt hätte und mir übersinnliche Spinner, die aus einem tragischen Unfall Kapital schlagen wollten, gerade noch gefehlt hätten.«

Es ist nicht so, dass er solche Dinge kann, ging es de Jong durch den Kopf. *Aber irgendwie schafft er es, dass die Leute ihm glauben, er könnte es. Und mehr braucht er ja nicht.*

»Ich habe schon mal überlegt, ob ich ihn nicht einfach vorlade«, sagte Bühlow. »Waldemar, meine ich. Ihn in die Zange nehme. Einfach um zu sehen, ob er dann immer noch den großen Macker raushängen lässt. Oder von da an die Klappe hält.« Der Hauptkommissar verstummte.

»Ja, und?«, fragte de Jong, der wieder ans Fenster getreten war und eine weitere Schokokugel auswickelte. »Machst du's?«

»Aber dann denke ich mir, genau das will er ja.«

»Was?«

»Aufmerksamkeit. Beachtung. Genau.«

De Jong verschluckte die Schokoladenkugel und verzog das Gesicht, als er innen auf eine Weinbranntfüllung stieß. »Das wollen doch alle«, sagte er mit vollem Mund.

24. Kapitel

Wieder zu Hause, begab er sich mit seiner alten Gitarre an Deck, stimmte sie und klimperte dann im Licht der sinkenden Abendsonne eine Weile auf ihr herum. Das konnte hin und wieder helfen, um ihn zu sich selbst zurückzubringen. Seine musikalischen Unfertigkeiten störten ihn dabei nicht besonders, sie spielten eher eine untergeordnete Rolle. Mit den Jahren bildete er sich sogar ein, mit seiner Gitarre auf irgendeine mysteriöse Weise kommunizieren zu können beziehungsweise sie mit ihm. Na ja, Voraussetzung war natürlich, dass man sie an einem Tag erwischte, an dem sie nicht zickig und ihm halbwegs gewogen war. Wenn man einen günstigen Tag erwischte, war sie mitunter in der Lage, ihm den einen oder anderen Denkanstoß zu geben.

De Jong spielte ein paar Melodien an, von denen er vergessen hatte, wie sie weitergingen. Versuchte es mit einer uralten Akkordfolge, die auch im Nichts endete. Er klemmte den Kapodaster an und verschob die Harmonie zwei Bünde aufwärts. Jetzt klang es immer noch schräg, nur höher, sodass man das Schräge noch besser heraushörte, wofür er die Gitarre verantwortlich machte. Schließlich hatte sich der Hals im Laufe der Jahre immer mehr verzogen und war deshalb nicht mehr bundrein. Sie wies das allerdings entschieden zurück: Es sei kein Wunder, dass er falsch spiele, wenn er sie nur alle paar Wochen mal für fünf Minuten oder weniger in die Hand nehme. Falsche Töne seien nun einmal falsche Töne, ganz gleich, ob sie hoch oder tief seien. Außerdem: »Wenn du kein Bulle bist, dann solltest du nicht so tun, als wärst du einer«, fügte sie hinzu.

»Was meinst du jetzt damit?«

»Waldemar hat doch gesagt, er war's. Na also. Was willst du mehr?«

»Ihn festnageln«, sagte de Jong. »In die Zange nehmen.«

»Das hört sich so an, als ginge es um eine defekte Wasserleitung, nicht um einen Verdächtigen.«

»Egal wie es sich anhört«, erwiderte de Jong.

»Wenn das dein Motto ist, wundere ich mich nicht über das, was du musikalisch zustande bringst.«

»Außerdem war es Bühlows Idee. Nur dass er sich nicht traut.«

»Er ist Bulle. Für ihn gibt es Regeln. Er kann nicht irgendwen in die Zange nehmen, nur weil ihm danach ist.«

De Jong klimperte noch so ein bisschen herum, wurde dann aber durch ein Ping unterbrochen, das den Eingang einer SMS meldete. Er legte das Instrument zur Seite und holte das Handy hervor:

Hast du die Fotos bekommen? Und vielleicht schon herausgefunden, wo mein ehemaliger Chef steckt? Falls er entführt wurde, müsste seine Frau doch davon wissen. Sie heißt Serafina, ich schreibe dir ihre Adresse. Gruß JW.

Die Fotos. Ja danke, dachte de Jong. Diese einzigartigen Fotos. Ulf Meckelbeck, der seine Ex anbaggerte. Giulia, die einem Angeber von der Siegerstraße ihr strahlendes Lächeln schenkte. Vielen Dank auch. Wütend schlug er einen letzten, disharmonischen Akkord an, dann trug er die Gitarre unter Deck und stellte sie in ihre Ecke hinter dem Sofa zurück. Es war schon Viertel nach sieben. Um acht war er mit Eugen Küppers verabredet.

* * *

Das Knipperdolling war eine Gaststätte in Everswinkel, weit ab vom großstädtischen Trubel, vielleicht etwas zu weit. Die sauerstoffarme Luft über den schweren, dunkelbraunen Tischen roch immer nach Bier und an manchen Tagen nach Bratkartoffeln mit hohem Speckanteil. An der Wand hingen Hirschgeweihe und Ölgemälde, auf denen die rotwangigen Gesichter münsterländischer Persönlichkeiten zu sehen waren, deren Namen wahrscheinlich niemand mehr kannte. De Jong hatte am linken unteren Rand zwar einen winzigen, goldenen Schriftzug entdeckt, aber da es unwahrscheinlich war, dass alle diese Honoratioren *Lenzing* hießen, handelte es sich wohl um die Firma, die die Rahmen beigesteuert hatte. Seitlich vom Tresen, auf dem Weg zu den Toiletten, schob man sich an zwei antiken Spielautomaten vorbei, die mit ihrem bunten Geblinke zum Zocken verführen sollten, so wie sie es wohl schon getan hatten, als Konrad Adenauer zum Kanzlerkandidaten gekürt worden war. Und seit ungefähr dieser Zeit – so schien es de Jong manchmal – traf er sich hier mit Eugen Küppers, seinem Exkollegen bei der Kripo.

In letzter Zeit hatte er sich allerdings häufiger gefragt, was er überhaupt an diesen Treffen schätze und ob er sie sich nicht sparen solle. Küppers war nämlich oft schlecht gelaunt, beschwerte sich gern über Millie, seine Angetraute, mit der er schon seit mehreren Jahrzehnten verheiratet war, auch über den Hund seines Nachbarn oder über seinen Job. Wenn es ganz übel kam, kannte er kein anderes Thema, als de Jong vorzuwerfen, wie gut er es habe, weil er schließlich das ganze Jahr im Urlaub sei. Immer öfter endete so ein Abend in irgendwelchen Nickeligkeiten. Immer öfter radelte de Jong mit Wut im Bauch nach Hause.

Ausgerechnet heute allerdings war Küppers bester Laune, fand seinerseits, dass de Jongs Form zu wünschen übriglasse. »Jetzt sag schon. Irgendwas ist dir doch über die Leber gelaufen.«

»Über die Leber gelaufen.« Wie de Jong allein diese Formulierung hasste. »Quatsch, wie kommst du darauf?«

»Weiß nicht. Du bist irgendwie schräg drauf heute.«

De Jong erwog kurz, auf die Fotos zu sprechen zu kommen, schließlich waren sie eindeutig schuld daran, dass ihm die feierabendliche Stimmung gründlich vergangen war und er hier in Einsilbigkeit am Tisch hockte. Außerdem konnte er das ewige »jetzt sag schon, irgendwas ist doch« nicht mehr hören. Nur war ihm klar, dass es die Sache nicht besser machen würde, wenn er die Karten offen auf den Tisch legte. Küppers monologisierte gern lang und ausgiebig über Gott und die Welt, doch als guten Zuhörer konnte man ihn nicht bezeichnen. Vielleicht konnte man ihn überhaupt nicht als Zuhörer bezeichnen. Ihn umgab ein gesundes Urvertrauen, dass die Welt nichts Spannenderes kannte als die Dinge, die ihn umtrieben. Wie zum Beispiel seine derzeitigen Ermittlungsfortschritte in Sachen Heimwerkerartikel-Mörder.

»Jetzt sind noch zwei Fälle dazugekommen«, berichtete er, während er sich den Bierschaum mit dem Ärmel abwischte. »Weitere Tatwaffen. Ein Fahrrad und eine Frikandel.«

»Eine Frikandel?«

»Das ist eine niederländische Spezialität. Der Mord geschah in Bergen op Zoom. Die Frikandel war höchstwahrscheinlich vergiftet. Und das Fahrrad war präpariert. Bremszüge gekappt. – Hey, ich hab den Eindruck, du hörst mir überhaupt nicht zu.«

»Das sind aber keine Heimwerkerartikel«, wandte de Jong ein, um das Gegenteil zu beweisen. »Ich meine Frikandel und Fahrrad.«

»Kein Problem«, meinte Küppers großzügig. »Man muss den Begriff eben weiter fassen. Wie du es nennst, ist nicht das Entscheidende. Soll ich dir sagen, was die eigentliche Schwierigkeit ist?«

»Egal, ich bin mir sicher, du machst das schon«, meinte de Jong, um irgendwo hier einen Punkt zu machen. Oder wenigstens eine Auszeit zu erreichen.

»Die Tatorte. Wie er in so kurzer Zeit an so vielen Orten sein konnte. Das ist ein Problem.«

»Was den Namen angeht: Wie wär's zum Beispiel mit Werkzeug-, Zweirad und Fastfood-Killer?«, schlug de Jong vor.

Sein Gegenüber warf ihm über den Rand seines Bierglases einen irritierten Blick zu, dann schnaufte er empört. »Hör mal, denk nicht, ich sei so verblödet, dass ich nicht mehr mitbekomme, wenn ich verarscht werde.«

»Nein, natürlich nicht. So was bekommst du immer sofort mit«, schwor de Jong. Verblödet bist du vielleicht nicht, dachte er. Aber vielleicht ja einer von denen, die ihr Gehirn vermieten und sich von den Einnahmen einen Extraurlaub gönnen.

»… In diesem Fall wäre es natürlich ganz einfach, was meinst du?«

»Was?«

»Da!« Küppers Zeigefinger schnellte in die Höhe. »Du hast mir gar nicht zugehört, stimmt's?«

»Doch, hab ich.«

»Hast du?«

»Sag ich doch.«

Eugen Küppers lehnte sich in seinem Stuhl zurück, runzelte die Stirn und verschränkte die Arme vor der Brust. »Also gut, was habe ich denn gerade gesagt?«

»Jetzt sei nicht so, Eugen. Die letzten zwei Sätze hab ich vielleicht nicht mitgekriegt. Zwei lausige Sätze. Alles andere schon. Also mach kein Drama draus.« De Jong konnte es nicht leiden, dass Küppers immer dann blendender Stimmung war, wenn er gerade mal einen schlechten Tag hatte. Und dass er auch noch dazu neigte, es so darzustellen, als wäre er immer der Sonnenschein und de Jong der ewige Miesepeter. »Abgesehen davon ist das genau der Grund, weshalb ich hier nie zu Wort komme.«

»Du kommst nie zu Wort?« Küppers legte den Kopf schief. »Und was soll der Grund sein?«

»Dass du ohne Punkt und Komma von deinem Heimwerkerartikel-Serienmörder quasselst und sauer bist, wenn man nicht ununterbrochen wie gebannt an deinen Lippen hängt.«

Küppers schnappte nicht ein, was de Jong überraschte. Stattdessen schien er kurz in sich zu gehen und nahm dabei einen großen Schluck Bier. Endlich stellte er behutsam das Glas vor sich hin und wischte mit dem Finger den Schaum ab, der außen heruntergelaufen war. »Na schön«, sagte er. »Dann erzähl doch mal, wie's bei dir so läuft.«

War es nur diese abstruse Mordermittlung, die ihn so unangreifbar machte? Eine andere Frau? De Jong wollte es gar nicht wissen. Widerwillig erzählte er also von Giulia und Meckelbeck. Er zeigte Küppers die Fotos auf seinem Smartphone. Und Küppers sah sie sich an und sagte »aha« und dass seines Wissens de Jong und Giulia doch gar nicht mehr zusammen seien.

»Stimmt«, gab de Jong zu. »Aber darum geht's ja nicht.«

»Nicht? – Ich meine, wenn ihr euch längst getrennt habt, wo ist das Problem?«

Das Problem war, dass Küppers immer genau das nicht begriff, worum es de Jong gerade ging, und stattdessen auf Unwichtigkeiten herumritt.

»Na gut.« Der Hauptkommissar beugte sich vor und legte, während sein Gegenüber den Kopf schüttelte, in einer versöhnlichen Geste die Hand auf de Jongs Arm. »Ich bin mir sicher, das wird wieder.« Er orderte noch zwei Bier. »Wer ist denn der Kerl?«

»Zufällig mein Klient.«

»Ein Klient?«, wunderte sich Küppers. »Seit wann hast du Klienten? Hast du nicht immer gesagt, dass du lieber als Verkehrsschild arbeiten würdest, als privat zu schnüffeln?«

»Dabei bleibt es auch. Das hier ist nur ausnahmsweise. Ein Gefallen.«

»Weil der Mann ein Bekannter von Giulia ist?«

»Wenn er eben nur ein Bekannter wäre.«

Küppers schien eine Weile zu überlegen. »Na ja, aber immerhin hattet ihr doch eine tolle Zeit, oder nicht? Du und Giulia. Ich weiß noch, dass ich mir oft gewünscht habe: So sollte es zwischen mir und Millie auch mal laufen.«

»Jetzt kommt das wieder«, sagte de Jong und seufzte genervt.

»Was denn? Was kommt jetzt wieder?«

De Jong fühlte, wie sein Handy in der Tasche vibrierte. Er zog es hervor und drückte den Anrufer weg. »So gut wie du möchte ich es auch mal haben. Die alte Leier.«

Darauf wollte Küppers aber nicht eingehen. »Erst sagst du, ich quatsche dich voll, dass du mit deinem Kram gar nicht zu Wort kommst. Dann frage ich nach deinem Kram, und es ist auch wieder falsch.« In einer Geste der Ratlosigkeit kehrte er die Handflächen nach oben wie ein Priester, der die Gemeinde zum Gebet ruft.

»Na schön«, ruderte de Jong zurück. »Na schön. Du hast recht. Mit allem.«

Sie bekamen ihr neues Bier und stießen an. »Also, erzähl doch: Wie ist es denn so als Privatschnüffler?«, fragte Küppers.

Jetzt kam eine SMS. Der Exkommissar schaltete das Display ein. Eine Nachricht von Bühlow:

Tut mir leid, aber ich hatte gerade einen kleinen Disput mit dem Kollegen Merzenich. Er sagt, dass er dich für einen famosen (seine Wortwahl) Kerl hält, aber bittet sich trotzdem aus, dass du ihm im Hülsbrock-Kolleg nicht mehr dazwischenfunkst (auch seine Worte). Tut mir leid, aber danke jedenfalls für deine hilfreichen Anregungen in Sachen Waldemar. Wir telefonieren. Gruß, Achim.

De Jong steckte das Ding wieder ein und sah Küppers' fragenden Blick auf sich gerichtet. »Hat sich erübrigt«, sagte er.

25. Kapitel

Am nächsten Morgen, es war Freitag, waren noch zwei Nachrichten gekommen, aber de Jong widmete sich ihnen erst so gegen zehn, als er draußen an Deck beim Frühstück saß. Die erste stammte von Janwillem und war eine Textnachricht:

Hi Niklas, ich wollte dir nur Bescheid sagen, dass ich eben Sören am Telefon hatte. Er klang irgendwie seltsam – wie gesagt, er ist wohl immer noch sauer auf mich. Ich hab ihm gesagt, er sollte sich am besten stellen, aber davon will er nichts wissen. Also hab ich von dir erzählt und dass du ihm auf den Zahn fühlen würdest, wenn er sich nicht stellt. Aber er dann: dass wir ja noch sehen würden, wer hier wem auf den Zahn fühle. Tja, das wollte ich nur sagen, damit du vorgewarnt bist.

Vorgewarnt. Wer hier wem auf den Zahn fühlt. Als ob es hier um ein Symposium für Freunde der Zahnheilkunde ginge, dachte de Jong.

Die zweite Nachricht war eine SMS von Bühlow, der sich noch mal für seinen Kollegen Merzenich entschuldigte, was gar nicht nötig war. Und betonte, dass Merzenich inzwischen auch davon ausgehe, dass Waldemar irgendwie in den Fall verwickelt sei. Okay, schon wieder Waldemar. De Jong legte den Kopf in den Nacken, starrte hinauf in den knallblauben Frühlingshimmel und versuchte, die Bilder loszuwerden, die er kurz vor dem Aufwachen geträumt hatte: Waldemar, dessen lange, spinnendürre Nosferatu-Finger nach ihm griffen, de Jongs Schädeldecke abschraubten, als wäre sie der Deckel einer Kaffeedose, und das Hirn entnahmen.

Mit dem Spuk musste endlich Schluss sein. De Jong tippte eine Antwort an Bühlow:

Nett von dir, aber richte Merzenich aus, dass ich niemanden für geeigneter als ihn halte, diese Mordfälle aufzuklären, höchstens vielleicht Sherlock Holmes oder Inspektor Clouseau.

Dann holte er sein Fahrrad, hievte es von Bord und radelte nordwärts Richtung Greven.

* * *

Unterwegs atmete er den Frühlingsgeruch ein und genoss die Sonne auf seinem Gesicht, die, obwohl erst im Vorfrühling und noch am Vormittag, die Temperaturen schon deutlich über die Zwanzig-Grad-Marke schob. Er radelte vor sich hin, winkte entgegenkommenden Freizeitradlern zu und fühlte sich fast wie einer von ihnen, in Erwartung eines entspannten Ferientages – den Kopf frei von Gedanken an Waldemar oder den unsäglichen Meckelbeck.

Als das Handy in seiner Tasche vibrierte, bremste er allerdings abrupt, griff in seine Tasche und sah auf dem Display nach: unbekannte Rufnummer. Sofort musste er an Bühlow denken, den Waldemar auch unterwegs angerufen hatte und der jetzt im Krankenhaus lag; schon war die Freizeitlaune dahin. Noch bevor am Horizont die Ampelanlage in Sicht kam, die den Autoverkehr von der Bundesstraße in den Ort dirigierte, hatte ihn seine angespannte Genervtheit wieder im Griff.

De Jong steuerte nicht die Ems-Metropole an, sondern bog schon vorher nach Süden ab, in eine »Dorfbauerschaft«. Dorfbauerschaften waren Orte mitten im Münsterländischen Flachland, die auf den ersten Blick nicht zu erkennen waren, weil sie aus einigen wenigen einzelnen, abseits der Hauptstraßen verstreut gelegenen Höfen bestanden. Ihre Namen – jedenfalls schien das für hiesige Dorfbauerschaften unbedingt zu gelten – endeten in aller Regel auf die Silbe »trup«. Außer Guntrup gab es noch Maestrup und Fuestrup, Aldrup, Hüttrup und Pentrup – nicht mitgerechnet mutmaßliche »trups«, die noch gar nicht entdeckt waren.

Guntrup war winzig klein, verfügte aber immerhin über eine Hundeschule und eine Biogasanlage.

De Jong kurvte auf einem asphaltierten Landwirtschaftsweg um einen kleinen Hain aus krummen Eichen und Gestrüpp herum und erreichte kurz darauf das Domizil Terschellings, des vermeintlichen Entführungsopfers. Es war ein ehemaliger Bauernhof, kernsaniert und mit einer Doppelgarage an der Seite aufgestockt. De Jong parkte sein Rad neben einem Löwen aus Terrakotta, der den Kiesweg zur Haustür bewachte und einen beleidigten Schmollmund zog. Die Blumenbeete rechts und links vom Kies zierten blaue und silberne Aluminiumkugeln, die auf Stangen gesteckt waren. Es gab auch eine Sonne und einen pausbäckig grinsenden Mond, sodass der Exkommissar sich schon fragte, ob er hier eine maßstabgetreue Nachbildung des Sonnensystems vor sich habe. Aus einem der oberen Fenster drangen jammernde, fernöstlich anmutende Klänge, vermutlich Meditationsmusik.

De Jong betätigte die Klingel, ein schwerer Gong ertönte. Die Meditationsmusik verstummte, Schritte tappten eine Treppe herunter. Sekunden später öffnete eine junge Frau mit Lippenpiercing die Tür.

Sie trug sowohl das Haar als auch den Rock kurz, dazu ein weit ausgeschnittenes Top. Auf den zweiten Blick und aus der Nähe stellte sich die Vermutung ein, dass sie älter war, als ihr Outfit glauben machen wollte. Sie musterte de Jong mit einem fragenden Blick.

»Mein Name ist de Jong«, sagte de Jong. »Ich möchte gerne Herrn Terschelling sprechen.«

»Mein Mann ist aber nicht zu Hause.«

Wie weiter? Könnte es sein, dass er gekidnappt wurde?, wollte er fragen, und sie würde sagen: Genau. Wie haben Sie das erraten? »Wann erwarten Sie ihn denn zurück?«

Die Frau sah sich um, lehnte sich dann aus der Tür und warf einen Blick nach rechts und links. »Sind Sie von der Kripo?«, raunte sie.

De Jong wusste nicht, wie sie darauf kam, beschloss aber spontan, sie in dem Glauben zu belassen. Er deutete ein Nicken an und schob sich an Serafina vorbei ins Haus. Sie kam ihm nach, überholte ihn und ging voraus in ein geräumiges Wohnzimmer, das sich mit einer breiten Glasfront zur Gartenseite des Hauses öffnete. Der Garten war riesig, und mittendrin, umgeben von frischem, säuberlich gemähtem Rasen, glänzte die Wasseroberfläche eines Pools in der Sonne.

An einem rustikalen Holztisch saß ein Mann bei einer Tasse Tee. Ein schmächtiger Kerl mit einer hakenförmigen Nase. Die oberen Knöpfe seines bunt gemusterten Hemds waren offen und machten auf seine Brustbehaarung aufmerksam. Der Mann war schätzungsweise in Serafinas Alter, schien es im Gegensatz zu ihr aber darauf anzulegen, nicht jünger, sondern älter auszusehen: Das Haupt trug er kahl, und seine Kinnpartie umwucherte ein wilder, salafistisch anmutender Bart.

»Das ist Joshua, mein Yogalehrer«, stellte Serafina ihn vor.

Der Mann begrüßte ihn mit einem gnädigen Nicken.

»Die Frage war, wann Sie Ihren Mann zurückerwarten«, erinnerte de Jong.

Serafina nickte, trat an ein Regal und fischte aus einer Ablage einen Bogen Papier. Reichte ihn de Jong, der ihn entfaltete. »Das kam mit der Post.«

WIR HABEN IHREN MANN. ARNE TERSCHELLING. WENN SIE IHN LEBEND ZURÜCKHABEN WOLLEN, ZAHLEN SIE € 14.744,00. NUR WAS UNS ZUSTEHT. WARTEN SIE AUF WEITERE ANWEISUNGEN.

»Haben Sie die Polizei eingeschaltet?« De Jong hatte vergessen, dass er sich selbst als Polizei vorgestellt hatte.

»Nein«, sagte Serafina. »Deshalb frage ich mich auch, woher wissen Sie überhaupt ...«

De Jong ging darauf nicht ein. »Haben die Kidnapper Sie denn davor gewarnt, die Polizei einzuschalten?«

»Nein, jedenfalls nicht explizit.«

»Nicht explizit?«

»Na ja, man kann sich doch denken, dass sie nicht wollen, dass wir zur Polizei gehen«, mischte sich der

Mann mit dem Bart ein. »Das müssen sie nicht extra sagen. Sie wollen schließlich das Lösegeld und nicht geschnappt werden.«

»Klingt logisch«, gab de Jong zu. »Das heißt also, Sie warten hier einfach ab …«

»Da steht ja: Warten Sie auf weitere Anweisungen«, bestätigte Serafina.

»Und um das Geld zu übergeben, bräuchten wir wenigstens ein Übergabeprozedere«, fügte Joshua hinzu.

De Jong nickte. Das klang alles logisch. Was er allerdings vermisste, war Besorgnis. Anspannung. Angst um den Gekidnappten. Hier stand nirgendwo ein Koffer mit säuberlich gepackten Banknoten bereit, für den Fall, dass der entsprechende Anruf kam. Wenn die beiden überhaupt auf Anweisungen warteten, dann gelassen und ohne jeglichen Stress.

»Haben Sie eine Ahnung, wer dahinterstecken könnte?«, stellte de Jong die übliche Frage. »Hat Ihr Mann Feinde?«

»Ehrliche Antwort?« Serafina entließ einen langen Seufzer. »Ich habe keine Ahnung. Dazu kenne ich meinen Mann zu wenig.«

»Sie kennen ihn nicht?«

»Arne ist zwar mein Ehemann, aber eigentlich hat er dazu gar keine Zeit, verstehen Sie? Er ist vierundzwanzig Stunden am Tag beschäftigt. Der Tanztempel, seine Filmproduktionsfirma, Terschelling Commercials, sein Festival-Management – er steht ununterbrochen unter Dampf. Und zu allem Überfluss noch seine Insekten.«

»Insekten?«

»Ein Hobby«, erläuterte Joshua hilfsbereit. »Andere haben eine elektrische Eisenbahn oder sammeln Briefmarken. Er sammelt Insekten.«

»Es ist eine regelrechte Manie. Jede freie Minute, die ihm bleibt, verbringt er mit den Viechern.«

»Ein klassischer Fall von Beziehungsvermeidung«, steuerte der Yogalehrer fachmännisch bei.

»Da ist jedenfalls kein Platz für Eheleben«, sagte Serafina. »Wir teilen zwar das Bett, aber da läuft nichts, weil er ununterbrochen in die Tastatur seines Laptops hackt. Und in den Pausen schnappt er sich ein Buch über Krabbeltiere.« Sie schüttelte resigniert den Kopf. »Er war immer besessen, aber nicht von mir.« De Jong entging der vertraute Blick nicht, den sie während eines weiteren Seufzers mit Joshua austauschte, und ihr entging nicht, dass er ihn registriert hatte.

»Er war?«, wunderte sich der Exkommissar.

»In der letzten Zeit hat er sich stark verändert.« So wie sie das sagte, war es keine Veränderung zum Positiven gewesen. »Manchmal hatte ich den Eindruck, er sei nicht ganz bei sich. Dann redete er lateinisch … Ich nehme an, es war der Stress. Das Burnout.«

»Lateinisch?«

»Oder irgendeine andere fremde Sprache. Ich habe keine Ahnung. Vielleicht auch eine frei erfundene. Es war gespenstisch.« Erneut schickte sie einen Blick in Richtung Yogatrainer. »Joshua ist hier, um mich zu unterstützen«, beantwortete sie die Frage, die de Jong gar nicht gestellt hatte.

»Sie fürchten also nicht, dass Ihrem Mann etwas zugestoßen sein könnte?«, fragte de Jong.

»Natürlich machen wir uns Sorgen.« Joshua stellte seine Teetasse ab, stand vom Tisch auf und trat zu Serafina, legte einen Arm um sie. »Aber solange sie das Geld nicht haben, werden sie ihm schon nichts tun, nicht wahr?«

»Ich wüsste nicht, was ich ohne seinen Beistand täte«, erklärte Serafina und schmiegte sich an ihn.

De Jong blickte in den Garten hinaus. Auf die schier endlose, tadellos gepflegte Rasenfläche und den Swimmingpool, diese blau schimmernde Verlockung. Eine Oase des Luxus' am Rand einer piefigen westfälischen Dorfbauerschaft. Dass der Hausherr gekidnappt war, vermochte das Idyll nicht zu trüben. Das Gegenteil war der Fall: Es entspannte das Idyll. »Kennen Sie jemanden namens Sören Blauberg? Hat Herr Terschelling den Namen vielleicht mal erwähnt?«

In keinem der beiden Gesichter blitzte ein Wiedererkennen auf.

»Dann mach ich mich mal wieder auf den Weg«, sagte de Jong und wandte sich zum Gehen.

»Wie werden Sie in der Sache denn jetzt weiter verfahren?«, erkundigte sich Joshua, der ihm zur Tür folgte. »Die Kripo, meine ich.«

»Ex-Kripo«, sagte de Jong, »was mich betrifft.«

»Ex?« Joshua, der Yogalehrer, legte den Kopf schief, als hätte er sich verhört. »Sie sind also gar kein Kommissar?«

»Na ja, einmal Bulle, immer Bulle«, redete sich de Jong heraus. »So sagt man doch.«

Joshua fand das nicht komisch. Er schnaufte aufgebracht. »Aber … wie kommen Sie dann dazu, sich hier einzumischen, wenn ich fragen darf?«

»Nur so aus Interesse«, sagte de Jong vage. Er öffnete die Tür und trat nach draußen zum Terrakottalöwen. Es war gar kein Löwe, erkannte er jetzt, sondern irgendein Hund mit Boxerschnauze. Ein hässliches Ding aus dem Baumarkt.

»Er hat Sie geschickt, stimmt's?«, zischte der Mann mit dem Salafistenbart.

»Wer?«

»Arne. Er misstraut ihr schon lange. Wer weiß denn schon, wie dieser Mann tickt? Er sieht sie praktisch nie, und das führt dazu, dass er sie permanent verdächtigt, eine Affäre zu haben.«

»Und? Hat sie eine?«

»Das ist nicht der Punkt. Es ist sein Misstrauen, das alles zerstört. Die Unwahrhaftigkeit, verstehen Sie?« Der Yogalehrer trat einen Schritt auf de Jong zu und verströmte ein Duftgemisch aus Patschuli und Schweiß. »Sie ist wie schleichendes Gift in einer Zweierbeziehung. Der Mann steht doch vierundzwanzig Stunden am Tag unter Strom. Nimmt seiner Frau alle Luft zum Atmen. Sie ist eine blühende Blume, wissen Sie. Und sie welkt dahin, weil er ihr die Sonne nimmt. Das Wasser und die Nährstoffe. Er nimmt ihr alles.«

»Wie lyrisch«, lobte de Jong und dachte an Giulia und Ulf Meckelbeck, den Mann, der angeblich auf so beeindruckende und attraktive Weise über die Dinge hinter den Dingen sprechen konnte. »Dann kann sie ja von Glück sagen, dass sie Sie hat, nicht wahr?«, stichelte er.

»Ich höre da so einen Unterton«, sagte der Yogalehrer.

De Jong bestieg sein Rad und winkte zum Abschied. »Ich wünsche Ihnen beiden noch viel Erfolg beim Yogaunterricht.«

* * *

Kurz nachdem er losgefahren war, hielt er noch einmal an und schickte eine Textnachricht an Janwillem:

Falls sich dein Komikerkollege meldet, sag ihm, er soll sich das nächste Mal jemanden zum Kidnappen aussuchen, der dann auch von jemandem vermisst wird.

Was hältst du davon, wenn wir reden?, kam es zurück. *Ich bin jetzt hier. JW*

Der Exkommissar hielt nicht besonders viel davon, diesen Umweg zu fahren. Das würde ihn mindestens eine Dreiviertelstunde kosten. Andererseits zog der Frühlingstag momentan alle Register. Der wolkenlose Himmel und der Duft nach Wiesenblumen verlockten mehr als Terschellings riesiger Garten mit dem Pool, der in der Sonne blitzte. Es war eines dieser Wetter, denen man praktisch nichts abschlagen konnte. Und deshalb schwang de Jong sich auf sein Rad und nahm Kurs auf Wolbeck.

Ich dachte, weil wir ja eine Familie sind. Dieser Satz seines Bruders ging ihm durch den Kopf, während er dahinradelte. Eine Szene drängte sich in seine Erinnerung. Der Tag, als er Janwillem seinen Entschluss, zur Kripo zu gehen, mitgeteilt hatte. Und wie der sich darüber amüsiert hatte.

»Ausgerechnet Bulle. Das passt überhaupt nicht zu dir.«

»Wieso nicht?«

»Recht und Ordnung. Eherne Prinzipien. Du bist nicht spießig genug. Na ja, dachte ich jedenfalls bis jetzt.«

»Manchmal sind Prinzipien wichtig.«

»Mag sein. Bestimmt sogar, für Menschen, die keine Vision haben, die etwas brauchen, um sich daran festzuhalten.« Janwillems angewiderter Gesichtsausdruck machte klar, was er von diesen Menschen hielt. »Aber wenn du Künstler sein willst, musst du bereit sein, mit Prinzipien aufzuräumen. Sie zu überschreiten und mindestens infrage zu stellen. Vielleicht auch außer Kraft zu setzen.«

»Ich weiß«, sagte de Jong. »Da hast du dir ganz schön was vorgenommen.«

Dabei machte er sich erst heute, angesichts der moralisch einwandfreien Entführung Arne Terschellings, eine Vorstellung davon, wie sein Bruder das damals gemeint haben könnte.

Gegen fünfzehn Uhr stoppte er vor der rostrot verklinkerten Doppelhaushälfte. Der Nachbar von gegenüber, ein älterer Herr mit sehr kräftigem Körperbau, dessen Hose so tief hing, dass sie seinen gewaltigen Hintern nur zum Teil bedeckte, hob die Heckenschere zum Gruß. De Jong grüßte zurück.

Eine Frau öffnete, stutzte einen Moment und musterte ihn von oben bis unten. Dann schenkte sie ihm ein offenes Lächeln. »Du bist Niklas, stimmt's?«

»Ja, hallo.«

»Ich bin Wanda.« Sie reichte ihm die Hand. »Komm rein, freut mich, dich kennenzulernen.«

De Jong starrte sie mit großen Augen an. *Wenigstens etwas Festes.* Das Bild von einer grauen, verhuschten

Maus, die in der Zulassungsstelle Kfz-Scheine abstempelte, hatte sich so in ihm festgesetzt, dass er sich im ersten Moment geradezu weigerte zu akzeptieren, dass sie diejenige war, die zu sein sie behauptete: Vor ihm stand eine attraktive Frau von zierlicher Gestalt, die ihre rötliche Lockenmähne zu einem wilden Pferdeschwanz gebändigt hatte. Sie musterte ihn neugierig mit höchst lebendigen, sympathischen Augen.

»Du wolltest dich mit Janwillem treffen?«, vermutete sie, da de Jong immer noch kein Wort herausbekam.

»Genau, er hat mir eine SMS geschickt, und weil ich gerade in der Gegend war, dachte ich …«

»Tja, schade, aber er ist vor ein paar Minuten weg. Wichtiger Termin.«

»Ach«, sagte de Jong. Nicht nur, dass man ihn getäuscht hatte, was diese Wanda anging. Jetzt waren auch andere Termine wichtiger als er.

»Kann ich dir einen Tee anbieten? Oder Kaffee?«

»Danke, nicht nötig«, sagte de Jong. Aber sie war schon in die Küche vorausgegangen und hatte ihn nicht gehört. Also folgte er ihr notgedrungen hinein und bestellte einen Orangensaft.

»Soviel ich verstanden habe, geht es um die neue Band, die er gründen will«, erklärte sie. »Bestimmt hat er dir davon erzählt …«

»Nein, er hat mir von der alten erzählt. Mit der er in dem Tanzschuppen aufgetreten ist.«

»Ach das«, sagte sie. »Das war doch keine Band. Nur zwei Leute, die sich als Dick und Doof verkleidet haben. Er und …«

»Sören Blauberg.«

»Genau. Sie haben irgendwie Zoff und reden nicht mehr miteinander. Scheint was Ernstes zu sein. Dabei waren sie unzertrennlich, ich dachte manchmal: wie ein altes Ehepaar. Ich hoffe nur, dass er das dieses Mal besser wegsteckt.«

»Dieses Mal?«

Sie nickte. »Ich meine seinen Zusammenbruch damals. Das war doch, weil er keine Mitte hatte. Immer musste er der Beste sein. Immer auf dem ersten Platz.«

»Ach das«, sagte de Jong. Es war ihm plötzlich peinlich zuzugeben, dass er von einem Zusammenbruch zum ersten Mal hörte. »Eine schlimme Sache.«

»Er hat sich immerzu an anderen gemessen. Musste der Star sein.«

»Ja, genau«, sagte de Jong.

»Das hat ihn damals abgeschossen.« Wanda ging in die Küche und kehrte mit einer Tasse Kaffee zurück, die sie mit den Handflächen umschloss. »Aber nach der Therapie ist er zur Vernunft gekommen.«

»Gott sei Dank«, sagte de Jong.« Was denn für eine Therapie?«

»Dann heuerte er im Tanztempel an. Früher hätte er so was nie gemacht«, versicherte sie mit einem versonnenen Lächeln. »Aber ich glaube, das hat ihm richtig gutgetan. Auch dieses Haus hier. Janwillem konnte wieder schlafen und brauchte keine Medikamente mehr.«

»Aber jetzt ist das mit dem Tanztempel auch zu Ende«, sagte de Jong.

»Genau. Deswegen hoffe ich ja, dass er sich mit Sören doch irgendwie wieder zusammenrauft …«

In de Jongs Erinnerung kam plötzlich ein weiteres Stück ihrer gemeinsamen Vergangenheit ans Tageslicht. Das Endstück sozusagen, ein Anruf Janwillems; es war viele Jahre her, sie hatten damals schon seit Ewigkeiten keinen Kontakt mehr gehabt. Und dann rief er eines Nachts um halb zwei an. Er war angetrunken gewesen, seine Aussprache verwaschen. Aber de Jong hatte ihm gar nicht richtig zugehört, er war zu sehr mit Giulia und dem Ende der Beziehung beschäftigt gewesen. Was hatte Giulia über Janwillem gesagt: *Er hat es im Leben immer leicht gehabt. Aber dafür kann er nichts.* Stimmte das überhaupt? Hatte er es wirklich immer leicht gehabt? De Jong versuchte, in Janwillems Haut zu schlüpfen: Ich bin der Star. Alle haben das mitbekommen. Und deshalb erwarten alle von mir, dass ich genau das bin. Immer und überall. Schon im Kindergarten werde ich als kommendes Genie herumgereicht und bestaunt. Immer mit der Erwartung konfrontiert, meinen Weg zu machen, den ersten Platz einzuheimsen. Tja, und was dann? – Eines Tages hast du genug davon. Willst mal wie die anderen auf einer Bank herumsitzen und in die Luft starren, ohne dass gleich einer neben dir sitzt und mit dir ganz kurz den Tourneeplan durchgehen will.

De Jong trank den Orangensaft aus und stellte das leere Glas ab. Er erhob sich. »Danke, aber ich denke, ich muss jetzt mal los.« Er machte eine ungeschickte Geste mit dem Arm und untermalte sie mit einem ebenso ungeschickten Grinsen. »Schön, dass wir uns kennengelernt haben. Ich komme demnächst mal zu Besuch, wenn er auch da ist, okay?«

»Jederzeit gern«, sagte sie, überreichte ihm einen Zettel mit ihrer Handynummer, worauf er ihr seine gab. Sie folgte de Jong zur Tür. Sah ihm zu, wie er das Fahrrad aufschloss, aufstieg und startete.

Ein paar Meter legte er zurück, dann sah er sich geradezu zwanghaft um, weil er wissen musste, ob sie immer noch dastand und ihm hinterhersah. Er konnte sie nicht mehr entdecken, kam plötzlich ins Trudeln und wäre um ein Haar gegen ein parkendes Auto geknallt.

26. Kapitel

Fünfundzwanzig Minuten später kam er erneut ins Trudeln. Von der Wolbecker Straße war er auf den Kanalseitenweg abgebogen und radelte inzwischen nordwärts Richtung Warendorfer Straße. Landschaftlich eine reizvolle Alternative zum öden Weg durch die Stadt, wo man keine andere Wahl hatte, als auf engen Radwegen dahinzustrampeln, die nichts als rot angepinselte Bürgersteige waren. Aber bei dichtem Verkehr war auch die Kanalseite nicht ganz ohne Risiko zu befahren, jedenfalls wenn man, so wie de Jong, seinen Gedanken nachhing und die Angewohnheit hatte, genau auf der Kante der Grasnabe zu fahren, die recht steil zum Dortmund-Ems-Kanal abfiel. Es klingelte hinter ihm, er hörte das obligatorische »Pass doch auf, du Idiot!«, scherte im letzten Moment nach rechts und stoppte. Die Radfahrerin hinter ihm ging ebenfalls auf die Bremse.

»Ach, Sie sind das!« Es war Rabea Holm, die Frau mit dem widerspenstigen roten Haar. Ihr Lächeln war diesmal nicht widerspenstig, sondern wechselte zwischen Überraschung über das Wiedersehen und betretener Miene. »Tut mir leid, ich wusste ja nicht, dass …«

»Schon gut«, sagte de Jong. »Idiot passt. Ich war mit den Gedanken woanders.« Schon wieder, dachte er im selben Moment. Immer wenn wir uns über den Weg laufen.

»Jedenfalls hoffe ich, Sie halten mich nicht für grobschlächtig«, sagte sie.

De Jong schenkte ihr ein Lächeln und hoffte, dass es nicht als breites Grinsen rüberkam. »Als empathische Führungskraft muss man schließlich auch mal Klartext reden können, stimmt's?«

Erneutes Klingeln von hinten, dann eine Vollbremsung.

»Ich glaube, wir stehen im Weg«, sagte Rabea und schob ihr Rad auf die Grasfläche rechts vom Schotterweg. De Jong folgte ihr, und eine Weile gingen sie nebeneinander her.

»Der Empathiekurs mit Daponte hat inzwischen richtig Zulauf bekommen«, berichtete sie. »Er findet jetzt immer Montagabend statt. Aber dass ich eine Führungskraft bin, stimmt nicht so ganz …«

»Es stimmt nicht?«

»Ebenso wenig wie Ihre Geschichte vom E-Meal-Startup. Ich hab die IT-Branche erfunden, weil ich keinen verschrecken wollte. In Wirklichkeit bin ich immer noch Journalistin.«

»Das freut mich zu hören.«

»Investigative Journalistin. Ich arbeite an einem Feature über das Hülsbrock-Kolleg.«

»Verstehe«, sagte de Jong. »Etwas Salbungsvolles zum Vierzigjährigen?«

»Das hätten sie gern. Aber das ist langweilig. Ich interessiere mich für das, was hinter der Schokoladenseite steckt.«

»Deshalb waren Sie undercover unterwegs.«

»Sozusagen. Und nach all dem, was passiert ist …«

»Die Morde. Oder Selbstmorde.«

»Die und all das andere.«

De Jong wurde neugierig. »Das andere?«

Rabea machte eine alles umfassende Geste. »Der elitäre Anspruch: das Beste stets den Besten. Gewinnerstrategien für Gewinner.« Sie blieb stehen, er auch. »Und wie sieht die Realität aus?«

»Ja, wie?«, fragte de Jong neugierig. Er beobachtete eine Gruppe mutmaßlich Studierender, die direkt vor ihnen auf dem Gras eine Decke ausgebreitet hatten. Nahrungsmittel wie Bier aus Dosen und Donut-ähnliches Gebäck standen bereit, aber die Studierenden waren, jeder für sich, in die Welt ihrer Smartphones versunken.

»Verwöhnte Oberschichtzöglinge, die Ritter spielen und sich einbilden, das Hülsbrock-Kolleg sei so eine Art *Hogwarts*«, sagte Rabea Holm in einem abschätzigen Ton, der de Jong überraschte. »Die man nicht auf das Leben vorbereitet, was auch gar nicht notwendig ist, weil sie um dieses normale Leben herumkommen. Für sie ist alles nur ein banales Spiel, weil ihnen die brutale Realität eh nichts anhaben kann.«

»Na ja.« De Jong musste an seinen Halbbruder denken und an das, was Giulia über ihn gesagt hatte. »Dafür haben sie andere Dinge zu schultern. Empathielose Eltern, ständiger Sozialneid, Paparazzi.«

»Klar.« Rabea quittierte das mit einem sehr kritischen Blick und wischte seinen Einwand kopfschüttelnd beiseite. »Jaja, das berühmte Argument, dass Reichtum nicht glücklich macht.«

»Aber wissen Sie nicht mehr, dass eines der Hauptfächer, die am Hülsbrock-Kolleg unterrichtet werden, Unzufriedenheit ist?«

Sie zuckte mit den Schultern. »Was bedeutet?«

»Na ja, es scheint mir immerhin ein Anfang zu sein.«

»Ein Anfang von was?«, fragte Rabea in einem Ton, als wollte sie eigentlich sagen: Das kann doch wohl nicht Ihr Ernst sein.

»Jedenfalls ...«, entschloss er sich, das Thema zu wechseln, »möchte ich Ihren Artikel unbedingt lesen, wenn er fertig ist.«

»Sehr gern.« Das scheue Lächeln kehrte auf ihr Gesicht zurück, wie ein Vogel, der auf einem Baum in der Nähe gewartet hatte, bis die Luft rein war. »Aber es dauert noch eine Weile, bis er fertig ist.« Sie blieb stehen, weil sich der Weg gabelte, und deutete auf die Manfred-von-Richthofen-Straße, die vor ihnen den Kanal überquerte. »Ich muss jetzt hier rechts«, sagte sie und bestieg ihr Fahrrad.

»Vielleicht läuft man sich ja mal wieder über den Weg«, rief ihr de Jong nach. »Oder fährt.« Er war sich allerdings ziemlich sicher, dass sie ihn nicht mehr gehört hatte, so schnell, wie sie gestartet war.

Bevor er seinerseits losradelte, checkte er die Nachrichten auf seinem Smartphone, weil er sich erinnerte, dass genau in dem Moment, als er Rabea Holm getroffen hatte, eine Nachricht eingegangen war. Auf der Mailbox fand er einen Anruf von einem gewissen Herrn Nitsch vom Förderverein Gasometer Münster e. V., der um Rückruf bat, weil de Jong ihn seinerseits um einen Rückruf gebeten habe, was er hiermit tue. Stimmt, erinnerte sich der Exkommissar. Neulich im Sancho Pansa, als er auf Meckelbeck gewartet hatte. Er hatte diesen Nitsch gegoogelt und ihm dann eine Nachricht hinterlassen. Also schob er sein Rad zur nächsten freien Bank und tippte auf *Rückruf*.

* * *

Auf dem Alten Mädchen hielt er es eine halbe, vielleicht gerade mal eine Dreiviertelstunde aus. Holte die Gitarre hinter dem Sofa hervor und klimperte erst lustlos, dann mit wachsendem Unmut darauf herum. Weil sie sich totstellte, schräge, seelenlose Töne von sich gab und keinerlei Lust zu verspüren schien, mit ihm zu kommunizieren. Frustriert packte er das Instrument wieder weg, ging nach nebenan und hockte in der engen Küche. Die Fotos, die nicht mal kompromittierend waren, hatte er vor sich auf dem Tisch ausgebreitet wie eine Patience. Sah sich immer wieder jede einzelne Nuance von Giulias entspanntem Lächeln an. Von draußen schien die Nachmittagssonne golden herein, aber de Jong war nicht nach goldener Nachmittagssonne, also ließ er die Rollos herunter, um sie auszusperren. Knipste stattdessen das Licht an und starrte weiter auf die Fotos. Mehrmals nahm er sein Mobiltelefon in die Hand, um seinem »Klienten« zu simsen, dass er sich sein Geld sonst wo hinstecken könne und er, de Jong, ihm im Übrigen rate, den Abschiedsbrief auszufüllen und sich in die nächstbeste Badewanne zu begeben, um aus dem Leben zu scheiden, womit er nicht nur de Jong, sondern sicher auch vielen anderen einen Gefallen tun würde. Aber er schickte keine Nachricht ab, tippte sie alle nur aufs Display, um sie danach wieder zu löschen. Es war nicht nur das Honorar, das er dringend gebrauchen konnte und so leichtfertig ausschlug. Auch nicht die Genugtuung allein, die er Meckelbeck mit seinem Ausrasten nicht verschaffen wollte. Außerdem war es doch so, dass er sich selbst, wenn er den Kontakt zu Ulf Meckelbeck kappte, eines strategischen Vorteils beraubte. Von da an hätte er keinerlei Einfluss mehr auf das Geschehen zwischen Giulia und dem widerlichen Charmebolzen. Keine Karte mehr auf der Hand, die er ausspielen konnte.

Obwohl er es selbstredend für ausgeschlossen hielt, dass er überhaupt jemals noch mal eine Karte spielen wollte.

De Jong erhob sich ächzend und ging ins Badezimmer, trat vor den Spiegel und machte den Grimassen-Test. Mit verheerendem Ergebnis. Früher hatte es immer funktioniert: Manchmal dauerte es länger, manchmal gar nicht so lange – irgendwann hatte er es immer geschafft, sich mit selbst geschnittenen Grimassen eigenhändig zum Lachen zu bringen. Doch dieses Mal blieb sein Herz bleischwer und finster, mochten sich seine Gesichtsmuskeln auch noch so bemühen. Nicht einmal anfallsweise ein Lacher. Kein gutes Zeichen.

Schwer zu sagen, wie lange er sich seinem Selbstmitleid ergab. Sicher hatte er anfangs vorgehabt, den ganzen Abend darin zu verbringen, hier unten bei künstlichem Licht, als wäre es nicht Ende Mai, sondern Mitte Dezember. Aber irgendwann raffte er sich auf, weil er fand, dass er sich lange genug im depressiven Dunst gesuhlt hatte. Oder falls nicht, dass er dann wenigstens eine Pause brauchte. Also ging er von Bord.

* * *

Aristoteles war, wie so oft, bester Laune, obwohl im Restaurant tote Hose herrschte. Er pfiff irgendein Liedchen vor sich hin, sodass de Jong der Gedanke kam, er habe womöglich genau das gebraucht: die mediterrane Unbeschwertheit, das griechische Lebensgefühl. Aber dann stellte Aristoteles leider die falsche Frage: »Na, wie geht's denn der hübschen Gemahlin?«

»Wie oft hab ich dir schon gesagt, sie ist nicht meine Gemahlin?«, fauchte de Jong ihn an. »Überhaupt, was ist das für eine bescheuerte altmodische Art, jemanden als Gemahlin zu bezeichnen?«

Das Pfeifen war verstummt. Aristoteles verzog sich in die Küche und werkelte dort herum, kam aber schließlich an de Jongs Tisch und kredenzte ihm einen Teller mit Tsatsiki und einen mit Brot. »Du hast ja recht«, flötete er. »Wieso frage ich überhaupt? Wo ich doch weiß, wie es ihr geht.«

De Jong brauchte einen kurzen Moment, um misstrauisch zu werden. »Du weißt es? Woher? Was willst du damit sagen?«

Der Wirt war schon wieder davongeeilt, stoppte aber am Tresen, schnappte sich einen Stapel Speisekarten und begann, sie auf den Tischen zu verteilen.

»Hey, ich hab dich was gefragt.«

»Na, was schon? Dass sie neulich erst hier war.«

»Mit wem?«

»Hab ich gesagt, dass sie mit wem hier war?« Aristoteles schüttelte den Kopf, und de Jong war klar, dass er nur Wind machen wollte. »Also gut, sie war mit so einem gut aussehenden jungen Mann hier.«

De Jongs rechte Hand, die gerade Brot in den Tsatsiki tauchen wollte, erstarrte. Also doch nicht nur Wind.

»Wenngleich«, fügte der Grieche geheimnisvoll hinzu, »mir der Abend ein wenig von Zerwürfnis getrübt zu sein schien. Ich würde sogar fast sagen: stark getrübt.«

De Jong wollte ihm nicht auf den Leim gehen und bemühte sich um eine möglichst gleichgültige Miene, verdrückte in aller Ruhe seine Vorspeise; aber lange hielt er das nicht durch. »Was soll das denn, zum Teufel, heißen?«, platzte er schließlich heraus. »Von Zerwürfnis getrübt? Machst du das extra? Wieso kannst du dich nicht verständlich ausdrücken?«

Aristoteles schwieg betreten. Aber er war ein Profi und verfügte über jahrelange Erfahrung mit schwieriger Kundschaft. Die Türklingel ging, und Gäste betraten das Restaurant, Eltern mit zwei quengelnden Kindern. Aristoteles eilte zu ihnen, lieferte aber im Vorbeigehen ein Schnapsgläschen mit Ouzo an de Jongs Tisch ab und raunte: »Er ist nicht ihr Typ. Bleib cool.«

Woher wollte ausgerechnet Aristoteles das wissen? Was wusste der schon von Frauen? De Jong musste allerdings einräumen, dass der Grieche ihn schon oft mit seiner Beobachtungsgabe verblüfft hatte. Mit seinem Wissen um Dinge, die Menschen normalerweise nicht jedem erzählten. De Jong hatte keine Ahnung, wie er das hinbekam, und letztlich war auch egal, *woher* Aristoteles es wusste, Hauptsache, er *wusste* es.

De Jong kippte den Ouzo, spürte, wie sich in ihm die Wärme ausbreitete, und fühlte sich schon ein wenig besser. Er beschloss, noch etwas zu bleiben, vielleicht ließ der Wirt ja noch einen springen, und vielleicht fühlte er sich dadurch dann noch besser. Ihm kam die spontane

Idee, Rabea anzurufen und sie hierher zum Essen einzuladen. Sie hatte so eine Art, die ihn die vermaledeiten Fotos für einen Abend vergessen lassen konnte. Ja, am Ende war sie seiner Einschätzung nach die Einzige, die dazu in der Lage war. Er stellte sich vor, wie er und Rabea an diesem Tisch saßen und entspannt in eine Kamera lächelten. De Jong mit seinem gewinnenden und Rabea mit ihrem geheimnisvollen, widerspenstigen Lächeln. Und Janwillem, der dort stand, wo Aristoteles jetzt stand, Fotos machte und sie dann an Giulia weiterreichte. Wie Giulia die Fotos auf dem Display anstarrte und ihre Miene immer ernster wurde. Und wie sie dann, endlich, begriff und einsah, dass sie mit dem Mann von der Siegerstraße zu weit gegangen war.

»Na, die Welt ist doch klein, was?« Eine laute, weibliche Stimme direkt neben ihm riss ihn aus seinen Vergeltungsfantasien. »Der Herr Kommissar.«

De Jong wandte sich um und blickte in das freundliche Grinsen Dr. Hattkämpers, der Rechtsmedizinerin. »Exkommissar«, sagte er. »Ja, das ist relativ.«

Sie hängte eine giftgrüne Jacke, die zu ihrem Rock in der gleichen Farbe passte, über einen Stuhl und nahm, ohne weiter zu fragen, an de Jongs Tisch Platz, als wären sie verabredet. »Was ist relativ?«

»Wie klein die Welt ist. Planeten wie der Saturn zum Beispiel sind um ein Vielfaches größer, und das ist noch nicht mal der größte von allen …«

»Jaja.« Sie schnappte sich eines der beiden Ouzo-Gläser, die wie durch Zauberhand plötzlich auf dem Tisch standen, und ermunterte ihn mit einer Geste, mit ihr anzustoßen. »Auf Gimli, den Zwerg.«

»Auf Ulf, den Siegreichen.«

»Von dem höre ich jetzt aber zum ersten Mal.« In Hattkämpers Stimme klang ein wenig Mitgefühl, aber hauptsächlich Neugier.

»Das ist eine lange Geschichte.« De Jong stellte das leere Glas auf den Tisch. »Aber keine, die sich zu erzählen lohnt. Wie steht's denn mit Ihrem Ex?«

»Ach, wissen Sie, de Jong, ich sage mir einfach: Reisende soll man nicht aufhalten. Wie sehen Sie das?«

»Kommt drauf an«, sagte de Jong, der immer noch in seiner mürrischen Stimmung verharrte. »Wenn man zum Beispiel wüsste, dass die Reise in den sicheren Untergang geht, wäre es vielleicht doch angebracht, sie aufzuhalten ...« Dann dachte er an Meckelbeck und nickte. »Aber bestimmt haben Sie recht.«

»Übrigens hab ich noch mal über Ihre Selbstmordserie nachgedacht.«

»Sehr aufmerksam von Ihnen«, wehrte er ab, »aber danke.«

»Na ja, inzwischen habe ich das dritte Opfer auf dem Tisch gehabt.«

»Ich bin aber gar nicht mehr an dem Fall dran«, sagte de Jong. »War es eigentlich auch nie. Also was halten Sie davon, wenn wir über interessantere Dinge sprechen.«

»Trotzdem.« Dr. Hattkämper wollte das, was sie auf dem Herzen hatte, offenbar auf jeden Fall loswerden. »Rechtsmedizinisch sind es zwar ziemlich eindeutige Selbstmorde, aber man glaubt jetzt nicht mehr dran, verstehen Sie? Nach dem dritten Mal ist man misstrauisch geworden. Drei sind einfach zu viel.«

»Meine Rede«, sagte de Jong. »Aber klären Sie das besser mit Hauptkommissar Merzenich. Er ist zuständig.«

Die Rechtsmedizinerin ruderte mit einem Arm, worauf Aristoteles heraneilte und ihre Bestellung aufnahm. Hähnchengeschnetzeltes mit Ofenkartoffeln. De Jong orderte ein Bier.

»Es könnten natürlich geschickt getarnte Morde sein«, dachte Hattkämper weiter laut nach, während der Wirt in Richtung Küche entschwand. »Nur eben wie? Überaus geschickt, sodass es praktisch keine Spuren gibt.«

»Es gibt immer Spuren«, beharrte de Jong lustlos. »Selbst bei Boerne und Thiel. Keine Spuren geht gar nicht.«

»Die Lösung könnte sein, dass der Mord quasi im beiderseitigen Einverständnis geschah.«

»Wie sollte das denn vonstattengehen?«

»Also: Der Mörder sucht seine Opfer zur Tatzeit auf, er stellt für sie keine Gefahr da, im Gegenteil. Weil er als Besucher kommt. Den Medikamentencocktail hat er schon dabei und flößt ihnen den irgendwie ein – sie trinken ihn jedenfalls arglos.« Während sie ihre Theorie entwickelte, malte die Rechtsmedizinerin mit dem Finger auf der Tischplatte, als ob sie sich Notizen machte. »Frau Trudeau legt er anschließend sogar in die Badewanne. Und dann schafft er es, wieder zu gehen, ohne Spuren zu hinterlassen. Alles deutet somit auf Suizid.«

Das war auch schon Bühlows Theorie gewesen. »Aber genau dafür scheidet Waldemar als Täter doch aus«, wandte de Jong ein. »Er stand mit allen Opfern auf Kriegsfuß, keiner von ihnen hätte ihn als Gast begrüßt, ihm einen Wein kredenzt oder auch nur irgendetwas im beiderseitigen Einvernehmen getan.« De Jong ärgerte es, schon wieder über Waldemar zu reden. Wie schaffte dieser Kerl es nur, immerzu in aller Munde zu sein?

»Der Punkt geht an Sie«, räumte Dr. Hattkämper ein. »Und selbst wenn er das hingekriegt hätte, wozu sollte er einen solchen Aufwand treiben, keine Spuren zu hinterlassen, wenn er sowieso vorhat, die Taten später zu gestehen?«

»Der Mann weiß genau, dass ihm keiner glaubt«, sagte de Jong. »Und irgendwas Hanebüchenes zu behaupten, ist schließlich nicht verboten. Einen Mord zu gestehen, ist nicht verboten.«

»In dem Fall, dass man ihn begangen hat«, wandte Hattkämper ein, »ist man zum Geständnis allerdings gesetzlich verpflichtet.«

»Was er macht, ist, Todesfälle zu kapern und sie zu einer Art Promotion-Maßnahme für seine abstruse Theorie von der dunklen Energie zu funktionalisieren. Nehmen Sie doch seinen ersten Streich: den ›Mord‹ an Starnberg. Jemand stürzt sich im Gasometer zu Tode. Waldemar hebt die Hand und sagt: ›Ich war's.‹«

»Von der Sache hab ich gehört.« Hattkämper nahm ihr Geschnetzeltes entgegen und machte sich gleich daran, es mitsamt den Ofenkartoffeln zu einer Pampe zu vermischen. »Man hat sich damals auf Selbstmord geeinigt, obwohl es ja diesen Zeugen gab, der hätte schwören können, dass er nicht nur Starnberg auf dem Gerüst gesehen hat, sondern auch noch eine andere Person.«

»Es gab einen Zeugen? Davon weiß ich nichts. Und was für eine Person?«

»Keine Ahnung. Eine andere. Waldemar war's jedenfalls nicht, weil der brauchte ja nicht anwesend zu sein, um als Täter infrage zu kommen.«

De Jong schüttelte den Kopf. *Er schafft es irgendwie, dass man dran glaubt. Dass man glaubt, dass er das kann. Und dann – wenn man dran glaubt, hat er leichtes Spiel.* Marianna Brühls Worte. »Man darf eben nur nicht dran glauben«, murmelte er.

»Glauben?« Dr. Hattkämper stellte das Kauen ein. »Woran?«

»An diese angeblichen Fähigkeiten Waldemars. Hauptkommissar Bühlow ist ihm auch schon auf den Leim gegangen.«

»Tja, wie heißt es so schön: ›Selig, die nicht sehen und doch glauben‹, was?«

De Jong wartete auf das spöttische Grinsen auf ihrem Gesicht, aber es kam nicht. Was ihn irritierte. Er betrachtete Hattkämper mit einem mulmigen Gefühl. Schwer zu sagen, was das Gefühl verursachte. Die Art, wie sie ihr Geschnetzeltes mit Ofenkartoffeln verschlang, so als hätte sie die letzten zwei Wochen auf einer einsamen Insel verbracht, auf der es weder Geschnetzeltes noch Ofenkartoffeln gab. Aber da war noch etwas anderes, oder besser: Es war nicht da. Er vermisste etwas: ihre gewohnte Kaltschnäuzigkeit. Die schien wie weggewischt zu sein. Das mit dem Sehen und Glauben hatte für ihre Verhältnisse geradezu salbungsvoll geklungen. Ehrfürchtig. »Das war jetzt gerade nicht als Scherz gemeint?«, vergewisserte er sich vorsichtig.

Frau Hattkämper beugte sich über den Tisch zu ihm. Ein irgendwie staubtrockenes, jedoch durchaus anregendes Parfum wehte ihn an. »In den Siebzigerjahren gab es in den USA eine Studie«, sagte sie. »Man wollte herausfinden, ob schlechte oder gute Gedanken etwas

Reales bewirken können. Wir wünschen jemandem Glück, wenn er vor einer entscheidenden Prüfung steht oder einem Tag der Entscheidung. Drücken ihm die Daumen, denken an ihn. Hilft das wirklich? Und wenn mehrere Leute gleichzeitig die Daumen drücken, ist der Effekt größer? Ab wie viel Leuten ist er messbar? Das Gleiche gilt natürlich auch für schlechte Gedanken. Inwiefern können sie dem Adressaten Schaden zufügen?«

»Die Amis und ihre Studien«, sagte de Jong kopfschüttelnd.

»Soviel ich weiß, hat sie auch nicht viel Messbares ergeben. Was aber diejenigen, die an solche Wirkungszusammenhänge glauben, nicht davon abgehalten hat zu behaupten, dass es nur daran lag, dass die Messmethoden falsch waren.« Hattkämper schob ihren leeren Teller in die Mitte des Tisches. »Wissen Sie, was ich an Ihrer Stelle tun würde?«

De Jong wollte es eigentlich nicht wissen.

»Ich würde recherchieren, ob es weltweit vergleichbare Fälle gibt. Fälle, bei denen jemand seine Opfer mit mentaler Kraft in den Selbstmord dirigiert hat. Erst neulich kam eine Doku im Fernsehen von einem, der das angeblich geschafft hat. Nur angeblich, aber immerhin. Dann könnte man daraus vielleicht eine Mordanklage gegen unseren Voldemort stricken.«

De Jong weigerte sich zu glauben, was er da hörte. Und als die Rechtsmedizinerin den Exkommissar bat, sie kurz zu entschuldigen, weil sie »für kleine Mädchen« müsse, und mit ihrer Handtasche die Toiletten ansteuerte, saß er da und schüttelte den Kopf. Dr. Hattkämper war so ziemlich die abgebrühteste, kaltschnäuzigste und bodenständigste Frau, die er kannte. Und dass jetzt ausgerechnet auch noch sie, als letztes Bollwerk des kritischen Rationalismus, mit einem Bein in Waldemars Spinnennetz strampelte und vom nicht Sehen und doch Glauben faselte …

Dabei bin ich wohl der letzte, der sich darüber beklagen sollte, dachte er. Ich bin es doch, der sich – seit wie lange – am Grundton des eigenen Selbstmitleids labt. Und je mehr ich mich labe und je süßer dieser Weltschmerz schmeckt, desto anfälliger werde ich für solcherart esoterische Abstrusitäten.

Als Hattkämper wieder an den Tisch zurückkehrte, hatte er sich zu einer Entscheidung durchgerungen. Ulf Meckelbeck war die längste Zeit sein Klient gewesen. Dennoch würde er diese sogenannten Selbstmordfälle so aufklären, wie es sich für einen Profi gehörte. Und sei es nur, um ein für alle Mal Waldemars Bann zu brechen. So wie Dr. van Helsing sich ermannt hatte, in Graf Draculas Grabkammer einzudringen und einen Holzpflock durch sein Herz zu treiben, um das Böse zu beenden. Nicht für seinen angeblichen Klienten würde er dies tun, sondern in eigener Sache. Im Interesse der Wahrheit und nichts als der Wahrheit.

»Da unten ist das Licht ausgefallen«, murrte Dr. Hattkämper, während sie sich mitsamt ihrem Stuhl wieder an den Tisch schob. »Wie soll man bloß pinkeln, wenn man nichts sehen kann?«

»Selig, die nichts sehen und doch glauben«, meinte de Jong.

27. Kapitel

Rudi Nitsch vom Förderverein Gasometer Münster e.V. hatte zurückgerufen, weil de Jong um Rückruf gebeten hatte. Er hatte de Jong aber nicht erreicht, sodass diesem nichts anderes übrig geblieben war, als seinerseits zurückzurufen. Und so hatten sie sich für den Samstagmorgen um zehn verabredet.

Es war ein strahlender Frühlingsmorgen, de Jong stand vor dem riesigen, kreisrunden Stahlgerüst, das in den tiefblauen Himmel hinaufragte. Treppen in Gelb, die hinauf zu den Umläufen führten, luftige Rundläufe unter freiem Himmel in einem in Orange leuchtenden, riesenhaften Klettergerüst. Nebenan brandete der Autoverkehr vorbei, abwechselnd auf dem Albersloher Weg und auf der Umgehungsstraße.

Nitsch war ein ziemlich kleiner Kerl mit einem freundlichen Gesicht, das von elefantenartigen Segelohren eingerahmt wurde. In seinem fleckigen, grünen Parka musste er bei den sommerlichen Temperaturen ordentlich schwitzen. Er wirkte ein bisschen enttäuscht, weil er sich wohl darauf gefreut hatte, mit de Jong eine kleine Führung zu veranstalten, aber als sich der Exkommissar stattdessen nach dem Selbstmord erkundigte, kam er doch ins Plaudern. Nitsch berichtete wortreich, dass er Starnberg damals höchstpersönlich willkommen geheißen habe. »Genau hier, wo wir jetzt stehen.« Und dass er auch keine Führung gewollt habe.

»Machte er auf Sie einen lebensmüden Eindruck?«

»Ach, wissense, wer steckt da schon drin?« Nitschs Stirn kräuselte sich nachdenklich. »Der Mann war jedenfalls irgendwie angespannt. Anstatt die Aussicht zu genießen, er immer: In Bayern gibt es Berge, die sind zehnmal höher.«

»Stimmt ja auch.«

»Kennen Sie diese Typen, die am Roulette-Tisch immer gewinnen und sich trotzdem kein bisschen drüber freuen? So einer war der. Dabei hat er die ganze Zeit rumgeprahlt. FC-Bayern-mäßig. Dat Geld immer noch die meisten Tore schießt. So in der Art. Aber mal ehrlich, das ist doch kein Grund, sich umzubringen.«

»Der Mann war also nicht lebensmüde«, rekapitulierte de Jong. »Und hat sich trotzdem da heruntergestürzt?«

»Nee, eben nicht. Ich kann's ja nicht beschwören, weil ich nicht dabei war. Aber wennse mich fragen: Der hat sich nicht gestürzt. Er ist ausgerutscht.«

»Es war ein Unfall?«

»Was anderes hab ich den Bullen auch nicht erzählt. Aber guckense mal.« Nitsch legte den Kopf in den Nacken und reckte seinen kurzen Arm in den Himmel. »Auf den Rundläufen und den Abstiegen, egal wo – nirgendwo ein Zentimeter ohne Geländer, sehense? Da haben die sich gesagt: Dat kann kein Unfall sein. War's aber doch.«

»Sie meinen, er ist abgestürzt?« De Jong sah auch hinauf und blinzelte gegen die Sonne. »Trotz der Geländer?«

»Das täuscht. Wenn et nieselt und nass ist, sind Sie mir nichts dir nichts ausgerutscht. Und wenn du Pech hast, flutschst du da durch, und es geht bergab. Tatsache.« Der Mann vom Förderverein zuckte mit den Schultern. »Aber was macht dat überhaupt für einen Unterschied? Tot ist tot.«

»Na ja«, erhob de Jong mit einem skeptischen Unterton vagen Einspruch.

Rudi Nitsch schob die Hände in die Taschen und sah noch kleiner aus, zwergenhaft geradezu. »Na ja was?«

»Es ist so, dass jemand behauptet, er hätte Starnberg zum Selbstmord quasi gezwungen. Oder zum Unfall, je nachdem.«

»Und wie will er dat gemacht haben? Mit Voodoo oder wie?«

»So ähnlich.«

Rudi Nitsch legte den Kopf schief; er schien zu überlegen. Schließlich schüttelte er entschieden den Kopf, mit dem Gestus eines Experten, der sich auf diesem Gebiet besonders gut auskennt. »Wennse mich fragen: So wat funktioniert doch nur mit Einbildung.«

»Einbildung? Dass jemand sich nur einbildet, tot zu sein?«

»Nee, ich meine, der vom Voodoo Verhexte bildet sich ein, verhext zu sein. Und der Verhexer bildet sich ein, jemanden verhext zu haben. Umgekehrt: Wenn keiner sich was einbildet, passiert gar nichts, so einfach is dat.«

»Wenn Sie meinen«, sagte de Jong, musste aber zugeben, dass der Wächter des Gasometers den Punkt ziemlich genau getroffen hatte.

»Natürlich könnte es auch sein«, schwadronierte Nitsch weiter, »dat Starnberg damals dem alten Woltering begegnet ist.«

Ein paar Sekunden vergingen, bis de Jong sich fragte, wer damit wohl gemeint sei. »Dem alten Woltering?«

»Der hat hier immer nach dem Rechten gesehen. Regelmäßig die Anlage gecheckt. Und eines Tages ist er abgestürzt. Tja, so wat passiert. Ich sach ja.«

»Sie meinen, dem ist es genauso ergangen wie Starnberg?«

»So ungefähr. Nur dat Woltering immer noch hier rumspukt. Sagen die Leute jedenfalls. Wie dat so is: Es gibt eben Sachen, die sieht man vor sich, obwohl es sie gar nicht gibt.«

De Jong legte den Kopf in den Nacken und sah wieder hinauf. »Da oben kann man bestimmt weit gucken.«

»Klar, und wie. Kommense doch mal vorbei, dann führe ich Sie rum. Aber suchense sich einen Tag aus, an dem das Wetter so ist wie heute.«

»Weiß nicht. So hoch, das ist nichts für mich. Höhenangst.«

»Na ja, rufense mich einfach an.«

Wenn keiner sich was einbildet, passiert gar nichts, so einfach is dat. Nachdem de Jong der Satz zum dritten Mal durch den Kopf gegangen war, hatte er das Gefühl, allmählich wieder zu sich zu kommen. Ein gutes Gefühl. Als wäre er tagelang durch einen dunklen Keller geirrt, und dann hätte jemand das Licht angeknipst und jetzt erst wäre ihm aufgegangen, dass er sich überhaupt in einem Keller befand. Oder als wäre er nach einer Ewigkeit unter Wasser mit angehaltenem Atem endlich wieder aufgetaucht. Der kleine Mann hatte es auf den Punkt gebracht. Es war wirklich einfach – eine Selbstverständlichkeit, die für diesen mysteriösen Woltering ebenso galt wie für Waldemar. Das brachte de Jong auf eine Idee. Er würde den Waldemar-Spuk beenden. Dafür brauchte er Bühlows Hilfe.

* * *

»Wie kommst du denn darauf?!« Die Stimme des Hauptkommissars am Telefon klang höher als sonst. Genervt. Empört vielleicht sogar.

»Wie ich darauf komme? Es war deine Idee, Achim. Den Kerl in die Zange nehmen, weißt du nicht mehr? Damit er endlich seine Klappe hält. Damit er Ruhe gibt.«

»Das soll ich gesagt haben?«

»Ganz genau. Und ich finde, das ist kein schlechter Plan.«

»Aber wie denkst du dir das denn konkret?«

»Na ja, du kannst ihn natürlich nicht wirklich in die Zange nehmen. Das ist ein bildlicher Ausdruck dafür, dass du ihn festnimmst.«

»Aber das kann ich nicht. Nicht ohne Haftbefehl. Wie denkst du dir das? Das hier ist Münster und nicht Minsk.«

»War auch nur so ein Gedanke«, räumte de Jong ein. »Minsk und Münster, das ist natürlich ein Riesenunterschied.«

Vom anderen Ende kam ein unwilliges Schnaufen. »Wieso hab ich bloß dieses Gefühl?«

»Welches?«

»Ein Gefühl von Scheinheiligkeit. Zum Beispiel weil du mir vorspielst, als wäre dir dieser Riesenunterschied erst heute klar geworden?«

»Nein, das muss ich dir nicht vorspielen. Aber mal was anderes: Kannst du mir dein Auto leihen?«

»Was willst du denn damit?«

»Na, was will man denn mit einem Auto? Jetzt komm schon, immer auf dem Fahrrad hocken an der frischen Luft ist auch nicht gesund.«

Am Nachmittag gegen vier holte de Jong Bühlows Fiat am Staufenplatz ab. Erneut versuchte der Hauptkommissar zu erfahren, wozu de Jong den Wagen auslieh, und de Jong weigerte sich erneut, damit herauszurücken. Wenn er Bühlow einweihte, konnte er die Sache gleich vergessen. Dann würde der junge Hauptkommissar wieder von Minsk anfangen und von Methoden, die man vielleicht in Chicago anwandte, aber nicht in der westfälischen Mustermetropole, die einem uralten Spruch zufolge nicht mal halb so groß war wie der dortige Zentralfriedhof, aber doppelt so tot.

Der Punkt war folgender: Waldemar wusste zwar, dass de Jong Bulle war, aber ausgerechnet ihn hatte de Jong nie dahingehend korrigiert, dass er *ehemaliger* Bulle war, so wie er es sonst bei allen zu tun pflegte. Reiner Zufall. Aber darin sah er jetzt seine Chance.

Natürlich hätte er sich auch eingestehen können, dass das aufklärerische Gehabe und das Agieren im Dienste der Wahrheit und nichts als der Wahrheit eine aufgesetzte, selbstgerechte Attitüde war. Dass es in Wirklichkeit vor allem darum ging, dass de Jong noch eine Rechnung mit Waldemar offen hatte. Jenes unwürdige

Theater, das der Möchtegernguru mit ihm vor seiner versammelten *Dark-Energy*-Gemeinde veranstaltet hatte, konnte er nicht vergessen. Um deutlich zu werden: Wäre er ehrlich gewesen, hätte er zugegeben, dass es eigentlich nur darum ging. Wenn auch für die Wahrheit nicht übermäßig viel herausspringen würde, brannte de Jong doch darauf zu sehen, wie das breite und überhebliche Gurugrinsen in der unschön proportionierten Visage in sich zusammenfiel.

28. Kapitel

Amelsbüren, obwohl schon lange eingemeindet, weigerte sich immer noch, ein Stadtteil zu sein. Stolz klammerte es sich an seinen Dorfstatus. Offiziell mochte es sich im einundzwanzigsten Jahrhundert befinden, aber insgeheim träumte es davon, ein Ort zu sein, an dem die Uhren noch anders gingen, wenn nicht sogar stehen geblieben waren, und an dem man die gute alte Zeit schätzte, in der man die Kirche noch im Dorf ließ.

Hier und da allerdings hatte die moderne Zeit Einzug gehalten, sich unbemerkt durch die Hintertür eingeschlichen, ohne dabei viel Aufhebens von sich zu machen. Am nördlichen Rand des beschaulichen Dörfchens beispielsweise, wo Tag und Nacht der Fernverkehr auf der A43 vorüberdonnerte, hatte sich das größte Labor für Tierversuche in ganz Europa breitgemacht – ein beachtlicher Superlativ, den man dem stillen Örtchen gar nicht zugetraut hätte, den man dort allerdings auch nicht allzu gern an die große Glocke hängte. Aber das war noch nicht alles: Amelsbüren beherbergte ein weiteres obskures Institut, auf das diskrete, wenn auch selbstgedruckte Schilder im Ortskern hinwiesen: das WINPAK – *Westfälisches Institut für Parakosmologie*.

De Jong folgte den Schildern und wurde durch den Ortskern hindurch, wieder hinaus und dann Richtung Südwesten geleitet. Er überquerte eine Bahnlinie und fuhr eine Weile über plattes Land. Wollte schon aufgeben und wieder umkehren, als er ein weiteres selbstgedrucktes Schild bemerkte: *WINPAK 200 m. rechts.*

Kurz darauf bog er im Schritttempo in eine Zufahrt aus festgestampftem Lehm und groben Steinen, die ihn um eine leere Pferdekoppel herumführte. Hinter einem windschiefen Gebäude, das ein Schuppen oder auch eine Garage sein konnte, wies ihn ein weiteres Pappschild in einen Innenhof, der von zwei lang gestreckten Fachwerkhäusern gesäumt wurde. De Jong stoppte. Das alles hier war mal ein Bauernhof gewesen. Aber der Geruch nach Landwirtschaft im Allgemeinen und Kühen und Schweinen im Besonderen war verschwunden; die Gebäude waren renoviert, und neben der Haustür zur Linken prankte ein Schild, dieses Mal keins aus Pappe, sondern aus Plexiglas mit schwarzer Druckschrift: *Westfälisches Institut für Parakosmologie. Anmeldung.*

De Jong stieg aus und rüttelte an der Tür. Abgeschlossen. Er klopfte. Niemand zu Hause. Auch im anderen Gebäude – vermutlich Waldemars Privatbereich – regte sich nichts. Der Exkommissar zog sein Handy hervor und überlegte, den Guru anzurufen, aber dazu müsste er im Hülsbrock-Kolleg um die Nummer bitten. Schließlich ließ er es sein, vor allem, weil er den Überraschungseffekt brauchte.

Inzwischen war es kurz nach siebzehn Uhr. De Jong beschloss, zurück ins Dorf zu fahren und sich Pommes zu leisten.

Eine gute Viertelstunde später lungerte er an einem Plastiktisch draußen vor einer Pommesbude mitten in Amelsbüren herum und fingerte frittierte Kartoffelstäbchen aus einer Plastikschale, die unter einem Riesenklecks Majo erstickt waren. Er sah gestressten Eltern dabei zu, wie sie nach dem Einkaufsbummel ihre Kinder zum geparkten Auto schleiften, Hundebesitzern, die ihren Vierbeinern mit erhobenem Zeigefinger Befehle erteilten und sie anschließend mit einem Leckerchen bestachen. Eine junge Frau, die mit einem Headset minutenlang an einer Fußgängerampel verharrte, die Straße aber nicht überquerte, weil sie erregt telefonierte.

Sein Smartphone meldete eine eingegangene Nachricht. De Jong sah nach: Sie stammte von Wanda und bestand aus einem Link, den er neugierig anklickte.

Auf dem Display erschien ein YouTube-Video: zwei Männer in dunklen, altertümlich wirkenden Anzügen auf einer Bühne. Einer groß und etwas rundlich, der andere gertenschlank. Janwillem. Ja, das war er in der Rolle des Stan Laurel. De Jong sah die beiden auf der eher schäbigen Bühne agieren und fand, dass sie ihre Sache nicht schlecht machten. Nicht schlecht für einen, dem geweissagt worden war, dass er einst der neue Keith Jarrett sein würde. Wie tief konnte man sinken: Jetzt war es nicht die Carnegiehall geworden, stattdessen hüpfte Janwillem auf einer Provinzbühne und blödelte herum, zum Gekicher alter, alleinstehender Damen …

Er beendete das Video.

Inzwischen stand die Sonne schon deutlich tiefer. De Jong zahlte die Pommes, kehrte zum Auto zurück und fuhr zum parakosmologischen Institut. Dort wartete er und sah der Sonne beim Untergehen zu. Währenddessen lud er noch einmal das Video und sah es bis zum Ende an. Und ihm wurde klar: dass man nicht tiefer sinken könne, als alte Damen zum Kichern zu bringen – das war gar nicht er, de Jong, der das dachte. Wenn überhaupt, dann war es sein Vater oder seinetwegen auch Herr Rodes. Denn es war nicht zu übersehen, dass die beiden auf der Provinzbühne ihre Sache nicht nur nicht schlecht machten; sie waren brillant! Janwillem wirkte wie in seinem Element. Seine Gesten und Bewegungen, die Grimassen, die er schnitt – sie wirkten lässig und entspannt. Und sie passten perfekt zu denen seines Kollegen. Die beiden waren ein eingespieltes Team.

Endlich näherte sich ein Wagen im Schritttempo über den Feldweg, bog in den Hof ein und kam hinter seinem zum Stehen. Jemand stieg aus. De Jong verlor keine Zeit. Er steckte sein Handy wieder ein, verließ Bühlows Wagen und trat dem Mann mit dem langen Gesicht entgegen. »Kripo Münster«, sagte er.

Waldemars Mund verzog sich wie in Zeitlupe zu einem gehässigen Na-wen-haben-wir-denn-da-Grinsen.

Aber de Jong wartete nicht, bis sich das Grinsen entfaltet hatte. Seine neue Taktik war die Überrumpelung. »Ich nehme Sie fest wegen vorsätzlichen Mordes«, erklärte er, packte den Guru am Arm und verfrachtete ihn, während dessen Lächeln in perplexer Begriffsstutzigkeit erstarrte, ins Auto. Mit der emotionslosen Stimme eines Flugbegleiters, der die Sicherheitsbestimmungen herunterleiert, belehrte er seinen Fahrgast über dessen Rechte. Dann legte er den Rückwärtsgang ein und wendete. Waldemar leistete keinen Widerstand, so überrascht war er.

Und de Jong war's zufrieden: Der erste Punkt ging schon mal an ihn. Zum ersten Mal erlebte er den egomanen Guru fassungslos. Kopfschüttelnd saß der Parakosmologe auf dem Rücksitz und sagte nichts. Kein überhebliches Grinsen. Nur irritiertes Kopfschütteln. De Jong sauste los, nahm nicht Kurs auf Münster, sondern fuhr in die Gegenrichtung, weiter Richtung Süden. Niemand kam ihm entgegen. Er schaltete das Fernlicht ein.

»Wohin reisen wir, wenn man fragen darf?«, erkundigte sich Waldemar, als er sich wieder gefangen hatte.

De Jong beschloss, nicht zu antworten.

»Sie können gar nichts beweisen«, kam es von hinten – es klang fast wie eine Frage, so als wäre Waldemar sich nicht ganz sicher.

»Brauchen wir auch erst mal nicht«, sagte de Jong. »Wir haben ja Ihr Geständnis. Oder wollen Sie das jetzt doch wieder zurücknehmen?«

Ein schnaufendes, ungläubiges Lachen. »Das reicht nie und nimmer.«

»Heißt das, Sie plädieren auf nicht schuldig? Jetzt auf einmal?«

Der andere schwieg verbissen. Inzwischen hatten sie Ascheberg erreicht. De Jong fuhr auf die A1 in Richtung Münster. Es blieb nicht mehr viel Zeit. Lange würde Waldemar ihm die Show nicht abkaufen. »Sie haben drei Menschen auf dem Gewissen«, sagte de Jong. »Glauben Sie, Sie kämen damit durch?«

Keine Antwort. Der ehemalige Kommissar setzte den Blinker, zog auf die linke Spur und überholte zwei Trucks.

»Okay«, kam es schließlich von hinten, »dann zeigen Sie doch mal den Haftbefehl.«

»Hatte ich das nicht gerade eben?«

»Nein, hatten Sie nicht, Herr Kommissar.«

»Exkommissar«, sagte de Jong.

Der Mann auf dem Rücksitz räusperte sich. »Was war das bitte?«

»Deshalb gibt's auch keinen Haftbefehl.«

Waldemar ließ das eine Weile sacken. Schließlich passierten sie ein Schild. *Rasthof Münsterland Ost 500 Meter.*

»Also warum sind wir dann hier? Was soll dieses absurde Theater? Was erlauben Sie sich? Wenn Sie gar kein Bulle sind ...«

In Waldemars Stimme tönte die alte Selbstsicherheit. Gleichzeitig aber schien er auch zusehends nervös zu werden, da er sich immer noch keinen Reim auf die Situation machen konnte.

De Jong blinkte dieses Mal nach rechts. »Ich dachte mir, wo Sie doch gar kein Mörder sind, ist einer wie ich für Sie genau die richtige Art Bulle.«

»Das ist lächerlich, Herr Exkommissar, und das wissen Sie. Sie glauben doch nicht im Ernst, dass das keine Folgen für Sie hat.«

De Jong glaubte das tatsächlich nicht. Er kurvte eine Weile auf dem Rasthof Münsterland herum. Inzwischen war es fast zehn Uhr abends. Draußen war jeder freie Platz einschließlich des Seitenstreifens von parkenden LKWs belegt. Schließlich fand er doch noch eine Parkmöglichkeit, auf der Rückseite, direkt bei den Toiletten. Er schaltete den Motor aus.

»Was wollen Sie von mir?«, verlangte Waldemar zu wissen.

»Wir spielen Theater«, sagte de Jong. »Sie übernehmen die Rolle des Mörders, und ich spiele den Mann von der Kripo, der Sie verhaftet.«

»Das vergessen Sie mal.«

De Jong öffnete die Tür. Wenn er ehrlich war, war auch ihm die Lust am Theaterspielen vergangen. Stattdessen ließ er seinen Fahrgast noch ein paar Minuten schmoren. »Also gut«, sagte er schließlich. »Kommen Sie, Waldmar. Was halten Sie von Currywurst mit Pommes? Nur wir beide? Ich lade Sie ein.«

Im stickigen Glaspavillon, der die ambitionierte Bezeichnung Restaurant trug, waren sie fast unter sich. Bis auf ein junges Pärchen an einem der Plastiktische, das offensichtlich Stress hatte. Der Mann zischte etwas, die Frau machte einen Schmollmund und zog die Augenbrauen hoch.

De Jong sah Waldemar zu, der eine aufgeschlitzte Currywurst wie ein verendetes Tier in einem See aus Ketchup hin und her schob. Ein Schlitz wie eine Wunde, eitergelb das Currypuder, blutig rot der süße Ketchup. »Also, nehmen wir mal an, ich würde Ihnen glauben«, sagte de Jong. »Sie hätten diese Menschen ermordet. Ganz egal eigentlich, denn letztlich ist nicht die Tat entscheidend. Sondern das Motiv.«

»Das sehe ich aber anders«, widersprach Waldemar und schob sich ein Stück Wurst in den Mund. »Einzig wichtig ist immer, was passiert. Wen interessiert schon, was man sich dabei gedacht hat? Abgesehen davon habe ich ja ein Motiv.«

»Genau. Und moralisch gesehen macht es gar keinen Unterschied, ob man ein Mörder ist oder nur behauptet, einer zu sein, oder? In jedem Fall ist man ein schlechter Mensch.«

Sein Gegenüber gab ein spöttisches Schnaufen von sich. »Nehmen Sie es mir nicht übel, de Jong, aber Sie spielen keinen Kommissar«, sagte Waldemar, stach mit der Gabel zu und rührte mit einem weiteren Wurststück in der Soße. »Sondern einen Pfarrer.«

»Menschen in seiner Umgebung aus welchem Grund auch immer den Tod zu wünschen und sich damit zu brüsten, ist doch mindestens so schlimm, wie sie eigenhändig abzumurksen.«

»Was Sie nicht sagen, Hochwürden.«

»Warum können Sie so gut damit leben, drei Menschen umgebracht zu haben, selbst wenn Sie es gar nicht waren?«

»Vier.«

»Vier?«

»Sie vergessen Michi Starnberg.«

»Richtig.« De Jong probierte sein Essen und war sich nicht mehr sicher, ob er eine Pizza erworben hatte oder nur einen dieser Pappkartons, in denen man sie transportierte. »Erzählen Sie mir doch mal von ihm.«

»Ich wüsste nicht warum.« Waldemars Nervosität hatte sich längst gelegt, und das gewohnte, spöttische Grinsen verharrte in seinem Gesicht, sogar während des Kauens und Hinunterschluckens. Er drohte nicht mehr mit den Folgen oder einem Nachspiel, das die Aktion für de Jong haben würde; das Ganze schien ihn vielmehr zu amüsieren. »Michi Starnberg war in meiner Klasse«, erklärte er, während er eine Pommes nach der anderen in den See tauchte, bis sie weich waren und vor Soße trieften. »Wir beide waren wie Pech und Schwefel. So wie Tom Sawyer und Huckleberry Finn, kann man sagen. Als ich aus den Staaten zurückkam, hab ich ihn als Erstes in München besucht. War doch klar. Und dann: Was hat er über mein Lebenswerk gesagt?« Waldemar sah de Jong an, als hätte er die Frage an ihn gerichtet.

»Lassen Sie mich raten«, überlegte de Jong. »Er war sich nicht sicher, ob er es putzig oder besorgniserregend fand, dass ein intelligenter Mensch wie Sie davon besessen ist, hanebüchenen Unsinn zur seriösen Wissenschaft umzudekorieren?«

»Er sagte gar nichts. Dass Kretins wie Sie darüber spotten, ist mir klar, da erwarte ich auch nichts anderes, aber der beste Freund? Michi hat nur spöttisch gegrinst.«

»Verstehe. Und deshalb haben Sie ihn umgebracht?« Angewidert schüttelte de Jong den Kopf. »Mit bösen Gedanken in den Selbstmord getrieben?«

»Wollen Sie die Wahrheit wissen?« Der Mann mit dem Riesenschädel zuckte mit den Achseln. »Als es passierte, habe ich es zuerst selbst nicht glauben können. Es war ein Meilenstein.«

»So wie die Landung der Mondfähre.«

»Richtig. Ich handelte wie ein Pionier, der absolutes Neuland betritt. Wenn nicht jetzt, wann dann?, habe ich mir gesagt. Ich habe energetische Übungen gemacht und alle Energieströme aus der Gruppe auf ihn fokussiert – tja, und dann stand in der Zeitung, dass er im Gasometer gefunden worden war.«

»Zufall«, sagte der Exkommissar, betont unbeeindruckt.

Waldemar schien mit diesem Wort Probleme zu haben. Er schüttelte auf eine Art den Kopf, als könnte er damit alle kleinlichen Bedenklichkeiten und Anfeindungen hinwegschütteln. »Unsinn. Sie und ich wissen, dass es Unsinn ist.« Der Kosmologe hatte inzwischen sowohl Wurst als auch Pommes verzehrt. Er schob den Teller mit der Ketchup-Pfütze von sich weg, legte Messer und Gabel hinein und wischte sich mit der roten Papierserviette den Mund ab. »Ich habe mich mein Leben lang mit dunkler Energie beschäftigt. Mit schwarzen Löchern. Aber nicht astronomisch. Sondern psychologisch. Parakosmologisch. Da bin ich hierzulande der Einzige. In den USA, wo ich in der Forschung tätig war, sind sie uns in diesem Punkt meilenweit voraus. Bei der dunklen haben wir es mit einer Energie zu tun, die die helle um Längen schlägt. Die das weltweite Energieproblem lösen kann. Vor allem aber Macht verleiht. Man hat inzwischen herausgefunden, dass über siebzig Prozent der im Universum vorhandenen Energie dunkle ist. Ein gewaltiges Potenzial. Und was die Psychologie angeht: In uns allen schlummern schlechte Gedanken.« Waldemar beugte sich vor. »Tja, wir sind alle schlechte Menschen, um es mit Ihren Worten auszudrücken. Und Tag für Tag, Jahr für Jahr werden wir mehr. Sie, de Jong, denken noch in den alten Parametern: Es geschieht ein Mord. Jemand muss der Täter sein. Ich sage Ihnen, der Täter sitzt hier vor Ihnen. Aber in Wirklichkeit bin ich nur ein Werkzeug, verstehen Sie? Ein Tool, mehr nicht. Derjenige, durch den sich das Walten der kosmischen Energie vollzieht …«

Waldemar redete sich warm, dabei hatte de Jong längst mehr als genug gehört. Er beobachtete ein älteres Ehepaar, das sich, mit Tabletts in der Hand, nach einem geeigneten Tisch umsah, während beide auf ein winziges, wuscheliges, angeleintes Etwas einredeten. Dem Aussehen nach ein hundeähnliches Wesen, aber so winzig, dass es wohl am besten als Lebendfutter für Vogelspinnen diente.

De Jong wurde klar, dass er Waldemar falsch eingeschätzt hatte: Dieser Mann war kein Schwindler. Er war kein Hochstapler oder Scharlatan. Vielmehr war er ein zutiefst gläubiger Mensch. Und das einzige Ziel, das er verfolgte, war zu erreichen, dass die Welt endlich sah, dass das, was er ihr predigte, tatsächlich existierte. Diesem Ziel opferte er alles.

»Woher wussten Sie das von meinem Bruder?«, fragte er mitten in den pseudowissenschaftlichen Vortrag hinein.

Der Guru grinste und lehnte sich mit selbstzufriedenem Gehabe auf dem Plastikstuhl zurück. »Tja, das hat Sie ganz schön aus der Bahn geworfen, was?«

»Sagen Sie es mir einfach. Wer hat Ihnen das erzählt?«

»Keiner.«

»Glaub ich Ihnen nicht. Hören Sie, Waldemar, ich bin zwar kein Bulle mehr. Das heißt aber nicht, dass ich Ihnen keinen Ärger machen kann.«

Sein Gegenüber schwieg. Offenkundig genoss er es, de Jong auf die Folter zu spannen. Mit Wonne dabei zuzusehen, wie dem Exkommissar sein Vorhaben entglitt, den Waldemar-Spuk ein für alle Mal zu beenden. »Wollen Sie es wirklich wissen?«

De Jong wartete. »Was denken Sie denn, warum ich frage?«, sagte er dann.

»Es passt eben nicht in Ihr Weltbild, dass Leute über Fähigkeiten verfügen, deren Existenz auch nur anzunehmen schlichten Gemütern wie Ihnen die Fantasie fehlt.«

De Jong starrte auf den See aus Ketchup auf Waldemars Teller. Nein, dachte er, dieses Mal nicht. *Wenn keiner sich was einbildet, passiert gar nichts, so einfach ist das.* »Jetzt weiß ich's«, sagte er. »Sie haben geraten, ganz einfach.«

»Geraten?« Das Grinsen geriet in Schieflage. »Kommen Sie, das ist lächerlich.«

»Überhaupt nicht. Ich würde tippen, Sie haben so was Ähnliches mal im Fernsehen gesehen. Und das war's schon.«

»Ich hab was über Ihre Kindheit im Fernsehen gesehen? Herr Kommissar …«

»Exkommissar. Was haben Sie schon riskiert? Hätten Sie daneben gelegen, hätte ich einfach nur mit den Schultern gezuckt. Also haben Sie drauflos geplappert. Ein uralter Jahrmarkttrick. So war's, oder?«

Sein Gegenüber sagte nichts. Zuckte mit den Schultern.

»So war's doch?«, wollte de Jong wissen, dem die Pause zu lang dauerte.

»Wer weiß, vielleicht haben Sie mich da erwischt.« Waldemar hob die Hände wie jemand, der aufgab. »Wie auch immer, es ändert nichts daran, dass ich in Sie hineinsehen kann, Herr Exkommissar. Durch Sie hindurch geradezu. Sonst hätte ich wohl nicht ins Schwarze getroffen, was?«

De Jong schüttelte den Kopf. Er stand auf und wollte mit seiner leeren Kaffeetasse den Wagen für das gebrauchte Geschirr ansteuern, als Waldemar ihn am Arm festhielt: »Sie sollten Folgendes bedenken: Todbringendes wohnt in jedem von uns. Auch in Ihnen, de Jong. Und wenn Sie das nicht wahrhaben wollen, dann hat es leichtes Spiel.« Er grinste breit. »Glauben Sie mir, ich weiß, wovon ich rede.«

29. Kapitel

De Jong bezahlte Pizza und Pommes, anschließend verfrachtete er Waldemar zurück nach Amelsbüren, wo er ihn vor seinem parakosmologischen Forschungszentrum absetzte. Inzwischen war es nach elf, und leichter Nieselregen hatte eingesetzt. De Jong war kein Fan von Nieselregen, schon gar nicht beim Autofahren, wenn er einem die Sicht vernebelte. Normalerweise war das für ihn ein Anlass zum Fluchen; aber heute verkniff er sich das, probierte stattdessen, ein gelassenes Lächeln aufzusetzen. Die Zeit der trüben Gedanken war vorbei. Armin Waldemar war enttarnt, er hatte nur geraten. So einfach war das. Der mysteriöse Parakosmologe war nur ein stinknormaler Zocker, der mal ins Schwarze traf und ein anderes Mal eben meilenweit daneben. Es konnte nicht anders gewesen sein.

Auf dem Rückweg in die Stadt summte de Jong eine Melodie vor sich hin, die ihm neu vorkam, und er nahm sich vor, sie demnächst auf der Gitarre auszuprobieren, zur Feier des Tages, an dem er die Bestie besiegt hatte. Wie Dr. van Helsing, nachdem er dem vampirnen Grafen einen Holzpflock durch die Brust getrieben hatte – sicher hatte der dabei auch irgendein Lied vor sich hin gesummt. Allerdings erinnerte er sich nur vage, dass van Helsing überhaupt einen Holzpflock benutzt hatte; hatte er nicht lediglich einen dunklen Vorhang aufgezogen, woraufhin gleißendes Tageslicht den Raum geflutet hatte, welches Dracula auf der Stelle den Garaus gemacht hatte? Vielleicht würde er dazu bei Gelegenheit Schrödinger, den Filmexperten, befragen.

Aber irgendwann – de Jong wartete an einer Ampel, die trotz der vorgerückten Stunde auf ihrem Rot beharrte – fiel ihm auf, dass ihm die Melodie wieder abhandengekommen war. Und de Jong musste einsehen, dass die aufgesetzte Siegesstimmung seine Zweifel nicht zu übertünchen vermochte. *Ich sehe in Sie hinein, Herr Exkommissar. Sehe durch Sie hindurch.* Waldemar hatte schlicht und einfach geraten? War das ernsthaft de Jongs Theorie? Das war doch reichlich unwahrscheinlich, etwa so, als würde man mit dem Würfel dreimal hintereinander die gleiche Zahl würfeln. Möglich, aber unwahrscheinlich.

Hinter ihm hupte es, die Ampel war längst auf Grün gesprungen. De Jong schaltete, gab Gas und würgte den Motor ab. Es hupte noch einmal. Eine Angeberkarre hinter ihm scherte nach Actionfilm-Manier aus, trieb den Motor auf sechstausend Umdrehungen und raste an ihm vorbei.

Und wenn Waldemar nicht geraten hatte? Seine Kindheit sei auch nicht gerade leicht gewesen, hatte Marianna Brühl, die mit ihm liiert gewesen war, behauptet. Was, wenn er schlicht von sich selbst gesprochen hatte? Für Menschen, die wie Waldemar um sich selbst kreisten wie die Erde um die Sonne, sicher nichts Untypisches.

Es war zwar spät, aber de Jong hatte das Gefühl, dass das nicht warten konnte. Er musste diese Sache aufklären, anders bekam er das Gefühl der Leichtigkeit nicht mehr zurück. Und er brauchte dieses Gefühl jeden Tag für ganz banale Dinge, wie die Füße hochzulegen, in der Nase zu bohren oder in der Sonne zu dösen. Kurz entschlossen startete er das Auto erneut und lenkte es in eine Parklücke. Tippte eine Textnachricht:

Hier noch mal de Jong, Exkommissar. Nur eine Frage: Könnten Sie mir sagen, was in Waldemars Kindheit vorgefallen ist? Gruß.

Womit er nicht gerechnet hatte: Gerade als er – nur etwa zehn Minuten später – den Wagen auf einem der Anwohnerparkplätze am Staufenplatz abstellte, kam die Antwort:

Er hat immer ein Geheimnis darum gemacht. Aber wenn Sie mehr wissen wollen, fragen Sie seine Tante Ilse. Sie ist knapp achtzig, aber noch sehr rüstig.

Es folgte eine Festnetznummer.

In der Nacht zum Sonntag träumte de Jong von Rabea. Dass er ihr davon erzählte, wie er mit Waldemar die Klinge gekreuzt habe und beiläufig behauptete, dass das keine große Sache gewesen sei. Und ob sie nicht Lust habe, mal einen Abend mit ihm zu verbringen. Sie weigerte sich zunächst, weil sie sich zum Ausgehen anziehen müsse, worauf er einwandte, dass es ihn nicht störe, wenn sie beim Essen nichts anhabe, im Gegenteil. Und dass die Anzieherei überflüssige Mühe sei, weil sie ja wahrscheinlich sowieso anschließend im Bett landen würden. Aber sie erklärte beharrlich, dass sie keine Lust habe, die ganze Zeit vor den Fleischtöpfen Ägyptens zu sitzen.

Wie kam sie denn nur auf diese Fleischtöpfe?, dachte de Jong noch während des Traums. Er zerbrach sich den Kopf, als der Summton seines Smartphones ihn unsanft aus dem Schlaf riss.

Auf dem Display prangte der Name *U. Meckelbeck*. Nein, daraus wird nichts, dachte de Jong. Niemand störte ihn an diesem Sonntag. Und wenn doch, dann ganz sicher nicht Giulias neuer Bekannter.

Aber gestört hatte er ja bereits, abgesehen davon war de Jong auch neugierig. Also wischte er über den Minibildschirm. »Die Nummer, die Sie gewählt haben, ist zurzeit nicht erreichbar«, knurrte er.

»Ich weiß«, sagte Meckelbeck. Er klang wieder einmal zerknirscht und verständnisvoll. »Sie müssen auch nicht lange mit mir reden. Ich wollte nur, dass Sie nichts Falsches denken, Herr de Jong.«

»Was wäre denn etwas Falsches?«

»Na ja, Sie wissen schon ...«

»Nein. Ich habe nicht die geringste Ahnung.«

»Giulia und ich, meine ich. Diese Fotos. Sie sollen nicht denken, da wäre etwas zwischen uns.«

Also hatte Giulia ihm schon davon erzählt. »Demnach sind Sie das gar nicht auf den Fotos?«

»Das schon. Also bitte, ich kann verstehen, wenn Sie voreilig und eifersüchtig reagieren. Kein Thema. Aber ich versichere Ihnen, de Jong, dazu gibt es keinen Anlass.«

»Wie überaus großzügig von Ihnen.«

»Aber gar nicht. Hören Sie, heute ist Sonntag. Und da lade ich Sie ein – doch, ich bestehe darauf ...«

Dabei hatte de Jong noch gar nicht Einspruch erhoben.

»… wo Sie so brillante Arbeit als Detektiv abliefern.«

»Eines Maigret würdig«, half ihm de Jong hämisch.

»Vielleicht wäre ich ohne Sie gar nicht mehr am Leben.«

»Na, jetzt übertreiben Sie mal nicht«, sagte der Exkommissar, obwohl er diesen Gedanken faszinierend fand. Und am Ende ließ er sich dann doch überreden.

* * *

Es war perfekt: Der Sonntag gab sich geradezu sommerlich, sodass das Gros der Einwohner sich im Laufe des Vormittags mit dem Rad hinaus ins umliegende Münsterland aufmachen würde und die wenigen, die in der Stadt verblieben, keinerlei Gedrängel befürchten mussten. Aristoteles öffnete zwar erst um siebzehn Uhr, aber bei diesem Wetter machte er eine Ausnahme und deckte de Jong und seinem Klienten draußen einen Tisch.

De Jong war zuerst da. Er vertrieb sich die Wartezeit damit, Tante Ilse auf ihren altertümlichen Anrufbeantworter zu sprechen und wegen Waldemars Kindheitstraumas um Rückruf zu bitten.

Ulf Meckelbeck stoppte sein Rad – ein Angeber-E-Bike mit allen Schikanen – direkt neben dem Tisch und grinste wie ein Honigkuchen. Er hatte alles Zerknirschte und Verständnisvolle schon wieder abgeschüttelt, als hätte er es unterwegs im Vorbeigehen in einen Abfalleimer gestopft, und sein altes Ich hervorgeholt, den unsympathischen Erfolgsmenschen, dessen ölige Freundlichkeit einen unablässig nach einer Papierserviette Ausschau halten ließ, um sich damit die Hände abzuwischen.

»Wissen Sie, de Jong, ich muss mich in einer Sache korrigieren, die ich eben am Telefon gesagt habe.« Meckelbeck nahm ein Stück Brot aus dem Brotkorb und rührte damit im Tzatziki, der bereits auf dem Tisch stand. »Vielleicht gibt es für Sie doch Anlass zur Eifersucht.«

De Jong rüstete sich innerlich für den längst fälligen Schlagabtausch.

»Bestimmt fällt es Ihnen auf.« Meckelbeck drehte sich im Sitzen kokett hin und her, als wollte er sich präsentieren. »Dieser süße Duft einer neuen Beziehung. Diese Geigen, die in der Luft hängen.«

De Jongs Gesicht gefror zu Eis.

»Und was Giulia angeht: Sie ist eine tolle Frau. Und deshalb braucht sie jemanden mit Fantasie. Mit Leidenschaft und Spontaneität, verstehen Sie? Jemanden, der sich traut, Undenkbares zu denken.«

Wer war dieser Kerl bloß, dass er sich einbildete, de Jong erklären zu können, was Giulia brauchte? »Und Sie wollen mir jetzt ernsthaft erzählen, dass Sie sich für so jemanden halten?«, fragte er.

Meckelbeck verzog nicht mal das Gesicht. Gegen Sticheleien dieser Art schien er immun zu sein. »Die Frage ist nicht, ob ich das bin, sondern Sie.«

»Mag sein«, gab de Jong trotzig zurück. »Aber auch, ob es Ihnen zusteht, diese Frage zu stellen.«

»Es ist doch so«, laberte sein Gegenüber weiter, während er mit dem nächsten Stück Brot weiteren Tzatziki aus der schon halb leeren Schale putzte. »*Nobody is perfect*. Sie nicht. Selbst ich bin es nicht. Jeder hat solche Tage, da ist man zerknirscht und mutlos. Aber mein

Motto ist: Scheiß auf den Quark. Immer wieder aufstehen.« Als regelrechte Inkarnation der Selbstzufriedenheit lehnte Meckelbeck sich zurück und verschränkte die Arme hinter dem Kopf. »Jetzt raten Sie mal, was mir die Kraft dazu gibt?«, fragte er, nachdem er sein Stück Brot heruntergeschluckt hatte.

De Jong wollte keinen weisen Vortrag über die Dinge hinter den Dingen hören.

»Waldbaden.«

Damit hatte der Exkommissar nicht gerechnet. »Sie baden im Wald? Heimlich oder was?«

»Ganz und gar nicht heimlich.« Stolzes Grinsen. »Na, das ist zum Beispiel so etwas, das Sie nicht von mir gedacht hätten, was?«

»Also in einem Fluss, der durch den Wald fließt?«

Ein keckes, besserwisserisches Kopfschütteln war die Antwort. »Ich bade nicht im Fluss, sondern im Wald, verstehen Sie mich richtig.«

De Jong vermochte sich das nicht so recht vorzustellen. »Wo nehmen Sie denn die Wanne her, haben Sie die dabei?«, erkundigte er sich.

Sein Gegenüber verdrehte die Augen, wie jemand, der die Sache gern näher erklären würde, wenn es nicht vergebliche Mühe wäre. »Es ist – wie soll ich das umschreiben – eine neue geistige Ebene, die man betritt. Eine Form von Meditation, von Welterkenntnis. Kein Baden im herkömmlichen Sinne, sondern Naturerfahrung pur im Sinne einer umfassenden, transzendentalen Reinigung ...«

Also doch, dachte de Jong. Jetzt wird er metaphysisch. Mit einem Ruck erhob er sich, worauf Meckelbeck im Wort verstummte und ihn fragend musterte. »Kleine Pinkelpause«, sagte de Jong. »Bin gleich zurück.«

Zwei Minuten später hielt er seine Hände unter einen Wasserhahn und nahm sich vor, es locker anzugehen. Das Kapitel Waldemar war erst mal abgeschlossen; jetzt war Meckelbeck dran. Er fand den Behälter für Papiertücher leer vor und hielt seine Hände daraufhin unter einen Föhn, der sich aber nicht einschaltete. Also kehrte er mit nassen Händen an den Tisch zurück.

Meckelbeck redete inzwischen über ein ganz anderes Thema, sodass de Jong der Verdacht kam, der Mann habe in der Zeit seiner Abwesenheit einfach weitergeredet.

»*Hombre.tv* ist eine tolle Sache«, sagte Meckelbeck. »Eine außergewöhnliche Firma, brillant geradezu. Allererste Liga.«

»Schön für Sie.«

Aber auf Meckelbecks Stirn braute sich plötzlich Düsteres zusammen. »Wenn man sich nicht gegen mich verschworen hätte«, stieß er hervor. »Hinter meinem Rücken tuscheln würde. Mich sexistisch nennen würde. Behaupten würde, dass ich nichts als Machosprüche draufhätte.«

»Halten Sie diese Gerüchte etwa für unzutreffend?«, erkundigte sich de Jong scheinheilig.

Er goss beiden Ouzo aus einer randvollen Glaskaraffe nach, die Aristoteles auf dem Tisch vergessen haben musste. Sie erinnerte an eine Blumenvase. Daneben lag eine Stapel Papierservietten.

»Ach, scheiß egal«, sagte Meckelbeck. »Aber jetzt auch noch diese Morddrohungen, das ist alles ein bisschen viel auf einmal, finden Sie nicht, de Jong?«

De Jong hatte nicht vor, besoffen zu werden, und beschloss, dass das jetzt sein letzter Ouzo sein würde. »Was ist mit diesen Dingen hinter den Dingen?«, erkundigte er sich.

Ulf Meckelbeck runzelte die Stirn. Ihm entfuhr ein Rülpser, den er verschämt hinter seiner Serviette verbarg. »Hinter welchen Dingen?«

»Den alltäglichen. Sehen Sie dahinter noch andere?«

Die Runzeln breiteten sich in bedenklicher Weise von der Stirn über das ganze Gesicht aus. »Wovon zum Teufel sprechen Sie eigentlich?«

»Metaphysik. Wovon Sie doch angeblich so viel verstehen. Sagt jedenfalls Giulia.«

»Ach das.« Meckelbeck grinste breit; de Jong argwöhnte, dass es die Erwähnung Giulias war, die die Düsternis auf seinem Gesicht wieder vertrieb. »Sie meinen das Wesentliche, das für die Augen unsichtbar ist. Ja, ja, klar, das habe ich drauf.«

»Sie haben es drauf?«

»Frauen stehen auf so was. Antworten auf Fragen, die man noch nicht gestellt hat. Lösungen von Rätseln.«

»Warum sollte jemand die wissen wollen? Ich meine, Antworten auf Fragen, die man sich gar nicht stellt.«

Meckelbeck schien darüber nachzudenken, und auf seiner Stirn braute sich erneut ein kleines, lokales Gewitter zusammen. Seine Antwort machte deutlich, dass er de Jong überhaupt nicht zugehört hatte. »Vivian, meine Frau«, beschwerte er sich weinerlich, während er sich aus der Karaffe nachgoss, »will nichts mehr mit mir zu tun haben.« Wieder entfuhr ihm ein Rülpser, dieses Mal ungebremst.

»Sie mag Sie nicht mehr?« De Jong gab sich verwundert. »Obwohl Sie in Sachen Fantasie und Leidenschaft die unbestrittene Nummer eins sind? Und quasi ununterbrochen Undenkbares denken?«

»Sie ist wie alle Frauen. Hat keinen Humor. Nimmt alles krumm.« Der Wettermann klang trotzig und zuckte mit den Schultern. »Sie vergessen mal einen Jahrestag. Haben mal was mit einer anderen. Und schon packt sie ihr Bettzeug und zieht ins Arbeitszimmer.«

»Sie haben also etwas mit einer anderen?«

»Das habe ich nicht gesagt.«

De Jong spürte Wut in sich aufsteigen. »Also was jetzt: Sie haben nichts mit einer anderen?«

Meckelbeck breitete die Arme aus. »Das habe ich auch nicht gesagt.«

»Ach, kommen Sie schon, Meckelbeck. Wir wissen doch beide, wovon wir reden.« Dabei scheute auch der Exkommissar davor zurück, Giulias Namen zu nennen. Als würde er dadurch das, was er längst befürchtete, zur Gewissheit machen.

»Wissen wir das?« Meckelbeck grinste anzüglich. »Sind Sie sicher, Herr Exkommissar, dass Sie aus einem harmlosen Flirt keine riesige Staatsaffäre machen?« Er wedelte tadelnd mit dem Zeigefinger hin und her. »Sie wissen doch: Schlecht ist, wer Schlechtes denkt.«

Sinnlos, fand de Jong, mit einem Kerl zu streiten, der so betrunken war, dass er spätestens in einer halben Stunde alles vergessen hatte, was er da absonderte. So ließ er ihn einfach reden.

»Es gibt so viele Geheimnisse auf dieser Welt, de Jong, aber eines ist klar: Frauen kann man nicht trauen. Sie verstehen keine Scherze. Sie können nicht locker sein.« Meckelbeck kippte noch einen. »Im Grunde hab ich nichts gegen Frauen, auch wenn sich das jetzt vielleicht so anhört …«

»Nein, überhaupt nicht«, versicherte de Jong.

Meckelbeck war jetzt eindeutig hinüber. »Wissen Sie was? Sie sind nett«, nuschelte er, deutete auf de Jong und ließ seinen Arm dann auf den Tisch plumpsen. »Ich bin der Arsch, so viel steht fest. War ich immer. Wissen Sie, wie mein Vater mich immer genannt hat? Sein bestes Pferd im Stall.«

De Jong war nicht neugierig auf Meckelbecks schwierige Kindheit. Auf die von Waldemar dagegen schon. Je mehr er darüber nachdachte, desto sicherer war er sich, dass das der Grund war, weshalb ihm dieser Mann nicht aus dem Kopf gehen wollte. *Es ändert nichts daran, dass ich in Sie hineinsehen kann, Herr Exkommissar. Durch Sie hindurch geradezu.* De Jong konnte es nicht leiden, wenn jemand in ihn hineinsah. Und durch ihn hindurch schon gar nicht. Es war eine äußerst unbehagliche Vorstellung – die schlimmsten Fantasien von einem Überwachungsstaat waren nichts dagegen.

»Sie glauben gar nicht, wie oft ich schon davon geträumt habe, ein Pferd zu sein«, schwadronierte Meckelbeck indessen munter weiter. »Und im Stall zu stehen. Sich von Heu und Hafer zu ernähren.«

»Sehr interessant«, meinte de Jong und ließ ihn weiterreden. Und genau deshalb, erkannte er plötzlich, führte kein Weg daran vorbei. Zum Teufel mit Meckelbeck und seinen großen Geldscheinen, hier ging es gar nicht um Meckelbeck. Es ist eine Sache zwischen ihm und mir, dachte de Jong. Er hat kein Recht, in mich hineinzuschauen. Mein Inneres geht ihn einen Scheiß an.

Und so, wie sich die Sache in seinen Augen darstellte, gab es nur eine Möglichkeit, diesen Scharlatan ein für alle Mal aus seinem Kopf zu verbannen: indem er herausfand, wer diese Morde wirklich begangen hatte. Daran führte kein Weg vorbei.

»Dr. Wandlitz, meine Therapeutin, sagt übrigens dasselbe …«

Es war erst früher Nachmittag, als der Exkommissar sich erhob, zu Aristoteles hineinging und ihm mitteilte, dass der Wetterfrosch die Rechnung übernehmen würde. Dann ging er wieder hinaus, wollte Meckelbeck im Vorbeigehen zuwinken. Aber Meckelbecks Arm scherte weit aus, packte ihn und hielt ihn fest.

»Sie sollen nur eins wissen, de Jong. Das ist *so* anständig von Ihnen, so verdammt anständig, mich auch noch einzuladen. Das nächste Mal – versprochen – bin ich dran.«

»Ach, lassen Sie mal«, meinte de Jong und verspürte ein schlechtes Gewissen, weil von Einladen ja keine Rede sein konnte.

Meckelbecks Hand umklammerte immer noch sein Handgelenk. »Und wo wir schon dabei sind …«

»Wobei?«

»Ich muss Ihnen noch sagen, dass Sie so ein Glück haben mit Giulia. Sie ist so ein feiner Mensch. So ein *feiner* Mensch! Und das als Frau …«

»Woher wollen Sie das wissen?«

»Ich weiß, ich erzähle viel, wenn ich getrunken habe. Umso mehr schätze ich es, dass Sie mir zugehört haben, de Jong. Und deshalb komme ich unbedingt noch auf Ihr Honorar zu sprechen …«

Mach nur, dachte de Jong. Du hast ja keine Ahnung, dass du dir das sparen kannst.

»Ich zahle Ihnen das Doppelte. Von jetzt an.«

»Was?«, sagte de Jong nur und musste schlucken.

»Das Doppelte. Weil Sie mir zugehört haben, klar? Keine Diskussion.«

De Jong brachte nur ein vages Nicken zustande. Und unverständliches Gemurmel. Für einen Augenblick überlegte er, ob er noch mal zu Aristoteles hineingehen und die Rechnung bezahlen sollte. Ließ es dann aber sein und empfahl sich.

30. Kapitel

Natürlich seien wir keine Ritter und das hier sei auch keine Tafelrunde, erklärte unser Coach in seiner kleinen Rede zum Abschluss des Seminarprojekts.

Freilich sei das Ganze aber auch keine banale Maskerade gewesen. Keine alberne Show zum Zeitvertreib. Mit der Tafelrunde habe er uns einen Spiegel vorgehalten. Genau darum gehe es: um diesen Spiegel. Wobei ihm natürlich bewusst sei, dass das in dieser von eitlem Narzissmus geprägten Zeit geradezu üblich sei und man quasi an jeder Straßenecke einen Spiegel vorgehalten bekomme. Darüber hinaus aber gerate unsere elitäre Runde jedoch zu einem Gleichnis, wenn er zum Beispiel die Frage stelle: Wie ist es denn mit der Ritterlichkeit damals weitergegangen? Von wegen die Schwachen schützen, Minnelieder singen und den Gral suchen? Zur Wahrheit gehöre eben auch dies dazu: Ritter waren schwerfällig mit ihren Rüstungen, die abgesehen davon ein Vermögen kosteten. Man sparte ein halbes Leben auf so ein Ding, musste unzählige Leute berauben, und wenn man dann drinsteckte, kam man kaum noch vorwärts. Hatte schon gar keine Chance gegen die leichtfüßigen englischen Bogenschützen. Zu allem

Überfluss wurde auch noch das Schießpulver erfunden. Damit ging das ganze schöne Rittertum mit all seiner Ehrenhaftigkeit den Bach runter, niedergewalzt vom eisernen und unerbittlichen Gesetz des Krieges: Wenn du nicht gefressen werden willst, friss. Ob wir zum Beispiel wüssten, was mit »ins Gras beißen« gemeint sei? Ritter in ihren tonnenschweren Rüstungen, man gab ihnen hinterrücks einen Schubs, dann lagen sie mit dem Gesicht im Gras und gingen elendig zu Grunde, weil sie sich ohne Hilfe ihrer Knappen nicht mehr umdrehen konnten. So viel zum Thema Ritterlichkeit.

Eine schöne Rede.

Für uns müsse das Lehre und Gleichnis zugleich sein. Wie wir heute, in Zeiten flacher Hierarchien und Teams, die vorgäben, an einem Strang zu ziehen, bestehen könnten. In diesem tagtäglichen Agieren und Projektieren auf Augenhöhe, das aber in Wirklichkeit ein Kampf bis aufs Messer sei. Unsere gesteckten Ziele erreichen, die Konkurrenz hinter uns lassen, während wir vorgäben, ihnen die Hand zu reichen. Also haben wir hier und in dieser Tafelrunde ein neues Spiel gelernt: das Spiel ohne Ball. Das Treten, ohne zu treten. Das Meucheln ohne Messer.

Meucheln ohne Messer. Genau das haben wir mit *Zahnfee.de* getan. Haben bewiesen, dass wir das können. Und der *Sire* war begeistert. Er habe selten eine so gelehrsame Truppe wie uns gehabt und es sei ein Spaß gewesen, mit uns zu arbeiten. So was hört man doch gern.

Was Rudows ehemals ruhmreiches Start-up anging, so strampelte er redlich und kämpfte ums Überleben. Schien fest entschlossen, sich so schnell nicht unterkriegen zu lassen. Aber der Negativtrend ließ sich nicht aufhalten. Wir ließen ihn jetzt zwar in Ruhe, aber für immer mehr User hatte seine Plattform etwas Schlüpfriges, Verrufenes, auch für die, die sich für aufgeschlossen und tolerant hielten, nur weil sie jung waren. Man hatte ja nichts Handfestes, keine wirklichen Fakten, die gegen *Bettfertig.de* sprachen, aber das war auch nicht nötig. Wer brauchte in einer Welt der flugs mit den Daumen getippten Bewertungen noch so etwas Sperriges wie Fakten?

Immerhin hielt sich *Bettfertig.de* eine Weile mit jämmerlichen zwei gelben Bewertungssternchen, geriet noch mehr ins Trudeln und ging dann endgültig den Bach runter.

Lesley verließ Rudow. Sie wollte nicht mit jemandem zusammen sein, der perversen sexuellen Neigungen frönte, hab ich gehört. Mein Eindruck war allerdings, dass sie ihre Prüderie nur vorschützte, im Grunde war sie eben nur eine Opportunistin. Ertrug es nicht, mit einem Loser das Bett zu teilen. Sie kam zu Lanzelot zurück und blieb mit ihm zusammen, auch nachdem ihr längst klar war, dass *Zahnfee.de* kein funkelnder Stern am Himmel der digitalen Dienstleistungen war. Sondern nur ein Projekt. Eine Übung in präventiver Notwehr.

Mit Galahad lief es zum Schluss leider nicht so gut. Dabei empfand ich sie als eine Schwester im Geiste, als Seelenverwandte sogar. Sie tickte wie ich, war clever und ohne Skrupel. Es fehlte ihr nur an echter Leidenschaft. Also gab ich mein Bestes, um an unser kleines sexuelles Abenteuer anzuknüpfen und mich auch nach

Ende des Tafelrunden-Seminars mit ihr zu verabreden. Wir saßen in einer Pizzeria, und die Frau am Tisch neben uns gab seltsame stöhnende Geräusche von sich. Und als die Kellnerin kam, hab ich gesagt: »Ich will genau dasselbe, das diese Dame hatte.« Galahad verzog nicht mal das Gesicht. Das wird schon noch, dachte ich, lass ihr Zeit. Aber danach fand sie immer wieder Ausreden, weshalb sie nicht konnte. Also versuchte ich es immer seltener, hatte irgendwann genug und wünschte ihr noch ein schönes Leben.

Sie antwortete nicht mal.

31. Kapitel

Es war gegen halb fünf, als de Jong sein Fahrrad an Bord des Alten Mädchens hievte und sich unter Deck begab. Die goldene Nachmittagssonne bemühte sich mit Erfolg, alles in einem freundlichen Licht erscheinen zu lassen, weshalb der Exkommissar leicht irritiert war. Sicher war das hier ein alter Kahn und keines dieser schwimmenden Luxuswohnwelten mit Komplettverglasung, aber dass die Sonne hier unten so gar nicht durchdrang … Er blinzelte in die Finsternis. Konnte sich nicht erinnern, die Vorhänge vorgezogen zu haben.

Er tastete nach dem Lichtschalter, fand ihn und betätigte ihn. Doch es blieb finster. Dann ertönte ein seltsam krächzendes Geräusch, das sich als Räuspern entpuppte. »Keine Bewegung«, raunte eine Stimme direkt hinter ihm. Etwas stupste in seinen Rücken – es konnte ein Revolver sein, ein Schlüsselanhänger oder auch nur ein Finger. »Schön ruhig.«

»Soll ich die Hände heben?«, fragte de Jong hilfsbereit.

»Mir scheißegal. Nur dass Sie keine Tricks versuchen.«

»Warum sollte ich? Aber können wir Licht machen?«

»Das könnte Ihnen so passen.«

»Das würde es in der Tat.« De Jong kam sich vor wie in einer drittklassigen Tatort-Folge. »Was machen Sie denn hier im Dunkeln? Wer sind Sie?«

»Sie wollen mir also auf den Zahn fühlen.« Höhnisches Kichern, nah an seinem Ohr.

De Jong seufzte. »Also sind Sie der mysteriöse Sören?«

»Halten Sie den Mund.« Die Stimme hinter ihm zischte, und de Jong spürte Speichelspritzer auf der Wange. »Das ist nicht witzig.«

»Sören, der Comedian«, präzisierte de Jong. »Und was jetzt? Werden Sie mich auch kidnappen?«

»Sie hören mir nur zu und kapieren, dass Sie Ihre Schnüfflernase nicht in fremde Angelegenheiten zu stecken haben!«, kommandierte der Mann in Gangstermanier. Er schubste de Jong und zwang ihn, einen Schritt in Richtung Küche zu machen. »Also los! Wir werden jetzt …«

Plötzlich polterte und schepperte es. Der Mann hinter ihm fluchte zischend. Irgendetwas fiel krachend zu Boden. Die Waffe bohrte sich nicht mehr in de Jongs Rücken, also drehte er sich um. Sören hockte auf dem Boden und hielt sich den Kopf, mit dem er gegen einen Regalpfosten geknallt war. Der Rolluntersetzer!, fiel de Jong ein. An den hatte er gar nicht mehr gedacht.

»Scheiße, scheiße, scheiße!«, fluchte Sören und befühlte seinen Hinterkopf.

»Ich wollte das Ding längst wegräumen«, sagte de Jong und bückte sich nach der Waffe. »Aber Sie wissen ja, wie das ist: Man verschiebt es immer auf später.« Er trat zum Fenster und zog die Vorhänge zur Seite. Goldenes Sonnenlicht flutete den Raum, als hätte es schon ungeduldig darauf gewartet, endlich hereingelassen zu werden.

Sören ähnelte kaum dem Mann im Anzug auf der Bühne. Heute trug er abgewetzte Jeans, die ihm ein bisschen zu kurz waren, und darüber ein fleckiges Kapuzensweatshirt in undefinierbarer Farbe mit der knallroten Aufschrift *I'm the walrus*. Sein Alter war schwer zu schätzen. Stechende Augen starrten aus einem runden, pausbäckigen Gesicht. Das dünne Haar bemühte sich um Fülle, betonte dadurch aber nur die bevorstehende Kahlköpfigkeit. De Jong fand kaum eine Ähnlichkeit mit dem freundlichen, pausbäckigen Ollie; stattdessen erinnerte der Mann mit dem halbkahlen Schädel entfernt an Stephen Kings Horrorclown Pennywise.

Sören rappelte sich auf, verzog das Gesicht zu einem gequälten Grinsen und deutete auf den Revolver. »Der taugt nichts. Ist bloß ein Spielzeug.«

»Hatte ich mir schon gedacht«, behauptete de Jong. Er legte das Ding auf den Tisch, ließ sich auf einem Stuhl nieder und schob Sören auch einen hin. Der Excomedian trat an den Tisch und sank dann wie ein Sack auf den Stuhl. Sein Clownsgesicht sah zerknirscht aus, als wäre diese Sache nicht die erste, die der Mann vermasselt hatte. De Jong konnte es ihm nachfühlen.

»Willst du was trinken?«, fragte de Jong und wunderte sich selbst über das Du. Pennywise würdigte ihn keiner Antwort, nahm aber einen Schluck, sobald der Exkommissar ihm ein Glas Wasser hingestellt hatte.

»Janwillem sagt, du steckst in der Scheiße«, brach de Jong schließlich das angespannte Schweigen, das zu nichts führte. »Hast jemanden gekidnappt.«

»Das war ja kein Kidnapping. Nicht in dem Sinn.«

»Klar«, sagte de Jong. »Natürlich nicht. Da war ja auch die ethische Komponente.«

»Nein ehrlich. Du siehst das falsch, Herr Kommissar.«

»Exkommissar, wenn schon.«

»Am Anfang vielleicht, da war's Kidnapping, kann sein. Jedenfalls so, wie es geplant war. Aber später ist was anderes draus geworden. Fragen Sie Terschelling, wenn Sie mir nicht glauben.«

»Er ist also gar nicht entführt?«

»Jedenfalls nicht in dem Sinn. Janwillem und ich hatten das Ding erst so geplant, aber dann ist er wieder mal eingeknickt.«

»Demnach knickt er öfter ein?«

Sören funkelte ihn wütend an. »Was meinen Sie denn, weshalb ich den ganzen Scheiß durchgezogen habe? Nur für ihn. Für uns beide.«

»Für die Laurel & Hardy Company.«

»Genau. Wenn wir irgendwie weitermachen wollen, hab ich ihm gesagt, dann brauchen wir Kohle. Oder willst du bis an dein Ende Trampelboote an Touristen vermieten? Und was hat er gesagt: ›Es gibt Schlimmeres.‹«

»Stimmt doch«, sagte de Jong. »Wenn auch nicht viel.«

»Und da hab ich gesagt: ›Also dann war's das jetzt oder was?‹ Und er hat mir nicht widersprochen.« Sören nahm das Glas Wasser, das vor ihm stand, hob es an die Lippen, verharrte dann und stellte es wieder auf den Tisch zurück, als wäre ihm noch etwas Wichtiges eingefallen. »Weil ihm das anscheinend komplett am Arsch vorbeigeht. Immerhin haben wir fast zehn Jahre auf der Bühne im Tanztempel gestanden.« Sören reckte alle seine Finger in die Höhe. »Zehn verdammte Jahre.«

»Und da hast du einfach allein losgelegt? Mit dem Kidnapping.«

»Wie gesagt, das war kein Kidnapping.« Der Comedian machte eine wegwischende Geste. »Also gut, ich hab mir Terschelling geschnappt. Das war ganz leicht. Ich hab so getan, als hätte ich einen Unfall. Da hat er angehalten und gefragt, ob ich Hilfe brauchte.«

»Ein ziemlich alter Trick«, sagte de Jong. »Und noch dazu ziemlich gemein.«

Sören rümpfte die Nase, um zu bekräftigen, dass das Alter jedenfalls keine Rolle spielte. »Ich hab so getan, als ob die Waffe echt wäre, so wie bei dir. Er ist drauf reingefallen. Wir sind in sein Auto und losgefahren. Es war Abend, und wir sind in Richtung Werse gefahren. Alles gut so weit.«

»Ich frage mich nur«, sagte de Jong, »was daran *kein* Kidnapping sein soll.«

Sören hob die Hand, als käme das Wichtige erst noch. »Unterwegs hat er gesagt, er müsse unbedingt pinkeln. Also hab ich angehalten. Irgendwo mitten im Nichts. Und da wollte er abhauen.«

»Verständlich«, sagte de Jong. »Übrigens auch ein alter Trick.«

»Ja, und da hab ich mir gedacht: Na gut, dann haut er eben ab. Soll er doch. Hatte von Anfang an kein gutes Gefühl bei der Sache. Weil das alles ja nicht ganz legal war.«

»Das ist die Untertreibung des Jahrhunderts«, meinte de Jong. »Aber immerhin: ein vernünftiger Gedanke.«

Kopfschütteln. »Aber das Ding war, er ist da im Gebüsch gegen einen Ast geknallt und k. o. gegangen. Sollte ich ihn einfach da liegen lassen mit wer weiß was für einer Wunde am Kopf? Also bin ich mit dem Auto über den Acker gerumpelt und hab ihn eingeladen. Dann zu meinem Blockhaus gefahren und hab mir die Wunde angesehen. War nichts Ernstes, nur so eine Schramme. Hab ich jedenfalls zuerst gedacht.«

»Aber dann ...?«

Pennywise legte eine bedeutungsschwere Pause ein. Und de Jong wartete gespannt darauf, wie die Geschichte vom Kidnapper, der zum Samariter wurde, weiterging.

»Sowie er wieder klar war, hab ich ihm die Sache erklärt. Dass ich die Kohle brauche, weil mich mein Chef über den Tisch gezogen habe. Und dass der Punkt nicht verhandelbar sei.«

»Was meinte er dazu?«

»Dass er mich ja verstehen könne. Aber das alles sei jetzt überhaupt nicht mehr wichtig, weil ihm jetzt und hier ein paar Dinge aufgegangen seien.«

»Was für Dinge?«

»Keine Ahnung, aber mir wurde allmählich klar, dass der Kerl doch was abgekriegt haben musste. Als er gegen den Baum gedonnert ist. Er redete seltsames Zeug ... Vielleicht hatte er sich das Gehirn verstaucht oder so ...«

»Hat er Latein geredet?«, fragte de Jong.

Der Kidnapper musterte den Exkommissar mit einem schrägen Blick und schüttelte den Kopf. »Also was sollte ich denn machen?«, meinte er dann. »Ich hatte A gesagt, also musste ich auch B sagen.«

Wer hatte eigentlich diese bescheuerte Regel aufgestellt?, fragte sich de Jong. Warum musste man immer B sagen, wenn man A gesagt hatte? Und wohin führte das, sprachlich gesehen?

»Und ihm hab ich gesagt, so einfach läuft das nicht. Erst die Kohle, dann kommst du frei. So lange kannst du hier den Blick auf die Werse genießen und dir mal so deine Gedanken machen.« Sören hielt in seinem Vortrag inne. Er nahm das Glas und kippte das restliche Wasser hinunter.

»Und weiter?«, fragte de Jong, als nichts kam.

»Tja, das war's.« Der Horrorclown beugte sich plötzlich vor, und de Jong bemerkte zwei dicke, dunkle Haare, die jeweils aus einem Nasenloch wuchsen und sich unterhalb sanft nach außen kräuselten, was insgesamt wie der Anflug eines altertümlichen Zwirbelbärtchens aussah. »Der Punkt ist, dass das Ganze von Anfang an eine blöde Idee war.«

»Okay«, sagte de Jong. »Was spricht dagegen, die Sache zu beenden? Im Interesse aller.«

»Wenn das so einfach wäre«, sagte Sören.

»Was dann?«, fragte de Jong.

»Ich sag dir, was dann. Vorgestern Abend, am Freitag, hab ich Terschellings Frau angerufen. Wegen der Lösegeldforderung. Hab ihr alles genau erklärt: Summe, Zeitpunkt, keine Polizei, Ort der Übergabe. Und was hat sie gesagt: nein.«

»Nein?«

»Sie will nicht zahlen. Punkt. Ende Gelände.« Sören schob de Jong sein Glas zum Nachfüllen hin, und de Jong goss ein.

Er dachte an Serafina und den Yogalehrer. An den Swimmingpool, dessen blaugrünes Wasser in der Sonne funkelte, und an das Gefühl, das über allem schwebte, dass die beiden sich mit der Situation perfekt arrangiert hatten. »Das ist ganz normal«, beschwichtigte er. »Die Kripo jedenfalls rät oft dazu, kein Lösegeld zu zahlen. Weil, wenn man das tut, die Kidnapper keinen Grund mehr haben, ihr Opfer am Leben zu lassen.«

Sören hörte ihm interessiert, aber auch zerknirscht zu. Und de Jong dachte: Wie weit ist es mit mir gekommen? Kaum bin ich nicht mehr bei den Bullen, verlege ich mich darauf, Kidnapper zu beraten.

»Also keine Kohle«, sagte der Mann mit dem Clownsgesicht und presste resigniert die Lippen aufeinander. Er lehnte sich zurück, verschränkte seine pummeligen Arme vor der Brust und ließ einen Seufzer los, der gar nicht mehr enden wollte.

Von draußen drangen Geräusche herein. Zwei Hunde, die sich wütend ankläfften, dann zwei menschliche Stimmen, ebenfalls erregt – Frauchen, die sich gegenseitig lautstark vorwarfen, ihr Haustier nicht im Griff zu haben.

»Abgesehen davon«, sagte Sören, als der Wortwechsel verebbt war, »ist der Kerl verschwunden.«

»Wie verschwunden?«

»Keine Ahnung. Nicht auffindbar jedenfalls. Seine Sachen – Jacke, Brieftasche und so – sind noch da. Aber der Kerl ist weg. Nur dass das unmöglich ist.«

»Das ist nicht dein Ernst«, sagte de Jong.

Sein Gegenüber zuckte mit den Schultern. »Glaub von mir aus, was du willst. Ich hab Stacheldraht, doppelte

Vorhängeschlösser und Bewegungsmelder. Regelrechtes Fort Knox. Da kann er gar nicht rauskommen.«

»Aber das ist doch perfekt. Du hast A gesagt, vergiss das mit dem B-Sagen. Was willst du mehr: Kidnapping Ende.«

»Und wie erklärst du dir dann, dass er nirgends aufgetaucht ist? Zu Hause, im Tanztempel oder sonst wo – nichts: Der Kerl ist wie vom Erdboden verschwunden. Ich meine, das ist doch seltsam, oder nicht?«

»Egal«, sagte de Jong. »Damit bist du aus der Sache raus. Sei froh.«

»Zugegeben.« Plötzlich – und genau im falschen Moment – kehrte der Samariter zurück. »Aber was, wenn der Mann wieder gegen einen Ast gelaufen ist? Wenn er gar nicht weg ist, sondern da irgendwo rumliegt. Er kam mir nicht wie der Geschickteste vor. Nicht so der Naturmensch, verstehst du? Und das ist stark untertrieben.«

»Wo hältst du ihn denn gefangen?«

»Gefangen ist gut. Er ist ja weg.« Sören entfuhr ein zischendes Lachen. »In meinem Blockhaus. Das liegt direkt an der Werse. Ideales Versteck.«

»Na ja«, sagte de Jong. Wenn ein Haus an der Werse ein ideales Versteck war … Aber was ging's ihn an. Er hatte mit der Sache nichts zu tun. Würde seinem Halbbruder wie versprochen Bericht erstatten, und das war's.

»Ich glaub, er hat Angst vor mir«, sagte Sören und legte so viel ernste Besorgnis in seine Miene, dass er erst recht wie ein Horrorclown aussah. »Er ist da irgendwo, jede Wette. Wo denn sonst? Das Terrain ist ein bisschen unübersichtlich. Bestimmt hat er sich versteckt und traut sich nicht raus.«

»Unbegreiflich«, wunderte sich de Jong. »Wo du doch so nett zu ihm warst.«

»Weißt du, welche Idee mir gerade kam?«

De Jong fragte nicht, weil er es irgendwie schon ahnte.

»Vielleicht kommt er ja, wenn du hingehst.«

De Jong lachte auf. »Vergiss es.«

»Weil du Bulle bist, dachte ich. Vor dir hat er keine Angst.«

»Bin ich nicht. Ich war einer, wie du selbst vorhin betont hast.«

»Umso besser.«

De Jong schüttelte den Kopf. Zu so viel Dämlichkeit fiel ihm nichts mehr ein.

»Wersewinkel«, sagte Sören. »Geht von der Wolbecker ab. Du fährst da rein, bis ans Flüsschen und dann nach ein paar Metern das rote Blockhaus auf der rechten Seite. Ist nicht zu übersehen.«

»Vergiss es«, wiederholte de Jong. »Wie wär's, wenn du deinen Kumpel Stan Laurel fragst.«

»Der *war* mein Kumpel«, korrigierte Sören finster. »Genau wie du Bulle warst. Aus und vorbei.« Der ungebetene Gast angelte mit dem Fuß eine Umhängetasche, die ihm beim Sturz aus der Hand gefallen war. Er öffnete den Reißverschluss, holte ein Buch heraus und legte es auf den Tisch neben das Wasserglas, das schon wieder leer war. So wie man vor Gericht einen Schwur leistete, bedeckte er es kurz mit der Handfläche. »Falls du ihn findest – nur falls –, würdest du ihm das geben? Er wollte es unbedingt haben, also hab ich's ihm besorgt. Damit er was zu tun hat.« Er schnappte sich die Tasche und hängte sie sich über die Schulter, stand auf und winkte de Jong zu. »Danke für das Wasser. Und lass demnächst nichts auf dem Boden rumliegen.«

»Warte«, sagte de Jong. »Wohin willst du? Nimm das mit ...«

Aber noch während er winkte, trabte Sören schon – überraschend leichtfüßig – die schmale Treppe hinauf. De Jong konnte seine Schritte oben auf Deck hören, wie er von Bord ging. Er schnappte sich die Spielzeugpistole und rannte ihm nach. »Heh, das hier hast du auch vergessen!«

Oben an Deck angekommen, sah er sich um. Pennywise hatte sich schon vom Acker gemacht.

* * *

De Jong nahm das Buch in die Hand und schlug es auf. Es war voll mit bunten Bildern von Krabbeltieren. Geflügelten und ungeflügelten. Kein Schmöker, ein Bestimmungsbuch für Insekten und Spinnen. Er überlegte, es in sein Regal für Sachen, die er nicht mehr brauchte, zu stecken, entschied sich aber dagegen. Das Einfachste war, den Schinken seinem Bruder aufs Auge zu drücken.

Er machte sich einen Kaffee und begab sich nach oben an Deck, legte die Füße hoch und genoss eine Weile die Sonne auf dem Gesicht. Der Dortmund-Ems-Kanal hatte all seine gewohnte Tristesse abgelegt und funkelte im späten Sonnenlicht breit und satt wie der Mississippi – oder so, wie de Jong sich den Mississippi im südstaatlichen Sonnenlicht vorstellte. Obwohl er es nicht wollte, kehrten seine Gedanken immer wieder zu dem ungebetenen Besuch des Amateur-Kidnappers zurück. Seine flatterhafte Persönlichkeit, die irrlichternd zwischen dem knallharten Gangster und dem barmherzigen Samariter hin und her sprang. *Immerhin haben wir fast zehn Jahre auf der Bühne im Tanztempel gestanden. Zehn verdammte Jahre.*

Das Gesicht, das der Mann gezogen hatte. De Jong war es eben vorgekommen wie der Vorwurf in Person. Vorgebracht von einem Horrorclown namens Pennywise. Aber jetzt fand er, dass das nicht zutraf. Sörens Miene hatte Betroffenheit ausgedrückt. Möglicherweise sogar Traurigkeit. *Zehn verdammte Jahre.* Dass sich die Laurel & Hardy Company aufgelöst hatte, ging ihm nahe.

Jemand rief an. De Jong holte das Smartphone aus der Tasche. *Achim* stand auf dem Display. Der Exkommissar stellte die Verbindung her. »Hey«, sagte er.

»Niklas.« Bühlow klang nicht entspannt. Eher so, als stünde er unter Druck. »Ich wollte nur mal hören.«

»Hören? Was denn?«

»Na, was denn wohl? Ich wüsste gern, was dabei herausgekommen ist. Eigentlich dachte ich, du hättest dich mal gemeldet.«

»Wobei herausgekommen?«, wollte de Jong wissen.

»Du wolltest Waldemar in die Zange nehmen. Schon vergessen?«

»Das war deine Idee. Ich hab sie nur aufgegriffen.«

»Und ich hab dir den Wagen geliehen.«

»Stimmt.«

»Also was?«

De Jong seufzte. »Waldemar ist nicht unser Mann. Er ist ein Angeber. Einer von diesen Typen, die sich selbst für Jesus halten. Anstrengend, aber harmlos. Der hat keinen umgebracht.«

»Weißt du was? So was hatte ich mir schon gedacht.« Jetzt war Bühlow mit Seufzen dran. »Blöd nur, dass dieser Fall jetzt so im Sande verläuft.«

»Im Sande? Wieso sollte er das? Wenn Waldmar ausscheidet, dann war's ein anderer. Den müssen wir nur finden.«

»Das sagt sich so einfach. Der Kollege Merzenich meint, notfalls haben wir immer noch die Selbstmord-Option. Im Übrigen deutet ja alles darauf.«

»Unsinn!«, ereiferte sich der Exkommissar. »Das ist doch Schnee von gestern, sagt selbst die Rechtsmedizinerin. Wir können jetzt nicht so einfach hinwerfen.«

»Ihr. Nicht wir«, korrigierte Bühlow. »Leider liegt das nicht in meiner Zuständigkeit. Genau. Und vielleicht kriegt ja mein Onkel noch mal eine Chance, die Sache als Altfall aufzugreifen.«

De Jong musste an den Werkzeug-, Zweirad- und Fastfood-Killer denken. Er schüttelte nur den Kopf, was Bühlow natürlich nicht mitbekam.

»Und sieh es mal von der Seite, Niklas: Wir haben zurzeit einen Personalengpass, das kennst du doch auch von früher. Und da kann ich Merzenich schon verstehen, wenn er Prioritäten setzt …«

»Moment!« De Jongs Smartphone gab einen Brummton von sich und vibrierte in seiner Hand. »Moment, da kommt, glaub ich, eine SMS rein.«

»Na schön, dann bis später«, blaffte Bühlow genervt.

»Jetzt warte doch«, sagte de Jong, aber der andere hatte schon aufgelegt.

Die SMS stammte von Ulf Meckelbeck und lautete:

Was auch immer Sie von mir halten, mein Freund: Sie können mich beim Wort nehmen.

Dann gab es auch noch eine Anlage in Form eines Screenshots: Per Online-Banking hatte Meckelbeck eine Summe von EUR 8.000 auf de Jongs Konto überwiesen.

De Jong starrte auf das Display. Achttausend! Ein halbes Vermögen. Was versprach sich der Kerl nur davon? Meldete sich plötzlich sein schlechtes Gewissen wegen Giulia? Unwahrscheinlich. Meckelbeck war nicht der Typ, der ein Gewissen hatte. Und im Grunde war es auch völlig uninteressant, was immer der Wetterfrosch sich davon versprach. De Jong würde diesen Fall aufklären, ganz egal ob Meckelbeck ein Gewissen hatte oder nicht. Und wenn sein Möchtegern-Klient sich an den Kosten beteiligen wollte, dann war das für eine gute Sache.

Zugegeben, es war nicht nur ein bisschen, sondern eine Menge Geld. Eigentlich zu viel, um es jemandem in einer bloßen Geste verletzter Ehre vor die Füße zu schleudern. Es würde fast reichen, um einem Komiker-Duo, das mit einem auf dilettantische Weise missglückten Kidnapping nicht zu Geld kommen konnte, wieder auf die Beine zu helfen. Nicht ganz, aber es wäre ein Anfang.

Exkommissar Niklas de Jong hing noch eine ganze Weile an Deck ab. Nicht jeden Tag bekam man so einen goldenen Spätnachmittag zu sehen. De Jong konzentrierte sich auf den Kanal beziehungsweise auf die Wasseroberfläche, weil er gehört hatte, dass die Fische bei diesem Wetter oft übermütige Sprünge unternahmen, was er nicht geglaubt hatte, bis er es selbst gesehen hatte. Aber so konzentriert er auch schaute, er bekam heute nichts zu sehen. Nicht ein Fisch zeigte sich. Na schön, dann bestimmt später mal, dachte de Jong. Ihm war eine vage Idee gekommen. Er holte sein Fahrrad, schob es von Bord und stieg auf.

32. Kapitel

Die Werse war ein kleines, sehr beschauliches Flüsschen, das urgemütlich und nahezu strömungsfrei am östlichen Rand der Stadt Richtung Norden mäanderte, bis nach Gelmer, wo es schließlich in die Ems mündete. Herkunftsforscher leiteten den Namen aus dem altgermanischen Wort für »feucht« ab – wobei einen Fluss als feucht zu bezeichnen ein für die alten Germanen sehr untypisches Understatement war; eine fromme Legende dagegen behauptete, es seien russisch-orthodoxe Missionare gewesen, die im elften Jahrhundert weit nach Westen vorgedrungen waren – bis an die Weser, wie sie irrtümlich vermeinten, wobei sich hier ein banaler Buchstabendreher einschlich. Alltags und im typisch münsterländischen Nieselwetter präsentierte sich die Werse als Naturidyll, auf deren dunkelgrüner Oberfläche Wasserläufer umherhuschten und Teichhühner ungestört ihre Bahnen zogen. An Sommerwochenenden mit Brückentagen oder Schulferien dagegen mutierte das kleine Gewässer zum reinen Freizeitmaterial: Kanus schipperten in Flottenstärke flussabwärts, Freizeitangler angelten um die Wette, Picknickerinnen picknickten, und an den Seitenwegen rauschten, unentwegt klingelnd, radelnde Menschenrudel entlang. Und endlich durfte man auch die Anrainer nicht vergessen – Stadtbewohner, die sich ein Zweitgrundstück am Fluss leisteten, mit Blockhütte und Grillplatz für ausgelassene Weekend-Parties, Bootssteg und Parkplatz fürs Wohnmobil. Grillexzesse, Saufgelage und lauschige Skatabende wurden hier abgehalten – eine gekidnappte Person gefangen zu halten, war ein ganz neuer Verwendungszweck.

Obwohl es deutlich abseits vom Ufer lag und sich hinter eine ausladend wuchernde Hecke duckte, fand de Jong das rote Blockhaus auf Anhieb. Das Grundstück war weitläufiger als das der Nachbarn zu beiden Seiten und mit wesentlich mehr Vegetation bewachsen. Es war eine Art Dschungel aus Brennnesseln, Disteln und wild wuchernden Brombeerbüschen, von fast zwei Meter hohem Maschendraht eingezäunt. Das Anwesen zur Rechten schien unbewohnt zu sein – ein Wohnwagen, der aus den Fünzigerjahren zu stammen schien, stand dort mit platten Reifen und zur Hälfte von Grünzeug überwuchert. Nach links verwehrte ein blickdichter Zaun aus Stahl die Sicht. In diesem Wochenendidyll einen Menschen einzusperren – was für eine bescheuerte Idee! Fort Knox – das war ja zum Lachen! Kein Wunder, dass der Vogel ausgeflogen war.

Der Exkommissar zückte den Schlüssel, den er wie ein Lesezeichen eingelegt im Insektenbuch gefunden hatte, schloss die Gartentür auf und trat ein. Stand einen Augenblick da und sah sich um. Bienen summten irgendwo in der Nähe, es roch nach überreifem Obst. Er machte einen Schritt auf dem, was früher mal eine Wiese gewesen war, und trat in einen faulen Apfel, der auf dem Boden lag. »Herr Terschelling?«, rief er.

Kein Geräusch, bis auf Vogelgezwitscher und das Summen der Bienen.

»Sind Sie hier irgendwo?«, rief de Jong in die idyllische Gartenwildnis.

Keine Antwort. Wo sollte die auch herkommen? Der Mann war auf und davon, wie auch nicht, schließlich war das hier alles andere als ein Hochsicherheitstrakt. Sören Blauberg alias Mr Hardy war eindeutig ein sehr unbegabter Kidnapper.

De Jong machte so etwas wie einen Pfad aus, der in das Dickicht hineinführte – es war eher eine Fährte aus niedergetrampelten Grashalmen und platt getretenem Unkraut. Hatte Sören etwa darauf gesetzt, dass der Gekidnappte sich nicht in dieses Dickicht hineinwagen würde, weil er fürchtete, sich hoffnungslos zu verirren?, fragte sich de Jong. Er folgte dem Trampelpfad ein paar Meter und stieß auf einen umgekippten Plastikstuhl, dem ein Bein fehlte. Dahinter lichtete sich das Gestrüpp, es ging leicht abwärts. Und dann hatte er das Flussufer erreicht. Fünf Kanus glitten vorbei, eine Familie mit Teenager und zwei Seniorenpärchen, eines davon war über die Navigationsfrage in einen lauten Streit geraten. Es war Sonntag. De Jong sah den Booten nach. Dann stand er eine Weile da und hörte den Vögeln beim Zwitschern zu. Einer der Piepmätze war besonders neugierig, kam bis auf wenige Meter heran, ließ sich auf einem Ast nieder und betrachtete de Jong.

»Ein Erithacus rubecula«, sagte eine Stimme schräg hinter ihm. »Aus der Familie der Fliegenschnäpper.«

De Jong drehte sich um. »Ich hätte jetzt gedacht, das sieht glatt aus wie ein Rotkehlchen.«

»Nun ja«, sagte der Mann. »Das ist die landläufige Bezeichnung.«

Er war eine seltsame Erscheinung. Schätzungsweise um die sechzig, trug er einen hellgrauen Anzug und eine dunkelblaue Krawatte, dass man ihn für einen Bänker oder einen Personalchef gehalten hätte. Hätten sowohl Krawatte als auch Anzug nicht vor Gras- und sonstigen Flecken gestrotzt. Abgesehen davon hatte der Mann nicht das Gesicht eines Personalchefs; mit dem wild sprießenden, weißen Vollbart sah er eher aus wie einer dieser französischen Impressionisten, die auf einer Südseeinsel unter Eingeborenen gelebt hatten.

»Sie sind Herr Terschelling?«, vermutete de Jong.

»Wissen Sie, Vögel sind nicht gerade mein Spezialgebiet«, erklärte der Mann, anstatt zu antworten. Er bückte sich, wühlte mit den Fingern in dem von Farnen bedeckten Boden herum. Als er sich wieder aufrichtete, hielt er de Jong sein rechtes Handgelenk hin. Darauf krabbelte ein hellbraunes, längliches Insekt mit langen Fühlern. »Sehen Sie hier: Das ist ein prächtiges Exemplar eines Forficula auricularia«, sagte Terschelling mit Stolz in der Stimme. »Der gemeine Ohrwurm.«

Serafina hatte recht gehabt: Der Mann redete tatsächlich Latein. »Wissen Sie«, sagte de Jong, »in Sachen Krabbeltiere bin ich leider kompletter Laie. Ob das jetzt Käfer oder Spinnen oder sonst was sind …«

Terschelling hob warnend den Zeigefinger. »Nun, dann sollten Sie sich zunächst einmal klarmachen, dass wir Käfer zu den Insekten zählen, Spinnen jedoch keineswegs. Und auch da muss man noch unterscheiden zwischen Webspinnen und Gliederspinnen, nicht wahr?«

»Eigentlich bin ich hier, um Ihnen mitzuteilen, dass Ihre Entführung sich erledigt hat«, wechselte de Jong das Thema.

Irritation zeichnete sich auf Terschellings Gesicht ab. »Meine Entführung?«

»Das Kidnapping, ganz genau. Niemand hält Sie hier fest. Sie können gehen, wann und wohin immer Sie wollen.«

»Ich hatte den Herrn gebeten, mir ein Buch zu besorgen, wenn er schon in die Stadt fährt …«

»Das Buch habe ich dabei«, sagte de Jong und klopfte auf eine Jutetasche, die an seiner Schulter baumelte.

»Sehr gut«, freute sich der Inhaber des Tanztempels und deutete auf einen bunten Vogel, der von einem Baum auf der gegenüberliegenden Flussseite aufflog. »Dort, ein Eichelhäher. Garulus glandarius ist die korrekte Bezeichnung.«

»Soll ich Ihnen ein Taxi rufen?«, bot de Jong an. »Oder einen Arzt?«

Terschelling machte noch zwei Schritte in Richtung Werse und ließ sich auf der grasigen Uferböschung nieder. Klopfte neben sich auf den Boden. »Machen Sie mir die Freude, Herr …«

»De Jong«, sagte de Jong. Er zögerte einen Moment, dann leistete er Terschelling Gesellschaft. Eine Weile sahen beide auf das Wasser, das eine dunkelgrüne Farbe hatte. De Jong bemerkte einen Schwarm winziger Fische, die im seichten Uferbereich umherwuselten. »Sie scheinen eine Menge von Insekten zu verstehen«, sagte er.

»Nun ja, sie sind wohl so etwas wie meine Berufung«, erklärte der Mann neben ihm, und sein Tonfall wurde regelrecht feierlich. »Nur wenigen Menschen wird zuteil zu erkennen, was ihre Berufung ist. Wenn man also einer jener Glücklichen ist, dann sollte man doch wohl alles andere hintanstellen, meinen Sie nicht?«

»Alles andere? Meinen Sie den Tanztempel?«

»Nur ein Beispiel.« Terschelling nickte bedächtig. Er griff neben sich und pflückte ein Blatt von einem Busch, roch daran und warf es ins Wasser, wo es träge davontrieb. »Alles«, sagte er. »Alles muss hintanstehen. Wissen Sie«, er griff in seine Hosentasche, holte ein Smartphone hervor und schaltete es ein. »So habe ich hier nicht nur meine Bestimmung erkannt, sondern auch eine neue Spezies.« Er wischte mit dem Daumen auf dem Display, bis er fand, was er gesucht hatte. Hielt de Jong das Gerät hin.

Ein Krabbeltier mit langen Fühlern. »Der gemeine Ohrwurm?«, riet de Jong.

»Eben nicht! Es sieht vielleicht exakt so aus, aber …« Terschelling beugte sich zu ihm hinüber, zoomte mithilfe von Daumen und Zeigefinger auf ein bestimmtes Detail: »Sehen Sie!«

»Es hat nur fünf Beine. Gratuliere, Sie haben einen fünfbeinigen Ohrwurm …«

»Das meine ich doch nicht.« Unwillig schüttelte der rauschebärtige Mann den Kopf. »Wer spricht denn von dem Beinchen, das hat er irgendwo verloren. Aber achten Sie auf die Kopfform …«

De Jong fiel nicht das Geringste auf.

»Es ist kein gemeiner Ohrwurm. Dieses Exemplar sieht fast genauso aus wie ein Bergwald-Ohrwurm, aber eben nur fast. Es ist möglicherweise … nein, ich bin mir sicher: Es ist eine ganz neue Art. Und«, wieder fuhr der Zeigefinger in die Höhe, »ich habe sie entdeckt.«

»Was die Entführung angeht«, versuchte de Jong zurück zum Thema zu kommen.

»Wer hätte gedacht, dass mir das eines Tages bestimmt war?«, freute sich der Mann mit dem weißen Bart. »Na ja, immerhin kann ich mich erinnern, dass Herr Aschendorf schon damals von meinen Kenntnissen, was heimische Flora und Fauna anging, über die Maßen angetan war.«

»Herr Aschendorf?«

»Unser Biolehrer damals auf dem Hülsbrock. Das waren noch Zeiten …«

»Sie waren auf dem Hülsbrock?«

Terschelling schüttelte den Kopf. »Nicht sehr lange. Irgendwann war diese Sache mit dem Geheimseminar und den Gralsrittern. Kinderkram, sag ich nur.«

»Gralsritter?«

»Na, Sie wissen schon: König Artus. Lanzelot. Sir Galahad. Und alle machten einen auf obercool. Das war nichts für mich. Ich bin Forscher, wie Sie wissen.«

»Aber das waren Sie nicht immer. Sie sind auch Eventunternehmer und Inhaber eines Tanzlokals.«

»Schnee von gestern.« Terschelling zuckte geradezu verächtlich mit den Schultern. »Denken Sie vielleicht, Saulus hätte als Kind schon gewusst, dass er später mal Apostel werden wollte? Denken Sie vielleicht, das wäre ihm an der Wiege gesungen worden?«

»Woher soll ich wissen, was an Saulus' Wiege gesungen wurde?«, sagte de Jong.

»Aber irgendwann hatte er diese Eingebung, und das war's.«

»Erzählen Sie mir vom Hülsbrock-Kolleg. Über Ihre Zeit dort.«

Wieder Schulterzucken. »Wie gesagt, keine besonders schöne Zeit, Herr …«

»De Jong«, sagte de Jong.

»Und auch keine interessante, vom wissenschaftlichen Standpunkt aus betrachtet. Dann diese Sache mit Kitting, daran kann ich mich erinnern …«

»Er wurde ermordet, nicht wahr?«

»Ermordet?« Verwundert hob der Mann neben de Jong eine Braue. »Na ja, nach allem, was passiert ist – es gibt noch so was wie ausgleichende Gerechtigkeit, nicht wahr?«

»Ausgleichende Gerechtigkeit?« Der Exkommissar war neugierig.

Aber er bekam keine Antwort.

Eine Weile betrachteten sie schweigend die Werse, die so langsam dahinfloss, wie es wohl kaum ein anderer Fluss hinbekam, vielleicht mit Ausnahme des Amazonas.

»Also dann«, sagte de Jong nach einer Weile geradezu gemütlichen Schweigens. Er zückte sein Smartphone. »Was würden Sie davon halten, wenn ich Ihnen ein Taxi bestelle? Dann fahren Sie erst mal nach Hause, und diese ganze unschöne Sache ist vorbei.«

Arne Terschelling, der Eventmanager mit dem Gaugin-Bart, lächelte ihm zu. Aus dem Lächeln wurde ein breites Grinsen. »Wenn es Ihnen nichts ausmacht«, sagte er, »würde ich mich hier gern noch ein wenig umsehen. Die beeindruckende Artenvielfalt ist für einen wissbegierigen Forscher wie mich die reinste Fundgrube. Ein Biotop, das jemand meines Schlages sich nicht entgehen lassen darf. Ich bin Forscher, wie Sie wissen …«

»Allerdings«, sagte de Jong.

»Ich mache Ihnen einen Vorschlag: Fahren Sie doch schon mal vor, und ich melde mich bei Ihnen …«

33. Kapitel

Es gibt noch so was wie ausgleichende Gerechtigkeit. Dieser Satz spukte de Jong im Kopf herum, während er sich durch die Massen von Freizeitradlern einen Weg nach Hause bahnte. Zweifellos eine schöne Sache. Wenn man sich etwas von Gerechtigkeit versprach, dann sicher, dass sie ausgleichend war. Im Zusammenhang mit einem Mord wurde der Begriff aber oft von Menschen benutzt, die eigentlich *Rache ist Blutwurst* meinten. Bei dem Eventmanager, der über Nacht zum Insektenforscher mutiert war, hatte de Jong geglaubt, etwas in der Art herauszuhören. Und dann die Sache mit Galahad. *Sie wissen schon: König Artus. Sir Lanzelot. Galahad.* Die Ritter der Tafelrunde.

Sir Galahad. Natürlich. Jetzt erinnerte er sich wieder. Ein Gedicht hatte von ihm gehandelt. Man hatte es in Melanie Trudeaus Wohnung gefunden. Am Tatort ihres sogenannten Selbstmordes. De Jong stoppte. Hinter und neben ihm entrüstetes Klingeln. »Schon mal was von Bremsen gehört?«, rief der Exkommissar den Freizeitradlerinnen hinterher. Er wartete geduldig, bis das Klingeln verklungen war. Dann nahm er sein Telefon und wählte Bühlows Nummer. Die Verbindung wurde aufgebaut. Dann beendet.

Der Hauptkommissar hatte ihn weggedrückt. Verstehe schon, dachte de Jong. Das ist der Personalengpass. Wie du willst, dann mache ich es eben allein.

Erneutes Klingeln. Widerwillig räumte de Jong den Radweg und stolperte dabei über einen der zahllosen Elektroroller, die ungezieferartig überall in der Stadt herumstanden. Er hielt sich den Knöchel und fluchte, dabei war ihm klar, dass der Fortschritt eine Macht war, der man nicht trotzen sollte. E-Roller waren ein Verkehrsmittel der Zukunft, eine ökologisch gesehen wenn auch fragwürdige, so doch bequeme Alternative zum herkömmlichen und oft kräftezehrenden Zufußgehen. Und er, de Jong, war die Vergangenheit, der es recht geschah, über die Zukunft zu stolpern.

Er wählte stattdessen das Hülsbrock-Kolleg, erreichte Frau Wallenhorst, die ihm bereitwillig Schrödingers Nummer gab, aber nicht ohne zu erwähnen, dass sie ihm die Nummer bereits genannt hatte. Als der Dozent sich meldete, war er gerade dabei, irgendetwas zu verzehren. Und im Hintergrund lief ein Fernseher. Womöglich einer dieser Filme, aus denen Schrödinger so gern zitierte.

»Was wissen Sie über die Tafelrunde?«, fragte de Jong.

»Nun ja«, der Dozent kaute und schluckte seinen Bissen runter. »Wie Sie wissen, Herr de Jong, ist Literatur nicht gerade mein Fachgebiet, aber …«

»Ich meine nicht in der Literatur, sondern an Ihrem Kolleg. Ein geheimer Zirkel oder so etwas Ähnliches. Fällt Ihnen dazu etwas ein?«

Schweigen. Der Film im Hintergrund eskalierte gerade in einer besonders dramatischen Dialogszene.

Plötzlich ein lautes Geräusch, als wäre in unmittelbarer Nähe ein Haus eingestürzt. Schrödinger hatte von seinem Brötchen abgebissen. Sein Kauen zermahlte die Haustrümmer, verarbeitete sie zu kleinen Bröseln, die er schließlich mit einem vernehmlichen *Urrps* hinunterschluckte. »Das hört sich nach Kitting an. Er hatte es mit dem Erlebnis-Unterricht.«

»Ich bin ganz Ohr«, sagte de Jong.

»Na ja, er bildete sich wohl ein, seine Seminare seien interessanter als stinknormale Pflichtveranstaltungen, wenn er ihnen etwas Geheimnisvolles und Exklusives verlieh. Eine besonders schlaue Methode, seine Schüler zu motivieren.« Es knurpste wieder, dieses Mal nicht ganz so laut. Im Fernsehen wurde der Film von einem Werbeblock unterbrochen. »Ritter der Tafelrunde, stimmt«, sagte Schrödinger. »Kann gut sein. Soviel ich weiß, hat er auch mal ein Seminar mit Starwars-Outfit gemacht: Die Teilnehmer waren eingeschworene Yediritter. Und er war Meister Joda.«

»Und wieso war die Polizei da?«

»Die Polizei? – Tja, richtig ... Ich erinnere mich vage, dass da mal was war. Es gab eine Untersuchung über die angeblich geheimen Aktivitäten. Und dann war irgendwas mit Mobbing, glaub ich. Na ja, damals nannte man das noch nicht so. Das alles ist aber sehr lange her. Vor meiner Zeit gewissermaßen. Bedenken Sie, dass ich damals auch noch Schüler war, nicht Kollege.« Der Mann am anderen Ende schnappte sich einen weiteren großen Bissen und sagte etwas Unverständliches mit vollem Mund. Dann krachte es wieder, lauter als zuvor.

»Ich wünsche Ihnen noch einen gesegneten Appetit«, sagte de Jong und legte auf.

Ihm war noch Rabea eingefallen. Rabea Holm, die Journalistin, die über das Hülsbrock-Kolleg recherchierte. Soweit er sich erinnerte, hatte sie von verwöhnten Zöglingen gesprochen, die Ritter spielten. Und er erinnerte sich auch an den abfälligen Ton, in dem sie es erwähnt hatte. Während der Fortbildung über Gewinnerstrategien hatten sie Telefonnummern ausgetauscht, also konnte er sie anrufen. Sie ging aber nicht ran. Also bearbeitete er das Display seines Smartphones mit den beiden Daumen:

Ich würde mich gern mit Ihnen unterhalten, schrieb er. *Über die Hogwarts-Spielchen am Hülsbrock-Kolleg.*

Dann ging er an Deck, schloss sein Rad auf und schob es über den Steg an Land. Schwang sich auf den Sattel und nahm Kurs auf Everswinkel, wo Eugen Küppers im Knipperdolling schon auf ihn wartete. Der Abend war mild, die Sonne hatte sich diskret hinter einen dünnen Wolkenschleier verzogen, den sie mit einem rosa Schimmer versah. De Jong radelte gerade am gelben Ortsschild vorbei, als ihn die Vibration seines Handys in der Tasche stoppen ließ.

Was wollen Sie wissen?, hatte Frau Holm geantwortet.

Also tippte er erneut. *Was halten Sie von einem gemütlichen Dinner? Dann erzähle ich Ihnen alles.*

Im Hülsbrock & Friends?, kam es kurz darauf zurück. *Morgen Abend, sagen wir 21:30, nach der Abendveranstaltung?*

Er schickte einen hochgereckten Daumen. Und während er weiterradelte, sog er die Abendluft ein, in der sich Natur, Landwirtschaft und diverse italienische Kräuter aus dem Landgasthof in der Nähe mischten. Alles erschien ihm auf einmal wie eine einzige Verheißung. Rabea hatte zweifellos das gewisse Etwas, dem man nur mit äußerster Willenskraft und asketischer Disziplin widerstand. Und de Jong schwante, dass es bei dem Treffen mit ihr nicht nur um die Ritterspiele am Hülsbrock ging.

* * *

Ein Thema, das Eugen Küppers und er während ihrer langen Bier-Abende im Knipperdollling besonders eingehend debattiert und in dem sie sich so manches Mal verhakt hatten, war das Thema Glück. Ob es so etwas überhaupt gäbe und, wenn ja, wie man es erlangte. In den Vereinigten Staaten habe man das Streben danach sogar in die Verfasung geschrieben; allerdings strebten dort die meisten lieber nach Erfolg anstatt nach Glück. Eugen hatte es einmal zu einer reinen Vergangenheits-Kategorie erklärt. Eine Perspektive des rückwärts gewandten Blickes. Dass man das Leben im Rückblick immer glücklich fände, sei ganz normal, schon weil man auf eine Zeit zurückblicke, in der man eben noch nicht zurückblicken musste, sondern nach vorn auf das blicken konnte, was noch alles so auf einen zukam.

De Jong hatte ihm oft widersprochen, allein schon weil das ja bedeutet hätte, dass man immer nur im Nachhinein glücklich sein könne. Und für das Nachhinein könne man sich letztlich doch nichts kaufen. Wenn es schon die rückwärts gewandte Sicht sein musste, konnte er sich

Wiederholungen vorstellen, um das Leben glücklicher zu machen. Im Fernsehen war so etwas längst Standard. Besonders beliebte Filme wurden wiederholt. Warum konnte man besonders beliebte Lebensphasen, romantische Augenblicke, ekstatische Momente nicht wiederholen? Das wäre in seinen Augen eine Maßnahme gewesen, um das Leben um einiges lebenswerter zu machen.

Das Knipperdolling gab sich heute sommerlich: Man konnte draußen an einem Tisch sitzen und von dort aus den Rathausplatz betrachten mitsamt der Skulptur, die eine Schweinefamilie darstellte. De Jong bestellte ein Bier und saß da, beschwingt von der Vorfreude auf das bevorstehende Quasidate.

Was Küppers anging, so hatte er sich schon auf die üblichen Beschwerden gefasst gemacht, dass er sich schon wieder verspätet habe und warum er nicht wenigstens einmal pünktlich sein könne. Aber von Küppers war noch keine Spur weit und breit zu sehen. Also versuchte de Jong es noch einmal bei Bühlow. Dieses Mal wurde er wenigstens nicht weggedrückt.

»Was gibt's, Niklas?«

»Hör zu«, sagte de Jong. »Ich wollte nicht stören, aber weil du sagtest, ihr würdet den Fall zu den Akten legen, dachte ich, du hast jetzt jede Menge Zeit …«

»Was denn für Akten? Ich hab gesagt, dass er im Sande verläuft, das ist was ganz anderes.«

»Natürlich.«

»Wenn wir erst mal bei der Selbstmord-Hypothese bleiben, sagt Merzenich, dann können wir gleichzeitig immer noch in alle Richtungen ermitteln. Das ist sein Plan.« Bühlow räusperte sich.

Das hörte sich nicht gut an. In alle Richtungen ermitteln war ein Synonym für Im-Dunkeln-Tappen. »Im Grunde keine schlechte Idee«, meinte de Jong.

»Na ja, seiner Meinung nach besteht unser Dilemma darin, dass Suizid seit dem Mittelalter keine strafbare Handlung mehr ist. Könnte man aber nachweisen, dass diese Selbsttötungen unter Zwang geschahen, ergäbe sich juristisch eine ganz andere Situation. Sodass es ihm eben darum geht, diesen Zwang nachzuweisen. Wenn das gelänge, könne man eben Waldemar tatsächlich festnehmen und anklagen. Und dann hat Dr. Hattkämper die Studie ins Spiel gebracht.«

De Jong wunderte sich. »Die Rechtsmedizinerin? Ermittelt die jetzt auch mit?«

»Die Hattkämper und Merzenich sind ganz eng miteinander. Jedenfalls seit sie auf der Hochzeit seiner Tochter war.«

»Und was hat sie ins Spiel gebracht?«

»Eine Studie, die in den USA erhoben wurde. Man hat angeblich herausgefunden, dass ein direkter Zusammenhang zwischen Gedanken, Todeswünschen und Selbstmorden besteht. Dass er jedenfalls messbar ist, wenn auch minimal.«

»Ja, davon hat sie mir auch erzählt. Aber …«

»Ein ursächlicher Zusammenhang. Das könnte vielleicht die Handhabe sein, Waldemars bloße Behauptungen als strafrechtlich relevanten Akt zu interpretieren …«

»Unsinn!«, meinte de Jong. »Wieso denn der jetzt schon wieder?«

Bühlows Redefluss verebbte für einen Moment. Dann redete er weiter: »Kollege Merzenich ist jedenfalls der

Auffassung, dass wir an einem Punkt stehen, an dem wir es uns nicht leisten können, ihn auszuschließen. Und Dr. Seltsam, ich meine Hauptkommissar Selters, bestärkt ihn darin. Dabei machen die sich sonst immer gegenseitig das Leben schwer.«

»Wie schon gesagt«, meinte de Jong. »Waldemar ist ein hoffnungsloser Fall. Ein fanatisch Glaubender und das höhere Wesen, das er verehrt, in einer Person. Aus dieser Konstellation gibt es keinen Ausweg.«

»Das ist deine Theorie.«

»Allerdings. Ich halte es aber auch für denkbar«, fügte de Jong hinzu, »dass er sein Gehirn vermietet hat.«

»Vermietet?« Bühlow klang entsetzt. »Wie soll das denn gehen?«

»Ach, vergiss es. Frag ihn bei Gelegenheit, ob er noch nie was von Kündigung wegen Eigenbedarfs gehört hat. Wir müssen uns den Fall Kitting noch mal ansehen.«

»Aber das haben wir schon abgehakt: Dieser Fall hat nichts mit unseren angeblichen Selbstmorden zu tun.«

»Ja, schon. Aber es gab mal eine Tafelrunde am Kolleg, irgendein geheimes Seminar, das er ins Leben gerufen hat. Weißt du darüber irgendwas?«

»Nein. Aber wenn das schon so lange her ist, dann …«

»Tafelrunde: King Arthur, Sir Lanzelot, Sir Galahad.«

»Galahad?«

»Genau. Ein Gedicht, das so hieß, wurde bei Frau Trudeau gefunden.«

»Und du meinst jetzt …«

»Ich meine lediglich, das könnte ein Hinweis sein. Der Anfang einer Spur, der ersten vielleicht, die nicht schon wieder zu Waldemar führt. Damals hat die Polizei ermittelt, und danach wurde das Ganze beendet. Könntest du herausfinden, was damals passiert ist?«

»Aber das ist lange vor meiner Zeit gewesen. Vielleicht weiß mein Onkel was …«

»Na gut«, sagte de Jong. »Ich bin mit ihm verabredet. Er müsste jederzeit hier aufkreuzen. Und dann werde ich auch mit dieser Journalistin, Rabea Holm, sprechen. Sie hat schließlich über die Geschichte des Kollegs recherchiert.«

»Moment mal.« Achim Bühlow stutzte. »Woher hast du das denn?«

»Was?«

»Seit wann ist sie Journalistin?«

»Keine Ahnung, seit wann. Spielt das irgendeine Rolle?«

»Die Kripo hat auch mit ihr gesprochen. Aber soweit ich mich erinnere, war sie keine Journalistin.«

»Ach was«, sagte de Jong. »Sie hat es nicht an die große Glocke gehängt. Weil nicht alle wissen sollen, dass sie auf Recherche im Hülsbrock unterwegs ist.«

»Moment.« Man konnte hören, wie Bühlow auf einer Tastatur tippte. »Hier steht es. Sie gab an, Apothekerin zu sein. Nicht Journalistin.«

»Bist du sicher?«

Bühlow hielt es für überflüssig, diese Frage zu beantworten.

»Egal«, sagte de Jong. »Was auch immer sie ist, sie schreibt an einem Artikel zum Jubiläum des Hülsbrock-Kollegs. Und ich werde mich mit ihr treffen.«

34. Kapitel

Nach dem Gespräch saß de Jong da und wartete immer noch darauf, dass Eugen Küppers eintrudelte. Er überlegte, ob er schon das zweite Bier bestellen sollte. Immer noch war der Abend auf verführerische Weise sommerlich. Immer noch erfüllte de Jong die Vorfreude auf das bevorstehende romantische Date mit Rabea Holm. Auch wenn es eigentlich kein Date und schon gar nicht romantisch war, aber wer wusste schon, was sich an so einem Abend alles noch ergeben würde.

Er hielt Ausschau nach der Kellnerin, aber da entdeckte er Eugen Küppers, der gerade sein Rad abgeschlossen und winkend Kurs auf seinen Tisch genommen hatte. »*Kalli Mehra!*«, dröhnte er, sobald er angekommen war, und grinste breit und vielsagend.

De Jong sah sich um. »Ich sehe an diesem Tisch niemand sitzen, der so heißt.«

»Das ist griechisch. Heißt ›guten Tag‹.« Küppers pflanzte sich auf einen Stuhl und rückte ihn an den Tisch. Winkte der Bedienung und deutete auf de Jongs Bierglas, worauf de Jong geistesgegenwärtig zwei Finger hob.

Dann beugte Küppers sich vor. »Wir haben letzte Woche gebucht. Zwei Wochen Rhodos. All inclusive. Ich dachte mir, es schadet wohl nichts, wenn man sich ein wenig in der Landessprache verständigen kann.«

»Alle Achtung!«, staunte de Jong. »Das hätte ich dir gar nicht zugetraut.«

Küppers schnaufte amüsiert. »Schon klar. Du denkst, ich wär eine dieser Dumpfbacken, denen es scheißegal ist, ob sie auf Malle oder in der Domrep herumsitzen. Hauptsache Sonne und was zu trinken.«

»Nein, so was hab ich noch nie gedacht«, behauptete de Jong kühn. »Aber mal zu was ganz anderem«, sagte er und kam sich schon vor wie Schrödinger ohne Katze, der die Konversation gern mit Filmzitaten würzte. »Dein Neffe meinte, du könntest mir vielleicht helfen. Es geht um eine Sache, die schon ein paar Jahre her ist. Am Hülsbrock-Kolleg. Kitting, der später ermordet wurde, hat ein geheimes Seminar geleitet, das er Tafelrunde nannte ...«

»Genau, die Tafelrunde. Warte mal ...« Küppers kratzte sich hinter dem Ohr und richtete den Finger, der gekratzt hatte, auf de Jong. »Ich erinnere mich dunkel. Aber das war keine große Sache. Es gab damals eine Untersuchung, und ein Journalist – den Namen habe ich vergessen – hat den inzwischen verstorbenen Professor Kitting schwer belastet. Aufgrund einer Seminararbeit, die auf einem USB-Stick gespeichert war. Es ging um den Verdacht, dass jemand in den Selbstmord getrieben wurde.«

»Weiter«, sagte de Jong.

Die Bedienung eilte heran und platzierte ein volles Bierglas auf dem Tisch vor Küppers.

»*Eff Scharissto!*«, schmetterte Eugen, worauf die Kellnerin regelrecht zusammenzuckte und wortlos den

Rückweg antrat. »›Danke‹ auf Griechisch«, erläuterte Küppers für de Jong.

»Gut zu wissen«, sagte de Jong, ohne es zu meinen. »Erzähl mir von dem Selbstmord.«

»Nolte, genau. So hieß der Zeitungsfritze, der das ausgegraben hat. Also, soweit ich das noch zusammenbekomme, kam heraus, dass der Betreffende eine Sex-Seite im Internet betrieb und später Selbstmord beging. Dieser Nolte wollte einen direkten Zusammenhang herstellen. Das Kolleg, das dieses ominöse Seminar abgehalten hat, des Mordes beschuldigen. Aber das ging schief. Letztlich gab es keinerlei Hinweis auf eine Straftat.«

»Die Frage ist«, sagte de Jong, »ob es bei diesem Selbstmord irgendeinen Bezug zu unserer Serie am Hülsbrock-Kolleg gibt.«

Küppers nahm einen ausgiebigen Schluck Bier. »Also, zufällig war ich an der Ermittlung damals beteiligt. Und diese Seminararbeit – die hab ich mir übrigens auf einen Stick kopiert, obwohl das gar nicht erlaubt war –, aus der hat sich alles erklärt. Es blieben keine Fragen offen. Die Ermittlungen wurden eingestellt.«

»Hast du die noch? Ich meine diese Arbeit auf dem Stick?«

»Kann sein, also da müsste ich nachsehen ... Sag mal, dieser Grieche, wo wir neulich waren ...«

»Aristoteles.«

»Genau. Was denkst du, sollen wir da mal wieder hingehen? Ich könnte ein bisschen Konversation üben.«

De Jong hielt das für keine gute Idee.

»Die haben da Papierservietten, da stehen die meisten Worte drauf. Alles, was du im Urlaub so an Sprache brauchst. Essen bestellen, aufs Klo gehen, die Rechnung verlangen – all so was.«

Auch wenn Küppers eindeutig oft nervte, kam de Jong zu dem Schluss, dass er ihn nicht genug hasste, um ihn dieser Peinlichkeit auszusetzen. »Was hältst du davon, wenn ich dir mal so eine mitbringe?«, schlug er vor.

»Gute Idee«, freute sich sein Gegenüber.

»Aber dafür schickst du mir diese Seminararbeit per Mail.«

* * *

Eugen Küppers war ein nachtragender Mensch. Für de Jong ein mitunter schwer erträglicher Charakterzug. Irgendeine Äußerung, die einem irgendwann einmal herausgerutscht war, ein leicht ironischer Unterton in der Stimme, um ihn ein wenig zu veräppeln – manches war vergeben, aber niemals war etwas vergessen. Küppers speicherte solche Dinge ab und holte sie Jahrzehnte später wieder hervor. Niemand auf der ganzen Welt – so schien es de Jong – war so perfekt und ohne Fehl, dass Küppers nicht in der Lage war, irgendetwas Unschönes aus seiner Vergangenheit hervorzukramen und ihm vorzuhalten. Diese Unfähigkeit zu vergessen hatte aber auch eine nützliche Seite, wie sich heute zeigte: Die Textdatei, um die de Jong gebeten hatte, trudelte zuverlässig ein, kaum dass der Exkommissar zurück an Bord des Alten Mädchens war.

Es war kurz nach elf. Einige Lichter der Stadt spiegelten sich friedlich im schwarzen Wasser des Kanals, auf einer Dachterrasse weiter weg fand eine Party statt, und drüben auf dem Seitenweg zog ein später Spaziergänger einen müden Hund hinter sich her. De Jong machte es sich mit einem Tee und dem Laptop oben an Deck gemütlich. Während sich Eugens Mail öffnete, meldete sein Handy den Eingang einer SMS:

Rabea Holm, gebürtig aus Ahlen in Westfalen, wohnhaft in Münster. Sie hat einen Bruder beziehungsweise hatte. Er beging Selbstmord. Du lagst richtig: Sie hat zwar Pharmazie studiert, aber nie in dem Bereich gearbeitet. Gruß Achim.

De Jong nahm einen zu hastigen Schluck vom heißen Tee, fluchte, als er sich die Zunge verbrannte, und klickte mit der Maus auf die Anlage. Es öffnete sich ein Text mit dem Titel *Seminararbeit über ein Feldprojekt zum Thema präventive Notwehr in Theorie und Praxis. Sommersemester 2009. Leitung Dr. Eusebius R. Kitting.*

1

Dienstagabend, 19:30 Uhr. Es ist so weit. Das geheime Seminar findet statt. Und ich bin dabei. Es war ein langer Weg, aber jetzt sitze ich hier am Tisch …

Irgendwann um Mitternacht ging de Jong nach unten und holte sich ein Bier. Und eine Taschenlampe. Als er kurz darauf mit dem Text durch war, saß er immer noch eine Weile da und starrte in die Nacht. Dann nahm er sein Smartphone und wählte Bühlows Nummer. Der Hauptkommissar würde sicher nicht begeistert sein, aber de Jong ging es schließlich genauso. Er wollte nicht hören, was er hören würde.

Es klingelte lange, dann hörte de Jong ein kratzendes Röcheln.

»Bist du wach?«

»Nein. Es sind zwei Uhr.«

»Frau Holms Bruder. Wie hieß der?«

»Keine Ahnung. Warum willst du das denn ...«

»Du hast es doch sicher im Computer.«

»Aber der Computer ist doch nicht hier. Wieso hat das denn keine Zeit bis morgen?«

»Weil ich es jetzt wissen muss. Und du bist ja eh schon wach.«

»Ja, klar, du hast mich geweckt.«

»Okay. Aber könntest du ...«

»Wie soll ich das von hier aus herausfinden? Ich liege im Bett.«

»Na, indem du vielleicht kurz aufstehst, würde ich vorschlagen«, drängelte de Jong ungeduldig.

Nach dem Anruf stieg er in den Bauch des Bootes und holte sich ein weiteres Bier. Inzwischen war es halb drei. Vogelgezwitscher kündigte lautstark den neuen Morgen an. Zu spät, um noch schlafen zu gehen. Eine Zeit lang erwog er allen Ernstes, sich auf Merzenichs Strategie einzulassen. In alle Richtungen ermitteln. Allzu voreilig hatte er sich darüber lustig gemacht – jetzt erst erkannte er die Vorteile dieser Methode. Wenn Hattkämpers Studie auch nur ansatzweise hielt, was sie versprach – damit wäre doch allen gedient: Der Fall wäre aufgeklärt, und Waldemar käme endlich in den Genuss der Anerkennung, ein Mörder zu sein. Um das zu erkennen, hatte de Jong fünf Bier gebraucht.

35. Kapitel

Das Thema der montäglichen Abendveranstaltung in der Reihe *Think Global* lautete: *Siebenschläfer, Achtsamkeit und Neunmalkluge – Inneres Ich und Zahlensymbolik*. Dozent war ein Gast aus Tübingen namens Dr. Effenberg-Preuß. Aber de Jong würde dem Vortrag dieses Mal nicht lauschen. Es war halb sechs abends, er saß im Hülsbrock & Friends. Und wartete auf sein Date.

Vieles sprach dafür, dass der ehemalige Kommissar in der vergangenen Nacht in den Besitz des berühmten letzten Puzzlestücks gelangt war, das die ganze Geschichte plötzlich als stimmiges Bild erscheinen ließ und alle Fragen beantwortete.

Aber er war sich da gar nicht so sicher. Was daran lag, dass er, wenn sich alles so bewahrheiten sollte, gar keine Lust auf das fertige Bild verspürte. Und deshalb zögerte er immer noch, das Puzzlestück auf seinen Platz zu legen.

Er sah auf die Uhr. Rabea Holm verspätete sich. De Jongs Blick schweifte nach draußen auf den Innenhof, der jetzt von leuchtendem Abendlicht geflutet wurde. Und seine Gedanken schweiften zu dem verrückten Insektenforscher an der Werse. *Denken Sie vielleicht, Saulus hätte als Kind schon gewusst, dass er später mal Apostel werden wollte? Denken Sie vielleicht, das wäre ihm an der Wiege gesungen worden?* – Wurde an meiner vielleicht irgendetwas mit Bullen gesungen?, fragte sich de Jong.

Fünfzehn Minuten später. De Jong sah wieder mal auf die Uhr. Inzwischen glaubte er nicht mehr daran, dass Rabea Holm noch aufkreuzen würde. Das Hülsbrock & Friends war wie leergefegt. Er hielt Ausschau nach der Bedienung, um sein Mineralwasser zu bezahlen, als ein Mann das Lokal betrat. Ulf Meckelbeck.

»Die Welt ist aber klein, was?«, sagte de Jong, als sein ungeliebter Klient ihn erblickte. »Was führt Sie her?«

Meckelbeck trat näher, zog einen Flyer aus der Tasche und ließ ihn auf de Jongs Tisch gleiten. *Siebenschläfer, Achtsamkeit und Neunmalkluge – Inneres Ich und Zahlensymbolik.* »Ein Thema von brennender Aktualität.«

»Hätte nicht gedacht, dass Sie so was interessiert«, zweifelte de Jong.

»Tut es auch nicht«, sagte Meckelbeck. »Ich bin nach fünf Minuten wieder raus.« Ihm entfuhr ein unfrohes, schnaufendes Lachen. Der Wetterfrosch von Hombre-TV wirkte heute anders als sonst. Sein Outfit war unscheinbar – graue Jeans und cremefarbenes Sweatshirt. Vor allem fehlte die gewohnte ölige Arroganz komplett. »Ich dachte, das Geblubber würde mich ablenken«, brummte er. »Na ja, falsch gedacht.«

Zum ersten Mal, seit er den Mann kannte, machte er auf de Jong einen niedergeschlagenen Eindruck.

»Wie laufen denn die Geschäfte?«, fragte der Exkommissar, neugierig auf einen Schlag, den der notorische Gewinner hatte einstecken müssen.

Meckelbeck ließ sich auf den Stuhl gegenüber sinken. »Was die Geschäfte machen? Ist das Ihre Frage?« Er verdrehte die Augen und sonderte einen langen, stimmhaften Seufzer ab. »Ich sage Ihnen: Fragen Sie nicht.«

»Also gut«, sagte de Jong.

Die Bedienung eilte herbei. De Jong bestellte noch ein Bier, Meckelbeck entschloss sich zu bleiben und orderte einen Schnaps. »Bei Hombre-TV stellen sie mir den Stuhl vor die Tür, falls Sie's wissen wollen.«

»Nein.« Schadenfreude erfüllte de Jong bei der Vorstellung, wie Meckelbeck, der Mann von der Siegerstraße, auf einem Stuhl neben einer geschlossenen Bürotür hockt. »Das können die doch nicht machen.«

»Sie behaupten, dass meine sexistischen Bemerkungen die Quote versauen. Kompletter Schwachsinn! Welche verfickten sexistischen Bemerkungen meinen die überhaupt? Und jetzt wollen sie, dass eine Frau meinen Job macht. Bei Hombre-TV. Eine Frau – das ist lachhaft!« Meckelbeck verzog das Gesicht und schüttelte in schierer Verzweiflung an der gesamten Welt und ihrer Sinnhaftigkeit den Kopf. »Aber nicht genug damit.« Sein linker Unterarm lag auf dem Tisch, als wäre er tonnenschwer und drohte mit seinem enormen Gewicht, den gesamten Oberkörper unweigerlich mit auf die Holzplatte zu ziehen. Mühsam schaffte sein Besitzer es gerade eben, die Hand ein kleines Stück anzuheben, und begann, mit der Rechten die Finger abzuzählen: »Meine Frau will, dass ich ausziehe. Nur wegen einer einzigen kleinen Scheißaffäre, einem One-Night-Fick, wegen dem sie sich doch verdammt noch mal nicht so anstellen soll. Weiter: Ich erhalte Morddrohungen. Die anderen auf der Liste hat es schon erwischt. Aber der Mann, der mir in dieser Sache helfen soll – für gutes Geld, wohlgemerkt –, sagt mir: Immer mit der Ruhe, noch sind Sie ja nicht tot. Warten wir doch erst mal ab, ob es noch einen Mord gibt. Und dann können wir immer noch rauskriegen, wer es war.«

An dieser Stelle hätte de Jong eigentlich Einspruch erheben müssen, dass er das so niemals gesagt habe. Aber seltsamerweise war er nicht empört genug, und das lag nicht nur daran, dass Meckelbecks Vorwurf in gewisser Weise berechtigt war. Sondern auch daran, dass der zerknirschte Weltschmerz den Erfolgsmenschen weniger ölig erscheinen ließ, weniger perfekt, dafür menschlicher. De Jong konnte ihn sogar ansatzweise sympathisch finden, verwarf dieses Gefühl aber umgehend, indem er sich die vermaledeiten Fotos ins Gedächtnis rief. Solange du Giulia so zum Lächeln bringst, dachte er, kannst du dir abschminken, dass ich nett zu dir bin.

»Also gut«, sagte er trotzdem. »Dann freut es Sie vielleicht zu erfahren, dass diese mysteriösen Mordfälle kurz vor der Aufklärung stehen.«

»Ach ja?« Meckelbeck klappte der Mund auf und wieder zu.

Eine SMS trudelte ein. Sie war von Rabea.

Tut mir leid, mir ist was dazwischengekommen. Hoffentlich haben Sie nicht die ganze Zeit gewartet. Rabea.

Was denn sonst?, dachte de Jong und steckte das Handy wieder ein. »Warum haben Sie mir nichts von der Tafelrunde erzählt?«, fragte er.

Sein Gegenüber starrte ihn begriffsstutzig an.

»König Artus«, half der Exkommissar ihm auf die Sprünge. »Sir Galahad und der Kampf ohne Schwert. Jetzt erzählen Sie mir nicht, dass …«

»Aber ich habe Ihnen doch anfangs gesagt, dass alles mit dem Kolleg zusammenhängt. Dass die Mordopfer ehemalige Schüler sind. Dass ich ehemaliger Schüler bin. Ja, es gab damals dieses abstruse Camelot-Spiel. Aber wen interessiert das heute noch? Das ist lange her.«

»Zwölf Jahre. Und es hatte tragische Folgen.«

»Eben nicht. Laut Ermittlungen der Kripo wurde keine Straftat begangen.«

»Sagt Ihnen der Name Michael Rudow etwas?«

Meckelbeck zog die Stirn in Falten, er schien tatsächlich in seinem Gedächtnis zu kramen. »Sollte er das?«

»Es ist der Mann, den Sie mit Ihrem Seminar damals aufs Korn genommen haben. Rein studienhalber. Indem Sie seine Existenz sozusagen zerstörten.«

»Na ja, Existenz«, widersprach Meckelbeck. »Lassen wir doch mal die Kirche im Dorf. Er war noch grün hinter den Ohren, und sein Laden war ein obskurer Online-Service. Eine Luftnummer.«

»*Bettfertig.de*.« Der Exkommissar nahm das Bier in Empfang. »Eine Gutachterin schrieb, dass es für ihn durchaus mehr als das war. Ihre Damalige, Lesley, hat Sie verlassen, um mit ihm zusammen zu sein.«

»Aber nachher ist sie wieder zu mir zurückgekommen.« Meckelbeck schnüffelte an seinem Schnaps.

»Nachdem Ihr Seminar mit ihm fertig war. Wie auch immer, er nahm sich das Leben.«

»Und wie schon gesagt, gab es keine Straftat, die …«

»Richtig«, bestätigte de Jong. »Aber Michael Rudow hatte eine Schwester, die Rabea hieß. Und die sieht das etwas anders.« Er durchkramte seine Hosentasche und fand den Zettel, auf dem er sich notiert hatte, was er gestern Nacht von Achim Bühlow gehört hatte, nachdem der endlich seinen müden Hintern aus dem Bett gehievt hatte. »Seine Eltern, brave Gymnasiallehrer, hatten eine Karriere als Rechtspfleger für ihn vorgesehen. Sie waren tief enttäuscht von ihm, als er mit dem Start-up *Bettfertig.de* ankam. Laut einer Gutachterin war der Laden für ihn aber nicht nur ein obskurer Online-Service. Es war seine Methode, um sich gegen die übergriffigen Erwartungen der Eltern zu wehren. Als der dann den Bach runterging, kündigte er seine Wohnung, zog zu seinen Eltern zurück und schloss sich in seinem Zimmer ein. Rabea war damals neun und hat ihn in der Badewanne gefunden.«

»Eine schlimme Sache«, meinte Meckelbeck, sorgte in seinem Blick für die gebührende Betroffenheit, bevor er wiederholte: »Aber wie gesagt, es gab keine …«

»Ich weiß. Keine strafbare Handlung. Und jetzt zu meiner Theorie: Frau Holm hat die Sache nicht losgelassen, und sie gab der Tafelrunde die Schuld. Der Mord an Kitting vor vier Jahren geht vermutlich auf ihr Konto. In seinem Archiv dürfte sie genug Unterlagen gefunden haben, um diejenigen ausfindig zu machen, die in ihren Augen schuld am Tod ihres großen Bruders waren.«

»Und Sie denken, dass …«

»Frau Holm hat dieses Jahr an mehreren Veranstaltungen teilgenommen, die im Hülsbrock-Kolleg im Rahmen des Jubiläums stattfanden. Ich glaube, dass sie Kleist und Schnelling mit einem romantischen Date geködert, sie in ihren Räumen aufgesucht und ihnen den tödlichen Cocktail verabreicht hat. Dass alles wie ein Selbstmord aussah, war ihr wichtig, weil es die Art war, wie ihr Bruder sich selbst getötet hat. Sie ist Pharmazeutin, hat also Erfahrung mit Medikamenten und deren Wirkung. Weiß, wie man sie beschaffen kann.«

»Und ihre Opfer haben sie einfach so geschluckt? Ohne Widerrede?«

»Höchstwahrscheinlich«, sagte de Jong, »kam der Giftcocktail erst zum Zuge, als die Herren hinreichend betrunken waren. Rabea musste nur dafür sorgen, dass sie entspannt und arglos waren und genug Alkohol konsumierten.«

»Und was ist mit Melanie Trudeau? Sie ist kein Mann. Hat diese Frau Holm ihr auch ein Date versprochen?«

De Jong nickte. »Auch ihr wird sie geschmeichelt haben. An dem betreffenden Abend saß ich mit Frau Trudeau hier zusammen. Bevor sie auf ihr Zimmer ging, bekam sie einen Anruf. Für mich sah es so aus, als ob sie sich auf späten Besuch freute.« Er nahm einen Schluck von seinem Bier. »Nachdem Trudeau den Cocktail intus hatte, hat Rabea sie ausgezogen und in die Wanne gelegt. Anders als bei Schnelling und Kleist, die sie auf dem Bett und im Sessel belassen hat, wahrscheinlich aufgrund ihres größeren Gewichts.«

Ulf Meckelbeck drehte das Schnapsglas, das längst leer war, auf dem Tisch. »Und diese Dame hat es also auch auf mich abgesehen?«, sagte er.

»Davon gehe ich aus«, meinte de Jong. »Sie sehen also, Meckelbeck, dass ich meinen Job sehr wohl erledigt habe.«

Damit hatte sein Gegenüber offenkundig nicht gerechnet. Eine Weile starrte er vor sich auf die Tischplatte, fing dann langsam, aber stetig an zu nicken. »Und Sie haben keine Beweise?«

»Im Grunde nicht einen. Aber ich weiß ja, dass ich recht habe.« De Jong lächelte.

»Na, gut zu wissen.« Meckelbeck brauchte noch einen Moment. Dann klatschte er in die Hände und rieb sie ausgiebig. »Das sind ja gute Nachrichten.« Auf sein eben noch zerknirschtes Gesicht hockte sich ein vorlautes Grinsen. »Wie sieht's aus, de Jong, darf ich Ihnen einen Drink spendieren?« Dem Grinsen schien es egal, dass es fehl am Platz wirkte. Es wurde so breit, dass es praktisch Meckelbecks gesamte Visage einnahm und ihn im Handumdrehen wieder in den alten arroganten Sack verwandelte. »Ich hab's gewusst«, sagte er, hob den Arm und deutete mit dem ausgestreckten Finger auf de Jong, wie ein US-Präsidentschaftskandidat auf Wahlkampftour. »Sie sind gut. Ich wusste, dass Sie einen guten Job machen.«

»Lassen Sie nur«, sagte de Jong. »Verschieben wir das Feiern lieber auf später.« Er trank sein Bier aus. »Erst mal werde ich mit den Exkollegen bei der Kripo reden. Die ermitteln nämlich zurzeit noch in alle Richtungen.« Damit erhob er sich vom Tisch, ging zum Tresen und zahlte. Auf dem Weg zum Ausgang bemerkte er doch noch einen anderen Gast: Schrödinger, der, wie versteckt hinter einer dieser riesenhaften Grünpflanzen, an einem Tisch saß, über einen aufgeklappten Laptop gebeugt. De Jong nickte ihm zu. Der Dozent grüßte, indem er eine Hand an die Schläfe legte und salutierte. »Cheerio, Käpt'n.«

36. Kapitel

Es war erst so gegen neun, als er vom Hülsbrock-Kolleg zurückradelte. Die Luft war lau, und der Exkommissar labte sich im Zauber der hereinbrechenden Nacht. Es war schon vorgekommen, dass er grundsätzlich bezweifelt hatte, dass Nächte überhaupt einen Zauber haben konnten, aber an einem Abend wie heute waren diese Zweifel gegenstandslos. Es schien so, als gäbe sich der Tag alle Mühe, bei seinem Abgang die milde Luft nicht zu verärgern, indem er die Nacht nicht auf brutale Art hereinbrechen ließ, so als würde man in einem Tunnel das Licht ausknipsen. Stattdessen begann er mit einem sanften Blau, das die Landschaft allmählich abdunkelte, beließ es lange Zeit dabei und achtete peinlich darauf, dass sämtliche Konturen sichtbar blieben. Langsam tastete er sich weiter voran, ließ Büsche und Bäume allmählich mit dem Dunkel verschmelzen, und de Jong bewunderte, wie behutsam die Nacht sein konnte und dass von Hereinbrechen keine Rede war.

Er schaltete ein paar Gänge runter, ließ das Fahrrad rollen und gab sich einer diffusen Erwartungshaltung hin, als säße er in einem Theater, in dem der letzte Gong verklungen war, langsam und wie durch Zauberhand die Lichter gedimmt wurden und schließlich ausgingen. Dann störte sein Handy. Er hielt an und sah auf dem Display nach. Stellte die Verbindung her.

Giulia? Aber es war nicht sie. Warum sollte sie ihn denn auch anrufen – das war reines Wunschdenken.

»Niklas?« Janwillems Stimme, die leicht vorwurfsvoll klang. »Ich versuche dich zu erreichen, aber du rufst nicht zurück.«

»Worum geht's denn?«

»Worum es geht? Ob du was rausgekriegt hast, wo Terschelling steckt. Worum ich dich gebeten hatte.«

»Allerdings. Hab sogar mit ihm gesprochen.«

»Echt? Und wo steckt er?«

»Er ist auf Sörens Grundstück an der Werse und betreibt Insektenforschung.«

Janwillem schnaufte empört, offenbar dachte er, dass de Jong ihn veräppelte. »Er betreibt was?«

»Der Mann hatte einen Unfall. Wahrscheinlich wurde sein Gehirn in Mitleidenschaft gezogen, was weiß denn ich.« De Jong stand neben seinem Fahrrad auf dem Seitenstreifen. Inzwischen war es so dunkel, dass die vorbeisausenden Autos nur aus Lärm und heranrasenden Scheinwerfern bestanden, roten Rücklichtern, wenn sie vorbei waren. »Weißt du was?«, sagte de Jong und musste wegen des Straßenlärms seine Stimme erheben. »Warum er das alles gemacht hat mit dem Kidnapping? Sören, meine ich.«

»Niklas, bist du noch dran?« Janwillem hatte auch seine Stimme erhoben, obwohl er keinen Anlass dazu hatte.

»Wegen der Laurel & Hardy Company«, brüllte de Jong ins Handy. »Ich bin mir ziemlich sicher, er würde gern wieder mit dir auftreten. Das bedeutet ihm viel.«

»Was …?«

»Denk mal drüber nach. Und dann kommst du auf mich zu. Wenn's um das Finanzielle geht. Ich muss jetzt weiter.« De Jong tippte auf *beenden*, stieg wieder auf und radelte los.

Fünfundzwanzig Minuten später, auf dem Alten Mädchen angekommen, holte er sich ein Bier aus dem Kühlschrank, rückte sich einen der Sessel an die Reling und legte die Füße hoch. Es war jetzt halb elf. Sterne waren kaum zu sehen, obwohl es eigentlich eine klare Nacht war. Er musst an Giulia denken, weil eine der ersten Nächte, die sie zusammen verbracht hatten, eine von denen gewesen war, die eigentlich klar waren und man doch keine Sterne gesehen hatte. Er erwog sie anzurufen, scrollte im Adressverzeichnis zu ihrem Namen. Dann traute er sich aber doch nicht, den grünen Button mit dem Telefonhörer anzutippen. Das Risiko, es wieder zu vermasseln, war eindeutig zu hoch, jedenfalls höher als die Chance, bei ihr zu landen. Stattdessen wählte er Bühlows Nummer. Natürlich war ihm klar, dass der Hauptkommissar wieder darauf herumreiten würde, wieso de Jong immer so spät anrufen musste. Aber einerseits konnte vor elf von Schlafenszeit noch keine Rede sein. Und andererseits durfte Achim Bühlow sich inzwischen an de Jongs Anrufzeiten gewöhnt haben.

Hatte er aber nicht. »Sag mal, weißt du, wie spät es ist, Niklas?«

»Das fragst du jedes Mal. Natürlich weiß ich das.«

»Ich frage das jedes Mal, weil du nicht kapierst, dass du, wenn überhaupt, früher anrufen solltest.«

Eine weibliche Stimme gesellte sich dazu, blieb im Hintergrund. Kristin, die wissen wollte, wer da anrief.

»Okay, verstanden«, sagte de Jong.

»Na schön. Also dann, nimm's mir nicht übel, aber …« Offenbar wollte Bühlow auflegen.

»Halt!«, sagte de Jong. »Ich wollte es dir erst erklären: Abends denke ich am meisten nach. Und das dauert eben seine Zeit, sodass die Ergebnisse dann oft erst zu späterer Stunde vorliegen, kennst du so was nicht?«

»Nein«, sagte Bühlow.

»Die Ergebnisse können sich dann aber meistens sehen lassen, wie jetzt zum Beispiel.« Er wartete einen Moment, aber von Bühlow kam nichts. »Also«, fuhr er fort, »ich denke, der Fall ist gelöst. Frau Holm ist die Täterin. Rabea Holm. Ihr solltet euch auf sie konzentrieren.«

»Und das ist dir einfach so beim Nachdenken eingefallen?« Bühlows Stimme hatte immer noch diesen hässlichen Unterton, der von dem Ärger wegen der späten Störung herrührte. Aber man konnte hören, dass er das Schlafzimmer verließ und sich in ein anderes Zimmer begab. Immerhin. De Jong wartete also nicht auf eine Aufforderung, sondern legte so ausführlich wie möglich seine Theorie dar. Steuerte an entsprechenden Stellen Originalzitate aus der sogenannten Seminararbeit bei, die er von Küppers erhalten hatte. Rabea Holm, die mit inszenierten Selbstmorden Vergeltung übte für das, was eine Handvoll privilegierter und gelangweilter Schüler ihrem großen Bruder angetan hatte.

Am Ende schien er Bühlow überzeugt zu haben. »Na schön«, sagte der Hauptkommissar und gähnte. »Dem sollten wir nachgehen.«

»Schon geschehen«, sagte de Jong. »Jetzt sollten wir handeln.«

»Okay, morgen dann.« Erneutes Gähnen. »Ich melde mich bei dir.«

De Jong kam der Gedanke, dass Bühlow gar nicht überzeugt war, sondern nur wieder ins Bett wollte, entschloss sich aber, ihn auszublenden. Sie legten auf. Der Kommissar a. D. trank sein Bier aus. Als er nach oben blickte, sah er jetzt doch Sterne. Eine Sternschnuppe huschte über das nächtliche Firmament. Dann noch eine. Ein gutes Zeichen, davon war de Jong überzeugt. Dann ging auch er schlafen.

* * *

Als ihn das Brummen seines Handys weckte, schienen erst wenige Minuten vergangen zu sein. Und richtig – es war immer noch in der Nacht. Allerdings in einem fortgeschrittenen Stadium: Der Morgen war schon auf dem Weg, die Vögel tobten, und draußen vor dem Fenster konnte man Nebel über dem Kanal aufsteigen sehen. Schlaftrunken wollte de Jong das Gerät zum Schweigen bringen, erwischte aber die falsche Stelle auf dem Display und nahm das Gespräch an.

»Leider schlechte Nachrichten.« Es war Bühlows Stimme. Er klang hellwach.

»Sag mal, weißt du, wie spät es ist?«

»Kurz vor sechs. Ich bin hier auf dem Freiburger Weg. In Frau Holms Wohnung. Wäre schön, wenn du herkommen könntest. Jetzt sofort.«

»Rabea Holm?«

»Genau. Sie war es nicht.«

»War was nicht? Wovon sprichst du?«

»Sie ist keine Mörderin.«

»Woher willst du das wissen? Ich hab dir doch gestern erklärt, dass sie …«

»Egal«, unterbrach ihn Bühlow. »Sie ist keine Täterin, sondern ein weiteres Opfer.«

Der Freiburger Weg war die einzige autofreie Straße der Stadt, weil sie sich in der einzigen autofreien Siedlung, genannt Weißenburg-Siedlung, befand. Diese war weder weiß noch hatte sie irgendeine Ähnlichkeit mit einer Burg. Abgesehen von den Einsatzfahrzeugen der Kripo, die heute gleich zu mehreren hier parkten, sah man so gut wie keine Autos, allerdings auch wenig grüne Flächen, abgesehen von dem obligatorischen Spielplatz im Zentrum der Anlage, der hauptsächlich aus Sand bestand, um den ein paar bunte Spielgerüste herumstanden. Die Vorgärten ringsum waren flächenmäßig knapp bemessen – als ob sie im Falle eines Umzugs ideal in einen mittelgroßen Reisekoffer passen sollten. Die rechteckigen Flachdach-Häuser, entenkotgrau getüncht, erinnerten als Ensemble an ein Feriendorf in den Niederlanden, das weit abseits vom Meer lag, irgendwo im Hinterland der Provinz Drenthe oder Overijssel, wo Urlauber hinreisten, um nichts zu erleben.

Rabeas Wohnung befand sich im ersten Stock. Das Fenster im Wohnzimmer ging auf den obligatorischen Spielplatz hinaus. Es gab eine Sofaecke, einen Couchtisch, darauf ein Wust aus Zeitschriften. Ein Bücherregal. Nebenan befand sich das Arbeitszimmer und geradeaus das Schlafzimmer. De Jong drängte sich an den spurensichernden Beamten durch den winzigen Flur zum Badezimmer. Als er in der Tür stand, fand er, dass von einem Badezimmer eigentlich keine Rede sein konnte. Es war mehr eine mit einer Tür verschließbare Nische mit einem winzigen Klappfenster, in die auf engstem Raum eine Badewanne und ein Waschbecken mit Handtuchhalter gestopft waren. Zwischen beiden eingeklemmt befand sich die Toilette.

In der mit Wasser gefüllten Wanne lag Rabeas lebloser Körper. Sie war vollständig angekleidet. Ihre Augen waren geschlossen, die Haltung friedlich und entspannt, als hätte sie sich zum Schlafen ins Wasser begeben. Die Frau, mit der de Jong gestern Abend zum Essen verabredet gewesen war. Welch ein grausiges Deja-vu: Erst Melanie Trudeau, jetzt Rabea Holm! Erst das Treffen im Hülsbrock & Friends und am nächsten Tag der Tod in der Badewanne. *Todbringendes wohnt in jedem von uns*, hatte Waldmar gesagt. Was, wenn er schon wieder recht behielt?

Auf dem Rand der Badewanne bemerkte de Jong ein kastenförmiges silbernes Ding, aus dem ein schwarzes Kabel baumelte. Ein Toaster.

37. Kapitel

Ich war gestern Abend mit ihr zum Essen verabredet«, sagte de Jong. »Das ist erst ein paar Stunden her.« Er schluckte. »Aber dann hat sie mich versetzt und eine SMS geschickt …«

Bühlow trat neben de Jong. Hauptkommissar Merzenich, der eigentlich die Ermittlungen leitete, war verhindert, weil er wegen einer Wurzelentzündung im Wartezimmer eines Zahnarztes saß. »Und was stand in der SMS?«, fragte er.

»Dass ihr leider etwas dazwischengekommen sei.«

»Etwas dazwischengekommen.« Der Hauptkommissar nickte auf eine Art, dass es de Jong schien, als hätte er sagen wollen: Tja, sie hatte eben vergessen, dass sie an diesem Abend aus dem Leben scheiden wollte.

»Rabea Holm hätte sich niemals umgebracht«, stellte de Jong klar.

»Das hast du bei Frau Trudeau aber auch schon gesagt.«

»Genau. Und auch da hatte ich recht.«

Bühlow verließ das Badezimmer und kam mit einem Beweisbeutel zurück, in dem ein Papier im DIN-A5-Format steckte. Überreichte ihn de Jong, der es las. Es war ein mit einem blauen Füller handgeschriebener, trotzdem gut lesbarer Text:

Life's a piece of shit
When you look at it
Life's a laugh an death's a joke it's true
You'll see it's all a show
Keep'em laughing as you go
just remember that the last laugh is on you.

»Das kenne ich irgendwo her«, sagte de Jong.

»Das Leben ist ein Haufen Scheiße«, übersetzte der Hauptkommissar. »Wenn das nicht zynisch und lebensverneinend ist …«

»Geradewegs aus dem Handbuch: Abschiedsbriefe – so machen Sie es richtig.«

»Der Füller gehört übrigens der Toten, wir haben ihn in ihrer Handtasche gefunden. Und ihre Fingerabdrücke sind auch drauf.« Bühlow seufzte. »Jedenfalls können wir deine schöne Theorie wieder einpacken. Ob Mord oder Selbstmord – diese Frau ist jedenfalls nicht die Täterin, die wir suchen.«

Nein, dachte de Jong und verspürte seltsamerweise einen Anflug von Erleichterung. Was ihn angesichts seiner ohnehin sehr gemischten Gefühle sehr irritierte: Hier stand er neben der Leiche der Frau, mit der er gestern Abend essen gehen wollte, und war erleichtert. Weil er sie jetzt nicht mehr damit konfrontieren musste, dass er sie für eine dreifache Mörderin hielt.

Nach der Rechtsmedizinerin hielt man vergebens Ausschau. Stattdessen drückte sich am Tatort ein Mann herum, der höchstens Ende zwanzig und von geradezu zerbrechlicher Statur war. Er hatte dünnes, rotes Haar und ein paar Sommersprossen um die Nase, die im gleichen Farbton leuchteten. Sie kamen auf der gleißend hellen Haut besonders deutlich zur Geltung. »Dr. Stichling«, stellte er sich vor, während er Bühlow die Hand schüttelte. »Das ist sozusagen mein erster Tag.« Er lächelte unsicher. »Tja ...«

»Und die Frau Doktor?«, erkundigte Bühlow.

»Weilt in Berlin. Hält einen Vortrag an der Charité. Ich soll den Laden solange schmeißen. Wir hatten allerdings nicht damit gerechnet, dass ...« Er wies mit der Hand in Richtung Badewanne, schien den Blick dorthin aber zu vermeiden.

»Und?«, sagte de Jong. »Ihr erster Eindruck?«

»Also ich, eh ... ich meine, wie heißt es so schön«, wieder dieses unsichere Grinsen, »Näheres erst nach der Obduktion.«

»Na gut«, sagte de Jong. »Aber Sie werden sich doch einen ersten Eindruck verschafft haben.«

»Das schon«, bestätigte der Arzt, schien aber entschlossen zu sein, ihn für sich zu behalten.

Der Exkommissar trat an die Badewanne, ging in die Hocke und betrachtete die Tote. »Ist es nach Ihrer Einschätzung Selbstmord oder nicht?«

»Nun ja«, Stichling wedelte mit den dünnen Armen, »durch einen Stromschlag aus dem Leben zu scheiden, ist seit Jahren sozusagen im Kommen.« Er verzog das Gesicht zu einem schiefen Grinsen. »Man könnte es fast als Trend bezeichnen. Als Mode, wenn man nicht ...« Er ließ den Satz im Nichts enden.

De Jong deutete auf eine hässliche Schramme an Frau Holms Schläfe, die fast vollständig von ihrem Haar verdeckt wurde, das nass am Kopf klebte. »Was ist das für eine Wunde?«

»Die Kopfwunde stammt höchstwahrscheinlich von dem Toaster«, erklärte der Rechtsmediziner, ohne hinzusehen. Sein heller Teint wirkte noch bleicher.

»Entweder«, sagte Bühlow, »hat sie sich in die Wanne gelegt, dann den Toaster eingeschaltet, der hier gestanden hat ...« Er deutete auf ein schmales Aluminium-Regal mit zwei Ebenen an der Wand, schräg oberhalb der Wanne, dann auf die Steckdose, die sich unten in der Nähe der Fußleiste befand. »Und dann hat sie am Kabel gezogen, worauf ihr der Toaster auf den Kopf fiel und dann ins Wasser.«

»Oder aber jemand hat sie mit dem Toaster niedergeschlagen«, sagte de Jong. »Und sie erst dann in die Wanne gelegt.« Er wandte sich an Stichling. »Es ist doch wohl auch unwahrscheinlich, dass sie nach einem Tod durch Stromschlag so entspannt daliegt, oder nicht?«

Zögerlich, regelrecht widerstrebend drehte sich der Rothaarige zu der Toten. Er fixierte sie mit einem Blick, als hätte er im Leben nicht damit gerechnet, dass sich im Raum eine Leiche befand. Sein Gesicht wechselte umgehend die Farbe. Von Weiß zu Grau. Aschgrau. »Also, wie gesagt«, begann er, dieses Mal ohne jegliches Grinsen, »Näheres gibt es erst nach der ...« Damit sank er in sich zusammen. Zu seinem Glück reagierte Hauptkommissar Bühlow schnell und fing Stichling auf, bevor er mit dem Hinterkopf auf die Kloschüssel knallte. »Da hat nicht viel gefehlt, und es hätte seine eigene Obduktion angestanden«, murmelte er.

»Es ist sein erster Tag«, meinte de Jong. Er verließ das Badezimmer, die Wohnung. Ging nach draußen und setzte sich auf eine der Bänke, die den Kinderspielplatz umstanden. Es war noch früh am Tag, aber der Nebel zog sich schon zurück, und die Sonne rückte auf die Bühne für einen vielversprechenden Morgen.

So fühlt es sich an, wenn man von Ereignissen überrollt wird, dachte de Jong, während er auf den kinderlosen Spielplatz starrte. Ausgerechnet die sympathischste Frau, die er auf dem Hülsbrock-Kolleg kennengelernt hatte, musste sich als dreifache Mörderin entpuppen. Aber damit nicht genug: Jetzt war auch sie ermordet worden. De Jong empfand fast etwas wie Wut auf sie: als hätte sie es mit ihrem Tod einzig und allein darauf angelegt, seine Theorie von der kleinen Schwester, die ihren Bruder rächen wollte, zu torpedieren. Nein, es war nicht Wut. Es war das Gefühl, verarscht worden zu sein.

Ein Mann näherte sich dem Spielplatz, in der Rechten eine Leine, an der ein winziger, hamstergroßer Hund zog, in der rechten eine knallrote Tüte zum Verpacken des Kackhaufens. Dann drehte er plötzlich um, vermutlich weil er ahnte, dass das Hündchen sich den Sandkasten als Hundeklo ausgeguckt hatte.

Der Exkommissar ärgerte sich schon wieder. Jetzt darüber, dass er aufgehört hatte zu rauchen. Auch so eine bescheuerte Idee, geboren aus gesundheitsfanatischem Ehrgeiz und dem heimlichen Kalkül, Giulia zu imponieren; ein Kalkül, das in die Hose gegangen war. Jetzt wäre die Gelegenheit gewesen, sich eine anzustecken. Aber er hatte es einfach nicht drauf. Nicht als Kriminalist und nicht als Mann, eine Frau wie Giulia zu faszinieren.

Andere hatten es drauf. Janwillem, der Kinderstar. Hochbegabt. Popmusiker und Stan-Laurel-Imitator. Terschelling, der hochkarätige Unternehmer, der über Nacht zum Philosophen und Insektenforscher konvertiert war. Nicht zu vergessen Ulf Meckelbeck, der Mann von der Siegerstraße. Der das beste Pferd im Stall war.

De Jong stutzte.

Meckelbeck, der gelegentlich davon träumte, ein Pferd zu sein. Und dann aufwachte, um entsetzt festzustellen, dass das nicht stimmte. Dass er immer noch der arrogante Schnösel war.

Neben ihm stand Hauptkommissar Bühlow. Er räusperte sich und deutete auf ein gemaltes Schild mit der Aufschrift *Café Geistreich*. »Na, wie wär's jetzt erst mal mit Frühstück?«, meinte er aufmunternd.

De Jong nickte. Kein zustimmendes Nicken. Eher eins, das anzeigte, dass er gar nicht zugehört hatte. »Ich muss noch mal weg«, sagte er.

* * *

Zehn Minuten später. Auf dem Alten Mädchen schaltete er den Computer ein, öffnete die Seminararbeit zum Thema »präventive Notwehr in Theorie und Praxis«. Mit der Suchfunktion dauerte es nicht lange, bis er die entsprechende Stelle gefunden hatte:

Und so kam Lanzelot ins Spiel. Seine Geschichte wurde unser Projekt. Er war unser Held. Ganz ohne Frage unser bestes Pferd im Stall. So ein Kerl, dem alles gelingt, was er anfasst. Der sich nicht unterbuttern lässt.

De Jong konnte es nicht fassen, dass es bei ihm so lange gedauert hatte, bis der Groschen gefallen war. Schließlich hatte er sich immer für einen ausgefuchsten Bullen gehalten, den man nicht so leicht austricksen konnte. *Ich wusste, dass Sie einen guten Job machen.* Meckelbeck hatte nicht etwa gesagt: *Wo bleibt die Kripo, dass sie die Frau aus dem Verkehr zieht? Damit das Morden aufhört.* Nur *ich wusste, dass Sie gut sind.* Als sei er vollauf zufrieden und de Jong hätte seine Schuldigkeit getan.

Das war der Grund, warum er sich verarscht fühlte. Weil ihn jemand verarschte.

Während das Handy an seinem Ohr ein leises Tuten von sich gab, versicherte er sich nachdrücklich, dass er zwar dämlich sein mochte, aber so dämlich nun auch wieder nicht. Und dass sich jetzt obendrein die Chance bot, diesem eingebildeten Kerl die Maske der Unwiderstehlichkeit ein für alle Mal vom Gesicht zu reißen, damit Giulia den großartigen Ulf endlich so sah, wie er wirklich war – als kleinen Aufschneider, der sich für einen Visionär in Sachen Metaphysik hielt und seine Freizeit mit Baden im Wald zubrachte.

Er wollte schon wieder auflegen, als sich sein ehemaliger Klient meldete. Ein Treffen? – Warum nicht, erklärte er aufgeräumt, er habe einen neuen Job in Aussicht und sei gerade in der Stadt. De Jong erklärte ihm den Weg zum Hausboot, begab sich an Deck und erspähte schon wenige Minuten später Meckelbecks SUV, wie er etwas unbeholfen in eine zu enge Parklücke kurvte. Der Fahrer stieg aus und blickte sich um. De Jong winkte.

»Schön haben Sie's hier, de Jong«, sagte Meckelbeck, nachdem er an Bord gekommen und sich in einen der

Sessel an Deck hatte fallen lassen. Er war leger und wieder einmal sehr stylisch gekleidet: Über einer sommerlich hellen Hose trug er ein seidig schimmerndes Jackett, das eigentlich gar keine Farbe hatte, nur hin und wieder ein Blau andeutete. »Also noch einmal: Chapeau, wie Sie diesen Fall aufgeklärt haben.«

»Dann haben Sie es also noch nicht gehört?«

»Was denn gehört?«

»Frau Holm. Sie wurde tot aufgefunden.«

Ulf Meckelbecks legere Miene, die zu seinem legeren Outfit passte, verdüsterte sich. »Nein«, stieß er hervor. »Das ist ja …« Und de Jong glaubte ihm kein Wort. Als Schauspieler taugte der Wettermann nicht viel. »… eine schreckliche Nachricht.«

»Lassen Sie nur, Meckelbeck«, sagte de Jong. Er reichte seinem Gast ein Glas Orangensaft. »Darf ich Sie Lanzelot nennen?«

Sein Gegenüber hatte sich für den Drink bedanken wollen; aber jetzt hielt er inne und kniff die Augen zusammen. »Wieso das denn?«

De Jong zog ein Blatt heran, das auf dem Tisch bereitlag. Schob es seinem Gast hin. Ein Ausdruck der Stelle im Text, an der von dem Pferd im Stall die Rede war.

»Und weiter?«, fragte Meckelbeck, nachdem er einen kurzen Blick darauf geworfen hatte. »Wie schon gesagt, ich habe Ihnen nichts davon verheimlicht. Alle Mordopfer waren Schüler an diesem verdammten Kolleg. So wie ich auch.«

»Als Sie einen ominösen Drohbrief in Form eines Abschiedsbrief-Formulars bekamen, hielten Sie es zunächst für einen schlechten Scherz, nicht wahr? Aber dann schieden Schnelling und Kleist, Ihre alte Seilschaft, aus dem Leben. Und Sie wurden nervös und haben sich gefragt: Wer ist da hinter mir her?«

»Klar, wie auch nicht? Und da hab ich …«

»Sie haben mich engagiert«, sagte de Jong.

»Als Privatdetektiv, genau.«

Er spielt den Coolen, dachte de Jong. Diese Masche, die Hände hinter dem Kopf zu verschränken, in die Sonne zu schauen und zu sagen: Was wollen Sie denn überhaupt? »Eben nicht«, widersprach er. »Sie brauchten keinen Detektiv, sondern einen nützlichen Idioten.«

Der Mann von der Siegerstraße blinzelte irritiert. »Einen … Aber nein, de Jong, Sie sollten doch inzwischen wissen, dass ich Sie niemals …«

De Jong brachte ihn mit einer harschen Geste zum Schweigen. »Jemand drohte, Ihnen das anzutun, was man Schnelling und Kleist angetan hatte. Sie tappten völlig im Dunkeln, aber sobald ich Ihnen Frau Holm geliefert habe, konnten Sie in Aktion treten.«

»Sie meinen, dass ich …« Der Wetterfrosch, ehemals Hombre-TV, bedeckte in gespielter Fassungslosigkeit seinen Mund mit der Handfläche – eine Geste des Schockiertseins, die gar nicht zu ihm passte. »Nein, jetzt kommen Sie schon: Sagen Sie mir, dass Sie das nicht meinen …«

»Nein«, sagte de Jong.

Eine Weile saßen sie einander gegenüber. Starrten aneinander vorbei auf den Kanal, de Jong auf das westliche, Meckelbeck auf das östliche Ufer. De Jong sah einen Kerl mit einem alienhaften Fahrradhelm auf dem Kopf auf seinem Elektrofahrrad dahinjagen, Meckelbeck beobachtete eine alte Dame, die sich vergeblich gegen einen riesigen Hund wehrte, der sie unerbittlich hinter sich her schleifte.

»Also gut«, sagte Meckelbeck schließlich, nachdem er einen ausgiebigen Schluck Orangensaft genommen hatte. »Sie meinen also wirklich, dass …«

»Genau«, sagte de Jong.

»Dann beweisen Sie's.«

»Keine Sorge, das werde ich.« Darüber hatte de Jong sich bis jetzt noch keine Gedanken gemacht. »Was mich auch noch interessieren würde«, sagte er, »was ist eigentlich aus Lesley geworden?«

»Ach, daher tönt die Musik!«, trötete Meckelbeck und knallte das leere Glas auf den Tisch. »Jetzt begreif ich erst.«

»Reichlich spät«, sagte de Jong, »aber ich werte das als gutes Zeichen.«

Ulf Meckelbeck schüttelte den Kopf und lachte schnaufend. »Sie sind so leicht zu durchschauen, de Jong: Lesley. Giulia. Darum geht's doch im Grunde, nicht wahr? Um Giulia. Sie denken, ich habe sie flachgelegt, und jetzt kommt die Rache des Gehörnten. Hab ich recht?«

»Und?«, fragte de Jong kalt. »Haben Sie sie flachgelegt?«

Sein Gegenüber grinste anzüglich. »Das wüssten Sie wohl gern.«

»Sie haben Frau Holm ermordet. Es sollte so aussehen, als hätte sie sich das Leben genommen, so wie die anderen. Aber Sie haben sich mit einer allzu stümperhaften Inszenierung begnügt. Gingen zu Rabea in ihrer

Wohnung und haben ihr eins mit dem Toaster übergezogen. Dann haben Sie sie in die Badewanne gesteckt und den Toaster hineingeworfen.«

Meckelbeck grinste wieder. Nicht mehr anzüglich, sondern geradezu gnädig, mit einer winzigen Note Enttäuschung darin. »Tja, ich hab Sie wohl falsch eingeschätzt, de Jong. Das passiert mir nicht oft. Sie sind ein Mensch, der sich nicht von Vernunft, sondern von niedrigen Gefühlen wie plumper Eifersucht leiten lässt. Von einem niederen Schwanzgefühl. Kein Mensch übrigens, der Giulia zu faszinieren vermag, aber das wissen Sie ja selbst.«

»Sie glauben doch nicht, dass Sie damit durchkommen?«, zischte de Jong wütend.

Meckelbeck erhob sich abrupt, als hätte er Sprungfedern unter seinen Sneakers, und klopfte auf den Tisch, dieses Mal zum Abschied. »Warten wir's einfach ab, okay?«

Damit begab er sich federnden Schrittes von Bord.

38. Kapitel

De Jong traf Hauptkommissar Bühlow im Café Geistreich an, wo er inzwischen sein Frühstück beendet hatte und zum Kuchen übergegangen war. Das Geistreich war ein sehr einfaches, aber nicht ungemütliches Café, das von den autofreien Bewohnern der Siedlung selbst betrieben wurde. Es gab dort hausgemachten Kuchen, und Hauptkommissar Bühlow konnte von Natur aus hausgemachtem Kuchen nur schwer widerstehen. De Jong kam dies sehr entgegen, denn so hatte er, während der Tatort gegenüber noch von der Spurensicherung bevölkert wurde, Zeit, von seinen eigenen Ermittlungsergebnissen zu berichten.

»Also noch mal zum Mitschreiben«, sagte Bühlow, während er sich über einen Kirschstreusel hermachte. »Das ist jetzt seit gestern Nacht schon die zweite Theorie, von der du überzeugt bist.«

»Falsch«, sagte de Jong. »Die Theorie von gestern Nacht gilt immer noch. Frau Holm hat Schnellinger, Kleist und Trudeau getötet. Weil sie die Tafelrunde für den Tod ihres Bruders verantwortlich macht. Ich habe das für meinen sogenannten Klienten herausgefunden. Also trat er in Aktion und räumte die Gefahr aus dem Weg.«

»Du warst also so was wie ein …«

»Nützlicher Idiot«, half ihm de Jong. »Und das hab ich viel zu spät kapiert.«

Die Kuchengabel verharrte fragend in der Luft. »Aber haben wir dafür Beweise?«

De Jong war sich unsicher, ob es das F in »dafür« oder das W in »Beweise« war, das die Krümelwolke in seine Richtung befördert hatte. »Beweise?«, sagte er.

»Du weißt schon: verlässliche Fakten, mit denen wir ihn festnageln können.«

Es war definitiv das F gewesen, zusätzlich unterstützt von einem V. »Es *muss* einfach so gewesen sein«, beharrte de Jong. »Zum Beispiel der sogenannte Abschiedsbrief. Das sind keine düsteren Verse, sondern ein Song. Und der ist überhaupt nicht traurig. Nichts, um aus dem Leben zu scheiden. Er hat ihn schlicht abgeschrieben und sich nicht mal die Mühe gemacht, nach etwas Originellem zu suchen.«

»Na ja.« Bühlow sah nicht sehr überzeugt aus. Er war fertig mit dem Kirschstreusel und sah sich suchend um. »Ich bezweifle allerdings sehr, dass das Dr. Noteboom ausreicht, um einen Haftbefehl auszustellen.«

»Noteboom? Wer soll das denn sein?«

»Der leitende Staatsanwalt.«

»Ach«, sagte de Jong. »Was ist denn aus Dr. Nellessen geworden?«

»Die ist seit Jahren im Ruhestand.«

De Jong kam sich plötzlich sehr alt vor. Und seine Zeit bei der Kripo schien eine sehr ferne zu sein, mitten in jener früheren Welt gelegen, in der alles besser gewesen war. Für einen Moment wurde ihm so bewusst wie nie, dass das alles hier – diese private Mordermittlung – nichts anderes war als ein Ablenkungsmanöver. Einzig und allein zu dem Zweck, den Tagen nicht dabei zusehen zu müssen, wie sie vergingen, und den Mann nicht ansehen zu müssen, der da am Spielfeldrand stand und immer wieder demonstrativ auf seine Uhr schaute.

Aber so plötzlich, wie er gekommen war, so schnell war dieser Anfall von altersbedingter Melancholie schon wieder vergangen. Gerade eben war es nämlich Hauptkommissar Achim Bühlow, der auf seine Uhr schaute. »Tja, ich sollte eigentlich längst wieder drüben sein«, sagte er.

De Jong schätzte die Lage so ein, dass er nur noch eine Chance hatte, um Bühlow für seinen Plan zu gewinnen. Kurz entschlossen stand er auf, trat an den gläsernen Tresen und deutete auf einen Kuchen, den ein handgeschriebenes Pappschild als *Himmelstorte* auswies. Mit einem Stück davon kehrte an den Tisch zurück und schob es Bühlow hin. »Eins schaffst du noch«, sagte er. »Hau rein.«

Bühlow winkte mit seiner Gabel und legte los.

»Die Sache ist die«, erklärte de Jong, während er dem Jüngeren beim Spachteln zusah, aus sicherer Distanz wegen der Krümelwolke, »lassen wir die Beweise doch erst mal weg.«

Die Kuchengabel schnellte vor, um klarzustellen, dass wenn man irgendetwas niemals weglassen dürfe, dann ja wohl die Beweise, aber de Jong ignorierte sie. »Alles, was Meckelbeck auf der Hand hat, versteckt er hinter einem überheblichen Grinsen. Es ist wirklich simpler, als man meint. Er lebt in der unerschütterlichen Überzeugung, dass ihm niemand was kann. Und das ist gleichzeitig sein schwacher Punkt. Also geht es zuallererst darum, dieses Grinsen aus seinem Gesicht zu entfernen. Denn dann sehen wir, was dahinter ist.«

»Was soll denn das sein?«

»Keine Ahnung«, sagte de Jong. »Frag ihn. Er ist nämlich Experte für die Dinge hinter den Dingen.«

* * *

Eine knappe Stunde später wurde Ulf Meckelbeck festgenommen. Man verdächtigte ihn, Rabea Holm ermordet zu haben, die wiederum Schnelling, Kleist und Trudeau getötet hatte, um Rache an ihrem Bruder zu nehmen. De Jong war bei der Festnahme nicht anwesend, weil er nicht mehr der Kripo angehörte und Bühlow ihn außerdem für befangen hielt – eine Meinung, die der Verdächtigte übrigens voll und ganz teilte. Er habe de Jong vertraut – und das sei jetzt der Dank dafür. Ihre geschäftlichen Beziehungen seien in seinen Augen mehr gewesen als nur eine dröge Geschäftsbeziehung zwischen Privatdetektiv und Klient. Und jetzt: All diese haltlosen Beschuldigungen – er sei schlichtweg fassungslos, dass de Jong wirklich zu solch bizarren Mitteln greife. Alles nur aus blanker Eifersucht.

»Er sagt, dass er sich mit Giulia ganz gut versteht«, berichtete Bühlow, als sie sich am Nachmittag in der Kripo-Kantine am Cherusker-Ring trafen. »Und dass das keine Mordermittlung war, sondern ein persönlicher Kreuzzug, den du geführt hast. Und dass du nicht geruht hast, bis er …«

»Jaja«, sagte de Jong. »Das kennen wir ja.«

»Wir kennen es? Was denn?«

»Er lenkt ab. Natürlich tut er das. Es geht gar nicht um Rabea Holm, sondern um Giulia. Um eine persönliche Rechnung, die ich angeblich unbedingt begleichen will. Das ist doch wohl mehr als durchsichtig, oder nicht?«

»Er sagt auch, dass er sein Honorar wieder zurückfordert.«

»Klar«, sagte de Jong. »Kann er gern haben. Es kommt mir jetzt sowieso wie eine Art Blutgeld vor. Hat er sich zu dem Tatvorwurf geäußert?«

Bühlow schüttelte den Kopf. »Er weigert sich beharrlich, eine Aussage zu machen. Ohne seinen Anwalt wird der den Mund nicht aufmachen. Aber«, er hob den Finger, »inzwischen sind wir schon fündig geworden: ein Fingerabdruck in Frau Holms Wohnung. Er stammt von Meckelbeck. Und damit kommen wir ja …«

De Jong stoppte ihn, indem er eine Hand hob. Er hatte einen Anruf bekommen. »Ja bitte?«

»Ilse Lumann hier.« Die Stimme einer alten Dame, schnarrend und resolut. »Ich bin Armins Tante. Sie hatten mich angerufen, Herr …?«

»De Jong. Armins Tante? Das sagt mir jetzt nichts …«

»Armin Waldemar.«

De Jong erinnerte sich. »Sie sind Tante Ilse?«

»Genau die. Also ich muss schon sagen, der Junge hat Nerven, sich über eine schwierige Kindheit zu beklagen. Der hatte doch alles, ein warmes Nest, dem hat nichts gefehlt.«

»Na ja, es war auch nur so eine Idee. Trotzdem danke ich Ihnen für den Rückruf.«

»Ganz im Gegensatz zu seinem armen Bruder«, fuhr die alte Dame fort. »Dem armen Jungen.«

Dem armen Jungen. De Jong fand, jetzt wurde es interessant. »Welcher Bruder?«

»Hildebrandt. Der arme. Fünf Jahre alt. Ein Rechengenie. Konnte schon vor der ersten Klasse das kleine und das große Einmaleins. Rauf und runter, vorwärts und rückwärts. Und dann …«

»Was dann?«

»Springt er vom elterlichen Sprungturm in den Pool.«

»Eine mutige Aktion.«

»Quatsch, mutig! Er war mausetot. Im Pool war nämlich kein Wasser.«

»Noch mal vielen Dank.« De Jong beendete das Gespräch. Er nickte zufrieden, weil er das Gefühl hatte, dass jetzt die Zeit war, einen Schlussstrich zu ziehen. Heute hatte es den Mörder von Rabea erwischt. Und jetzt kam derjenige an die Reihe, der behauptet hatte, in de Jong hineinschauen zu können. Durch ihn hindurch. Das große, böse Gesicht seiner Träume. Jetzt hielt er die Nadel in der Hand, mit der er zustechen würde. Das böse Gesicht würde in sich zusammenfallen, weil es nur ein Luftballon war, auf dem eine böse Fratze aufgemalt war. Er wählte die Nummer der Auskunft und ließ sich eine Nummer in Amelsbüren geben.

»Gibt es etwas Wichtiges?«, wollte Bühlow wissen, der de Jong neugierig beim Telefonieren zugesehen hatte.

»Ach, das war rein privat.« De Jong zuckte mit den Schultern. »Neue Tatsachen im Fall Waldemar sozusagen.«

39. Kapitel

Das Institut für Parakosmologie leuchtete in der Frühlingssonne. Wie ein Bauernhof, auf dem Familien mit Kleinkindern gern Urlaub machen. De Jong hatte dieses Mal ein Taxi genommen. Trotz des schönen Wetters hatte er keine Lust gehabt, auf dem Rad hier hinauszustrampeln.

»Sie mal wieder«, begrüßte ihn der Guru, als er die Tür, auf der *Anmeldung* stand, geöffnet hatte und de Jong im Hof stehen sah. Das Lächeln in dem riesigen Gesicht geriet schief, fast missmutig, aber de Jong schob dies ausschließlich auf die seltsamen Proportionen des Waldemar'schen Antlitzes; alles in allem wirkte Waldemar nach ihrem gemeinsamen Ausflug zum Rasthof Münsterland zugänglicher. »Leider hab ich nichts hier, was ich Ihnen anbieten könnte, Herr Exkommissar«, sagte er, nachdem de Jong ihm in eine Art Arbeitszimmer gefolgt war. »Aber ich denke mal, deswegen sind Sie auch nicht hergekommen.«

»Eine zutreffende Vermutung«, sagte de Jong. Er trat an ein Bücherregal, das hinter dem Schreibtisch an der Wand lehnte. Schwarze Löcher, Schamanismus, dunkle Magie, Teufelsaustreibung – es war alles vorhanden, was man als Prophet der dunklen Künste so brauchte. »Da gibt es so eine Studie, die in den USA durchgeführt wurde«, sagte er. »Inwieweit böse oder gute Gedanken das wirkliche Geschehen beeinflussen können oder nicht …«

»Die *Ringerman*-Studie. Durchgeführt im Jahre 1999 an der University of Stanford.« Waldemar nickte. »Das ist allgemeiner Standard der heutigen Wissenschaft, nicht nur der Parakosmologie. Freut mich, dass es selbst jemanden wie Sie inzwischen erreicht hat.« Er öffnete eine zweiflügelige Glastür, die in einen Innenhof hinausführte.

Obwohl es ein sonniger Tag war, drang wenig Licht herein. De Jong sah Kräuter- und Gemüsebeete, einen Pfad aus Steinplatten, der drumherum führte. Die Mitte des Ensembles bildete eine Skulptur, vermutlich aus schwarzem Gussmarmor: Ein Arm ragte aus der Erde, der ein Schwert gen Himmel richtete.

»Was bedeutet das?« De Jong zeigte auf das schwarze Ding. »Excalibur? König Artus?«

Waldemar nickte. »Die Tafelrunde, darüber wollten Sie reden, was? Tja, das war aber damals nicht meine Baustelle. Kitting, der intellektuelle Dilettant. Er war ein Denker, aber brannte nicht für seine Sache.«

»Aber Sie schon?« De Jong entschloss sich, den Smalltalk zu beenden. »Was ist mit Ihrem kleinen Bruder? Hildebrandt, so hieß er doch, oder?«

Waldemar starrte ihn plötzlich an. War sichtlich bemüht, weiter den Coolen zu spielen. Aber seine Kiefern mahlten.

»Sie waren das Kindermädchen für ihn, stimmt's? Das intellektuelle Genie. Und als er verunglückte, gaben Sie sich die Schuld. Das ist das Geheimnis, das hinter dem ganzen dunklen Gewese steckt.«

Waldemar hatte sich schon fast wieder im Griff. Er hob die Hände in de Jongs Richtung und applaudierte in Zeitlupe. Klatsch. Klatsch. Klatsch. »Meinen Respekt, Sie Hobbypsychologe. Aber leider liegen Sie grundfalsch. Hildebrandt kommt vielmehr das Verdienst zu, mir meine Bestimmung gezeigt zu haben.«

De Jong wartete, unternahm einen kleinen Spaziergang um die Blumenbeete herum, während der Kosmologe in der Tür lehnte.

»Ich habe gebetet und gefleht«, erzählte Waldemar. »Immer hieß es: Hildi hier und Hildi da. Rechne mal, Hildi. Unser kleiner Einstein, das Superhirn.«

»Und von Ihnen hat keiner Notiz genommen«, sagte de Jong.

»Ich existierte nicht. Mama und Papa hatten nur einen, nämlich ihren kleinen Super-Hildi. Und nicht genug damit, wenn sie abends mal weg waren oder wichtige Termine hatten, dann existierte ich auf einmal doch: Du passt mir auf den Kleinen auf. Und du sorgst dafür, dass es ihm an nichts fehlt.«

»Verstehe«, sagte de Jong. »Und der Kleine hatte den Unfall.«

»Falsch!«, krähte der Mann, den viele den dunklen Lord nannten, nicht mal zu Unrecht, wie de Jong fand. »Wieder falsch. Das war kein Unfall. Ich wollte, dass es so kam.«

»Sie wollten Ihren kleinen Bruder umbringen?«, sagte de Jong.

»Endlich haben Sie es kapiert.«

De Jong sah Janwillem vor sich. Auch ein Genie. Die Alltagsgesichter seiner Eltern, in denen sprichwörtlich die Sonne aufging, wenn Janwillem das Zimmer betrat. Etwas, das er nie vollbracht hatte. Er hatte es niemals zu mehr als zu leicht auflockernder Bewölkung geschafft. Vielleicht war es nur ein glücklicher Zufall, dass es in Waldemars Elternhaus einen Pool gab und bei de Jongs nicht.

»Verstehe, Sie erwarten jetzt von mir, dass ich Ihnen Ihre Rolle als Monster abkaufe«, sagte de Jong. »Und damit wären wir bei dem Grund meines Besuchs. Weil das jetzt bei mir nämlich nicht mehr zieht, Waldemar.«

»Seien Sie bloß nicht zu schnell damit zu erklären, dass etwas nicht mehr zieht«, knurrte Waldemar. Er verließ den Innenhof und trat an den Tisch in seinem Arbeitszimmer. Er goss Wasser in zwei Gläser, eins reichte er de Jong, ohne dass der darum gebeten hatte. »Wie Sie wissen, habe ich eine Menge zum Thema dunkle Motive und düstere Gefühle geforscht.«

De Jong schnupperte. Es war schattig hier, aber die Beete verströmten einen mediterranen Duft. Und etwas krabbelte über die Steine – welche Art Insekt, das konnte sicher Terschelling, der Naturforscher, beantworten. »Als Bulle hab ich viele kennengelernt, die hatten wirklich Übles verbrochen und wollten sich mit einer schlimmen Kindheit rausreden«, sagte er. »Ein durchsichtiges Manöver. Viel seltener – wie in Ihrem Fall – kommt einer mit einer schlimmen Kindheit, damit man ihm abkauft, dass er zu allem Erdenklichen fähig ist.«

»Sie haben keine Ahnung, Herr Kommissar.«

»Exkommissar«, sagte de Jong. »Jedenfalls hätte ich Sie nicht für einen so schlechten Verlierer gehalten.« Er stellte das erst halbleere Glas auf den Schreibtisch. »Ich werde dann mal wieder.« Er winkte zum Abschied. »Und hören Sie auf, sich am Tod Ihres Bruders die Schuld zu geben.«

Als er ging, spürte er deutlich Waldemars starren Blick in seinem Rücken. De Jong fühlte sich prächtig: Endlich hatte mal er das letzte Wort gehabt. Das Kapitel Waldemar war abgeschlossen.

40. Kapitel

Am frühen Dienstagabend meldete sich Eugen Küppers bei de Jong und schlug ein entspanntes Treffen im Knipperdolling vor. De Jong aber war in Feierlaune. Kurz entschlossen lud er seinen Freund stattdessen zu Aristoteles ein. Sie bekamen einen freien Tisch mit Blick auf die Großbaustelle am Hauptbahnhof. Küppers schnappte sich gleich einen ganzen Packen Papierservietten mit griechischem Wortschatz. »Man weiß ja nie, ob man's mal brauchen kann«, meinte er, während er sich die Taschen vollstopfte.

»Wie kommst du denn voran mit dem Sprachunterricht?«, erkundigte sich de Jong.

»Mache die besten Fortschritte, danke der Nachfrage.«

»Freut mich zu hören.«

Aristoteles brachte zwei Ouzos und die Speisekarte.

»*Kallinischta*«, sagte Küppers, woraufhin Aristoteles ihn unsicher anlächelte. »Nicht dafür«, murmelte er und verzog sich an den Tresen.

Küppers beugte sich über den Tisch zu de Jong. »Rat mal, was das heißt.«

»Danke für die Speisekarte oder so ähnlich?«, riet de Jong.

Küppers schüttelte den Kopf und grinste breit. »*Oschi*!«

»Gesundheit«, sagte de Jong.

Woraufhin das Grinsen ein wenig anfror. Küppers kniff das rechte Auge auf diese spezielle Weise zusammen, die signalisierte, dass er etwas krummnahm. »Sag mal, du willst mich nicht zufällig gerade verarschen?«

»Wie kommst du denn darauf?«

»Das heißt ›nein‹, also warum sagst du dann ...«

»Auf Griechisch, verstehe.«

»Na klar, auf was denn sonst? Hab ich etwa erzählt, ich lerne Hindi?«

»Nein. Von Hindi war nie die Rede, Eugen. Wie immer hast du recht. Also: was nein?«

Küppers prostete ihm mit dem Anisschnaps zu und kippte ihn hinunter. »Nein, es heißt nicht ›danke für die Speisekarte‹.«

De Jong verzichtete aber darauf, die von Küppers erwartete Frage »Was denn dann?« zu stellen, weil es ihn nicht interessierte und er außerdem registrierte, dass Aristoteles genau zuhörte, indem er so tat, als wäre er voll und ganz davon in Anspruch genommen, die Weinflaschen auf dem Tresen zu ordnen. Mit einem Gesicht, das irritiert und amüsiert zugleich aussah. »Also dann zum Anlass der kleinen Feier«, sagte er und hob sein Glas. »Auf die Aufklärung der Hülsbrock-Morde!«

Sie wählten ihre Gerichte und bestellten Bier. De Jong musste die Geschichte in allen Einzelheiten erzählen, wie er auf Rabea Holm gekommen war und ihm schließlich wie Schuppen von den Augen gefallen war, zu welchem Zweck ihn Meckelbeck engagiert hatte. Sie beendeten ihre Mahlzeit und bestellten noch weitere Biere. »Da haben wir sie wieder«, meinte Küppers mit dem Glas in der Hand. »Die klassischen Mordmotive. Letztlich steckt hinter allem immer das eine, stimmt's?«

»Immer das eine?«, fragte de Jong. »Und das wäre?«

Nicht dass Küppers ihm gebannt zugehört hätte. Seine Blicke mitsamt achtundneunzig Prozent seiner gesamten Aufmerksamkeit klebten seit längerer Zeit an einer jungen und sehr attraktiven Frau mit langem, dunkelblondem Haar, die an einem Nebentisch saß und sich nicht entscheiden konnte zu bestellen, was ihren Boyfriend nervös auf den Nägeln herumkauen ließ. Er hatte sein Essen schon vor sich stehen, während sie noch in aller Ruhe die Speisekarte studierte.

»Sag mal«, meinte de Jong, der das Schauspiel schließlich auch verfolgte, »kann es sein, dass du mir überhaupt nicht zuhörst?«

»Nichtbeachtung«, verkündete Küppers daraufhin und hob einen Finger. »Ganz richtig. Das ist zum Beispiel so ein Motiv. Menschen, denen keiner zuhört. Sie sind wie schlummernde Vulkane. Die Witze reißen, über die keiner lacht. Du denkst vielleicht: Na und, sollen sie sich nicht so anstellen. Aber eines Tages kommt der Tag, da bricht der Vulkan aus. – Andererseits …«

»Das ist mir eindeutig zu viel Hobbypsychologie auf einmal«, sagte de Jong.

Küppers stand auf, entschuldigte sich und verschwand auf die Toilette, was Aristoteles nutzte, um an den Tisch zu eilen und sich zu de Jong hinunterzubeugen. »Dein Freund hier …«

»Eugen. Ja, was ist mit ihm?«

»Welche Sprache spricht er eigentlich?«

De Jong zuckte mit den Schultern. »Das ist Holländisch«, raunte er zurück. »Ein ganz seltener Dialekt. Für griechische Ohren schwer zu verstehen. Selbst für holländische.« Sein Handy vibrierte, er holte es aus der Tasche. Eine Nachricht von Hauptkommissar Bühlow.

Wir haben ihn bald, schrieb er. *Du lagst goldrichtig. DNA-Spuren in Fr. Holms Wohnung definitiv von ihm. Behauptet, mit ihr liiert gewesen zu sein. Verwickelt sich immer mehr in Widersprüche.*

Er war mit Frau Holm liiert?, schrieb de Jong zurück.

Hat es angeblich geheim gehalten, um seine Beziehung nicht zu gefährden. O-Ton seine Frau: Dass er diesen Seitensprung nicht wie alle seine anderen stolz vor sich herträgt, macht ihn erst recht verdächtig (!).

»Na, gute Neuigkeiten?«, erkundigte sich Küppers, der wieder am Tisch Platz nahm und Aristoteles winkte. Gleich würde er wieder was Peinliches auf Griechisch sagen.

»Alles bestens«, sagte de Jong. »Die Sache kommt voran.«

»Na dann stoßen wir noch mal drauf an, was? So jung kommen wir jedenfalls nicht mehr zusammen …«

* * *

Die Sache kam tatsächlich voran. Aber da war trotzdem etwas, das sich nicht so recht fassen ließ. Und das de Jong die Feierlaune, wenn nicht verdarb, so doch wenigstens verdüsterte. – Aber ja, eigentlich ließ es sich eben doch fassen. Ulf Meckelbeck hatte etwas mit Rabea Holm gehabt.

Dieser süße Duft einer neuen Beziehung. Diese Geigen, die in der Luft hängen.

Da hatte er überhaupt nicht von Giulia gesprochen, wie de Jong natürlich angenommen hatte. Annehmen musste. Sondern von Rabea. Die ganze Eifersucht, sein Hass auf den Kerl von der Siegerstraße – all das war vergebliche Mühe gewesen. Ein banales Missverständnis.

Als er gegen halb zehn auf das Alte Mädchen zurückkehrte, holte er die Gitarre an Deck. Vielleicht erwartete er von ihr, dass sie sein schlechtes Gewissen hinwegwischte und sagte, dass so etwas schließlich jedem passiert könne. Er versuchte ein paar Läufe, aber nichts klappte. Die Griffe misslangen, seine Finger rutschten ab oder dämpften die Seiten an den falschen Stellen.

Enttäuscht und frustriert ließ er das Instrument sinken. Na schön, die Eifersucht hätte ich mir sparen können. Das war weder professionell noch erwachsen, aber es passiert doch jedem mal. Am Ende des Tages ist und bleibt einzig und allein wichtig, dass er diese Frau umgebracht hat. Punkt und aus. Ganz egal, ob ich auf ihn eifersüchtig bin oder nicht. Oder ob ich mich, was Giulia angeht, in ihm getäuscht habe.

Nachdem das geklärt war, versuchte er es noch einmal mit einer Akkordfolge, aber die Gitarre blieb ungnädig. Widerborstig geradezu. Als wollte sie sagen: »Ehrlich jetzt: War es nicht trotz allem ein geiles Gefühl, als du ihn festgenommen hast?«

»Ich hab ihn überhaupt nicht festgenommen«, wehrte sich de Jong.

»Egal. Jedenfalls wolltest du, dass er es war, stimmt's? Für dich ist er der ideale Täter. Weil du eine Rechnung mit ihm offen hast.«

Der Exkommissar fand, dass er sich das nicht anhören musste. Er packte das Musikgerät und sperrte es unter Deck in einen Plastiksack. Die Gitarre schwieg, aber er wurde die bohrenden Fragen natürlich trotzdem nicht los.

Sie sollten Folgendes bedenken: Todbringendes wohnt in jedem von uns. Auch in Ihnen, de Jong. Und wenn Sie das nicht wahrhaben wollen, dann hat es erst recht leichtes Spiel.

Niklas de Jong erhob sich, um ruhelos an Deck auf und ab zu tigern. Zwischendurch blieb er stehen, stopfte die Hände tief in die Hosentaschen. Starrte auf die spiegelglatte Oberfläche des Dortmund-Ems-Kanals, die im späten Abendlicht dunkel und geheimnisvoll glänzte, mit einem winzigen rötlichen Schimmer darin. Licht von einer Sonne, die vor über einer Stunde untergegangen war.

Na schön, dachte er. Von mir aus. Tun wir einfach mal so, als gäbe es Meckelbeck nicht. Als deutete nicht alles auf ihn als Täter. Wer käme denn dann noch infrage?

Ulf Meckelbeck war Lanzelot, das war ziemlich eindeutig. Melanie Trudeau hatte sich Sir Galahad genannt. Blieben noch Gawain und Tristan. Möglicherweise waren das Schnelling und Kleist? Kitting war der *Sire*. Und das war's schon. Andere Namen wurden nicht erwähnt. Aber anhand dieser Seminararbeit hatte Rabea ihre Opfer ausgesucht. Und das waren alle, die erwähnt wurden.

De Jong war, als sähe er sich ein altes, verblichenes Foto an. Da waren fünf Gesichter drauf, die in die Kamera grinsten – King Arthur, Lanzelot, Sir Galahad, Gawain und Tristan. Aber das waren ja nicht alle. Man vergaß oft, dass da noch jemand war. Derjenige nämlich, der das Foto gemacht hat.

Der Schreiber der Seminararbeit. Was gab es über ihn zu sagen? Dass er ein Underdog war, der das Gefühl hatte, eigentlich nicht dazuzugehören. Dass er diesen ganzen Scheiß mitgemacht und sich dazu noch den Luxus geleistet hatte, auf die anderen hinunterzuschauen. Jemand, der niemals vor den »Fleischtöpfen Ägyptens« gesessen hatte. Der ein Fan von Lanzelot gewesen war und Melanie Trudeau angebaggert hatte. Wenn auch vergeblich.

De Jong scrollte zu der entsprechenden Stelle. *Wir saßen in einer Pizzeria, und die Frau am Tisch neben uns gab seltsame stöhnende Geräusche von sich. Und als die Kellnerin kam, hab ich gesagt: Ich will genau dasselbe, das diese Dame hatte. Galahad verzog nicht mal das Gesicht.*

De Jong wandte den Blick vom PC-Monitor und starrte wieder aufs Wasser, das inzwischen tief nachtblau schimmerte. Der rötliche Schein war verflogen, die Stille fast vollkommen. De Jong wartete darauf, dass ein Fisch sprang. Es wurmte ihn, dass, immer wenn er hinsah, keiner sprang. Nur wenn er nicht hinsah. Dann hörte er ein Platschen, sah hin, aber natürlich zu spät.

Diese Szene in der Pizzeria – warum kam sie ihm bekannt vor, auch wenn er nicht dabei gewesen war? Weil sie aus einem Film stammte. Sie musste aus einem Film stammen. De Jong konnte sich nicht erinnern, weil er sich niemals an Filme erinnerte, es war lediglich eine Schlussfolgerung. Und der Schreiber der Seminararbeit musste sich darauf verlassen haben, dass Galahad die

Szene präsent war und sie das Zitat zum Lachen brachte. Aber der Gag war ins Leere gelaufen. So wie am Anfang des Workshops »Gewinnerstrategien«. Schrödinger hatte die Gäste begrüßt und immer wieder Scherze zur Auflockerung eingestreut. Und er hatte nur höfliches Hüsteln erzeugt.

Und dann – endlich – sah de Jong genau in dem Augenblick hin, in dem ein Fisch sprang. Es war nur ein winziger Moment. Aber überaus beglückend, nicht nur weil er so selten war.

41. Kapitel

Am Donnerstag gegen halb elf stellte de Jong sein Fahrrad vor dem Sancho Panza ab und sah durch die Scheibe, dass er schon drinnen auf ihn wartete. Dabei waren sie erst für elf verabredet – bedeutete das, dass er ahnte, worum es ging? De Jong hatte um acht Uhr Frau Wallenhorst, die Empfangsdame des Hülsbrock-Kollegs, erreicht und sie zum zweiten Mal um Schrödingers Nummer gebeten. Der Exkommissar hatte ihm vorgeschlagen, sich mit ihm zu einem zweiten gemeinsamen Waldspaziergang zu treffen. Eine famose Idee, meinte der Dozent für Unzufriedenheit, aber zufällig sei er am Donnerstag in Münster. So war es zu der Verabredung im Sancho Panza gekommen.

Der Exkommissar hielt Ausschau nach Achim Bühlow, konnte ihn aber nirgends entdecken. Entweder der Hauptkommissar steckte im Stau oder er hatte de Jong seinen nächtlichen Anruf übelgenommen.

»Ich bin's«, hatte de Jong sich gemeldet. Es war schätzungsweise kurz nach drei Uhr gewesen. Er hatte darauf verzichtet, sich für die späte Uhrzeit zu entschuldigen, weil er es sonst jedes Mal getan hatte, und allmählich fand er es langweilig.

»Du schon wieder.« Bühlows Stimme schien von weit her zu kommen, von unten aus der tiefsten Tiefsee, aus einem längst verschollenen U-Boot.

»Wenn du nicht mit mir sprechen willst«, kam de Jong seinen Vorwürfen zuvor, »brauchst du ja nicht ranzugehen.«

Es erfolgte ein verschlafenes Grunzen. »Hör mal, Niklas, ich hatte gestern einen langen Tag und …«

»Darum geht es ja. Um Meckelbeck, genauer gesagt.«

»Wir sind ganz nah dran. Er ist so gut wie fällig.« Bühlow gähnte endlos. »Also lass uns doch einfach …«

»Die Sache ist nämlich die: Ihr habt vielleicht den falschen.«

Jetzt hörte es sich so an, als würde Bühlow den Atem anhalten. Wenn man so was überhaupt hören konnte. »Wir haben *was*?«

»Ich habe da eventuell ein paar Dinge übersehen, winzige Details, die die Angelegenheit – also den Mord an Rabea – möglicherweise in einem anderen Licht erscheinen lassen.«

»Möglicherweise? Was meinst du mit möglicherweise?«

De Jong sagte nichts.

Auch am anderen Ende blieb es still. Eigentlich kein gutes Zeichen, aber de Jong beschloss, die Zeit zu nutzen. »Soll ich ganz ehrlich sein: Meckelbeck wollte wissen, wer hinter den Morddrohungen steckte. Und mir passte es – wie soll ich sagen – recht gut, dass er Rabea Holm ermordet hat. Weil ich damals dachte, er hätte was mit Giulia, und deswegen ziemlich sauer auf ihn war. Aber jetzt stellt sich eben heraus, dass der in Wirklichkeit mit Rabea …«

»Also ich fasse es nicht!« So nah und so scharf kam das Zischen herüber, dass de Jong sich unwillkürlich über das Gesicht wischte. »Du warst ziemlich sauer auf ihn. Hast du das gerade wirklich gesagt?«

Eine eindeutig rhetorische Frage, weshalb de Jong sie unbeantwortet ließ.

»Wir haben den Kerl fast so weit, dass er ein Geständnis unterschreibt. Und du …«

»Er *könnte* es ja auch gewesen sein. Aber das Dumme wäre, ihr würdet eventuell den Falschen kreuzigen und der Schuldige käme davon.«

»Wir kreuzigen überhaupt niemanden!«

»Was ist denn mit dir los, Achim? Das ist doch nur so eine Redensart.«

»Nein, ich will nichts davon hören. Und ich lege jetzt auf.«

Bühlow legte aber nicht auf.

»Stell dir doch mal vor, was du alles vergessen kannst, wenn du den Falschen einfahren lässt: deine Karriere, deine Dienstwaffe, dein dreizehntes Monatsgehalt, Weihnachtsgeld et cetera.«

»Haha. Du scheinst das auch noch komisch zu finden.«

»Ich bin mir fast hundertprozentig sicher, dass einer von den beiden es getan hat. Aber ich kann nichts beweisen.«

»Ach ja. Und was schlägst du vor?«

»Derjenige muss es zugeben. Wir müssen ihn dazu bringen. Ganz einfach.«

Es blieb noch eine Weile still. »Warum, in Gottes Namen, sollte er das denn tun?«, kam es dann.

»Wir müssen es nur richtig angehen. Professionelle Polizeiarbeit. Strategische Gesprächsführung. Vertrau mir, ich kann so was.«

Als Antwort kam wieder dieses Schnaufen. Und dazu ein abgebrochener Lacher, so als wäre das ja wohl der Witz des Jahrhunderts.

42. Kapitel

Otto – was italienisch war und »acht« bedeutete – Schrödinger saß an einem Tisch direkt gegenüber dem Aquarium mit den seltenen Meeresfischen und studierte die Speisekarte. Er sah auf, als sich de Jong näherte. »Na, Sie auch schon da? Können Sie mir hier irgendetwas empfehlen?«

»Frühstücksravioli«, sagte de Jong. »Hab sie erst kürzlich probiert, sie sind ganz passabel.«

»Und wie steht's mit dem veganen Schinkenomelett?«

De Jong hatte keine Ahnung. »Das lassen Sie mal sein.« Er setzte sich Schrödinger gegenüber.

Die Bedienung näherte sich und nahm neben ihrem Tisch Aufstellung. »Was darf ich Ihnen bringen?«

»Veganes Schinkenomelett«, bestellte Schrödinger.

»Ist leider aus.«

»Und was ist damit?« Sein Finger deutete auf die Speisekarte. »Gegrillte Guppies mit Zwiebelringen in Sahnesauce.«

Die junge Frau zuckte mit den Schultern. »Die gibt's nur sonntags.«

»Dann nehme ich einen Cappuccino mit viel Zucker, bitte.«

Jetzt wandte sich die Kellnerin an de Jong. »Ich hätte gerne genau dasselbe wie die Dame am Nebentisch«, sagte er.

»Welche Dame?«, fragte sie verwundert. Da saß niemand.

»Schon gut«, sagte de Jong. »Bringen Sie mir auch einen Kaffee.« Sie nickte und entfernte sich.

»Das war ein Zitat?«, vermutete Schrödinger. »Das mit dem ›dasselbe wie die Dame am Nebentisch‹?«

»Sie haben es also erkannt?«

»Wie auch nicht? Es ist ein Klassiker. Harry und Sally.«

»Ich hab es woanders gelesen«, sagte de Jong. »In einer Seminararbeit über präventive Notwehr.«

Schon wurden die Heißgetränke serviert, dazu gab es eine Schale mit Keksen. Schrödinger beugte sich vor und pustete sanft in seinen Cappuccino. »Hatte ich mir schon gedacht«, meinte er und lächelte de Jong an. »Deshalb wollten Sie mich also sprechen?«

De Jong nickte. »Sie haben Frau Holm getötet, stimmt's? Nicht Ulf Meckelbeck.«

»Was verleitet Sie zu dieser kühnen Annahme?«

»Na ja, sagen wir einfach, im Falle, dass Herr Meckelbeck außer Verdacht wäre, kämen nur noch Sie infrage. Als ich Meckelbeck die Sache mit Frau Holm erklärte, haben Sie sich hinter einer Topfpflanze versteckt. Sie haben alles mitgehört.«

»Na ja, von Verstecken kann ja wohl keine Rede sein«, wandte der Dozent ein. »Aber was dann? Ich habe die Rechnung bezahlt, bin losgegangen und habe die Frau in die Badewanne gesteckt? So in etwa?«

»Dass sie in der Badewanne lag, habe ich gar nicht erwähnt.«

»Ach, jetzt kommen Sie aber!« Schrödinger schüttelte enttäuscht den Kopf. »So ein alter Hut aus Ihrem Mund? Da habe ich mir aber mehr erwartet.«

Der Kerl schien das hier für ein heiteres Quiz oder so etwas Ähnliches zu halten.

Schrödinger beugte sich vor. »Ich sag Ihnen mal was, de Jong: Wenn die selige Frau Holm das getan hat, wovon Sie glauben, dass sie es getan hat, dann hat sie dafür meinen gewissen Respekt.«

De Jong rührte in seinem Kaffee. »Ihren gewissen Respekt.«

»Genau das. Ich bin nämlich nicht eines dieser verwöhnten Bürschchen, die mit einem goldenen Scheißhaus groß geworden sind. Klar, als Kind wollte ich immer zu ihnen gehören. Aber mein Vater war bloß Hausmeister. Wissen Sie, wie ich es geschafft habe, in die Tafelrunde zu kommen? Mein Dad hat gesehen, wie Schüler sich einen Joint geteilt haben, was an der spießigen Elite-Schule ein absolutes No-Go war.«

»Also gut«, sagte de Jong. »Aber Sie haben die Chance optimal genutzt und Ihren Weg gemacht. Am Ende sind Sie als Dozent für Unzufriedenheit sogar an Ihre ehemalige Schule zurückgekehrt.«

Schrödinger nickte. »Ich habe es geschafft, bei den arroganten Ärschen dazuzugehören. Selbst einer zu werden. So weit richtig. Aber was habe ich damit wirklich erreicht? Gar nichts, so sieht's doch aus. Meine Frau findet mich unerträglich und hat was mit einem Studenten der WWU angefangen. Ich kann es ihr nicht mal verdenken. So geht's eben: Du hast alles gemacht, bist immer schön die Leiter hochgeklettert. Und jetzt bist du oben, und was ist da: nichts!«

»Es gibt doch immer was«, sagte de Jong.

»Quatsch. Eben nicht. Da ist nichts, sag ich Ihnen.«

De Jong musste an Janwillem denken, dem es vielleicht so ähnlich ergangen war. Und ihm fiel der Mann ein, der zufällig den Sinn des Lebens fand, und dann stellte sich heraus, dass seine Frau ihn ihm eigentlich zum Geburtstag schenken wollte. Aber das war nun vorbei. Die Überraschung war dahin. »Nur dass ich Ihnen das nicht abkaufe«, sagte er. Nippte an seinem Kaffee und wünschte sich, eine heiße Schokolade bestellt zu haben.

»Ihr Problem.« Schrödinger zuckte mit den Schultern, mimte den Gleichgültigen. Aber als de Jong in aller Ruhe seinen Kaffee schlürfte, fragte er dann doch: »Was genau?«

»Was genau was?«

»Was kaufen Sie mir nicht ab?«

»Stimmt, Sie sind nicht als arroganter Arsch geboren. Aber Sie haben sich zu einem hochgearbeitet. Und dann kommt diese Zicke und will das nicht begreifen. Dass die Sache bei Ihnen ganz anders liegt als bei der eingebildeten Lady Galahad oder bei Lanzelot, dem Supertyp. Das war ihr aber egal, und sie wollte Sie zerstören, genau wie die anderen, obwohl Sie doch gar nicht dazugehörten. Deshalb entschlossen Sie sich zu handeln, bevor Frau Holm handelte.«

»Ihre Theorie«, sagte der Dozent, um einen gleichgültigen Ton bemüht.

»Meine Theorie«, bestätigte de Jong. »Und dann wäre da ja noch das Filmzitat.«

»Das von der Dame am Nebentisch?«

»Nein, das meine ich nicht. Ich spreche von dem auf dem Abschiedsbrief. Das davon handelt, dass jemand die Leiter hochgeklettert ist und da ist nichts.«

Schrödinger starrte ihn verständnislos an.

De Jong kramte einen Zettel aus der Tasche und las vor: *»Life's a piece of shit, when you look at it.«*

»Das ist kein Filmzitat«, belehrte ihn der Dozent. »Es stammt aus einem Song. *Always look on the bright side of life.*«

»Und der Song wurde in einem Film gesungen, das brauche ich Ihnen ja wohl nicht zu sagen.«

»Allerdings nicht.«

»Also ist es doch ein Filmzitat.«

»Und was wollen Sie damit andeuten?«

»Auch das wissen Sie.« Jetzt beugte sich de Jong vor. »Ein weiser Mann hat einmal gesagt: Leute, die Witze reißen, über die keiner lacht, sind wie schlummernde Vulkane.« Er zwang sich dazu, den »weisen Mann« auszusprechen, ohne dabei breit zu grinsen.

»Mir ist leider nicht klar, was dieser weise Mann damit sagen wollte«, meinte Schrödinger.

»Ich habe mir Folgendes gedacht«, sagte de Jong. »Sie, Schrödinger, wollten nicht nur dazugehören. Das reichte Ihnen nicht. Sie wollten, dass die anderen Sie witzig fanden. Schlagfertig. Sie für einen coolen Kerl hielten, der immer das passende Filmzitat zur Hand hatte. Aber jedes Mal, wenn Sie zitieren, lacht keiner. Da ist niemand, der das zu würdigen weiß. Und das hat Ihnen eines Tages gereicht.«

»Was für eine ausgefuchste Hypothese!«, spottete sein Gegenüber.

»Moment«, sagte de Jong. »Und deswegen bedeutet Ihnen all das, was Sie erreicht haben, nichts. *A piece of shit* sozusagen. Aber wie das nun einmal so ist: Wenn jemand damit droht, einem das wegzunehmen, was einem angeblich überhaupt nichts bedeutet, sieht man dann doch plötzlich rot. Vielleicht weil man das Gefühl hat, dass einem alles weggenommen wird. Was meinen Sie?«

Schrödinger sagte nichts dazu. Also saßen sie eine Weile einander schweigend gegenüber. Dann grinste der Dozent. »Wussten Sie übrigens, dass dieser Film so gotteslästerlich war, dass er bis vor wenigen Jahren an Feiertagen nicht gezeigt werden durfte?«

»Insofern ein klassischer Text für einen Abschiedsbrief«, meinte de Jong.

Das Grinsen verschwand wieder. »Wenn überhaupt«, erklärte der Dozent für Unzufriedenheit, »war es Notwehr.«

»Sie meinen präventive Notwehr?«

»Ich meine: die Mörderin zu ermorden, bevor sie einen selbst ermordete. Daran ist nichts Verwerfliches.«

»Das meinen Sie doch jetzt nicht ernst«, sagte de Jong. »Wollen Sie das etwa Ihren Schülern erzählen? Und dann dürfen wir ja auch Rudow nicht vergessen. Den Sie und die anderen edlen Ritter von der Klippe gestoßen haben.«

»Ja, das …« Schrödinger warf die Hände in die Luft. »Gott, wir waren damals jung. Waren Sie niemals jung?«

De Jong nervte es, dass diese Floskel so oft als Entschuldigung herhalten musste. »Würde es irgendetwas ändern, wenn nicht?«

»Sie glauben mir wahrscheinlich nicht, aber all das, was passiert ist, ist mir nicht egal. Die Sache tut mir leid, und ich will es wiedergutmachen.«

»Die Sache?«

Schrödinger nickte. »Das unvermeidbare, aber dennoch tragische Ableben Frau Holms.«

»Den Mord, meinen Sie.«

»Wenn Sie so wollen.« Der Dozent deutete auf de Jongs Tasse. »Noch einen Kaffee?«

»Nein danke. Aber wie wollen Sie den wiedergutmachen?«

»Das ist mal meine Sorge. Hauptsache, Sie lassen es vorerst dabei bewenden. Wem nützt es jetzt noch, die große Glocke zu läuten? Sie haben keine Beweise. Und Sie sind kein Bulle mehr, de Jong. Sie haben das nicht nötig. – ›Ich bin nun mal ein Cop, es ist mein Job, Leute wie Sie nicht davonkommen zu lassen.‹« Schrödinger bemühte sich, so wie Clint Eastwood zu klingen. »Das sind doch nicht Sie.«

»Vielleicht nicht«, räumte de Jong ein. »Aber Sie können damit trotzdem nicht davonkommen.«

»Wieso nicht?«

»Aus Prinzip«, sagte de Jong.

Der andere lachte verächtlich.

»Manchmal sind Prinzipien wichtig. Man sollte ruhig auf sie schimpfen, okay. Aber manchmal sind sie auch wichtig.«

Schrödinger überlegte lange und ordnete die Kekse auf seiner Serviette zu einem Schachbrettmuster. »Wer von euch ohne Sünde ist«, verkündete er dann, nicht mehr im Clint-Eastwood-Gestus, sondern eher wie ein Priester, »der werfe den ersten Stein.«

»Die Zeit, in der man Steine geworfen hat, haben wir hierzulande Gott sei Dank schon lange hinter uns.«

Schrödinger presste die Lippen aufeinander. Für eine weitere Weile saßen sich die beiden Männer gegenüber. De Jong atmete geräuschvoll ein und wieder aus, um irgendwie zu äußern, dass er nicht den ganzen Tag hier sitzen und schweigen wollte. Als Schrödinger schließlich das Schweigen brach, hatte seine Stimme schon wieder die Tonlage geändert. Sie klang jetzt rau und wettergegerbt. »Hören Sie, mein Freund, wissen Sie, was ich jetzt tun werde? Ich werde da hinausgehen. Und Sie werden mich nicht aufhalten.«

»Vielleicht nicht«, sagte de Jong. »Aber Sie werden nicht weit kommen.«

Wie aus dem Nichts tauchte jemand an ihrem Tisch auf. Bühlow, betont lässig, so wie sie es verabredet hatten. »Ich frage mich gerade, ob die hier auch Himmelstorte haben«, sagte er.

»Darf ich vorstellen?«, sagte de Jong. »Hauptkommissar Bühlow von der Mordkommission.«

Vielleicht waren sie zu forsch vorgegangen. Vielleicht hätte Bühlow noch etwas länger in Deckung bleiben sollen. Jedenfalls schien Schrödinger aus dem Konzept zu geraten. »Hab ich's mir doch gedacht, dass Sie die Kavallerie geholt haben«, murmelte er wütend. »Aber da spiele ich nicht mit.« Plötzlich hielt er einen Revolver in der Hand, er musste ihn schon eine Weile unter dem Tisch versteckt haben. Er richtete ihn auf de Jong, dann, als wäre er dieses Ziels überdrüssig, schwenkte er die Waffe in eine andere Richtung. Der Lauf zeigte auf das bunte Aquarium. »Das wird ein wahrhaft filmreifer Abgang«, sagte Schrödinger. »Mit allen Schikanen …«

»Das wagen Sie nicht«, sagte de Jong und starrte die bunten Korallenfische an, die sich munter in der künstlichen Unterwasserwelt tummelten und nicht den Hauch einer Ahnung davon hatten, in welcher Gefahr sie schwebten. Aber ihm war auch klar, dass Schrödinger genau diese Reaktion erreichen wollte.

»Probieren Sie es doch aus.«

De Jong überlegte. Wahrscheinlich, ja ziemlich sicher sogar, war das eine Attrappe, also würde gar nichts passieren. Woher sollte ein Kolleg-Dozent wie er eine echte Waffe haben? – Aber was, wenn doch? Und was hatte er davon, auf ein paar Zierfische zu schießen? »Die Tierchen haben Ihnen doch nichts getan«, sagte er.

»Na und? Es gibt da eine Szene in *Mission Impossible*, und in *Stirb langsam* passiert es auch. Sogar mit Krokodilen.«

»Sie enttäuschen mich«, sagte de Jong. »Spielen sich als Filmkenner auf, und dann kommen Sie mit stumpfsinnigen Blockbustern.«

»Sie würden doch eh nicht weit kommen«, sagte Bühlow.

Schrödinger hob die Waffe.

»Na schön«, lenkte de Jong ein.

Schrödinger streckte ihnen die Fläche der anderen Hand entgegen. »Her mit dem Handy. Und dann noch Auto- und Fahrradschlüssel. Sie haben nichts gegen mich in der Hand. Nur Mutmaßungen und einen vagen Verdacht.«

»Aber Sie wissen auch so, was Sie getan haben.«

»Nicht mal einen Haftbefehl haben Sie.« Schrödinger stand auf, warf einen Zehner auf den Tisch und wandte sich an de Jong: »Wissen Sie, Herr Exkommissar, vielleicht haben Sie recht. Manche Dinge kann man nicht wiedergutmachen. Aber wir werden sehen.« Damit verließ er das Café.

»Tja«, sagte Bühlow. Er machte einen sehr unzufriedenen Eindruck. »Das haben wir ja wohl gründlich vermasselt, oder?«

De Jong antwortete nicht. Er saß nur da und überlegte, was Schrödinger wohl damit gemeint hatte, dass man manche Dinge nicht wiedergutmachen könne. Und dass sie ja noch sehen würden. Gern hätte er nach draußen in den leuchtend blauen Frühlingshimmel geblinzelt, aus dem die Sonne voll und rund erstrahlte. Aber die gesamte Sicht aus dem Fenster wurde gerade eben von einem Wohnmobil ausgefüllt, das ganz allein für sich etwa fünf Parkplätze einnahm. Es war linienbusgroß und wurde von einem einzigen älteren Herrn mit Baseballkappe und seiner Gattin bewohnt, die gerade ausstiegen, um sich im Sancho Panza einen *Coffee to go* für die Weiterreise zu holen. Was man mit einem Giganten wie diesem machte, konnte man allerdings nicht Verreisen nennen, fand de Jong; das war vielmehr Zu-Hause-Bleiben auf Rädern.

43. Kapitel

Schrödinger hatte es tatsächlich geschafft, sie auszutricksen. Er verschwand spurlos, wie ein Alien, das sich innerhalb eines winzigen Augenblicks in ein fernes Universum oder eine andere Dimension beamen lassen kann. Gefühlte Sekunden nachdem er das Sancho Panza verlassen hatte und auf die Straße getreten war, schien er sich in Luft aufgelöst zu haben. Im Hülsbrock-Kolleg wartete man vergeblich auf ihn, Unterrichtsstunden fielen aus, weil wieder mal niemand eine Vertretung organisiert hatte. Aber dann, zwei Tage später, kreuzte er gegen acht Uhr dreißig am Cheruskerring im Polizeipräsidium auf und stellte sich.

Das meint er mit wiedergutmachen, dachte de Jong.

Ulf Meckelbeck kam umgehend wieder auf freien Fuß. Aber er brauchte schon eine Weile, um de Jong zu verzeihen. So lange, bis der Exkommissar schon fand, dass der Kerl fast so nachtragend sei wie Eugen Küppers. Und dass sie sich wieder über den Weg liefen, war reiner Zufall. Eines Tages überraschte de Jong ihn auf einem Waldspaziergang beim Baden. Der Wetterfrosch lag einfach auf dem Waldboden und starrte in den Himmel, de Jong hätte um ein Haar auf ihn getreten. Sie kamen ins Gespräch. Und de Jong räumte ein, dass dieser Fall, was ihn anging, nicht eines Maigrets würdig verlaufen sei. Meckelbeck seinerseits konnte es immer noch nicht lassen, in Form verbaler Andeutungen Giulias Vorzüge geistiger sowie körperlicher Art zu erwähnen. Aber das war egal, weil de Jong inzwischen wusste, dass er Giulia nichts bedeutete. Beide fanden eigentlich, dass es Zeit sei, das längst schartig gewordene Kriegsbeil endlich zu begraben.

»Was macht die Wettervorhersage?«, erkundigte sich de Jong.

»Hombre-TV ist Geschichte«, sagte Meckelbeck. »Aus und vorbei. Ich hab den Absprung geschafft, gerade noch rechtzeitig, bevor dieser sexistische Macho-Sender den Bach runtergeht.«

»Also haben Sie jetzt was Neues?«

»Sunnyboy-TV. Die haben einen ganz anderen Ansatz. Wir konzentrieren uns von vorneherein auf besseres Wetter. Lassen das schlechte außen vor.«

»Außen vor? Ihr könnt doch nicht bestreiten, dass es schlechtes Wetter gibt.«

»Na ja, sagen wir so: Wir überlassen es anderen Medien, sich darum zu kümmern.«

Schlechtes Wetter war kein Einzelfall. Inzwischen gab es so viele Dinge, die auf ähnliche Weise geleugnet wurden: das Klima, diverse Krankheiten, Kampfhunde. Sogar der Tod wurde geleugnet. Normalerweise hätte de Jong dieses Zusammenspiel von Realitätsverleugnung und vorsätzlicher Hirnverbranntheit ordentlich genervt; aber seit Neuestem spürte er deutlich, dass die Zeit düsterer Gedanken und Befindlichkeiten vorüber war. Seit er sich mit Giulia versöhnt hatte, ertappte er sich immer wieder dabei, dass er die Dinge – wenigstens hin und wieder – von ihrer positiven Seite ansah. Und aus diesem Blickwinkel war es doch eigentlich eine schöne Sache, dass die Dummheit nicht als großer, tumber Brocken auf uns zuwalzte, als blödes, geistloses Einerlei, sondern in dieser reichen und bunten Vielfalt, dass es immer wieder eine Freude war, sich von ihrem kruden Ideenreichtum überraschen zu lassen.

Mit Giulia ging es also voran. Auch wenn sie dieses Mal keinen der üblichen Neuanfänge probierten. Vielmehr verabredeten sie eine Art Roadmap für einen Neuanfang, der eines Tages dann vielleicht kommen würde. Giulia würde nicht gleich morgen wieder auf dem Alten Mädchen einziehen. Aber sie würde de Jong gelegentlich besuchen. Für ein romantisches Abendessen zu zweit oder Ähnliches. Erst gelegentlich und dann durchaus häufiger. Und allmählich würde man ja sehen, wie es weiterging und was sich so ergab. Das war eine Lösung, mit der beide leben konnten. Fürs Erste. Fürs Erste schien es, als hätten sie einen neuen Weg zueinander gefunden. An Themen mangelte es nicht. Zum Beispiel konnten sie sich über die Dinge hinter den Dingen unterhalten, aber nicht so wie Ulf Meckelbeck, der sich nur aufgeplustert hatte, um Frauen anzubaggern.

»Anfangs fand ich ihn witzig«, meinte Giulia. »Erfrischend irgendwie. Aber so toll er auch aussah, ich glaube, er duscht zu selten. Und wenn, bevorzugt er das Duschgel mit der Geschmacksrichtung ›nasser Hund‹.«

»Er hatte es im Leben nicht immer leicht«, gab de Jong zu bedenken. »Was kann er schon dafür, dass er mit einem goldenen Scheißhaus aufgewachsen ist?«

»Nimmst du ihn jetzt etwa in Schutz?«, wunderte sie sich.

»Nein, natürlich nicht. Warum sollte ich?«

Von Armin Waldemar, dem Voldemort des Hülbrock-Kollegs, hörte de Jong lange nichts mehr. Und das passte ihm auch so – schließlich lag dieses Kapitel endgültig hinter ihm. Aber trotzdem kam ihm der Name noch einmal unter. Als er einen Gitarrenkurs für Fortgeschrittene im Kreativhaus buchen wollte, stieß er im Katalog auf: *Dark Energying, jeden Dienstagabend 20 Uhr, Leitung A. Waldemar. Bequeme Kleidung und leichtes Schuhwerk empfohlen.*

Ich wusste es, dachte de Jong. Das Böse lauerte nicht in der Hölle. Auch nicht im nächtlichen Nebel auf Friedhöfen oder in finsteren Burgen in Transsilvanien. Man bekam es im Kreativhaus, zehn Abende wöchentlich, und es war nicht mal teuer.

Den Gitarrenkurs verschob er allerdings erst mal.

44. Kapitel

Das Stahlkonstrukt glänzte in der rötlichen Abendsonne. Ein kreisförmiges Gerüst, das sich zum Himmel emporreckte. Das einen Raum umfasste, der aus nichts als Luft bestand. Vier Ebenen, die durch Treppen und Leitern miteinander verbunden waren. Man konnte den Eindruck gewinnen, dass dieses Bauwerk einzig zu dem Zweck errichtet worden war, dem Himmel näher zu sein – ob es der strahlend blaue Morgenhimmel war oder der milde, rötlich schimmernde Abendhimmel, der sich jeweils darüber spannte. Archäologen, die in tausend Jahren oder schon früher diese Konstruktion entdeckten, würden möglicherweise zu diesem Schluss kommen. Und eventuell würden sie aufgrund der kreisförmigen Konstruktion vermuten, dass das Gebäude einem kultischen Zweck gedient hatte, ähnlich wie Stonehenge in Südengland. Oder dass es ein Symbol für die menschliche Hybris darstellte, vergleichbar mit dem Turmbau zu Babel.

Es war kurz vor sieben. De Jong war auf Nitschs Einladung zurückgekommen und stand jetzt ungefähr dort, wo der Albersloher Weg auf die Umgehungsstraße traf. Nitsch hätte ihn sicher gern herumgeführt, aber er war verhindert wegen irgendeines Vereinstreffens, hatte ihm aber den Schlüssel überlassen. Nur würde de Jong keinen Fuß auf die eisernen Treppenstufen setzen, so viel war sicher.

Eine SMS kam herein.

Ich weiß nicht, ob das heute klappt. Zum ersten Mal hab ich Lampenfieber. Drück mir bloß die Daumen. JW.

Man musste Ulf Meckelbeck zugutehalten, dass er sein Geld nicht zurückhaben wollte. Obwohl de Jong darauf bestand, dass er es zurücknahm, schließlich hatte sich das private Schnüffeln nicht als seine Kernkompetenz erwiesen. Er konnte das Honorar also nicht behalten. Und da Meckelbeck mit Sunnyboy-TV einen günstigen Vertrag geschlossen hatte, hatte de Jong die Summe eben in kulturelle Belange investiert. Heute Abend war es endlich so weit: Um zwanzig Uhr hob sich im Bennohaus der Vorhang, und sein Bruder Janwillem und Sören Blauberg starteten als *Laurel & Hardy reloaded* ihre Comeback-Tour. Und de Jong würde in der ersten Reihe sitzen, Giulia an seiner Seite. Die andere Seite war für Wanda reserviert. Und das war noch nicht alles. Sie hatten bereits einen Termin zu viert für Grillen und Boccia spielen anvisiert.

* * *

Kein Geringerer als Gottfried Wilhelm Leibniz hatte diese Welt einmal als »die beste aller möglichen Welten« bezeichnet. De Jong teilte diese Auffassung nicht, allein schon deshalb, weil ihm auf Anhieb mindestens drei, wenn nicht vier eindeutig bessere Welten einfielen, die er für möglich hielt.

Er hatte jetzt doch ein paar Stufen erklommen, war so weit oben, dass sein Blick über das Panorama schweifen konnte. Es war ein friedliches Bild, diese Stadt im Abendlicht, die viele spießig finden mochten, allzu aufgeräumt, allzu vorauseilend politisch korrekt. Ein braves Universum für Verwaltungsangestellte, Liebhaber von Büropflanzen und für diejenigen, die Mülltrennung für eine der brennenden Fragen unserer Zeit hielten. Aber de Jong wusste, dass tief im Inneren dieser Minimetropole ein handfester linker Kern schlummerte. Na gut, er wusste es nicht genau, hatte lediglich so eine Vermutung. Aber ohne diesen Kern wäre doch nicht zu erklären, wie es gelungen war, den Namen Hindenburg aus dem hiesigen Schlossplatz zu tilgen. Und selbst wenn – welche andere Stadt in der Republik, die östlichen Metropolen mit marxistisch-leninistischer Vergangenheit eingeschlossen, wäre je so weit gegangen, einen Berg nach dem kubanischen Staatschef Castro zu benennen?

Du schaffst das schon, keine Sorge, schrieb er zurück. *Das ist so ähnlich wie Bocciaspielen. Du verlernst es nie. Toi toi toi, Bruderherz.*

De Jong blinzelte in den Himmel hinauf. Er stellte sich vor, er wäre nicht von Höhenangst geplagt. Und wie es dann wäre, da oben zwischen Himmel und Erde zu stehen, zwischen ihm und dem abgründigen Nichts nur ein paar dünne Stahlstreben. Rundläufe in Orange und Treppen in Gelb. Alles unter freiem Himmel und in schwindelerregender Höhe. Ohne die üblichen Sicherungsseile, die Bergsteiger auf dem Mount Everest ganz selbstverständlich mit sich herumschleppten. Und wie er Stufe für Stufe wieder herunterkletterte.

Und dann entdeckte er jemanden. Da oben. Eine Gestalt. Eher die Silhouette einer Gestalt. Wie kam die auf einmal da oben hin? De Jong durchfuhr ein Gedanke: Wenn es irgendeine Chance gab, etwas über diese vermaledeiten Dinge hinter den Dingen zu erfahren, dann vielleicht jetzt. Es war eine einmalige Gelegenheit! Was hatte Nitsch gesagt: Es gibt Dinge, die siehst du vor dir, und doch gibt es sie nicht. De Jong sah noch mal hoch, blinzelte in die Sonne.

»Herr Woltering?«

Aber der Mann war verschwunden.

KBV KRIMINALROMAN

Sabine Gronover

DIE ROTTE

Taschenbuch, ca. 300 Seiten
ISBN 978-3-95441-584-7
13,00 EURO

Mord im Münsterland: Killer, Keiler, Klatenberge
Schmitt & Kemper unter Borstentieren …

Drei Schüsse hat Jäger Lutz Fröhlich im Naturschutzgebiet Klatenberge bei Telgte auf eine große Wildschweinrotte abgesetzt. Doch nun liegen da im Unterholz zwei erlegte Wildschweine und eine tote Frau.

Die Leiche weist eine verblüffende Ähnlichkeit mit einer anderen, gerade erst verschwundenen Frau auf: Heidi Klostermann. Auf der Suche nach der Vermissten stoßen Kommissar Schmitt und sein Kollege Kemper auf Frau Klostermanns dubiose DDR-Vergangenheit. War sie eines der unglücklichen Kinder, die während des SED-Regimes zwangsadoptiert wurden? Die Kripobeamten ermitteln in alle Richtungen, doch irgendjemand scheint ihnen immer einen Schritt voraus zu sein. Die Tote im Wald bleibt nicht die einzige Leiche …

Zum Entsetzen des tierphobischen Kommissars stellt sich heraus, dass auch Wildschweine nicht ganz so unschuldig sind, wie sie manchmal scheinen. Denn die Rotte betrachtet die Klatenberge offenbar als ihr alleiniges Revier und duldet keine Einmischungen.

»Ein heiterer Krimi, der zum Lachen bringt und gleichzeitig unheimlich spannend ist. Die Autorin weiß genau, wie sie den Spannungsbogen aufrecht erhält.«
(Westfälische Nachrichten zu »Wölfe im Münsterland«)